LES ENFANTS DE CŒUR

Du même auteur

La Ballade de Baby
Éditions 10/18, 2008

HEATHER O'NEILL

LES ENFANTS DE CŒUR

roman

TRADUIT DE L'ANGLAIS (CANADA)
PAR DOMINIQUE FORTIER

ÉDITIONS DU SEUIL
*25, bd Romain-Rolland, Paris XIVe*

Titre original : *The Lonely Hearts Hotel*
Éditeur original : Riverhead Books,
an imprint of Penguin Random House LLC
ISBN original : 978-0-7352-1373-9

ISBN 978-2-02-136345-6

www.seuil.com

1

NAISSANCE D'UN GARÇON DU NOM DE PIERROT

En ce jour de 1914, une très jeune fille frappa à la porte de l'hôpital de la Miséricorde à Montréal. Potelée, elle avait des joues rondes comme des pommes et des boucles blondes. Elle n'avait que douze ans.

Son cousin plus âgé, Thomas, avait traversé l'océan pour aller se battre en France. Elle était folle de lui depuis sa plus tendre enfance. Il était plein de fantaisie, il savait marcher sur les mains et il l'emmenait voir des orchestres dans le parc, le dimanche. Il était courageux et lui répétait sans cesse qu'il serait soldat un jour. L'hiver précédent, il s'était présenté chez elle dans son bel uniforme, et lui avait dit qu'il lui ferait passer un examen médical pour voir si elle était apte au service, comme les garçons. Elle était très curieuse de savoir si elle aurait pu elle aussi être soldat, si elle était née garçon. Il avait dit qu'il devait enfoncer son pénis en elle pour prendre sa température interne. Quand il avait eu fini, satisfait de la trouver en parfaite santé, il lui avait donné un petit ruban rouge tombé d'une boîte de gâteaux, qu'il avait épinglé sur sa veste comme une médaille en reconnaissance du grand service rendu à sa patrie. Quand l'archiduc François-Ferdinand fut assassiné, Thomas pria pendant des mois pour que le Canada déclare la guerre, afin d'échapper à sa cousine enceinte.

Ses parents l'envoyèrent à l'hôpital de la Miséricorde. Tous les jours, des jeunes filles enceintes faisaient la queue devant l'hôpital, avec leurs gros ventres qu'elles ne pouvaient plus cacher à leurs familles. On les avait mises à la porte. Certaines avaient eu le temps de faire leurs valises. D'autres avaient simplement été tirées par les cheveux et jetées à la rue. Les filles arrivaient avec l'empreinte de la main de leur père sur le visage, s'efforçant de cacher leurs bleus sous leurs jolies bouclettes blondes ou leur chevelure noire et lisse. On aurait dit des poupées de porcelaine tombées en disgrâce auprès d'un enfant.

Ces jeunes filles avaient gâché leur vie entière pour cinq minutes plaisantes dans un escalier de service. Maintenant, un étranger dans le ventre, elles avaient été envoyées se cacher par leurs parents, tandis que les jeunes pères continuaient de vaquer à leurs occupations, se baladaient à bicyclette et sifflaient dans leur bain. C'était pour cela qu'on avait construit cet édifice. Par immense bonté pour ces misérables gueuses.

Les bonnes sœurs donnaient de faux noms aux jeunes filles quand celles-ci franchissaient les grandes portes de l'hôpital de la Miséricorde. Elles affirmaient que ces noms visaient à protéger leurs pupilles, mais ils avaient aussi manifestement pour but de les humilier et de leur rappeler leur nouveau statut de pécheresse. Les filles étaient renommées Chasteté, Salomé ou Déplorable.

Baptisée Ignorance par les religieuses, la fillette aux joues comme des pommes fut bientôt connue sous le nom d'Iggy. Elle se fichait bien d'avoir dans ses entrailles le paquet le plus précieux du monde. Un jour, elle se battit contre un chat. Un autre jour, elle sauta de lit en lit comme si c'étaient des plaques de glace sur l'océan. Elle faisait la roue dans le corridor. Les religieuses tentaient de leur mieux de l'en empêcher.

Il leur arrivait de se demander si elle était d'une naïveté extraordinaire ou si elle s'efforçait de provoquer une fausse couche dans le fol espoir de pouvoir sortir de l'hôpital plus rapidement.

Quand son bébé naquit bleu, personne ne s'en étonna. Il ressemblait à un mort-né. Le médecin prit son pouls. Pas un son ne montait de la poitrine du garçon. Le médecin mit la main devant sa bouche pour détecter un souffle, mais il n'y avait rien.

On laissa le bébé sur la table, les bras le long du torse. Ses jambes arquées s'écartèrent. Le curé ne savait pas ce qu'il advenait de ces bébés dans les limbes. Il agita son rosaire au-dessus du petit corps, accomplit les rites funéraires. Puis il tourna le dos. Il emporterait le bébé dans la grande sacoche qu'il gardait expressément pour ces occasions. Il le ferait enterrer derrière l'église dans une boîte à pain. On n'avait nul besoin de cercueil raffiné pour ce genre de mort.

Et puis, étrangement, de façon quasi surnaturelle, le pénis du garçonnet commença à se dresser droit dans les airs. Et puis le bébé toussa, émit un cri, la couleur gagna sa peau et ses membres tressaillirent. L'érection l'avait ramené de chez les morts. Le prêtre n'était pas sûr d'assister à un miracle. Était-ce l'œuvre de Dieu ou l'œuvre du diable ?

Quand la bonne sœur de l'hôpital de la Miséricorde amena le bébé d'Iggy à l'orphelinat pour qu'il y passe le reste de son enfance, elle recommanda aux religieuses de faire attention à lui. Sa mère avait été une fauteuse de troubles, et même s'il était encore bébé, elles étaient certaines que quelque chose clochait chez ce petit garçon. Un chat noir blotti aux pieds de la religieuse les suivit à l'intérieur. Comme tous les garçons de l'orphelinat étaient baptisés Joseph, il fallait leur trouver des sobriquets. Les religieuses surnommèrent le bébé Pierrot en raison de sa pâleur et parce qu'il avait toujours aux lèvres un sourire un peu niais.

2

LES DÉBUTS MÉLANCOLIQUES D'UNE JEUNE FILLE DU NOM DE ROSE

Rose était la fille d'une gamine de dix-huit ans qui ignorait qu'elle était enceinte jusqu'à son sixième mois de grossesse. La mère de Rose n'aimait pas particulièrement le père de Rose. Le garçon l'attendait au coin de la rue tous les jours et la suppliait de l'accompagner dans la ruelle pour qu'elle lui montre ses seins. Elle avait fini par céder un après-midi, se disant que si elle acceptait de coucher avec lui, il s'en irait et la laisserait tranquille. Ce qui se produisit.

Quand elle s'aperçut qu'elle était enceinte, la jeune fille dissimula son état sous des vêtements amples. Elle donna naissance à une fillette minuscule chez elle, dans la baignoire. Les yeux du bébé étaient recouverts par des paupières violettes. Il aurait pu être en train de songer à un poème. Les sœurs de la jeune fille fixèrent le nourrisson, en état de choc, ne sachant que faire. Elles oublièrent de poser la main sur la bouche du bébé et celui-ci laissa échapper un cri qui alerta toute la maisonnée.

Des larmes coulant des yeux noirs qu'elle avait hérités de son père, la jeune fille emmaillota l'enfant dans une petite couverture. Elle enfila son manteau noir et ses bottes. Elle était censée aller directement à l'église.

Tous les jours, des bébés étaient abandonnés sur les marches de l'église. Les poings du petit s'ouvraient et se refermaient comme de pensives anémones de mer. Mais avant de partir, la jeune fille se mit à genoux et supplia sa mère de lui donner cinquante dollars. Avec un mélange de dégoût et de compassion, la mère tendit les billets à sa fille. Celle-ci murmura « merci » et se dépêcha de sortir.

Elle passa devant l'église, marcha encore un kilomètre et frappa à une porte au bout d'une ruelle. Là vivait une dame qui vous débarrassait de votre bébé pour cinquante dollars. À ce prix, promettait la dame, il ne serait pas placé à l'orphelinat.

Une femme aux cheveux couleur de poudre à canon et vêtue d'un manteau ouvrit la porte à la mère de Rose. Dans la cuisine, elle promit que la fillette serait donnée à une riche famille de Westmount. Elle porterait de merveilleux vêtements blancs aux petits cols délicats qui la feraient ressembler à une fleur. Elle aurait une gouvernante et un lévrier irlandais. On lui lirait des histoires dans de gros livres épais. Pour une modeste somme. Pour une modeste somme. Pour une modeste somme, elle procurerait un foyer et la bonne fortune à sa fille.

La mère de Rose devait être affligée d'une imagination extraordinairement crédule pour gober le boniment de cette femme. Ce n'était pas une bonne chose que de posséder une imagination pour une fille vivant à Montréal au début du XXe siècle. De l'intelligence, voilà ce qu'il lui aurait fallu. Mais elle n'écoutait jamais personne.

Un homme qui rentrait de la manufacture par un raccourci découvrit Rose, emmaillotée dans sa couverture, dans la neige, sous un arbre du parc du Mont-Royal. Elle était gelée et avait deux petites taches, comme des roses bleues, sur les joues. L'homme approcha l'oreille du visage du bébé et sentit que ses joues étaient froides comme la pierre, mais il entendit un faible, très faible souffle. Il enfouit profondément le nourrisson dans les replis de son manteau et courut jusqu'à l'hôpital. Là, on plongea la fillette dans un seau d'eau tiède. Quand ses yeux s'ouvrirent en papillotant, ce fut une sorte de miracle.

La police se rendit dans le parc et y trouva d'autres bébés dans la neige, tous transformés en anges de pierre. On découvrit l'identité de l'horrible marchande, qui fut arrêtée. Quand on la traîna devant le tribunal, tout le monde lui lança des boules de neige dans lesquelles avaient été cachés des cailloux. La femme fut condamnée à la pendaison. On s'indigna, scandalisé par le sort de Rose, et pourtant personne ne proposa de l'adopter. Tout ce que les gens pouvaient se permettre, c'était l'indignation.

En déposant le bébé à l'orphelinat, les policiers prévinrent les religieuses : « Faites attention à celle-là. Il ne lui arrivera jamais rien de bon. » Comme toutes les fillettes de l'orphelinat avaient pour nom Marie, c'est ainsi qu'on la baptisa elle aussi. Mais on ne l'appelait jamais que par son surnom, Rose, à cause des deux taches vives sur ses joues qui, après avoir viré du bleu au rouge, avaient mis deux semaines à s'estomper.

3

UNE HISTOIRE D'INNOCENCE

L'orphelinat était situé à la lisière nord de la ville. Si vous vous rendiez à l'endroit où finissait la ville et faisiez deux mille pas, vous arriviez à l'orphelinat, qui a disparu aujourd'hui. C'était un lieu immense. Ce n'était pas le genre d'édifice dont vous voudriez faire le croquis au stylo-plume, car vous vous embêteriez formidablement à tracer ces tas de fenêtres carrées toutes identiques. Un tel dessin n'exigerait pas le moindre talent de votre part, et vous feriez aussi bien de consacrer votre temps à dessiner un cheval au galop.

Avant la construction de l'orphelinat, les orphelins étaient logés à la maison mère des religieuses, dans le centre-ville. Et c'était là une tentation trop grande pour les orphelins. Ils n'y comprenaient pas suffisamment leur caractère singulier. Ils croyaient faire eux aussi partie de la communauté. Ils étaient censés être serviles. C'était préférable ici, dans un lieu isolé.

L'édifice fourmillait d'enfants orphelins et abandonnés. En effet, si plusieurs avaient des parents, on leur enseignait à se voir aussi, en fin de compte, comme des orphelins. Il comprenait deux dortoirs séparés, un de chaque côté du bâtiment, le premier réservé aux garçons, le second aux filles. Les dortoirs étaient meublés de lits identiques. Couchés sous leurs couvertures, les enfants ressemblaient à des rangées de raviolis dans une assiette.

Au pied de chaque lit se trouvait un petit coffre de bois dans lequel chaque orphelin devait garder ses effets personnels. Les coffres contenaient habituellement une chemise de nuit ou un pyjama, une brosse à dents, un peigne. Il y avait parfois aussi un très beau caillou caché là-dedans. Un des coffres renfermait une boîte à pilules abritant un papillon brisé.

Derrière l'orphelinat, on cultivait un jardin dont s'occupaient les enfants. Il y avait un poulailler où de petits œufs ronds apparaissaient tous les matins comme par magie, minuscules lunes fragiles et essentielles à la survie. Les enfants fouillaient dans les nids avec mille précautions pour récupérer les œufs sans briser les coquilles. Les manches de leurs pulls étirées par-dessus leurs mains, leurs bras étaient semblables à des trompes d'éléphants gobant des arachides.

Il y avait deux vaches qui devaient être traites chaque matin. La traite d'une vache exigeait toujours la participation de deux orphelins. L'un pour chuchoter de douces paroles de réconfort à l'oreille de la bête, et l'autre pour la traire.

Les enfants étaient tous très pâles. Ils n'avaient jamais assez à manger. Parfois, ils se prenaient à rêver de nourriture. Assis en classe, ils baissaient les yeux et ordonnaient à leur ventre de se taire – comme s'il y avait un chien, sous le pupitre, suppliant qu'on lui donne des miettes.

Ils n'étaient pas suffisamment vêtus en hiver, et grelottaient pendant des mois. Ils avaient le bout des doigts engourdi quand ils déneigeaient le sentier menant au poulailler. Ils portaient les mains à leur visage et soufflaient dessus pour produire un peu de chaleur. Ils faisaient des claquettes pour garder leurs orteils au chaud.

Ils ne dégelaient jamais complètement sous leurs minces couvertures durant la nuit. Ils les remontaient par-dessus leur tête, entouraient leurs jambes de leurs bras en essayant de s'étreindre eux-mêmes, en essayant de devenir des petits paquets bien chauds.

Ils ne savaient jamais trop quand pleuvraient les coups, car les religieuses les frappaient sans rime ni raison. La nature d'un tel système voulait que les enfants ne puissent jamais deviner à quel moment ils allaient être battus – qu'ils ne puissent ni le prévoir ni le contrôler. Selon la sagesse des nonnes, les enfants étaient mauvais du simple fait de leur existence. Il s'ensuivait, en substance, que toutes leurs actions étaient mauvaises. Et ils pouvaient être châtiés pour des actions qui, commises par d'autres enfants, auraient été jugées anodines.

Ici est consigné un bref sommaire de certaines infractions susceptibles d'être punies par des châtiments corporels, infligés aux enfants de janvier à juillet 1914.

Tiré du *Livre des infractions mineures* :

Un garçon a levé les jambes en l'air et fait le geste de pédaler.
Une fillette a regardé un tamia et émis des caquètements dans le but de communiquer avec lui.
Un garçon a porté son plateau au réfectoire à cloche-pied.
Un petit garçon a contemplé avec une trop grande perplexité son reflet dans une cuillère.
Une petite fille a fredonné *La Marseillaise*.
Un garçon a secoué la neige de ses bottes de façon trop énergique.

Une fillette avait au genou de son bas un trou qu'elle n'avait pas reprisé.
Une fille a dessiné un visage souriant dans le zéro de l'une de ses équations mathématiques.
Sept enfants ont essuyé leur nez sur leur manche.
Une fillette, incapable de résister à la tentation de la neige, en a pris une poignée qu'elle s'est fourrée dans la bouche.
Un garçon a réussi à se présenter au déjeuner avec chacun de ses vêtements enfilé à l'envers.
Une fillette affirme s'être réveillée au milieu de la nuit et avoir vu un homme aux pattes de bouc marcher sur la pointe des pieds autour des lits.
Trois enfants ont été incapables de se rappeler le nom de l'océan entre le Canada et l'Europe.
Une fillette a tracé des mots en l'air du bout du doigt.
Une petite fille a regardé le soleil de biais pour se faire éternuer.
Un garçon a fait semblant d'arracher son pouce de sa main.
Une fillette a traité une pomme de terre épluchée comme si c'était un bébé et l'a cachée dans sa poche pour empêcher qu'on la mette à bouillir.
Pour des raisons qui lui échappaient, un garçon a décidé de livrer sa confession avec une voix de canard.

C'était triste pour tous les enfants. Ils avaient tant besoin d'amour. Les corrections nuisaient à leur estime de soi. Comme ils étaient battus chaque fois qu'on les trouvait absorbés dans leurs pensées, ils craignaient de laisser leur esprit vagabonder. Leurs petits cerveaux n'avaient pas le droit de s'amuser ni de badiner gaiement dans l'Élysée magique qu'était l'enfance.

Mais les personnalités de Pierrot et de Rose survécurent à ce cruel régime.

La mère supérieure portait toujours une attention particulière aux garçonnets et aux fillettes du groupe des plus jeunes, les deux à six ans, qui étaient logés au deuxième étage. La première chose que Pierrot et Rose eurent en commun, ce fut le chat noir. La mère supérieure essayait constamment de se débarrasser de ce chat noir, qui paraissait hanter l'orphelinat. Il avait le poil hirsute, on aurait dit qu'il venait juste de sortir d'un baril de goudron et qu'il déplorait le sort misérable qui était le sien. Certains jours, on ne le trouvait nulle part. Il semblait s'être évanoui dans les murs. Mais une fois, elle le découvrit dans le lit de Pierrot. Ils dormaient, enlacés comme des amants. La mère supérieure le chassa et il s'enfuit par la fenêtre. Elle était sûre qu'elle ne le reverrait plus jamais.

Et puis elle le revit, en train de parler à Rose. La fillette accroupie conversait avec le chat comme s'ils négociaient quelque affaire de grande importance. Mais Rose était si jeune qu'elle ne savait pas encore prononcer les mots comme il faut. Elle se contentait de produire des sons embrouillés et glougloutants. On aurait dit de l'eau bouillante débordant d'une petite casserole. Le chat écouta avec attention ce que disait Rose, puis se dépêcha de sortir par la porte, comme pour aller livrer un message aux insurgés.

Quand Pierrot et Rose eurent quatre ans, la mère supérieure les vit jouer à faire semblant que le chat noir était leur enfant. Ils l'embrassaient sur la tête et se le passaient de l'un à l'autre.

– Tu as été un vilain minet. Folle petite créature. Sale petit garnement. Tu vas aller droit en enfer, disait Rose.

– Oui, tu as été méchant et pleurnichard. Tu n'auras pas de lait. Pas de lait du tout. Pas une goutte de lait. Pas de lait pour toi, insistait Pierrot.

– Si tu pleures, je vais te donner une tape sur le nez.

– Aïe, aïe, aïe ! Je ne veux pas entendre ça.

– Tu sens mauvais. Il faut te laver les pattes. C'est l'heure du bain. Tu pues, petit monstre.

– Vilain pécheur, vilain, vilain, vilain, vilain. Avec de la boue à la place des pattes.

– Quelle honte. Regarde-moi. Monsieur La Honte.

On ne leur avait jamais appris de paroles d'affection. Bien que tous les deux n'aient connu que des termes rudes et des injonctions à la discipline, ils avaient réussi à les transformer en mots d'amour. La mère supérieure se promit immédiatement de les tenir séparés l'un de l'autre. Garçons et filles disposaient de dortoirs et de salles de classe distincts, mais ils jouaient dans la salle commune, mangeaient dans le même vaste réfectoire et faisaient leurs corvées dehors ensemble dans le champ. Il était impérieux de saper toute histoire d'amour à l'orphelinat. S'il y avait une chose qui gâchait des vies, c'était bien l'amour. Les orphelins se trouvaient dans des circonstances misérables à cause de ce sentiment des plus volage. Ces amourettes commençaient parfois des années avant que les enfants ne soient conscients de leurs sentiments, et lorsque ceux-ci devenaient évidents, on ne pouvait plus les étouffer. C'est pourquoi les sœurs se virent ordonner de tenir Rose et Pierrot loin l'un de l'autre.

Pas ces deux délinquants, songeait la mère supérieure. Pas ces deux malheureux enfants trouvés. Ils avaient déjà échappé à la mort. Et pourtant, ils osaient encore espérer autre chose.

4

LES JEUNES ANNÉES D'UN BRILLANT IDIOT

Pierrot n'était pas précoce. Bébé, il ne faisait pas grand-chose. Il ne s'asseyait même pas, se contentant de rester couché sur le dos à regarder le plafond. Et quand il apprit enfin à s'asseoir, on ne put le convaincre de parler avant des mois. Il laissait les autres enfants parler à sa place, trop ravi de les écouter pour dire quoi que ce soit. Il éclatait de rire à de drôles de moments et on n'était pas trop sûr de ce qui avait pu provoquer son hilarité.

La mère supérieure était quasi certaine que, avant qu'il ait atteint l'âge de six ans, il faudrait mettre ses affaires dans une valise, lui dessiner une petite carte avec le chemin pour se rendre à l'asile d'aliénés et l'y expédier.

Les sœurs le tenaient presque séparé des autres garçons, mais il avait pourtant l'air de bien jouer avec eux. Les autres bambins ne le mettaient pas de côté comme ils le faisaient d'ordinaire avec les enfants au développement inhabituel, ce qui semblait indiquer qu'ils estimaient Pierrot à leur niveau. Et les enfants étaient les meilleurs juges de ce genre de choses. Une fois qu'il daigna ouvrir la bouche, à l'âge de trois ans, il parut assez intelligent.

Mais ce qui l'empêcha véritablement de passer la majeure partie de sa vie en camisole de force fut la singulière habileté qu'il développa. Il était capable de se tenir en équilibre sur les mains et de faire la roue. Il savait exécuter un saut périlleux arrière comme s'il s'agissait d'une manœuvre naturelle pour un enfant. Il avait aussi le sens du théâtre. Pierrot faisait mine de s'asseoir sur une chaise, même s'il n'y avait rien pour le soutenir – subtil geste d'absurdité dont les autres enfants s'amusaient sans fin. Il faisait aussi souvent semblant d'avoir été frappé par la foudre, frétillait sur place avant de se laisser tomber par terre, raide mort. On le retrouvait parfois dans le jardin en hiver, à cueillir et à humer des fleurs imaginaires.

La chevelure blonde de Pierrot lui donnait un air sérieux et angélique quand il n'était pas en train de faire quelque chose d'absurde. Il était gracile. Il s'allongeait en vieillissant, mais ne gagna jamais en carrure. On avait du mal à imaginer qu'il atteindrait jamais la puberté. À l'âge de onze ans, Pierrot était capable de formuler de grandes et merveilleuses idées. Partout où il allait, on aurait dit qu'il laissait un sillage derrière lui, comme la queue d'un cerf-volant qui voltige dans la brise. Habituellement, on conçoit une idée ou un désir, et puis on les prononce ensuite à voix haute. Mais chez Pierrot, les idées étaient sur le bout de sa langue, à tel point qu'il avait parfois l'impression de les dire d'abord et d'y penser ensuite. Il semblait aussi amoureux des exploits gymniques du langage que de la signification des mots. C'est ainsi qu'il énonçait des propos très sages dont le sens lui échappait.

Pierrot était destiné à représenter un paradoxe pour tous ceux qui le rencontraient. D'un côté, il était profondément brillant ; de l'autre, on ne pouvait voir en lui autre chose qu'un sot. Mais comme il était follement divertissant, Pierrot était toujours présenté quand l'archevêque venait en visite.

Bien que ce ne fût pas le genre de questions qu'un archevêque infligeait habituellement à des orphelins lunatiques, il demanda un jour à Pierrot – uniquement par curiosité – comment il se représentait ses parents.

– Oh, répondit Pierrot, j'imagine une maigre et pitoyable petite adolescente qui s'est laissé séduire par un voyou. Ce sont des choses qui arrivent, et il n'y a rien qu'on puisse faire pour les empêcher. Soyons francs : je suis né dans le plus vulgaire des caniveaux.

L'archevêque, comme les autres, comprit que si on lui avait fait enfiler un veston, Pierrot aurait été à sa place n'importe où. Il aurait pu passer pour le fils du Premier ministre. On pouvait l'imaginer prononçant un petit discours à la radio à la mort de son père, s'exprimant sur ce qu'on éprouvait à la perte d'un papa si grandiose.

Le talent le plus remarquable de Pierrot consistait toutefois en sa capacité à jouer certains airs au piano au bout de quelques leçons à peine. Il possédait un talent naturel. Refusant d'apprendre à lire la musique, il jouait à l'oreille, composait ses propres mélodies ou bien les improvisait. Lire une partition musicale ressemblait fort à un pensum pour Pierrot. Et il était terriblement mauvais en mathématiques, en sciences, en géographie, en histoire et en orthographe. Bientôt, il sut jouer bien mieux que la mère supérieure elle-même. Il jouait si vite que les notes ressemblaient à des souris trottinant sur le plancher.

Né n'importe où ailleurs, il aurait été un prodige musical. Mais comme il avait grandi dans un orphelinat, il jouait du piano au réfectoire à l'heure du souper.

Il jouait un air religieux que réclamait la mère supérieure mais, de temps en temps, c'était plus fort que lui, il se mettait à inventer ses propres mélodies et transformait le petit hymne en un air de jazz. Tout le monde éclatait de rire et battait des mains. Les enfants secouaient frénétiquement la tête, comme des petites tirelires en forme de cochons qu'on agite.

Quand il improvisait de la sorte, la mère supérieure s'approchait, fermait le couvercle du piano et lui assénait parfois des coups de férule sur les paumes. Mais elle le laissait toujours jouer à nouveau. Elle ne pouvait faire autrement. Les enfants n'auraient pu écouter jouer les professeurs ou leurs autres camarades alors que Pierrot était dans la pièce.

C'est Rose, bien sûr, qui dépassa les bornes un soir en se levant de sa chaise pour se mettre à danser sur la mélodie que jouait Pierrot. Elle fit une jolie roue, les jambes droites dans les airs, sa robe rabattue sur la tête. Quand Pierrot la vit, il en resta bouche bée d'émerveillement. Puis il s'inclina vers l'avant, comme s'il connaissait tout juste la chanson pour accompagner sa folle exhibition. Il pianota une jolie mesure d'une mélodie enthousiaste pour encourager la fillette, et Rose dansa, agitant les mains au-dessus de sa tête comme pour dire au revoir à un soldat s'apprêtant à monter dans un train. Une religieuse bondit aussitôt sur ses pieds, se précipita vers Rose et la frappa derrière la tête, ce qui la fit tomber par terre, tandis qu'une deuxième sœur s'occupait de Pierrot. La mère supérieure n'aimait guère que ces deux-là soient punis en même temps, car cela risquait de faire naître en eux un sentiment de solidarité. Mais que faire d'autre ?

Même la mère supérieure, souvent rigide et revêche, avait de l'affection pour Pierrot. Il faisait d'elle une imitation assez attachante qui l'amusait à tous les coups.

Elle le frappait pourtant comme elle frappait tous les autres enfants, jusqu'à l'arrivée de sœur Éloïse.

Sœur Éloïse était jeune à son arrivée à l'orphelinat – vingt-deux ans à peine. Elle avait le front haut, des sourcils blonds, des joues constellées de taches de son, un joli nez et des lèvres roses. Elle avait des formes saines et plantureuses qui exigeaient qu'on la voie dévêtue pour être appréciées. N'importe quel homme l'aurait trouvée séduisante. La première fois que Pierrot posa les yeux sur sœur Éloïse, elle lui fit penser à un verre de lait. Elle lui fit penser à des draps propres claquant au vent au moment précis où l'eau s'évapore et où ils redeviennent secs, légers et confortables.

Chaque fois qu'une nouvelle sœur arrivait à l'orphelinat, tous les enfants croyaient qu'elle resterait douce, qu'elle resterait tendre, qu'elle se comporterait un tout petit peu comme une mère. Leurs espoirs étaient toujours déçus, bien sûr. Les sœurs devenaient toujours méchantes, et au bout de quelques mois se mettaient à gifler les enfants et à leur crier après. Les plus âgés ne se donnaient même plus la peine d'espérer, car ils savaient qu'une transformation se préparait.

Mais Pierrot fondait beaucoup d'espoirs en sœur Éloïse, à cause de la manière dont elle le traitait. Elle s'approchait de son pupitre et regardait par-dessus son épaule en classe. Sa calligraphie était toujours tellement bâclée. Sa main essayait toujours de tracer un autre mot que celui qu'il voulait écrire. Elle ne le frappait pas derrière la tête comme le faisaient immanquablement les autres sœurs quand elles voyaient son écriture désastreuse. Elle lui prenait plutôt la craie des mains et écrivait *aime et chéris* avec une dextérité et une aisance parfaites sur son ardoise. Comme un oiseau qui vole sans craindre de tomber.

Quand il passait devant sœur Éloïse, elle souriait, et lui rougissait et frémissait.

Malgré sa jeunesse, sœur Éloïse fut nommée responsable des enfants du troisième étage, qui étaient âgés de sept à onze ans. Elle remarquait chez les orphelins certains traits avant qu'eux-mêmes n'en soient conscients, perspicacité que la mère supérieure trouvait chez très peu de religieuses. Sœur Éloïse était capable d'infliger des punitions de façon préventive. Si certaines religieuses remettaient en question la moralité de cette approche, elles ne pouvaient nier qu'elle était efficace.

Pierrot était perdu dans ses pensées, un jour, quand sœur Éloïse le prit par le bras et l'emmena dans un coin.

– Regarde sous ma robe. J'ai une surprise pour toi.

Il jeta un coup d'œil sous son habit, comme un photographe qui plonge la tête sous le drap noir d'un appareil photo dans l'espoir de saisir les fuyants mystères du monde. Quand il ressortit la tête, désorienté, elle avait un petit biscuit à la confiture de framboises au creux de la main. On ne donnait jamais de friandises aux enfants. Après, il se sentit honteux parce que aucun des autres n'avait pu manger ce biscuit avec lui et qu'il ne pouvait pas leur en parler. Le biscuit était délicieux, mais il avait le goût de la mort.

Quand on le corrigea parce qu'il avait été pris à tenter de récurer le plancher en attachant des guenilles à ses pieds et en patinant sur la surface, sœur Éloïse intervint. Après ce jour, il constata qu'il n'était plus battu ni rudoyé. Il aurait été ravi de ce phénomène s'il s'était aussi appliqué aux autres enfants, mais il découvrit, à sa grande consternation, qu'aucun des autres n'était épargné. Il était le seul à ne pas être puni brutalement, ce qui éveilla chez lui des sentiments d'isolement et de culpabilité. Et il remarqua que Rose, en particulier, semblait se faire frapper plus que jamais. Il l'aperçut avec un œil au beurre noir en train de nourrir les poules. Tout à coup, il voulut être battu. Il voulait connaître le même sort que Rose. Il ignorait pourquoi.

5

NOTES SUR UNE JEUNE PROVOCATRICE

Rose était une petite fille d'allure ordinaire. Elle n'était assurément pas laide, mais elle ne faisait pas partie de ces enfants si absolument adorables qu'on ne peut en détacher le regard. Elle avait des cheveux noirs et des yeux à l'avenant. Elle ressemblait un peu à cette poupée snob et dénuée d'expression, populaire dans les magasins chics de l'époque. Elle n'avait rien de remarquable, sauf peut-être ses joues, qui viraient au rose vif quand elle était dehors dans le froid. C'était le seul moment où les gens s'apercevaient qu'elle était jolie. Quand elle était à l'intérieur, on aurait dit que sa beauté fondait comme neige au soleil.

Comme Pierrot, Rose avait depuis son plus jeune âge le goût de la simulation. Elle faisait semblant d'être un chat au pied du lit, miaulant de la façon la plus mignonne qui soit. Elle était capable d'imiter un sifflet à vapeur et de gonfler ses joues jusqu'à ce qu'elles soient bien rondes, comme celles d'un trompettiste. Rose se juchait sur une chaise et faisait des bruits de pets. Les autres enfants adoraient cela.

Peut-être en raison de sa première sieste profonde dans la neige, Rose était une enfant remarquablement portée sur l'introspection. Elle s'interrogeait sur la différence entre ce qui se passe devant nos yeux et les choses étranges qui se déroulent dans nos têtes. Parfois, il lui semblait qu'il n'y avait aucune distance entre les deux. Parfois, elle était d'avis que c'était idiot de prêter une si grande attention au monde réel quand il en existait un autre, fantastique, dans nos têtes, où on pouvait tout aussi bien choisir d'évoluer. Elle se comportait alors comme si le monde réel était sans importance.

Toutes les autres filles gloussèrent de plaisir quand elles comprirent que, ce soir-là, Rose laisserait libre cours à sa folie. Elle se pencha en avant et se couvrit le corps et la tête d'un manteau, puis leva le bras en l'air de façon à évoquer le cou d'une autruche. Elle grimpa sur le cadre de son lit comme s'il s'agissait du gréement d'un navire. Faisant semblant de s'engager sur un câble, elle y marcha délicatement et s'écria : « Terre ! » Une nuée d'enfants grimpa sur le matelas. Ils voulaient monter à bord de cette chaloupe de sauvetage. Ils voulaient gagner cette terre nouvelle et explorer tout ce que Rose s'apprêtait à explorer. Voir tout ce que Rose s'apprêtait à voir.

Elle sautait d'un lit à l'autre comme si elle tentait d'échapper à un horrible pirate ayant fait irruption sur le pont et déterminé à avoir sa peau – déterminé à la poignarder en plein cœur pour avoir refusé de l'aimer. La qualité de sa performance était telle que les fillettes pouvaient voir l'homme diabolique qui l'avait prise en chasse. Elles tenaient leurs petites mains devant leur bouche pour étouffer leurs cris d'épouvante.

L'une des fillettes s'émut tant du spectacle, un soir, qu'elle en tomba dans les pommes. Les autres se rassemblèrent autour d'elle, lui soufflèrent sur le visage en agitant des oreillers au-dessus d'elle pour tenter de la ranimer. Si les sœurs étaient entrées, elles auraient mis fin pour toujours à ces jeux merveilleux.

Parmi les performances de Rose, leurs préférées étaient, de loin, celles où son ami imaginaire, un ours, venait en visite. Invariablement, il demandait la main de Rose. Toutes les petites filles se décalaient d'une chaise à la table du réfectoire pour laisser une place à l'ursidé fictif. Dans le dortoir, à la nuit tombée, Rose s'asseyait au bord de son lit, regardant droit devant elle, et repoussait les avances de la bête.

– Vous devez avoir perdu la tête. Pourquoi est-ce que j'épouserais un ours ?

Elle s'arrêtait pour écouter ce que répondait celui-ci.

– Eh bien, d'abord, comment pourrais-je vous faire confiance avec mes amies ? Je suis certaine que si je détournais les yeux une minute, vous en profiteriez pour les avaler tout rond.

Les petites filles explosaient de joie. Leur rire était comme un faisan qui jaillit, interloqué, hors d'un bosquet.

– Et vous mangez toujours tout le miel. Ce n'est pas bien ! Vous savez que j'aime en mettre une cuillère dans mon thé, et chaque fois que je veux prendre le pot, il est complètement vide.

Elles riaient encore de ce gros ours qui n'avait pas la jugeote de savoir quand s'arrêter.

– Et puis, vous êtes un fainéant. Vous dormez tout l'hiver. Je sais qu'il fait froid dehors, mais ça ne veut pas dire que vous pouvez dormir pendant tout ce temps. Comment payer les factures ? Vous croyez que j'ai envie de passer tout l'hiver à vous écouter ronfler ? Non, je ne vous embrasserai pas. Non, non, non. Ôtez vos grosses pattes.

Les fillettes frappaient dans leurs mains et criaient de joie. Elles s'oubliaient, relevaient leur robe sur leur menton et se fourraient les poings dans la bouche.

Une petite fille riait si fort qu'elle mouilla un peu sa culotte.

Pendant que, dans le dortoir des garçons, Pierrot divertissait les gamins, Rose donnait un spectacle à l'intention des filles. Comme l'aile des garçons était séparée de celle des filles, chacun ne faisait jamais vraiment partie du monde imaginaire de l'autre.

Pas encore.

Les sœurs étaient conscientes que Rose se distinguait, et c'est peut-être pour cette raison qu'elle était punie davantage que les autres enfants. De fait, à l'époque, son nom apparaît à une fréquence plutôt alarmante dans *Le Livre des infractions mineures*. Sœur Éloïse n'aimait pas l'attention que lui accordaient les autres fillettes. Rose était adorée pour sa créativité et son humour, ce qui était mal, aux yeux de la religieuse, fermement convaincue que les fillettes ne devaient être admirées que pour leur bonté.

Elle détestait que Rose tentât de s'améliorer intellectuellement, chose qu'il n'appartenait pas à une fille de faire. Elle surprit la fillette à sortir des poubelles les pages de journaux dans lesquelles on avait enveloppé le poisson pour les lire. Elle vit un vieux concierge passer quelque chose à la fillette, qui le mit sous son pull. Après enquête, la religieuse découvrit qu'il s'agissait d'une *Histoire de France* à laquelle manquait le premier chapitre. Sœur Éloïse savait que ça ne pouvait être la première fois qu'avait lieu cet échange clandestin. Dans l'une des cabines des toilettes, elle remarqua qu'une latte du plancher était disjointe. En la soulevant, elle trouva une pile de livres : Victor Hugo, Cervantès, Jules Verne !

Comme punition, on interdit à tous d'adresser la parole à Rose ce jour-là. Elle dut porter autour du cou une pancarte où on lisait IGNOREZ-MOI. Si une autre fillette était prise à lui parler, celle-ci se verrait enfiler semblable pancarte au cou.

Un autre jour, Rose dut se tenir debout sur une chaise pour avoir fraternisé de façon indécente avec son ours imaginaire, un gros atlas posé sur la tête. L'atlas était rempli de cartes de tous les pays du monde.

Rose se promenait avec, dans sa poche, une souris blanche que lui avait offerte le jardinier. La nuit, quand elle dormait, elle gardait la souris dans un bocal au fond de son coffre. En découvrant cette résidence de verre un matin, la mère supérieure remplit le bocal d'eau devant tout le monde avant de revisser le couvercle. La souris flotta à la surface, pattes écartées, comme si elle était véritablement pleine d'émerveillement devant la vie.

La cuisinière, qui aimait avoir de la compagnie quand elle fumait, donnait toujours des cigarettes à Rose. C'est ainsi que Rose aussi fumait, perchée sur le plan de travail, jambes croisées, en écoutant la cuisinière pérorer au sujet de son beau-frère.

Quand elle la prit sur le fait, sœur Éloïse obligea Rose à se tenir debout devant tout le monde et à fumer un paquet de cigarettes entier. Tous les enfants la regardèrent fumer. Elle le faisait avec une telle élégance. Rose soufflait un rond de fumée et les enfants applaudissaient. Ils ne savaient pas comment elle pouvait si bien faire semblant d'être une adulte.

– Quoi qu'on en dise, c'est très difficile d'être un dragon, dit Rose. Chaque fois que je me retourne, il y a un chevalier, là, en train de me piquer le derrière. Excusez-moi, mais est-ce que je viens chez vous, moi, pour vous piquer le derrière ? Non, pas du tout.

Comme toujours, les rires fusèrent autour d'elle, comme l'eau jaillit autour de la statue au milieu d'une fontaine. C'est Pierrot qui riait le plus fort. Il trouvait Rose merveilleuse. Il trouvait que c'était une rebelle. Elle l'intimidait.

Rose avait l'impression qu'elle aurait été capable de fumer toutes les cigarettes de la ville, bon Dieu de bon sang ! Plus tard ce jour-là, elle se retrouva pliée en deux au-dessus d'un seau, en train de vomir.

Quand elle surprit Rose enlaçant de nouveau l'ours, un soir, sœur Éloïse décida que c'en était assez.

D'ordinaire, les pensées de sœur Éloïse étaient semblables à de délicats bibelots de porcelaine soigneusement disposés sur la tablette d'une vitrine en verre fermée à double tour. Quand Rose entrait dans la pièce, chacune de ses paroles était un obus de mortier, les tablettes se mettaient à trembler et les idées commençaient à tomber pour aller voler en éclats par terre. La colère de sœur Éloïse était irrationnelle, et également impossible à encaisser.

– Qu'est-ce que tu fabriques ?

– Je ne veux pas que les petites aient peur du noir. Je veux qu'elles sachent que les créatures de l'obscurité sont gentilles.

– Il n'y a rien dans l'obscurité. Elles n'ont qu'à s'en remettre à Dieu et tout ira bien. Dieu est partout autour d'elles dans le noir.

– Mais des fois, on aime bien imaginer des ours qui parlent. Je les invite à sortir et à s'asseoir avec nous pour boire une tasse de thé.

– Tu appelles le diable.

– Non. C'est juste un jeu.

– Comment oses-tu me répondre ?

Rose se retrouva enfermée dans le placard pendant presque trois jours. Quand on finit par la libérer, Pierrot la remarqua dans le couloir, plissant les yeux parce que la lumière était aveuglante, les bras tendus devant elle.

À l'orphelinat, ceux qu'on prenait à se masturber étaient punis de cinquante coups de férule sur les doigts. Et ils devaient se tenir debout sur une chaise dans la salle commune, des gants rouges aux mains, pour que tout le monde sache ce qu'ils avaient fait. Il y avait un nouveau petit garçon debout sur cette chaise toutes les deux ou trois semaines. Et puis, un jour, il y eut l'adorable Rose. Personne n'en croyait ses yeux. Mais ce qui était peut-être plus choquant encore, c'était l'expression de son visage. Elle se tenait, menton levé bien haut, avec un air qui ressemblait à de la fierté.

Pierrot disait parfois aux gens que c'était à ce moment-là qu'il était tombé amoureux de Rose.

6

PORTRAIT D'UN GARÇON AVEC PARAPLUIE

Les yeux plissés, Pierrot se masturbait, un soir. Il était âgé de onze ans. Il avait les lèvres tordues vers la gauche et ses orteils écartés pointaient sous la couverture. Il ouvrit les yeux et sursauta, horrifié, en découvrant sœur Éloïse debout au pied de son lit. Son pénis tendait la couverture comme une tente.

Il était sûr d'être sévèrement puni. Mais sœur Éloïse lui prit doucement la main tout en mettant un doigt devant sa bouche en cul-de-poule, pour lui faire signe de garder le silence, ce qui lui donna l'impression qu'elle était mystérieusement complice de son crime. Elle avança joliment sur la pointe des pieds, et il la suivit. Elle l'emmena dans la salle de bains. Il crut qu'elle l'entraînait peut-être à l'écart afin de pouvoir le corriger sans réveiller les autres enfants. Elle allait probablement l'obliger à grimper dans une baignoire pleine d'eau glacée, punition qui n'était pas inhabituelle à l'orphelinat.

À la vue de la baignoire remplie d'eau, Pierrot se mit à trembler et à grelotter. Les enfants de Montréal étaient absolument terrifiés par le froid. On aurait pu s'attendre à ce qu'ils acquièrent une certaine résistance, en raison des longs hivers, mais c'était plutôt le contraire qui se produisait. Le froid les avait tant persécutés et tourmentés qu'ils en avaient plus peur que les enfants de n'importe où ailleurs, de même que les enfants qui ont été mordus par un chien sont terrorisés par ces créatures leur vie durant.

– Enlève tes vêtements et monte dans la baignoire, dit-elle.

Pierrot claquait des dents en levant sa chemise de nuit au-dessus de sa tête. Tout son corps tremblait, comme si un train passait à la fenêtre. Sœur Éloïse baissa les yeux vers son pénis. Même s'il avait perdu son érection, son sexe était plus gros que celui des autres garçons de son âge. Quand il s'aperçut qu'elle le regardait, il se couvrit de ses mains, à nouveau gêné. Il grimpa dans la baignoire, oubliant un instant le froid, comme si elle pouvait le cacher.

Dès qu'il plongea le pied dans l'eau, il fut frappé par sa température. C'était stupéfiant et formidablement agréable. C'était comme si, s'attendant à essuyer une gifle, il avait plutôt reçu un délicieux baiser. Il se dépêcha d'entrer dans le bain et de s'enfoncer dans sa douce chaleur. Il n'avait jamais pris un bain chaud. Les baignoires où l'on plongeait les enfants une fois par mois étaient toujours remplies d'une eau tiède et crasseuse.

Il ne prit pas la peine de se demander pourquoi il avait droit à une telle récompense. L'heure n'était pas à la logique. Il se délectait simplement de la sensation. Il ne faisait qu'un avec l'eau chaude. Le robinet ressemblait à un éléphant aux oreilles écartées. Sœur Éloïse dévissa les oreilles, un nouveau jet d'eau chaude jaillit de sa trompe et Pierrot ferma les paupières.

Quand il les rouvrit, il vit que sœur Éloïse avait enlevé son habit et ne portait qu'une mince combinaison. C'était bizarre de découvrir ses cheveux. Même s'ils avaient été coupés ras, il pouvait voir qu'ils étaient doux et blonds, comme le duvet qu'on trouve dans une gousse d'asclépiade. Elle secoua la tête, comme si elle avait de longues boucles soyeuses.

– Je vais te laver, dit-elle.

Pierrot se leva et sœur Éloïse entreprit de savonner vigoureusement son corps maigrelet. Sa combinaison fut éclaboussée tandis qu'elle le frottait et le récurait. Il discernait la forme de ses gros seins ronds sous le tissu trempé. Il n'aurait su dire pourquoi, mais il avait peur.

Le fond de la baignoire, glissant sous ses pieds, semblait aussi immatériel qu'une fine couche de glace. Comme s'il risquait de passer au travers à tout moment et de faire une chute d'une trentaine de mètres avant de plonger dans des eaux froides et menaçantes.

– Veux-tu sentir quelque chose d'étrange mais de très agréable ? demanda sœur Éloïse.

Pierrot haussa les épaules. Comme tous les enfants, il était toujours prêt à faire de nouvelles expériences potentiellement délicieuses. À ce moment-là, pourtant, il hésita. Quelque chose l'empêchait de dire oui, mais il ne dit pas non. Plus tard, il se rappellerait toujours qu'il ne lui avait pas dit non.

Déposant le savon et le gant de toilette sur le rebord de la baignoire, sœur Éloïse se redressa sur ses genoux. Elle prit le pénis de Pierrot dans ses mains, se pencha en avant et y posa les lèvres. Elle n'en avait que le bout dans la bouche, qu'elle léchait et suçait. Son pénis grossit à une vitesse formidable. Il songea qu'il continuerait de grossir, grossir encore. Comme si c'était une sorte de haricot magique. Il se sentait horriblement mal, mais tellement bien.

Il eut l'envie soudaine d'attraper la tête de sœur Éloïse et de fourrer son pénis au fond de sa gorge. Il tenta de se retenir, mais ses mains et ses doigts se tendirent malgré lui. Ils voulaient simplement toucher ses cheveux soyeux du bout des doigts. Dès qu'il sentit les cheveux, ce fut plus fort que lui. Il en agrippa deux poignées, enfonça profondément son pénis dans sa bouche et il explosa. La sensation était si intense qu'il ne savait pas si c'en était une bonne ou une mauvaise. C'était surtout effrayant. Il savait aussi que c'était une chose qu'il aurait facilement pu passer le reste de sa vie à faire.

Son pénis palpitait dans la bouche de sœur Éloïse. Un tremblement parcourut le corps de Pierrot, comme s'il était un drapeau bougeant dans le vent. Sœur Éloïse hoqueta et toussa. Elle le repoussa doucement, puis cracha dans le bain.

– Tu peux retourner te coucher, dit-elle.

Pierrot sortit de la baignoire. Il se sécha en vitesse et repassa sa chemise de nuit par-dessus sa tête. Tremblant de froid, il se dépêcha de retourner à son lit sur la pointe des pieds. Il se mit à tomber une pluie verglaçante, et Pierrot avait l'impression qu'une centaine d'enfants couraient derrière lui. Il eut un frisson. Il devait se glisser sous les couvertures pour se rendormir et se réveiller de ce rêve étrange. Il ne savait même pas ce qu'il avait fait exactement. Il ne savait pas ce que c'était que de se faire sucer avant ce moment-là. Mais il savait que ça avait à voir avec le sexe.

Il était trop jeune pour être marié avec la religieuse. Et puis elle était mariée à Dieu ! Que dirait Dieu s'Il apprenait cela ? Et Dieu savait tout, alors Il l'apprendrait certainement. Comment avait-il pu être aussi bête, aller contrarier Dieu ? Il avait cru qu'il avait de la chance, ces derniers temps, puisqu'on ne le battait plus comme les autres enfants.

Il pleura dans son oreiller sans savoir pourquoi. Le lendemain, il éclata en sanglots en regardant son porridge. Ses grosses larmes rendirent le porridge savoureux.

Sœur Éloïse continua de réveiller Pierrot au milieu de la nuit. Cela arrivait si souvent qu'il en perdit le compte. Et cela continua de se produire tandis que l'hiver fondait dehors. Une fois, il se concentra si fort pendant qu'Éloïse le suçait qu'il fit éclater des petits bourgeons dans les branches, et puis les feuilles s'épanouirent quand il jouit. Le lendemain, il enfila son pull à col roulé noir pour aller dehors. Ayant du mal à le passer par-dessus sa tête, il s'assit au bord de son lit et s'imagina qu'il ressemblait à un pion d'échiquier. Quand il sortit, le vent printanier était revenu et racontait aux enfants qu'il avait pris un navire jusqu'à Paris, puis un train jusqu'en Italie. Les orphelins dansaient avec le vent, pieds nus et insouciants.

Pierrot ne se confia à aucun des autres enfants. C'était comme si ce qui se passait entre sœur Éloïse et lui n'était qu'un rêve. Les autres parlaient rarement de leurs rêves. À quoi bon raconter qu'un cheval à deux têtes avait pointé le nez dans le dortoir ? Le soir, les monstres sous son lit le suppliaient de venir leur faire l'amour.

Sœur Éloïse fit jurer à Pierrot qu'il ne confesserait pas au curé ce qu'ils avaient fait. Elle lui expliqua que c'était un secret, mais non pas un péché. Et que de savoir garder un secret, c'était signe qu'on était amoureux. Mais l'impression de mal était là. Cette impression était-elle une preuve de quelque chose ? La preuve qu'il existait une distinction entre le bien et le mal ? Mais Pierrot n'osa pas en parler au curé. Aussi, par-dessus tout le reste, Pierrot croyait qu'il irait en enfer.

Les autres remarquèrent un certain changement chez le garçon. Alors qu'auparavant c'était un enfant presque invariablement heureux, il était désormais en proie à de grands accès de tristesse.

Il leur disait de le laisser tranquille, qu'il avait peur de la mort et qu'il avait besoin de pleurer. Il avait l'air de jouer la tristesse.

Il se roulait en chien de fusil, comme s'il était littéralement une boule de désespoir. Et il se balançait d'avant en arrière, jusqu'à ce que la roulade devienne saut périlleux. Il faisait toujours mine d'être surpris quand il se retournait, et puis il étirait les membres dans toutes les directions, stupéfait. Tous les autres enfants éclataient de rire.

Il courait, se lançait contre le mur, s'y cognait comme un oiseau heurte une vitre, puis se laissait glisser à terre.

Un jour, il se tint dehors dans le jardin avec, au-dessus de la tête, le parapluie qu'il avait emprunté à la mère supérieure. Les enfants lui demandèrent ce qu'il faisait, et il répondit qu'il attendait qu'il pleuve.

Les enfants accouraient vers Pierrot quand il était de cette humeur. Mystérieusement, sa tristesse chassait la leur. Leur malheur était facile à surmonter. Leur mauvaise humeur semblait insignifiante. On n'avait pas à craindre la tristesse. On pouvait en rire. Elle était aussi absurde qu'un éternuement. Elle durait le temps d'une piqûre d'abeille.

Pierrot était là, tout seul sous son parapluie. Une poule passa, le jabot gonflé, tel un bambin qui apprend à marcher. Les enfants se lassèrent de regarder Pierrot et partirent jouer. Sauf Rose, qui resta à l'observer. Elle s'approcha sur la pointe des pieds, courba la tête et le rejoignit sous le parapluie. Elle lui prit la main et Pierrot se sentit mieux presque tout de suite, comme si Rose était la solution à toutes les grandes énigmes philosophiques.

– Je suis un méchant garçon, lui dit Pierrot.

– Je suis assez vilaine moi aussi, dit Rose, et elle lui sourit.

Pierrot savait que Rose était punie chaque fois qu'elle lui parlait. Ses mots étaient de la contrebande, de précieux articles du marché noir. Une phrase de sa part, c'était comme un bocal de confiture en temps de guerre.

– Est-ce que ça te dérange ? lui demanda Pierrot.

– Non. On ne sera pas ici pour toujours. Quand on partira, on fera ce qu'on voudra.

Quelle idée ! Il était donc possible de s'évader ? Pierrot n'avait jamais songé à cela. Il avait été enfant toute sa vie, aussi lui semblait-il raisonnable de s'attendre à le demeurer pour le restant de ses jours. Mais la possibilité d'être libre existait.

Rose montra du doigt le champ devant l'orphelinat, où l'on pouvait voir la ville en construction. C'était un paysage différent chaque fois qu'on regardait, avec de nouvelles tourelles, de nouvelles mansardes, des toits, des fenêtres et des croix avançant vers l'orphelinat telle une flotte de navires de guerre toujours plus proche du rivage.

Trois religieuses sortirent, brandissant leur férule, pour séparer le garçon et la fillette. Rose lâcha la main de Pierrot et traversa le jardin en courant.

Plus tard ce soir-là, Pierrot murmura les mots « je suis assez vilaine moi aussi ». Ça lui plaisait. Il aimait avoir les mots de Rose dans la bouche. Il aurait voulu ouvrir la bouche et entendre le rire de la fillette. Il éprouvait un étrange désir qu'il était incapable de mettre en mots ni même de comprendre logiquement : il voulait ne faire qu'un avec elle.

On fit sortir Rose du placard et elle retourna à son dortoir plus tard cette nuit-là. Elle était contente que ce soit la nuit, car les lumières vives lui donnaient mal à la tête. Elle supposait qu'elle devait s'estimer chanceuse. Elle avait seulement passé cinq heures enfermée cette fois, pas plusieurs jours.

Elle avait employé tout le temps passé dans le placard à faire branler sa molaire du fond. La dent s'était délogée quand Rose avait été giflée pour avoir parlé à Pierrot. Elle l'avait maintenant dans sa poche.

Sœur Éloïse lui avait dit qu'elle était une salope et qu'elle essayait de le faire succomber à la tentation. Peut-être la religieuse avait-elle raison. Il était vrai qu'elle éprouvait le besoin d'être proche de Pierrot. Ça la mettait dans le pétrin à chaque fois. Elle risquait tout pour lui.

Les autres fillettes étaient déjà endormies. Dehors, la lune était pleine et illuminait le dortoir d'une lumière étrange. Rose s'assit au bord de son matelas, délaça ses chaussures et les glissa sous son lit. Elle plongea les mains sous sa robe et enleva ses bas. Elle étendit ses jambes nues devant elle pour les admirer. L'ongle de son gros orteil droit, complètement noir, allait bientôt se détacher, parce qu'il avait reçu un coup de canne. Son genou gauche était bleu foncé depuis qu'elle était tombée dessus après qu'on l'eut giflée.

Elle passa sa robe blanche au-dessus de sa tête. Elle n'avait pas défait assez de boutons et s'y emmêla, comme un papillon qui essaie de s'extirper de son cocon. Elle finit par s'en débarrasser, la plia et la déposa dans son coffre. Il y avait un cercle violet autour d'un de ses bras, là où on l'avait agrippée pour la tirer.

Elle enleva sa combinaison. Le sous-vêtement était mince, comme un filet de fumée qui s'échappe d'un cigare. Elle portait encore des marques dans son dos, là où on l'avait battue à coups de canne. Et son flanc était toujours brun pâle, là où elle avait eu une côte fêlée lors d'une correction plus ancienne.

Trois gouttes de sang tachaient sa culotte parce qu'elle avait eu ses règles. On aurait dit des pétales de rose.

Le corps d'une jeune fille est le lieu le plus dangereux du monde, car c'est là que la violence risque le plus de s'exercer.

Rose tira sa chemise de nuit sur son corps et sauta dans son lit. Elle se tortilla pour se nicher sous les couvertures. Elle songeait à Pierrot. Elle ne savait pas ce que cela signifiait de vouloir être toujours proche de quelqu'un. Elle voulait connaître les mêmes expériences que lui. Elle voulait le frapper et voir un bleu apparaître sur son corps à elle.

– Je suis un méchant garçon, murmura Rose au plafond.

– Je suis assez vilaine moi aussi, lui répondit Pierrot en chuchotant.

7

OÙ L'ON FAIT TOMBER LA NEIGE D'EN BAS

Le temps des fêtes était magique à Montréal. Les flocons de neige, énormes à ce moment de l'année, étaient si blancs que les enfants avaient parfois mal aux yeux en les regardant. La blancheur régnait partout. Ça avait quelque chose de tellement propre.

À la saison des fêtes, le travail ne manquait pas à l'orphelinat. Tous les ans, les enfants donnaient des spectacles à l'hôtel de ville. En 1926, par exemple, ils montèrent une pièce sur Daniel et les lions. Les enfants avaient tous des crinières confectionnées de calottes et de laine jaune enfoncées sur la tête. Il fallait faire bien attention de ne pas laisser tomber la laine dans la soupe avant la représentation. Rose, qui participait à ce spectacle, avait fait rire le public aux éclats avec son rugissement distinctif et sa façon de secouer la tête.

L'année suivante, quand Pierrot et Rose avaient treize ans, le comité créatif de l'orphelinat, qui consistait en une poignée de religieuses assises autour d'une table de cuisine, décida de mettre en scène une production ayant pour sujet l'hiver. La veille de la représentation, tous les enfants se costumèrent en anges de neige. Ils avaient des ailes en plumes blanches passées sur leurs épaules à l'aide de bretelles et des petites auréoles de fil de fer fixées à l'arrière de leur costume de manière à flotter au-dessus de leur tête. Ils soulevaient leur robe blanche pour éviter que les ourlets ne soient complètement couverts de boue et de gadoue en se hâtant de gagner la charrette tirée par un cheval. Le clic-clac des sabots faisait penser à une pièce pleine d'enfants affligés de hoquet.

Les enfants montèrent sur scène, joignirent les mains pour la prière et baissèrent les yeux vers le sol, les lèvres plissées. Ils évitaient de regarder le public, de peur d'éclater de rire. Ils essayèrent de former en vitesse une ligne droite. L'une des fillettes tourna la tête et regarda les spectateurs. Elle s'immobilisa quelques secondes et tous les enfants derrière elle lui rentrèrent dedans.

Il y avait une chanson sur l'hiver, au cours de laquelle les enfants chantaient *houuuu houuuu houuuu* pour imiter le son du vent en levant les bras en l'air, doigts écartés, et en les secouant d'avant en arrière comme des branches d'arbre. Quelques enfants très jeunes montèrent sur scène et se mirent à frapper sur des barils en métal pour créer le son d'une tempête. Et puis le raffut s'arrêta et les enfants levèrent les yeux. Au ravissement du public, des flocons en papier se mirent à tomber du ciel au-dessus de la tête des petits.

Les enfants chantèrent *Sainte nuit* tandis que tombait la neige.

Rose descendait de scène quand Pierrot s'apprêtait à y monter. Il l'attrapa durement par le poignet.

– Reste là. Je veux jouer cet air pour toi.

Les flocons n'avaient pas encore fini de tomber quand Pierrot émergea de derrière les rideaux. Il marcha vers un grand piano brun qu'on avait fait rouler jusqu'au centre de la scène. Il n'avait encore jamais rencontré ce piano. Il s'installa sur le banc, courba la tête vers le clavier et remua les doigts au-dessus des touches avant de les effleurer, comme pour se réchauffer. Quand il les posa sur le clavier, ses doigts, de surprise, firent un saut en arrière. Les touches étaient tellement plus légères que celles du piano de l'orphelinat. Elles étaient tellement plus prêtes à être ses complices. Ce piano aimait qu'on joue sur lui, contrairement à l'autre, qui était récalcitrant. Il fit courir ses doigts sur les touches, s'enchantant lui-même et enchantant le public. Son jeu faisait penser à des rires s'élevant dans une cour d'école. L'air parut d'abord n'avoir ni queue ni tête, mais le public discerna bientôt la minuscule, délicate et douce mélodie qu'il improvisait devant eux. On aurait dit que quelqu'un venait d'ouvrir la boîte à bijoux la plus magique du monde.

C'était la mesure qu'il avait jouée la première fois que Rose s'était mise à danser. Pierrot y avait travaillé chaque jour depuis. Se rappelant qu'elle n'avait pu y résister, il avait voulu la séduire à nouveau. Rose ferma les yeux, tendant l'oreille et savourant la mélodie, ignorant le reste du monde. Elle se mit à danser d'un pied sur l'autre, se balançant sur la musique en coulisses. Il y eut soudain un rire juste derrière elle. Elle s'était crue en sécurité derrière les rideaux noirs, épais comme la nuit dans une forêt sans lune. Mais quand Rose ouvrit les yeux, elle était debout sur la scène, face au rideau noir. Elle se retourna très lentement ; le public la regardait.

Tous les spectateurs devinrent absolument silencieux dès qu'ils aperçurent le visage pâle et stupéfait de Rose. Ils étaient incapables de détacher les yeux de la fillette. Elle semblait tellement étonnée d'être en vie… Ils n'auraient su dire pourquoi au juste ils la trouvaient si belle. Qu'est-ce qui les poussait à la dévisager de la sorte ? Étaient-ce ses yeux immenses, qui semblaient d'un noir presque surnaturel ? Étaient-ce ses cheveux sombres ? Sa bouche en bouton de fleur ? Ses joues roses ?

Pierrot continuait à jouer. Il jouait de manière hésitante, comme si la mélodie était elle aussi inquiète et étonnée de se trouver face à un public. Rose sourit aux spectateurs. Elle battit des bras comme si elle essayait de se hisser vers les cieux, d'échapper à cette situation fâcheuse. Mais elle fit un petit bond et atterrit sur le derrière.

Tout le monde rit de son expression et de ses adorables bouffonneries tandis qu'elle continuait de chercher une façon de s'envoler de la scène. Rose sentait l'admiration du public. C'était comme se tenir debout devant un feu d'où irradiait de la chaleur. Et chaque fois qu'elle faisait un geste, elle jetait une nouvelle bûche dans l'âtre.

À ce moment-là, sœur Éloïse sortit en courant des coulisses. Il fallait mettre le holà à ce qui se passait sur les planches. Mais elle ne regardait pas où elle mettait les pieds, et elle trébucha sur la corde attachée à l'un des seaux remplis de fausse neige qui, mystérieusement, ne s'était pas renversé. Bien sûr, à cet instant, il n'eut aucun mal à basculer. Une montagne de neige de papier se répandit sur la scène. Rose rentra la tête dans les épaules et mit les mains de chaque côté comme si elle était prise dans une tempête.

Elle tournoyait en secouant la tête pour faire tomber les flocons de ses cheveux. Et puis elle passa ses bras autour de ses épaules, comme le font les gens qui grelottent à un arrêt d'autobus. Elle se mit à sautiller d'un pied sur l'autre comme pour tenter de les garder au chaud, puis elle entama une danse d'ange de neige. Elle faisait semblant que le sol était glacé sous ses orteils et que le vent la faisait virevolter. Debout sur la pointe d'un pied, elle leva son autre jambe bien au-dessus de sa tête et la redescendit lestement avant que la robe ne glisse complètement. Dessous, elle portait des bas blancs raccommodés et des bottes lacées noires.

Et Pierrot la suivait. Ils étaient à ce point synchronisés qu'il était difficile pour qui que ce soit dans le public de discerner si c'était Pierrot qui accompagnait sa danse ou si c'était elle qui dansait sur sa musique. Tous ceux qui assistaient à ce numéro étaient persuadés qu'ils l'avaient répété soigneusement pendant des années.

Pierrot se mit à jouer avec une énergie si folle que Rose ne put rien faire d'autre qu'une petite pirouette en l'air, mains dans le dos. Elle inclina brusquement le corps vers l'avant, comme pour exécuter un plongeon. Pendant une seconde, on aurait dit qu'elle allait s'envoler. Et puis elle se recroquevilla jusqu'à former une boule, repliant ses ailes et tout le reste, et alla atterrir aux pieds de Pierrot.

Il joua les dernières notes de sa mélodie. Elle tendit la main. Il la prit. Il l'aida à se relever, ensemble ils marchèrent jusqu'au centre de la scène et saluèrent.

Une femme très fortunée était assise à côté de la mère supérieure. C'était la cousine du Premier ministre. Elle était coiffée d'un chapeau en panne de velours. On aurait dit qu'elle revenait tout juste du champ de bataille et qu'elle avait un bandage autour de la tête. Sa coiffure descendait si bas sur son front qu'on ne pouvait juger de son expression qu'à ses lèvres minces, qui étaient habituellement plissées en une moue serrée. Elle portait une étole de vison qui semblait refuser de bien se tenir, car elle ne cessait de glisser de son cou pour se bagarrer avec le pékinois d'une autre dame du public. La femme très fortunée se pencha vers la mère supérieure.

– *Ces deux-là sont extraordinaires**. Il faut que ces enfants viennent faire leur numéro dans mon salon, dit-elle. Je ferai un don appréciable.

Et ses paroles changèrent la vie des orphelins.

Sur le chemin du retour, Rose posa une boule de neige sur sa joue, là où sœur Éloïse l'avait giflée dès qu'elle était descendue de scène. Elle était assise à l'arrière de la charrette avec les autres fillettes. La mère supérieure avait pris place à l'avant, au côté de sœur Éloïse.

– Je pense qu'aussitôt arrivées, on devrait enfermer Rose dans le placard pour une semaine, suggéra sœur Éloïse.

– Elle a été suffisamment punie.

* Les passages en italique suivis d'un astérisque sont en français dans le texte original.

Sœur Éloïse en resta bouche bée. La mère supérieure se retourna et la regarda durement.

– Je ne veux plus que vous la frappiez au visage. Elle sera bleue et noire pendant deux semaines.

– Le temps est venu d'envoyer Rose travailler. Avant qu'elle ne nous cause de vrais ennuis.

– Pas tout de suite, sœur Éloïse. Pas tout de suite.

Le lendemain du spectacle, Pierrot déroba une paire d'ailes dans le placard à costumes. Il les enfila et arpenta le corridor sur la pointe des pieds. Il avait la ferme intention de ne jamais les enlever. Ç'avait été une soirée de triomphe, et il avait réussi à faire danser Rose pour lui.

Sœur Éloïse le laissa porter les ailes, incapable de se résoudre à lui ordonner de les retirer tant elles lui allaient bien. À l'orphelinat, on en vint à trouver tout naturel de le voir avec. Les ailes étaient d'une blancheur si vive qu'on aurait dit que c'était de Pierrot lui-même qu'irradiait la clarté. Il voulait pourtant que Rose le remarque. Elle avait peur ne serait-ce que de lui jeter un coup d'œil parce qu'elle avait encore la mâchoire bleue.

Quand il passa dans le couloir, Rose appuya son balai à franges contre le mur et ne put s'empêcher d'effleurer les plumes du bout des doigts.

– De quelle sorte d'oiseau tu crois qu'elles viennent, ces plumes ?

– Je ne sais pas. Un cygne ?

– Tu ferais mieux de cesser de les porter, alors. Un cygne pourrait tomber amoureux de toi. Et, comme tu le sais sans doute, les cygnes s'accouplent pour la vie.

– Tu es drôle, Rose.

Sœur Éloïse le prit à pourchasser Rose. La fillette s'attendait à recevoir une raclée, mais la correction ne vint pas. Par dépit, Éloïse enleva plutôt les ailes de Pierrot et les remit dans la boîte où elles resteraient jusqu'au Noël suivant, moment où on pourrait les utiliser pour célébrer Celui qui était véritablement le préféré de Dieu : Jésus.

Mais les enfants furent appelés à se produire de nouveau avant cela. La Société des dames charitables avait été si impressionnée par le spectacle de Pierrot et Rose à l'hôtel de ville qu'elle recommanda leur numéro à d'autres organismes de bienfaisance, et on invita les deux enfants partout en ville.

Sœur Éloïse fut prise de fureur quand la mère supérieure l'en informa. Son visage devint blême, comme si elle venait d'apprendre qu'elle souffrait d'une grave maladie.

– Croyez-moi, dit sœur Éloïse à la mère supérieure, ce sera un désastre. Il faut cultiver l'humilité chez ces enfants. Ils vont devoir s'habituer à travailler dans des manufactures ou comme domestiques quand ils seront plus vieux. S'ils prennent des habitudes de luxe, ils sont perdus. Ils seront incapables d'accepter leur lot, et ils se tourneront vers le crime.

La mère supérieure haussa les épaules.

– Nous avons besoin des recettes, sœur Éloïse.

– Mais vous m'avez toujours dit qu'il fallait garder ces deux-là séparés.

– Il y a parfois des choses qu'on ne peut empêcher.

Éloïse sortit en trombe. Elle donna un coup de pied à un chat qui croisait son chemin. Rose et Pierrot allaient tomber amoureux. Elle en aurait mis sa main au feu. Tout le monde le savait. Mais tout le monde s'en fichait, maintenant. L'argent était une idée abstraite, comme Dieu, et par conséquent il l'emportait sur toutes les considérations matérielles. Cette nuit-là, elle réveilla Pierrot en le secouant violemment. Après l'avoir fait jouir dans sa bouche, elle se sentit plus assurée, mais seulement un peu.

Quand Pierrot et Rose se mirent à sillonner la ville ensemble, ils furent étonnés de constater qu'ils étaient capables d'exécuter des tours similaires. Il faisait apparaître une fleur en papier derrière la tête de Rose. Elle sortait une balle rayée derrière celle de Pierrot. Ils se dévisageaient avec émerveillement. Ils savaient tous les deux marcher sur les mains. Les cailloux tombaient des poches de Pierrot. La robe de Rose retombait au-dessus de sa tête. Ils riaient l'un de l'autre, les pieds en l'air.

Ils firent la tournée des salons des nantis. Il leur fallait peu de choses pour exécuter leur numéro, et presque tous les gens fortunés les possédaient : un piano et un tapis à proximité. Ils déplaçaient parfois une petite table basse encombrant le tapis afin d'offrir à Rose une scène digne de ce nom.

Pierrot s'asseyait sur le banc du piano et commençait à jouer ses airs étranges et miraculeux. Il balançait la tête, extatique, comme s'il était un génie en train d'interpréter Rachmaninov devant mille spectateurs à Prague, et non pas un gamin pianotant une ritournelle aigrelette qu'il avait composée lui-même.

Rose exécutait de curieuses pantomimes. Dans l'une, elle faisait semblant d'être soufflée par le vent. À un moment, projetée en arrière, elle exécutait un saut périlleux avant de se relever. Quand Pierrot finissait sa mélodie de tempête, elle titubait légèrement, comme si elle était étourdie et désorientée. Et puis, elle faisait la plus jolie révérence du monde.

Il lui arrivait aussi parfois de se lancer dans des numéros risqués. Dans l'un d'entre eux, elle convoqua son personnage d'ours. Elle s'assit pour manger un pot de miel imaginaire et dit à l'ours qu'elle ne voulait pas partager, car l'ours, gourmand, allait tout avaler. Elle finit néanmoins par accepter, et l'ours engouffra le miel jusqu'à la dernière goutte tandis qu'elle l'observait, tête penchée, en faisant « tsst tsst » et en l'avertissant qu'il allait se donner mal au ventre.

Quand elle eut fini, la maîtresse de maison avait les larmes aux yeux. Elle dit qu'elle ne savait pas pourquoi. Le numéro de Rose était la chose la plus triste que la dame eût jamais vue.

Contrairement à certains enfants qui tombent amoureux, Pierrot et Rose ne se disputaient jamais. Leurs tempéraments étaient bien accordés. Quand ils étaient sur scène, les gens percevaient cette sympathie. Lorsqu'ils se produisaient, on avait l'impression de regarder un petit couple marié. Chacun était capable d'anticiper les gestes de l'autre.

En effet, où qu'ils fussent, ils communiquaient de manière étrangement harmonieuse. On aurait presque dit qu'ils étaient un monstre à quatre bras. La mère supérieure les regardait dresser les tables tout en conversant. Ils le faisaient rapidement, sans jamais tendre la main vers le même ustensile ou la même assiette. Et sans jamais se heurter, exploit qui n'avait pas été accompli depuis des années.

Les mécènes interrogeaient Pierrot et Rose, faisant de leur mieux pour les amener à parler. Car n'était-il pas stupéfiant que, même orphelins, ils eussent parfois des choses à dire, et à plus forte raison des choses intelligentes ?

Il arrivait même que les dames leur posent des questions très tristes. Ce n'était, bien sûr, pas particulièrement gentil de leur poser de telles questions et elles n'auraient jamais interrogé un enfant normal sur un sujet susceptible de le chagriner. Mais Rose et Pierrot étaient orphelins. Il y avait quelque chose de magique à les entendre parler de leur existence tragique d'une petite voix si flûtée. Ils étaient des métaphores de la tristesse. Comme quelqu'un qui joue un requiem sur un xylophone. Ce n'était pas une chose qu'on entendait tous les jours. Elles aimaient tout spécialement les interroger sur leurs origines.

– Ma mère était très malade, racontait Pierrot. Elle toussait tout le temps. Je posais ma main dans son dos, en espérant que ça l'aiderait à se sentir mieux, mais j'ai bien peur qu'elle ne se soit pas sentie mieux du tout. *Une nuit, elle toussait à mort**.

– Mes parents travaillaient dans un hôtel, et il a brûlé dans un incendie, expliquait Rose. Ils ont paniqué et m'ont lancée dans le vide-ordures. Je me suis retrouvée dehors, dans les poubelles. Ils seraient bien entrés dans le vide-ordures eux aussi, seulement ils étaient trop grands.

– Mon papa est allé à la guerre et il est mort, avouait tristement Pierrot. Une grenade a atterri près de lui et l'a fait exploser en mille morceaux. Et ma mère a eu tellement de chagrin qu'elle a sauté par la fenêtre.

Ils inventaient leurs commencements. Ils n'avaient aucune intention de livrer le fond de leur cœur. Leur cœur, ils le gardaient bien niché dans leur poitrine.

– Mon père a été pendu pour avoir tué ma mère.

Cette fois, tout le monde dans la pièce eut un sursaut. Rose jeta un coup d'œil à Pierrot pour lui faire comprendre qu'il était allé trop loin.

– Je voulais les tuer tous les deux en une seule phrase, expliqua Pierrot une fois qu'ils furent dehors.

Comme ils voyageaient ensemble, ils en conçurent une intimité, chose que les autres orphelins n'avaient pas. L'intimité vous fait vous sentir unique. Elle vous fait sentir que vous avez été distingué, que quelqu'un au monde croit que vous possédez des qualités particulières qui font défaut à tous les autres.

– Je parierais qu'il y a plein de gens comme nous sur d'autres planètes, dit Rose d'un ton fantasque, un soir. Je parierais qu'il y a des gens qui vivent sur la Lune.

Ils levèrent les yeux vers la lune. Elle ressemblait à un visage d'enfant qui a besoin d'être débarbouillé.

– C'est comment là-haut, à ton avis ? demanda Pierrot.

– Probablement comme sur cette planète, sauf que tout est illuminé. Mettons que tu prends un verre de lait, il s'illumine. Et quand tu le bois, tu regardes ton ventre et tu peux le voir scintiller au travers.

– Et les pommes ont l'air faites en argent, mais on peut mordre dedans.

– Et les chats blancs brillent tellement qu'on peut s'en servir comme lampes pour sa chambre.

– Et tout le monde a les cheveux blancs comme les vieux, même les bébés.

Ils découvrirent à quel point ils étaient drôles en passant du temps ensemble. Ils se mirent à élaborer une nouvelle langue, avec un lexique particulier, où chaque mot avait un sens légèrement différent pour eux que celui qu'il avait pour les autres. Personne ne pouvait comprendre ce qu'ils se disaient. Chacune de leurs paroles était une métaphore.

Comme ils étaient tous deux très habiles à réaliser des tours de passe-passe et de magie, il leur était facile de voler. Un jour, Rose glissa un paquet de morceaux de sucre dans ses manches puis les secoua pour faire tomber le sucre dans sa poche. À son retour à l'orphelinat, elle tendit la main, qui contenait un tas de morceaux de sucre en forme d'igloo. Les enfants ouvrirent la bouche comme des oisillons, et elle laissa tomber un morceau de sucre dans chacune. Ainsi, les autres enfants n'étaient pas envieux des escapades de Rose et Pierrot, qui se mirent à se produire en duo pour les orphelins aussi.

Ils réservaient pour eux leurs numéros les plus expérimentaux, différents de ceux qu'ils livraient dans les salons de l'élite. Ils étaient tous les deux capables de faire semblant de pleurer. Ils sanglotaient si fort que cela commençait à paraître ridicule. Les enfants éclataient de rire. Rose pressait une guenille sur son visage pour étancher ses larmes. Et puis elle la tendait devant elle et la tordait, pour entendre l'eau éclabousser le plancher.

Un après-midi, dans la salle commune, Rose et Pierrot placèrent leurs chaises côte à côte. Ils tressautaient comme s'ils bringuebalaient sur une voie ferrée. C'était une pantomime tellement simple, et pourtant si charmante que les enfants se prirent à rire sans pouvoir s'arrêter, étonnés qu'une chose si peu compliquée puisse être si drôle. Ils continuèrent à soubresauter sur leurs petits bancs de train pendant une demi-heure.

Rose imaginait qu'elle voyait, par la fenêtre du train, les lieux qu'elle avait découverts dans les livres. Elle s'imaginait à Paris, dont elle avait vu une gravure dans un volume pour enfants. Le héros de ce livre, une oie portant une valise, décrétait que c'était la plus belle ville du monde. L'oie croisait des foules de gens tous vêtus de bérets et de chandails à rayures, baguette sous le bras et cigarette aux lèvres.

Pierrot ne s'imaginait même pas ce qui se passait à l'extérieur du train. Il s'imaginait les valises entassées au-dessus de leurs têtes et les préposés entrant et sortant avec des petits plateaux de sandwichs. Il s'imaginait que Rose et lui étaient riches et qu'ils pouvaient se permettre d'acheter ces sandwichs.

Une religieuse finit par entrer et menaça de les corriger tous les deux s'ils continuaient leur manège. Que lui faudrait-il faire dans la vie pour se retrouver à bord d'un de ces trains et voir ces choses fabuleuses ? se demanda Rose en allant au lit.

À cette époque, Pierrot se mit à se sentir plus déchiré que jamais au sujet de sœur Éloïse. Ce qui le troublait le plus, peut-être, c'était qu'il était incapable d'arrêter de penser à leurs actes sexuels. Il revivait ce qu'ils avaient fait ensemble la veille. L'image dans sa tête s'accompagnait d'un tel mélange de honte et de plaisir que son sexe durcissait. Il se mit à avoir tout le temps de mauvaises pensées. Il était horrifié par ses idées. Elles étaient complètement démentielles, comme la foule de gens au pied du mont Sinaï, en pleine orgie.

Il s'imaginait toutes les fillettes à genoux, comme si elles attendaient la sainte communion, alignées pour lui tailler une pipe. Il était absolument horrifié de constater qu'il avait envie de baiser toutes les filles de l'orphelinat. Il songeait que sœur Éloïse avait dû voir cela en lui, et que c'était la raison pour laquelle elle l'avait emmené dans la baignoire.

Il s'efforçait de ne pas avoir de mauvaises pensées au sujet de Rose. Comme il passait beaucoup de temps avec elle, il avait peur qu'elle s'en rende compte. Mais il pensait de plus en plus à elle. Dans son fantasme, Rose n'avait presque rien à faire pour l'amener à l'orgasme. Il se la représentait en train de mordiller une boucle de ses cheveux. Il se l'imaginait laissant tomber un livre et se penchant pour le ramasser. Et un jour, il eut un fantasme où, du bout du doigt, elle traçait le mot *bite* dans les airs.

Devinant peut-être que Rose commençait à dominer la vie intérieure de Pierrot, Éloïse en exigeait de plus en plus de lui. Elle en avait assez d'être vierge. Elle voulait coucher avec Pierrot. De la sorte, ils seraient, dans son esprit, mari et femme. Alors ils partageraient quelque chose que Rose et lui n'avaient pas. Alors elle serait son premier amour et il ne pourrait jamais l'abandonner. Tout serait à sa place dans l'univers.

Le problème, ce n'était pas qu'Éloïse était incapable de distinguer le bien du mal – elle en était parfaitement capable. Les personnes les plus dangereuses au monde sont peut-être celles qui croient au bien et au mal, mais qui donnent à ces concepts des définitions insensées. Elles sont mauvaises en étant persuadées d'être bonnes. Cette idée est l'énergie à l'œuvre derrière le mal.

C'est ainsi que, une nuit, sœur Éloïse entraîna Pierrot dans un petit vestiaire près de la chapelle. Des livres de cantiques étaient empilés sur un radiateur couvert de motifs de roses. C'est là que les plombiers et les docteurs accrochaient leurs manteaux quand ils venaient à l'orphelinat. Il y avait un vieux canapé où ils pouvaient s'asseoir et lacer leurs bottes. Même s'il avait été ravagé par un chat, on pouvait toujours y distinguer le dessin représentant une princesse médiévale, sourcils froncés, brandissant le doigt devant un dragon comme s'il s'agissait d'un vilain chien. Éloïse se coucha sur le canapé et dit à Pierrot de venir en elle. D'abord, Pierrot ne sut comment s'y prendre. Tous les deux bataillèrent maladroitement avec sa verge. Une fois qu'il fut en elle, un curieux sentiment de honte envahit Pierrot, frappé par la sordide réalité de ce qui se passait. Les gros seins d'Éloïse avaient roulé de chaque côté de son corps. Il pouvait y voir courir les veines bleues, comme s'ils étaient en marbre. Sa toison pubienne blonde semblait recouvrir la moitié de son ventre. Il voulait sortir d'elle, mais était incapable de trouver un autre moyen d'y parvenir que de jouir. Il craignait de perdre son érection.

Pierrot ferma les yeux et imagina Rose. Il ne s'imagina qu'elle, étendue sous lui, tandis qu'il prenait doucement la pointe de son sein entre ses dents. Il éjacula comme un mustang blanc jaillissant hors de son enclos. Il resta là, allongé sur le canapé, suant, puant et vidé, mais il avait l'impression que sa première fois avait été avec Rose. Et il lui serait fidèle à partir de ce moment. Pierrot décida à cet instant-là qu'il préférerait mourir plutôt que de toucher une nouvelle fois sœur Éloïse.

– Je pense qu'on devrait attendre d'être mariés pour refaire tout ça, dit Pierrot. C'est un manque de respect envers vous. Je veux être avec vous quand tout le monde, et surtout Dieu, pourra en être témoin.

Voilà ce que Pierrot dit à sœur Éloïse afin d'échapper à ses étreintes. Elle n'avait jamais éprouvé une joie aussi grande.

8

LA GRANDE FANTASMAGORIE DES FLOCONS DE NEIGE

Un après-midi où Rose et Pierrot se produisaient en spectacle chez un donateur, des flocons tourbillonnants se mirent à tomber du ciel en gros bouquets, comme des enfants bras dessus bras dessous dévalant une pente. Pendant que Rose et Pierrot faisaient leur petit numéro, la ville se recouvrait de neige à leur insu. Dès qu'ils eurent fini, quelqu'un écarta les rideaux et fit remarquer que tous les arbres étaient devenus blancs.

Arrivés vêtus de leurs manteaux noirs usés jusqu'à la corde, Pierrot et Rose n'étaient pas suffisamment habillés. Et même si tous les deux avaient une mince écharpe nouée autour du cou, ni l'un ni l'autre n'avaient de bonnet sur la tête. Quand la maîtresse de maison les vit qui s'apprêtaient à partir ainsi vêtus, elle fouilla dans ses affaires pour leur trouver des couvre-chefs dont elle ne voulait plus. Elle dénicha pour Rose un chapeau en fourrure blanche trop grand et extravagant pour une fillette de cet âge, mais qui allait certainement la garder au chaud. À Pierrot, elle donna un pardessus d'adulte et une paire de caoutchoucs trop grands de deux tailles.

Elle leur donna aussi un gâteau aux fruits à rapporter à l'orphelinat et une valise pleine d'oursons en peluche élimés, et ils descendirent la rue comme un vieux petit couple qui aurait été transformé en enfants par le sortilège d'une sorcière. Les flocons se posaient sur leurs chapeaux et leurs épaules tandis qu'ils rentraient.

– Elle était vraiment gentille, n'est-ce pas ? dit Pierrot comme ils marchaient dans la rue. Ou bien est-ce qu'elle était trop gentille ?

– Je pense qu'elle est triste parce qu'elle n'est jamais tombée amoureuse. Sauf qu'elle n'a pas à s'en faire, parce que l'amour n'existe pas.

– Comment sais-tu cela ?

Rose essuya un gros flocon sur son cil et leva la tête pour en attraper un avec la langue. Pierrot tendit la main pour en cueillir d'autres.

– Je l'ai lu dans un roman russe, dit-elle en regardant de nouveau Pierrot. Les Russes ont tout compris parce que leurs hivers sont tellement longs. Ça fait qu'ils sont très sages.

– Comment sais-tu toutes ces choses merveilleuses ? demanda Pierrot.

L'une des qualités que Rose appréciait vraiment chez Pierrot, c'était la vitesse à laquelle il comprenait ce qu'elle disait. Elle n'aurait pas eu assez de ses mains pour compter le nombre de fois où elle avait exprimé une idée particulièrement spirituelle à l'une des religieuses de l'orphelinat, laquelle, pour unique réaction, avait songé à la faire lobotomiser.

Ils passèrent devant un panneau où étaient collées des affiches annonçant un spectacle qui devait être présenté sous peu au centre-ville.

Il y avait là des danseuses de cancan parisiennes, une troupe de danseurs de claquettes de Pologne, des trapézistes de Bulgarie et une contorsionniste qui jurait s'être déjà expédiée en Allemagne dans une boîte. Il y avait l'Orchestre de la Chauve-souris blanche de Russie, un groupe d'hommes-canon ukrainiens et un cirque de puces russe. Un homme avec une grosse moustache et un chapeau de fourrure criait après les puces minuscules auxquelles il avait fait traverser l'océan dans une valise à la doublure luxueuse. Chacune avait sa propre boîte d'allumettes pour dormir. Pierrot et Rose convinrent que, s'ils avaient eu de l'argent, c'était le spectacle qu'ils seraient allés voir.

– Je pense que j'aimerais un jour monter moi-même un spectacle, dit Rose. Je vais aller chercher tous les clowns du monde, les sortir des cirques où ils sont pour qu'ils se produisent dans le mien. Je vais en trouver de très, très tristes, aussi. Il m'en faudra quelques-uns qui savent faire du vélo.

– Oh oui ! Tu devrais avoir un clown qui se casse sans cesse la figure et qui pleure.

Dans le tram, Rose sortit de sa poche un bout de papier et un moignon de crayon. Elle posa le papier sur le siège entre Pierrot et elle et entreprit d'y noter tout ce qu'elle venait de dire à Pierrot.

– On voyagera de ville en ville et on sera célèbres dans le monde entier. Il y aura des articles sur nous dans les journaux.

Pierrot sembla impressionné. Comme il vivait toujours totalement dans le présent, il ne lui venait jamais à l'esprit de contempler l'avenir. Mais Rose regardait toujours loin devant.

– Gardons notre numéro pour la fin, déclara Rose. Fabriquons une lune géante, et on dansera dessous ensemble.

– Et si la lune nous tombe sur la tête et nous tue ?

– On la suspendra à des cordes très solides.

– Comment s'appellera le spectacle ?

Rose le regarda intensément pendant un bref instant. Et puis elle baissa de nouveau les yeux vers le papier, où elle griffonna quelque chose. Elle le leva ensuite et, au haut de la page, en lettres carrées, on lisait : LA GRANDE FANTASMAGORIE DES FLOCONS DE NEIGE.

– Qu'en penses-tu ?

– Plein de clowns, hein ?

– Tous les clowns qu'on pourra trouver.

Ils savaient qu'ils travaillaient bien ensemble. La neige fondante qui dégouttait du chapeau de Rose lui tombait sur le nez, tiède comme de l'eau bénite.

– Si tu as un bon spectacle, alors tu peux faire le tour du monde. Tu imagines ? demanda Rose. Mettre tout notre attirail dans des trains et des bateaux et visiter les plus beaux endroits de la planète.

– Je n'avais jamais songé à ça. C'est une idée merveilleuse.

Pierrot resta assis un moment, laissant sa tête grandir et se dilater de manière à pouvoir la remplir de toutes ces nouvelles informations. Il jugeait que les rêves de Rose tenaient carrément du miracle.

– Mais ça va demander beaucoup de travail, dit Pierrot. Je pense que je suis une personne très paresseuse.

– Eh bien, mon cœur, tu pourras être paresseux quand tu seras couché dans ton cercueil.

Le tram arriva à leur arrêt, ils descendirent sur le trottoir et se remirent à marcher. La neige tombait autour d'eux. Ils entreprirent de traverser le champ menant à l'orphelinat. La couche de neige supérieure, qui avait durci, craquait sous leurs pieds comme la surface de la crème brûlée, une douceur qu'ils n'avaient jamais eu la chance de goûter.

– Ça me plaît quand tu m'appelles mon cœur.

– C'est vrai ?

– Oui. C'est étonnant à quel point ça me plaît.

– Pourquoi tu n'essaierais pas de me répondre quelque chose dans le même genre ?

– D'accord. Euh… comment ça va aujourd'hui… chérie ?

Ils se mirent tous les deux à glousser.

– Alors, qu'est-ce que ça te fait ?

– Vraiment, vraiment plaisir.

– Vraiment ?

– Oui.

– Chérie.

– Mon cœur.

– Chérie.

– Mon cœur.

Ils s'interrompirent, se contentant de se regarder. Les flocons de neige tombaient, atterrissaient sur leurs nez, leurs lèvres, fondaient, les rendaient plus rouges.

– Chérie.

– Mon cœur.

Et leurs lèvres luisaient, fonçaient et devenaient de plus en plus attirantes. C'est ainsi qu'ils firent, à treize ans, le vœu de se marier.

Ils continuèrent à se produire aux quatre coins de la ville jusqu'au printemps. Les couleurs apparurent partout où il n'y avait hier qu'une page blanche. Les fleurs ressemblaient à des sous-vêtements que le vent aurait arrachés aux cordes à linge. Les orchidées étaient suspendues au-dessus des grilles en fer forgé telles des fillettes en jupon qui demandent au facteur s'il a une lettre pour elles. Et leur tournée durait encore à l'automne, quand toutes les feuilles ressemblaient à des emballages de bonbons colorés, reliefs des jours d'été parfumés.

Rose et Pierrot donnaient des spectacles dans toutes les grandes demeures de Montréal. Comme ils étaient parfaitement bilingues, ils pouvaient se produire devant les maisonnées tant françaises qu'anglaises. Montréal était la ville la plus magnifique du monde. Elle voulait raconter ses histoires aux deux orphelins. Quelle ville ne prend pas plaisir à se vanter un peu ? Les gargouilles représentant des faunes se penchaient à la façade des édifices en relatant leur vie sexuelle sur le ton de la confidence. Dans les serres, les gros poissons-chats juraient détenir des informations privilégiées sur la Bourse. Les chevaux du carrousel renversaient la tête en arrière, prêts à se battre contre les statues des sirènes dans l'étang. Un train électrique faisait le tour d'une petite montagne dans la vitrine du magasin de jouets, et ses passagers lilliputiens rêvaient dans leurs couchettes miniatures. Au cours de cette période, les sentiments qu'éprouvaient Rose et Pierrot l'un pour l'autre gagnèrent en profondeur.

Deux ans passèrent de la sorte. En 1929, ils avaient quinze ans, et ce qui se produisit était donc sans doute inévitable.

À l'orphelinat, ils étaient souvent séparés, comme l'étaient tous les garçons et les filles. Rose sortait de confession, un jour, quand elle vit Pierrot assis sur un banc contre le mur devant le vestiaire des visiteurs, un large sourire idiot sur les lèvres.

– À quoi tu penses ? lui demanda Rose.

– Je ne veux pas te le dire, parce que je risquerais de te choquer et de te mettre en colère.

– Oh, dis-moi simplement à quoi tu penses et cesse de jouer ce jeu ridicule.

– Je peux te le dire à l'oreille ? Je ne veux pas que quelqu'un l'entende en passant.

– Personne ne peut nous entendre.

– Je serais horrifié si qui que ce soit d'autre savait à quoi je pense.

Rose pencha la tête en avant pour qu'il s'en approche. Elle pouvait sentir les lèvres de Pierrot contre son oreille. Son souffle y entra avant ses mots. Elle eut simultanément envie d'interrompre cette chose désagréable qui se produisait et d'attirer la tête de Pierrot plus près de la sienne. La dualité de cette sensation la rendait follement intense.

– Je voudrais enlever tes bas, et je voudrais regarder chacun de tes orteils. Je voudrais mettre chacun de tes orteils dans ma bouche.

Les mots n'étaient pas seulement choquants. La raison pour laquelle ils étaient choquants, c'était qu'elle n'y croyait pas entièrement. Elle avait entendu des rumeurs de paroles semblables, bien sûr. Mais elle n'avait jamais tout à fait accepté qu'elles puissent être absolument vraies. C'était comme s'il tenait un bocal renfermant une sirène. Ou qu'il marchait dans la rue avec une licorne en laisse.

– Et puis je veux que tu touches mon sexe. Que tu le prennes dans ton poing et que tu le serres très fort.

Elle baissa les yeux et vit son pénis qui soulevait son pantalon.

– Il gonfle et durcit chaque fois que je pense à te faire ce genre de choses.

Sœur Éloïse remarqua qu'ils chuchotaient. Elle se hâta d'entrer dans la chapelle et se glissa dans le vestiaire par la porte de derrière. Elle s'assit sur le canapé et écouta à travers le vasistas ce que chuchotaient Pierrot et Rose de l'autre côté du mur. Tous les murs étaient dotés d'une telle ouverture : personne ne devait avoir de vie privée.

Pierrot ne murmurait pas vraiment quand il avait approché les lèvres de l'oreille de Rose. Tout ce qu'il avait fait, c'était de baisser le ton de sa voix pour la rendre plus rauque. C'était presque comme si ses paroles s'étaient dévêtues. Et c'est ainsi que sœur Éloïse les entendit toutes.

Elle était furieuse. C'était tellement vulgaire. Pierrot ne voulait plus avoir de relations physiques avec elle et faisait semblant d'être un enfant innocent désirant une union chaste et sainte. Et maintenant, il utilisait le vocabulaire du marquis de Sade et se montrait aussi bien renseigné et expert en la matière que Casanova.

Elle fut envahie d'une rage terrible, incontrôlable. Mais, comme toujours, sa rage n'était pas dirigée contre Pierrot. Elle était remplie de haine envers Rose, qui n'était pourtant qu'une auditrice passive. Rose n'avait même pas été capable de répondre. Mais c'était comme si on avait offert à la jeune fille une boîte de cerises enrobées de chocolat. C'était comme si elle allait recevoir tout ce que sœur Éloïse s'était convaincue de cesser de désirer.

De l'autre côté du mur, Rose se leva précipitamment, effarouchée par les paroles de Pierrot. En fait, ces paroles ne l'avaient pas exactement effrayée, mais lui avaient donné envie de faire d'étranges choses. On aurait dit que son corps possédait une volonté propre. Elle avait envie de se mettre toute nue. Elle voulait qu'il l'appelle Madame Pierrot.

Rose avait besoin de réfléchir à ces réactions bizarres et spontanées avant d'agir. Les sensations et les désirs nouveaux qu'elle éprouvait étaient à la fois délicieux et troublants. Aussi bondit-elle sur ses pieds pour s'enfuir. Elle venait juste d'entrer dans le dortoir où elle s'était appuyée au mur quand sœur Éloïse vint la chercher.

Sœur Éloïse détestait aussi le visage de Rose. Il était tellement calme et vide, ouvert à tout. C'était le genre de visage dont toutes sortes de personnes tombaient follement amoureuses. Elle avait toujours voulu prendre cette figure comme si elle avait été faite en argile humide et la remodeler pour lui donner une autre expression, un air amer, empreint de rage et de ressentiment. Mais peu importe ce qu'elle lui faisait, Rose levait toujours les yeux vers elle avec le même visage intact.

Éloïse se retint de faire quoi que ce soit à Rose à ce moment-là. Elle songeait qu'elle allait tuer la jeune fille si elle ne s'en éloignait pas. Elle se dépêcha de descendre l'escalier.

Rose suivit sœur Éloïse des yeux. Elle n'avait jamais compris la religieuse.

Rose passait la serpillière dans le hall de l'entrée principale de l'orphelinat. Les carreaux au bas des marches étaient brun et blanc. Il y avait une fenêtre en vitrail avec une image d'un agneau que traversait la lumière. Celle-ci éclairait Rose tandis qu'elle nettoyait méticuleusement cet endroit, car c'était là que la plupart des traces de pas semblaient se rassembler, comme des poissons dans un filet.

Sœur Éloïse attendait que Rose fasse une erreur, qu'elle commette une infraction. Ça ne prenait habituellement pas beaucoup de temps. Il suffisait d'observer un enfant pendant quelques minutes pour qu'il commette une erreur ridicule. Y avait-il plus faillible et plus imparfait qu'un enfant ? Elle avait besoin que Rose fasse une erreur, non seulement pour justifier devant les autres enfants la punition qu'elle allait lui infliger, mais aussi pour se la justifier à elle-même.

Rose trouvait le soleil enivrant. Il lui donnait envie de dormir, la rendait rêveuse. Il la rendait aveugle au monde qui l'entourait. La serpillière dans le seau faisait le bruit d'un porc cherchant des truffes. Elle la projeta sur les carreaux. Rose se mit à penser aux paroles que lui avait dites Pierrot. C'était plus fort qu'elle. Et puis, pendant une seconde, elle prit le manche entre ses mains et se mit à danser avec tout en nettoyant le sol. Elle se mit à rêver qu'elle dansait avec Pierrot, dont les bras entouraient sa taille, ses doigts glissant secrètement vers ses fesses.

Sœur Éloïse s'en aperçut tout de suite. Elle attrapa Rose par la peau du cou, étirant le bras telle une canne qui vient pêcher un comédien sur scène. Sœur Éloïse avait l'impression d'être Samson : ses beaux cheveux avaient été taillés ras, mais elle n'en était pas moins animée d'une force surnaturelle. Elle aurait pu soulever n'importe qui au-dessus de sa tête. Elle aurait pu poser les mains sur les colonnes encadrant la porte de l'édifice, pousser dans les deux directions et le voir s'effondrer.

Au lieu de quoi elle dirigea toute la force de sa furie contre Rose. Elle la poussa pour qu'elle tombe par terre. Là, elle la roua de coups et la frappa dans le dos avec un manche à balai, jusqu'à ce qu'il se rompe. Éloïse avait oublié à quel point elle aimait frapper un autre être humain. Elle ne voulait que la frapper encore, plus fort. Il lui semblait qu'elle aurait pu rester là à cogner la jeune fille jusqu'à ce qu'elle en meure. Chaque fois qu'elle la frappait, elle la détestait davantage. Le sentiment gagna son corps entier. Chaque atome de son être était enragé.

Rose était couchée sur le côté, en chien de fusil. Sur son corps, les ecchymoses apparaissaient comme des nuées d'orage, fleurissaient comme des violettes. Des perles de sueur brillaient sur son nez telles des gouttelettes de pluie. Ses bleus se répandaient comme si la pointe d'une plume avait touché une étoffe mouillée.

Et pourtant, sœur Éloïse continua de frapper la jeune fille jusqu'à ce que Rose perde connaissance et que la mère supérieure crie :

– Assez !

La mère supérieure savait qu'Éloïse finirait par tuer Rose. Et qu'il s'ensuivrait sans doute un tollé. Elle avait cherché un prétexte pour interrompre la tournée de Rose et Pierrot. Il est vrai qu'ils lui avaient procuré une jolie somme. On avait construit un nouveau solarium dans l'aile où dormaient les religieuses, et on avait amélioré la plomberie. Mais de nouveaux donateurs avaient demandé à venir visiter l'établissement, ce qui aurait entraîné des réparations dont les coûts dépassaient les revenus que rapportaient Rose et Pierrot. Et puis, l'isolement était nécessaire au bon fonctionnement d'un orphelinat. On ne pouvait pas discipliner les enfants quand des foules de gens débarquaient et prétendaient prendre part à leur vie. En outre, un orphelinat ne pouvait être un endroit heureux.

La mère supérieure était en effet d'avis que le bonheur menait infailliblement à la tragédie. Elle ne comprenait pas pourquoi les gens accordaient tant de prix à ce sentiment et cherchaient à l'atteindre. Le bonheur n'était qu'un état d'ébriété passager qui amenait l'individu à prendre les pires décisions qui soient. Quiconque ayant un tant soit peu d'expérience sur cette planète ne pouvait nier que le péché et le bonheur étaient complices, inextricablement liés. Y avait-il jamais eu deux autres états si fortement attirés l'un par l'autre, chacun toujours à chercher la compagnie de l'autre ? Ils étaient faits l'un pour l'autre, et méfaits l'un pour l'autre.

La mère supérieure observait le corps de Rose étendu sur le lit surélevé à l'infirmerie. La fillette à demi consciente était couverte d'horribles ecchymoses et branchée à une perfusion. La mère supérieure se dit que c'était ce qu'il advenait des enfants qui se croient uniques. Ou, plus particulièrement, c'était ce qu'il advenait quand on laissait une orpheline se croire unique.

Sœur Éloïse avait honte de dire à quiconque pourquoi Rose était à l'infirmerie, un rideau tiré autour de son lit. C'est pourquoi, au début, personne ne fut au courant. On crut que la fillette avait fait une bêtise et qu'elle avait été enfermée dans le placard. Pierrot était certain qu'elle était fâchée contre lui. Une fois son érection disparue, il se mit à ressentir la légère honte qui venait toujours après. Il croyait être allé trop loin. Mon Dieu, comme il avait été insensible ! Plus il y pensait, plus il était choqué et horrifié par son comportement.

La veille encore, Rose lui avait parlé de son plan extraordinaire qui ne manquerait pas de la rendre célèbre d'un bout à l'autre de la planète et qui l'inclurait sans doute lui aussi.

Et comment avait-il réagi ? En lui disant qu'il voulait lui présenter son pénis !

Pierrot murmura à la porte du placard, mais elle ne répondit pas.

Chaque fois qu'il y repensait, il se tapait le front de la paume de la main. Il ne cessait de se frapper la tête contre le mur comme si ç'avait été un œuf dont il aurait voulu casser la coquille. Il avait même du mal à y repenser ! Il était un pervers et une crapule. Pour se redonner du courage, il s'imaginait la Grande Fantasmagorie des flocons de neige à laquelle Rose et lui allaient collaborer une fois qu'elle lui aurait pardonné.

Vint le premier jour du printemps, et Rose était encore à l'infirmerie. Un petit crucifix orné d'un Jésus en faïence bleue était accroché au-dessus de sa tête. Un papillon passa devant la fenêtre. Il avait fabriqué ses ailes avec des pétales de fleurs aplatis.

9

OÙ L'ON PREND PIERROT POUR UN GÉNIE

La légende veut qu'Albert Irving – un Montréalais d'un âge vénérable – ait adopté Pierrot après l'avoir entendu, par une fenêtre de l'orphelinat, jouer du piano. Irving était un homme mince affligé d'une légère claudication qui portait, ce jour-là, un costume noir, un chapeau haut de forme et un foulard en soie blanche importée. Contrairement à ses voisins, il ne savait rien du duo talentueux qui résidait à l'orphelinat. Il lui arrivait de faire un don en argent à l'établissement, comme à d'autres institutions publiques, afin d'être considéré comme un philanthrope, mais il s'aventurait rarement à l'intérieur. Cela le déprimait par trop que de songer aux infortunés petits enfants qui vivaient là. Il aimait bien klaxonner pour faire sortir une religieuse ; il lui tendait un chèque considérable et s'en allait sans demander son reste. Le chauffeur de sa longue voiture noire lui avait déjà ouvert la portière passager pour qu'il y grimpe quand il entendit le début d'une mélodie. Chaque note était semblable à un oiseau se posant sur l'appui de la fenêtre.

Le jeu le charma tant qu'il monta l'escalier d'un coup, en dépit de son arthrite, et alla frapper à la porte. On l'escorta jusqu'au bureau de la mère supérieure. Celle-ci était assise devant son grand secrétaire où s'empilaient des livres et des documents. Derrière elle se trouvait une étagère pleine de statuettes de différents saints, qui avaient tous les yeux levés vers le plafond. La charmante mélodie emplissait les corridors, enchantant le vieux monsieur, qui ressentait des choses qu'il n'avait pas éprouvées depuis des années. Il en aurait presque lâché sa canne pour se mettre à sauter à cloche-pied dans le couloir. C'était un merveilleux remède. Il était si riche qu'il pouvait acheter tout ce qui lui plaisait. Il décida immédiatement qu'il voulait avoir le pianiste pour lui.

Quand il demanda qu'on lui présente celui qui jouait cette musique, on lui amena un garçon aux cheveux blonds, pâle et mince. Debout dans le couloir, Pierrot souriait gaiement.

– C'est toi qui jouais du piano, mon garçon ?

– On pourrait dire ça, ou bien on pourrait dire que c'est le piano qui jouait de moi. Ou, en tout cas, qu'on avait une conversation.

– Es-tu en train de me dire que les touches du piano conversaient avec toi ? Quelle charmante idée, mon garçon ! J'imagine que tu ne pourrais pas me donner un exemple de ce que le piano t'a raconté ?

– Le piano me disait qu'il se sent troublé quand il pleut. La pluie peut tout à coup vous faire sentir coupable de tous les petits crimes que vous avez commis, comme de ne pas dire à votre amie que vous l'aimez.

– Je connais ce sentiment. Je l'ai eu à quelques reprises. Et jusqu'à maintenant, je croyais vraiment être la seule personne à l'éprouver. Bien joué, et bravo, mon garçon. Parce que tu m'as donné l'impression que j'étais moins seul dans ce monde et moins fou.

– Tout le plaisir est pour moi, ô distingué invité. Et merci de m'avoir fait savoir que je suis capable de réjouir un être aussi manifestement estimé que vous.

La mère supérieure leva les yeux au ciel, mais Mr Irving ne pouvait cesser de sourire.

La mère supérieure haussa les épaules quand Mr Irving revint s'enquérir de Pierrot une semaine plus tard. Elle se cala dans son fauteuil en cuir vert et leva les deux mains en l'air comme si elle n'avait rien à cacher au vieillard.

– Nous nous sommes toujours demandé, entre religieuses, si ce gamin était intelligent ou complètement idiot, dit-elle.

– Savez-vous que c'est souvent un trait caractéristique d'un esprit artistique ? demanda Mr Irving, assis sur une chaise plus petite devant le bureau, penché en avant.

– Si vous voulez le voir sous un jour positif. Mais je vais vous dire une chose qui est vraie de tous ces orphelins. Ils sont pleins de malice. Ils sont voleurs. Ils ne sont pas tout à fait humains. Les enfants ont besoin d'une mère et d'un père dans leur vie pour avoir un sens moral. Pierrot est le garçon le plus paresseux que j'aie jamais vu. Un rien le distrait. Si un oiseau passe devant lui, il laisse tomber ce qu'il est en train de faire et reste là à le regarder.

– Il est peut-être tellement ému par la beauté qu'il est prêt à risquer d'être battu pour pouvoir la contempler.

– Vous voulez vraiment un garçon si vieux ? Ils peuvent avoir de mauvaises habitudes profondément ancrées.

– Oui, je crois qu'il a le bon âge pour moi. Je suis beaucoup trop vieux pour m'occuper d'un jeune garçon. Et mes autres enfants ne m'ont jamais parlé quand ils avaient cet âge. Je trouve les jeunes gens très intéressants. Ils sont au début de leurs idées. Leur personnalité peut être tellement féroce ou tellement faible. Je crois que ce garçon a une personnalité extraordinaire. Et penser qu'il a su la développer alors qu'il vivait dans un orphelinat… Que savez-vous de sa mère ?

La religieuse haussa de nouveau les épaules. Elle n'éprouvait que mépris pour toutes ces sottes gamines qui avaient eu la bêtise de se faire engrosser. Elle se rappelait vaguement l'histoire d'une fille particulièrement vilaine qui se faisait appeler Ignorance à l'hôpital de la Miséricorde. Mais il lui semblait inutile de se creuser les méninges pour retrouver le souvenir d'une fille semblable.

– À mes yeux, elles sont toutes pareilles.

La mère supérieure semblait un peu inquiète de ce que Pierrot n'allait pas être obligé de travailler toute la journée. Mr Irving promit qu'il avait l'intention d'employer Pierrot comme serviteur – en qualité de valet de chambre. Mais il changea d'idée quant à ce qu'il allait faire de Pierrot au milieu de sa phrase. Cela restait pourtant une sorte de travail.

– Je ferai un don considérable à l'orphelinat.

On donna à Pierrot une valise en carton bouilli pour qu'il y mette ses affaires. Elle avait appartenu à une mère morte en couches. La doublure avait un motif de prunes violet foncé. Pierrot s'assit au bord de son lit et posa la valise sur ses genoux pour s'en servir comme d'une écritoire. Il avait emprunté un bout de papier et un crayon à un autre gamin. Il écrivit rapidement une lettre à Rose.

Ma chérie,

Je ne sais pas ce qui m'a pris. Je suis un imbécile ! Tu le sais. Je vais vivre avec un curieux gentilhomme pour lui jouer du piano afin de le soulager d'une certaine souffrance qui semble le tarauder. S'il te plaît, écris-moi à cette adresse pour me dire que tu m'as pardonné. Et je vais t'écrire des piles de lettres d'amour. Et, bien sûr, nous serons bientôt réunis.

– À ta place, je me dépêcherais. Avant que le monsieur ne change d'avis, dit la mère supérieure.

En s'en allant avec son manteau, son énorme écharpe et sa valise vide, Pierrot passa devant sœur Éloïse. Elle croyait qu'il allait lui dire à quel point c'était douloureux de se séparer d'elle, mais il continua son chemin sans s'arrêter. Elle lui prit la main et il la retira avec un léger frisson, imperceptible à tous sauf à sœur Éloïse. Savoir qu'il s'en allait le rendait téméraire. Il s'arrêta devant la mère supérieure, debout près de la porte à quelques centimètres de sœur Éloïse, et lui tendit la lettre, sans se soucier qu'elle fût témoin de leur interaction.

– Pouvez-vous dire à Rose que je l'aime et que je reviendrai la chercher ? demanda Pierrot à la mère supérieure. Et que je vais assurément l'épouser une fois que j'aurai fait fortune.

Peu après que Pierrot fut parti, sœur Éloïse déroba la lettre dans le bureau de la mère supérieure et la déchira en cent morceaux, qu'elle jeta à la poubelle. Ils gisaient au fond de la corbeille comme des papillons tués par un gel soudain.

En passant la grande porte de l'orphelinat, Pierrot se sentait coupable de partir, d'autant qu'il n'avait pas vu Rose depuis des semaines. Il savait que tout cela était sa faute. Il aurait pu faire quelque chose pour que le vieillard le déteste. Il aurait pu lui expliquer qu'il était un dégénéré, et alors le vieillard aurait sûrement abandonné Pierrot. Mais en vérité, il voulait partir. Vivre avec sœur Éloïse lui était devenu intolérable. Il y avait là une chance d'exister sans sentir son souffle à son oreille. Pourtant, il trahissait Rose, non ? S'il restait, il finirait par la convaincre qu'il n'était pas un rustre. Même si elle continuait à le mépriser, n'était-ce pas son devoir d'amoureux de rester et d'accepter son acrimonie ? Mais la vérité, c'était qu'il avait vu une occasion, qu'il l'avait saisie et qu'il laissait Rose derrière lui. En marchant dans la rue à côté du chauffeur qui était venu le chercher, il remarqua que le chat noir le suivait. Le chat le faisait se sentir atrocement mal.

« Ne me laisse pas dans cet horrible établissement ! Qui va me donner un peu de lait si tu ne le fais pas ? Je vais mourir de faim ! Je vais mourir de faim ! Qui va écraser mes puces ? Elles vont me piquer à mort. Elles vont me dévorer tout vif. Un matin, je vais me réveiller et je ne serai plus qu'un paquet d'os. Qui me dira un mot gentil ? Tout le monde va m'accuser d'attirer la poisse. Ça sera parfaitement faux. Ils vont me jeter des pierres. Ils vont verser de l'eau bouillante sur moi. Ils vont me faire tourner par la queue. Ma vie ne vaut pas la peine d'être vécue sans toi. Tu me dois quelque chose. Tu me dois quelque chose ! »

C'était peut-être là ce que faisaient ceux que vous aimiez : ils vous faisaient vous sentir mal. Pierrot jeta sa valise dans le coffre et se dépêcha de grimper à l'arrière de la voiture. Il n'abandonnait pas que Rose, n'est-ce pas ? Mais tous les enfants. Il les divertissait et les faisait rire. Ils dépendaient de lui pour cela. Mais il partait quand même.

10

OÙ L'ON APPREND À ROSE LE DESTIN QUI SERA LE SIEN

Deux semaines plus tard, Rose allait mieux et était prête à regagner le dortoir. Elle ôta sa liquette d'hôpital et enfila ses bas noirs sous sa robe. Elle longea le couloir, dont les murs étaient peints en bleu, avec des fleurs de pierre sculptées au-dessus des fenêtres cintrées.

Elle passa les portes de la salle commune, lesquelles étaient grandes ouvertes. Il pleuvait, et tous les enfants, qui étaient en train de papoter et de jouer avec des poupées, se retournèrent pour la regarder. Ils semblaient pleins d'appréhension : Rose n'avait pas été informée du départ de Pierrot.

Sœur Éloïse marcha jusqu'à elle d'un pas rapide et lui dit que Pierrot était parti et qu'elle ne ferait plus de représentations. Toute seule, elle n'était pas très spectaculaire, n'est-ce pas ? Cela frappa Rose comme un petit éclair. Elle aurait aussi bien pu être la Belle au bois dormant. Elle avait passé cent ans alitée à l'infirmerie pour découvrir, à son réveil, que le monde qui lui était familier et cher avait disparu pour toujours. Mais Rose toisa Éloïse, refusant de lui montrer son chagrin. Elle hocha la tête et s'éloigna en espérant que ses jambes ne flageolaient pas.

Elle ne comprenait pas pourquoi Pierrot serait parti sans lui dire au revoir. Ça lui semblait impossible. Surtout qu'il était tellement expansif quand venait le temps d'exprimer ses émotions. Au cours des quelques semaines qui suivirent, elle attendit un message de sa part. Pourquoi n'y avait-il pas de lettres, à tout le moins ? Un garçon à l'orphelinat avait déjà reçu des lettres d'un frère aîné resté en Europe après la guerre. C'étaient les plus merveilleuses des missives. Le gamin les lisait et les relisait tout haut. Les enfants s'agglutinaient autour de lui quand il en faisait la lecture, comme s'il était célèbre et qu'ils voulaient son autographe.

Les orphelins voulaient savoir ce qui avait bien pu arriver à Pierrot et connaître les aventures qu'il vivait. Ils s'attendaient à ce que des comptes rendus parviennent à Rose, qui les partagerait certainement avec eux comme elle partageait tout le reste. Mais les lettres ne vinrent jamais, ce qui l'inquiéta. Cela prouvait qu'on pouvait changer radicalement de personnalité, qu'il était impossible de jamais vraiment connaître une personne. En fait, on ne pouvait sans doute jamais vraiment se connaître soi-même. On pouvait se croire la personne la plus gaie et la plus généreuse qui soit tout en étant en réalité une vicieuse crapule.

La mère supérieure entra un après-midi d'automne pour annoncer à Rose qu'on l'envoyait travailler comme gouvernante. La mère supérieure était certes pressée d'éloigner Rose de sœur Éloïse, mais il y avait d'autres raisons de se débarrasser de la jeune fille. Depuis quelque temps, les religieuses se sentaient obligées de mettre au travail les enfants les plus vieux. Il fallait faire de la place pour les nouveaux orphelins.

La Grande Dépression était arrivée à Montréal.

Les nouveaux orphelins débarquaient à l'arrière de voitures, accompagnés par des curés. On aurait dit que la sonnette retentissait tous les jours du mois. Ce matin-là, en ouvrant la porte, la mère supérieure avait découvert un curé tenant par la main deux enfants, une fillette en pull blanc et en bottes de cuir bleu, et un petit garçon avec un nœud papillon de travers et pas de chaussures du tout.

Plus tôt cette semaine-là, un beau garçon était arrivé avec un grand sac de toile contenant ses vêtements du dimanche et un ourson en peluche auquel il manquait un œil. Il était suivi de près par une fillette aux boucles blondes dont les parents étaient morts de consomption. Elle tenait une petite boîte en fer-blanc ornée de roses bleues remplie de pastilles. C'était son héritage.

Un autre gamin au thorax en bréchet serra la main des enfants en leur demandant : « Comment allez-vous ? » Il fut très franc. Il expliqua que son père s'était tiré une balle dans la tête après avoir perdu de l'argent à la Bourse. Et le nouvel époux de sa mère le trouvait trop laid pour le garder.

Un petit garçon à l'air solennel avait des lèvres si charnues qu'on aurait dit qu'il embrassait la vitre d'un train.

Un jour, la sonnette se fit entendre et l'on découvrit une fillette en petit manteau noir, chaussée de bottes à lacets, qui tenait un bébé dans ses bras.

– *Bonjour**, dit-elle. Voici mon frère. Ma mère a dit que je devais l'amener. Elle ne lui a pas donné de nom. Mais s'il vous plaît, j'aimerais qu'il s'appelle Emmanuel. Je ne dois pas laisser la couverture.

Les femmes donnaient naissance dans les hôpitaux et, dès que le médecin avait coupé le cordon ombilical, elles remettaient leurs pulls mangés aux mites et couraient vers la porte pour éviter d'avoir une bouche de plus à nourrir.

Un bambin fut déposé à l'orphelinat par sa mère. Elle portait un manteau bleu marine avec un accroc à l'épaule et des chaussures d'homme attachées avec des rubans roses. Elle s'agenouilla devant l'enfant.

– Je reviendrai te chercher, mon cœur. Je penserai à toi à chaque seconde de la journée. Dès que j'aurai du travail et un nouvel appartement, je reviendrai te chercher.

Les religieuses n'avaient guère de patience pour ces femmes. Celles-ci laissaient d'étranges listes d'instructions, où elles expliquaient que leur enfant aimait qu'on lui chante une berceuse avant qu'il s'endorme, ou qu'il préférait qu'on lui fasse chauffer son lait. Ou encore qu'il aimait qu'on lui récite une comptine pendant qu'on remuait chacun de ses orteils.

Plus les instructions étaient nombreuses, moins l'enfant avait de chances de revoir sa mère. C'est du moins ce que croyait la mère supérieure. Ce n'était pas l'amour qui présidait à ces exhortations – l'amour était une chose dérisoire et timide ; c'était la culpabilité qui s'exprimait dans ces déclarations. Les instructions allaient au feu, avec les lettres que Pierrot continuait d'adresser à Rose.

Un petit garçon parlait une langue que personne ne comprenait. Il semblait dire que son oie domestique lui manquait, mais personne n'en était trop sûr. Il était arrivé avec une valise pleine de porcelaine tendre qui paraissait vieille d'un siècle. Les religieuses sortirent toutes les assiettes de la valise du garçon et donnèrent celle-ci à Rose pour qu'elle y mette ses affaires.

La valise bleue, rayée de vert et de jaune à l'intérieur, avait une drôle d'odeur. Rose y plongea la tête et inspira. Ça sentait un autre pays. Ça sentait la famille nombreuse.

Rose aimait l'idée de voyager, même si elle savait qu'elle ne s'en allait pas très loin. Elle voulait tout de même quitter l'orphelinat. Humiliée parce que Pierrot l'avait abandonnée sans un mot, elle croyait que tous les autres enfants la regardaient de haut. Et *cela*, elle ne pouvait le tolérer. Elle se fichait de l'environnement où elle était, pourvu qu'elle n'y fût pas vue comme une fille qui s'était fait larguer par son amoureux.

Elle enfila son manteau et mit son chapeau de fourrure et ses gants dans sa valise. Les autres enfants se rassemblèrent pour lui dire au revoir. Elle les embrassa sur les joues et sur les mains et exécuta un dernier petit saut périlleux avant de s'en aller. Les enfants applaudirent tristement, sachant que le cirque avait remballé son chapiteau et quitté l'orphelinat.

Rose grimpa dans la voiture qui l'attendait dehors. La voiture bondit comme un radeau qui descend des rapides, s'enroulant le long d'une route circulaire jusqu'au sommet d'une colline. Les maisons étaient de plus en plus magnifiques à mesure qu'ils approchaient de la cime. Elles étaient suffisamment au-dessus du sol pour ne rien savoir de la marée montante de pauvreté. Elles n'étaient nullement affectées par la Grande Dépression. Le chauffeur sortit de la voiture pour ouvrir une grille devant une propriété, puis il pénétra dans l'enceinte. C'était une grande demeure en briques rouges qui occupait l'espace de tout un pâté de maisons. Elle était très jolie. Un drapeau bleu flottait au sommet de l'une de ses tourelles, son propre petit royaume.

Le chauffeur klaxonna et une bonne en uniforme sortit par la porte de devant pour les accueillir. Un petit carlin se tenait à ses pieds, les yeux levés vers Rose.

– Bonjour, ma chérie, dit la bonne. Laisse-moi te montrer ta chambre et tu pourras t'installer.

La bonne chassa le carlin à l'intérieur et referma la porte, après quoi Rose et elle entrèrent dans la maison par-derrière. Elles gravirent un escalier étroit et blanc qui partait de la cuisine. La chambre de Rose était au dernier étage de la maison, là où se trouvaient les chambres des enfants.

– Tu t'occuperas des petits la majorité du temps. J'ai entendu dire que tu t'en tirais bien avec les plus jeunes.

– Oui, j'imagine. Je veux dire, j'aime faire rire les gens. Les enfants ont le rire très facile. Mais j'aime aussi beaucoup l'idée de faire rire les adultes.

La bonne la dévisagea. Rose regarda la bonne avec une expression vide dont elle savait qu'elle la rendait indéchiffrable.

– J'ai aussi entendu dire que tu étais une fille plutôt curieuse.

La bonne ouvrit la porte de la chambre qui serait celle de Rose. Cela lui semblait assez extraordinaire, car elle avait toujours dormi parmi une rangée d'enfants. Les fillettes se réveillaient le matin et descendaient de leurs lits identiques, vêtues de leurs chemises de nuit identiques. Elles ressemblaient à une ribambelle de poupées de papier découpées d'un même coup de ciseaux. Déterminer s'il s'agissait d'une seule et même personne ou de cent trente-cinq personnes identiques était du ressort des mathématiques.

La chambre était exiguë et les murs blancs, comme pour rappeler à la jeune fille qu'elle devait rester chaste. Il y avait un petit lit et un petit pupitre blanc dans un coin. Il n'y avait de la place que pour s'agenouiller près du lit, pour dire ses prières le soir venu. Le seul ornement était un miroir au joli cadre d'acier orné de fleurs. Rose se pencha pour le regarder, mais se sentit soudain vaniteuse, comme si elle inspectait sa propre apparence.

On donna à Rose une robe bleue à tablier qu'elle devait porter tous les jours pour travailler dans la maison. On lui donna aussi une coiffe blanche amidonnée qui la faisait ressembler à une infirmière. Après s'être habillée, elle descendit à la cuisine pour y rejoindre la bonne, qui avait promis de lui faire faire le tour des lieux.

Rose suivait de près la bonne, qui semblait âgée d'une trentaine d'années. La demeure était si vaste que si elle se perdait, elle ne retrouverait jamais sa chambre, pas sans une carte. On lui présenta les pièces comme si chacune était une charmante résidente de la maison, avec ses besoins particuliers.

Il y avait le fumoir, où d'excellents cigares étaient fumés par des gens importants. Les murs étaient d'un vert kaki, mais, en enlevant les peintures, on aurait découvert des carrés émeraude, la couleur dont la pièce avait été peinte à l'origine.

Il y avait une bibliothèque remplie d'informations et de statistiques précieuses sur le monde dans des volumes reliés de cuir.

– Pourrai-je emprunter certains de ces livres ?

– Oh, ne sois pas sotte. Ils sont là pour décorer. Personne ne les lit.

Il y avait une pièce spécialement aménagée pour qu'on y boive le thé après treize heures. Elle avait des fleurs bleues aux murs, et une horloge de grand-père dont le tic-tac sonore faisait penser à un suicidaire qui arme sa carabine sans discontinuer.

Il y avait une pièce au milieu de laquelle se dressait un chevalet. Un vase de fleurs séchées était posé sur un petit guéridon, et il s'y trouvait toutes sortes de contenants avec des pinceaux de toutes les formes, pour recréer quasiment n'importe quel objet sur la planète.

Il y avait en outre une salle de réunion, un salon de billard et une serre. Il y avait une pièce où se trouvait une petite piscine dans laquelle un maillot de bain de garçon flottait comme une espèce de tortue de mer. Il y avait une pièce pleine d'artéfacts que quelqu'un avait rapportés de ses voyages. Il y avait une tête réduite dans une vitrine. Rose demanda si elle pouvait regarder dans le télescope qui pointait vers une fenêtre, car le soleil venait juste de se coucher.

– D'accord, dit la bonne. Mais n'en fais pas une habitude.

Quand Rose regarda par le télescope, elle était la première à y mettre l'œil depuis cinq ans. La maisonnée avait complètement cessé de regarder les cieux. Rose sursauta et recula de quelques pas. Elle ne s'était pas attendue à voir la Lune de si près. C'était épouvantable. Elle ne ressemblait plus à la surface d'un patin à glace blanc couvert d'égratignures. Grise, brisée et furieuse, elle semblait faite de poudre à canon. C'était comme d'ouvrir la porte pour découvrir quelqu'un tout nu. C'était difficile de regarder la Lune. Rose croyait y avoir vu un visage.

La bonne informa Rose que Mr McMahon était souvent parti en voyage d'affaires, et qu'il n'était pas rare qu'il dorme dans son appartement du centre-ville. Lorsqu'il rentrait, c'était toujours tard le soir, quand tout le monde était couché. À l'inverse, son épouse ne quittait guère la maison.

Ils s'arrêtèrent à la chambre à coucher principale pour saluer Mrs McMahon. Celle-ci était étendue sur son lit, par-dessus les couvertures, tout habillée. Elle portait une magnifique robe en velours bleu dont le devant était orné de boutons, et une paire de bottes noires. Elle avait un linge mouillé posé sur le front. L'épouse de Mr McMahon avait une merveilleuse silhouette voluptueuse. Elle savait que c'était son corps qui avait séduit Mr McMahon quand il était jeune. Il aurait fait n'importe quoi pour voir sa poitrine plantureuse. Même avec le linge qui lui couvrait la moitié du visage, Rose pouvait voir que Mrs McMahon était une vraie beauté.

– Eh bien, va rencontrer les enfants, Hazel et Ernest. Ils sont littéralement possédés. Et je ne dis pas cela uniquement parce que je suis leur mère.

En dehors de la nursery, que Rose n'avait pas encore vue, peu de signes trahissaient que des enfants vivaient dans la maison. Elle avait pourtant remarqué leurs petits appels à l'aide en faisant le tour des pièces. Dans le salon, il y avait un dessin au crayon d'un gamin dont la tête était tombée. Du sang giclait de son cou et de sa tête. Sur la vitre de la fenêtre de la pièce où se trouvait la piscine, quelqu'un avait écrit s.o.s. du bout du doigt.

Elles prirent le corridor et se dirigèrent vers la nursery. Un petit garçon blond qui semblait âgé d'environ six ans, portant un masque de zèbre et tenant un fouet, se tenait debout au bout du couloir. La bonne faillit tomber dans les pommes en tournant au coin et en le découvrant là.

– J'en ai marre des conneries des lions, dit-il.

Une fillette sortit de la pièce, avec dans la main un cheval dont le corps était un manche à balai, qu'elle planta fermement au sol comme s'il s'agissait d'une lance. Cheveux châtains, yeux bruns, âgée d'environ sept ans, elle était nue, à l'exception de ses sous-vêtements et de ses chaussettes.

Rose eut l'impression que c'étaient des enfants sauvages : en mettant le pied dans leur chambre, elle découvrirait une jungle où s'enchevêtraient des plantes tropicales, peuplée de sangliers et de papillons aux ailes grandes comme des raquettes de tennis.

La bonne tapa fort dans ses mains en direction des enfants, qui bondirent tous deux à la manière de petits animaux et se dépêchèrent d'entrer dans la nursery en criant. Elle y guida Rose et la laissa pour qu'ils fassent connaissance. La nursery était une grande pièce peinte en bleu pâle, où de petits cumulus flottaient au haut des murs. Des jouets splendides garnissaient les étagères, et il s'y trouvait une ravissante maison de poupée construite sur le modèle d'un manoir victorien. Hazel et Ernest restèrent à dévisager Rose.

– Avez-vous vu un loup entrer par la porte de derrière ?

– De… de… de… de quoi tu parles ? demandèrent-ils.

– Je l'ai croisé dans la cour juste avant d'étendre le linge sur la corde. Il essayait de voler des vêtements appartenant à votre père.

Ils coururent à la fenêtre pour voir s'ils arrivaient à apercevoir le loup dans la cour.

– Il n'est plus là. Je l'ai accusé de chiper les vêtements de votre papa, et il a dit qu'il allait demander la permission d'en prendre à votre mère.

– Es-tu folle ? s'écria Hazel. Tu ne peux pas envoyer un loup voir maman ! Il pourrait la dévorer.

– Eh bien, je vais aller voir ce qui se passe par là.

– Maman n'aime pas qu'on la dérange, fit Ernest.

– Hum, si elle est en train de se faire dévorer par un loup, je suis sûre qu'elle ne m'en voudra pas de l'interrompre.

– Dépêche-toi, s'il te plaît ! cria Hazel.

Rose descendit l'escalier. Les enfants se regardèrent, à la fois terrifiés pour leur mère et impressionnés par le courage de Rose. Quand celle-ci remonta à la nursery, elle portait l'un des costumes de Mr McMahon et un chapeau haut de forme trouvé dans un placard du vestibule.

– J'ai entendu dire qu'il y a des enfants qui me cherchent. Je suis monsieur le Loup.

Hazel se leva si brusquement de sa chaise que celle-ci se renversa derrière elle. Elle se mit à applaudir, ravie qu'on lui raconte une histoire sans qu'elle ait eu à le demander.

– Regardez-moi. Je ne suis pas un monstre. Je veux simplement des vêtements afin de pouvoir me trouver un boulot normal. Oh, peut-être que je dévorerai un enfant de temps en temps. C'est ma nature. Mais seulement ceux qui ont été très vilains. Seulement ceux qui font l'école buissonnière et que j'attrape dans la rue au beau milieu de la journée. Ou bien j'attendrai devant la confiserie pour voir qui a été glouton et je n'en ferai qu'une bouchée. Ou je lancerai des petits cailloux aux fenêtres – et je verrai quels enfants sont debout la nuit. S'ils sont debout la nuit, bien sûr, c'est qu'ils veulent que je les dévore.

Ils ne savaient trop que faire de son histoire. L'excitation qu'elle leur procurait ne ressemblait à rien. C'était mieux que de boire du *chocolat chaud** d'une seule gorgée. C'était mieux que de se suspendre aux barreaux de la cage à poule dans le parc. Et puis, à leur stupéfaction, Rose enleva le haut-de-forme et le tendit à la petite fille, exécuta un saut périlleux arrière et fit exprès d'atterrir sur les fesses.

Les enfants applaudirent. Ils avaient du mal à croire à leur chance. Le carlin, l'air d'un vieillard en robe de chambre, n'était guère impressionné.

11

LA FORTUNE SOURIT À PIERROT

Malgré les exhortations catégoriques de la mère supérieure, Pierrot ne travailla pas une seule journée. À moins de considérer le fait de tenir compagnie à Irving comme un travail. On lui attribua une immense chambre dans le manoir. Toutes les pièces y paraissaient trop grandes. Pierrot avait l'impression qu'il lui aurait fallu se promener avec un mégaphone pour parler à Irving quand ils étaient chacun aux bouts opposés d'une même salle.

On pouvait facilement circuler à vélo dans la maison. Pierrot le savait pour l'avoir essayé. Quand il entendait tinter la petite sonnette dans sa chambre qui indiquait qu'Irving désirait sa compagnie, pour gagner du temps, il enfourchait son vélo, qu'il gardait appuyé contre le mur du couloir. Il parcourait le corridor jusqu'à la chambre d'Irving comme s'il s'agissait d'une magnifique route de campagne, en saluant les serviteurs qu'il croisait sur son chemin.

Il passait sur une demi-douzaine de tapis en se rendant à la chambre d'Irving. Chacun illustrait un environnement naturel particulier. Il traversait un champ de coquelicots, franchissait une plaine où se trouvaient des moutons et des dragons, passait à travers une jungle verte et dense.

Il y avait d'extraordinaires lustres partout dans la maison. On aurait dit des arbres après une tempête de grêle. À une époque de sa vie, Irving avait été fin connaisseur en matière de lustres et s'en était procuré dans toutes les grandes villes d'Europe pour enrichir sa collection. Il avait depuis abandonné cette passion, mais les lustres n'avaient pas disparu pour autant. Ils étaient encore suspendus dans toutes les pièces. C'était comme si Pierrot passait sous de nombreuses galaxies avant d'arriver à la salle à manger.

Que penserait Rose, se demandait Pierrot, quand elle verrait comment il vivait ? Croirait-elle qu'il s'était fait une place dans le monde, qu'il avait maintenant de la classe ? Lui pardonnerait-elle d'avoir fait ces suggestions indécentes ?

Il arriva à la salle à manger au moment où l'on servait le repas. Il s'asseyait en face d'Irving tous les soirs, et on lui présentait les mêmes merveilleux plats qu'à son hôte. Pendant les trois premiers mois, il s'exclamait bruyamment quand on posait l'assiette devant lui. Et pendant six mois, il interrompait la conversation pour faire remarquer combien les mets étaient délicieux. Après cela, il prit l'habitude des soupers somptueux et s'intéressa davantage à la nature philosophique de la conversation qu'à la nourriture posée sur la table.

Il était le compagnon constant d'Irving, avec qui il discutait de maints sujets. Irving demandait à Pierrot ce qu'il pensait des peintures qu'il avait collectionnées au fil des ans et qui ornaient les murs. Il y avait là une nature morte où l'on voyait des œillets bouffis. Il y avait une toile représentant des nuages illuminés par la foudre. Une autre montrait un faucon pèlerin dans sa livrée rayée caractéristique, des aigles vêtus à la mode élisabéthaine, qui ne changeaient jamais de style. Il y avait une fillette avec un bandeau sur les yeux, errant toute seule, bras tendus. On aurait dit que tous les enfants avaient été appelés à rentrer, mais qu'elle seule n'avait pas entendu. Il raconta à Irving qu'il jouait à ce jeu avec Rose et les autres orphelins. Pierrot expliqua que cette peinture était la plus magnifique, car elle illustrait la condition terrible et universelle qu'on appelle l'enfance.

– Bien dit, répondit Irving. C'est effectivement l'une des plus précieuses de ma collection. Ton expérience a fait de toi un expert en matière de beaux-arts. Viens voir mes portraits de chiens.

Pierrot ne fit jamais mention de sœur Éloïse. Il ne dit pas à Irving que, pour la première fois de sa vie, il pouvait s'endormir en se sentant en sécurité. Pendant les premières semaines, il rêvait que sœur Éloïse le suçait. Il aurait volontiers qualifié ces rêves de cauchemars, n'eût été le fait qu'il éjaculait dans son sommeil. La honte qu'il éprouvait ensuite le faisait parfois crier dans le noir. Mais il apprit bientôt à dormir du sommeil le plus profond qu'il eût jamais connu. Il partait pour le pays des songes sans avoir besoin de semer derrière lui des miettes de pain pour retrouver son chemin. La liberté dont il profitait était si exquise et joyeuse qu'elle le rendit un peu fou.

Pierrot remerciait Irving tous les jours du grand cadeau qu'il lui avait fait. Tous les autres dans la vie d'Irving s'étaient retournés contre lui, en partie parce qu'il était immensément riche. Quand on a autant d'argent, à cette époque comme aujourd'hui, vos proches estiment que cet argent devrait leur revenir. Ses enfants le taxaient d'avarice parce qu'il ne les avait pas dotés de fiducies suffisamment généreuses. Sa fortune avait rendu tous ses enfants insipides et dépendants. Allongés dans leurs lits près de leur époux ou de leur femme, ils le maudissaient. Les maris et les épouses le détestaient plus encore, d'autant plus convaincus que son argent leur revenait de droit qu'ils avaient épousé ses enfants dans ce but précis.

Pierrot éprouvait une véritable affection pour Mr Irving. Mais il est vrai que Pierrot éprouvait une véritable affection pour presque tous ceux qu'il croisait sur son chemin. Quand les enfants d'Irving eurent vent de sa relation avec Pierrot, ils enragèrent de le savoir heureux. Leur plus grand espoir était qu'il vieillisse seul, malheureux, regrettant sa pingrerie. Au lieu de quoi ils découvrirent Pierrot chaussé de patins à roulettes, poussant Irving dans son fauteuil roulant, en train de faire des cercles au milieu de la rue.

Le docteur vint jeter un coup d'œil à Pierrot à la suggestion d'une des brus. Celle-ci prétendait que le gamin était fou à lier et qu'il risquait de tuer son beau-père dans son sommeil en croyant qu'il s'agissait d'un dragon.

Elle était venue leur rendre visite un jour que Pierrot se trouvait sur le toit. Les nuages gris s'alignaient derrière lui comme les aristocrates de Versailles faisant la queue devant la guillotine. Un gros gardénia derrière une oreille, il brandissait un tisonnier en criant :

– Montrez-vous, dragons ! Je ne vous crains point. Je vous terrasserai tous en un après-midi. Parce que je suis un chevalier.

Les voisins s'entendaient aussi pour dire qu'il n'avait pas toute sa tête. On le voyait faire le poirier dans la cour tous les matins. Il roulait à vélo dans la rue, sa longue écharpe flottant derrière lui, en criant « Bonjour » à tout un chacun. Quand Pierrot eut seize ans, Irving congédia le chauffeur et lui donna les clefs de la voiture. Pierrot conduisait à tombeau ouvert, jusque sur la pelouse. Il klaxonnait plutôt que de sonner à la porte.

Mais Irving choisissait de ne pas gronder Pierrot ni de le punir. Le garçon avait bien un grain de folie, mais d'une folie merveilleusement adorable. C'étaient là des signes de génie. Le gamin était excentrique. Il rappelait à Irving ses propres frasques. S'il avait été jeune homme, il aurait lui aussi brandi un tisonnier sur le toit en sommant les dragons de montrer leurs faces hideuses.

De surcroît, Irving adorait écouter Pierrot jouer du piano.

En entendant les mélodies, il se rappelait ce qu'on éprouvait quand on était absolument étranger à la honte. Ce qu'on éprouvait quand on était quelqu'un de bien. Il se sentait jeune de nouveau. Le temps n'existait plus quand Pierrot jouait du piano. Irving fermait les yeux et il avait neuf ans ; vêtu d'un maillot de bain à rayures, il trempait le bout de ses orteils dans l'eau froide. Il fermait les yeux pour faire un vœu en soufflant les bougies d'un gâteau d'anniversaire. Il s'apprêtait à souhaiter devenir Premier ministre.

Non, il n'écouterait pas un médecin condamnant son cher ami. Il s'offusquait de ce que Pierrot ne soit pas traité avec le respect que le médecin aurait témoigné aux autres enfants d'Irving. Aussi se rendirent-ils chez le tailleur pour lui faire confectionner de nouveaux vêtements.

– Je ne peux supporter de poser les yeux sur des vêtements de mauvaise qualité, déclara Irving, assis sur le siège passager. Je les achète pour moi, pas pour toi.

En se rendant chez le tailleur dans le centre-ville, Pierrot faillit renverser une file d'écolières et deux dames distinguées et écraser sept chats. À la boutique, il insista pour choisir un rouleau d'étoffe à carreaux multicolores. Le tailleur se vit commander la confection d'un costume à la dernière mode dans ce tissu ridicule. Coiffé d'une kippa, il avait des aiguilles qui pointaient hors de sa bouche tandis qu'il se déplaçait d'un pas vif, notant furtivement les menues mensurations de Pierrot à l'aide d'un bout de craie. Une semaine plus tard, on livrait le costume à leur porte.

Irving était assis au jardin en train de prendre le thé quand Pierrot sortit, vêtu de son nouveau costume, bras écartés. Une alouette passa au-dessus de leurs têtes, les plumes de sa queue aussi fines que des ciseaux de couturière.

– Ça me fait très plaisir de te voir te promener avec ce costume élégant. Qui étaient tes parents, je me le demande bien. Ce devait être une jolie fille venant d'une famille très riche, qui a succombé à la tentation à un bal de la Saint-Valentin. Tu es manifestement un aristocrate. Tu es mon jeune prince à moi. Toi et moi, on est dans la même situation. Personne ne sait qui nous sommes vraiment. Mais nous ne serons plus seuls, puisque chacun de nous a l'autre. Nous profiterons de la vie ensemble, affranchis des noms ridicules dont les gens nous ont affublés. Qu'est-ce que le passé a à voir avec nous ? Qu'est-ce que le passé a à voir avec quiconque d'entre nous ?

Quand on l'interrogeait au sujet de l'orphelinat, Pierrot parlait de la merveilleuse Rose. Il ne disait rien du froid, de sœur Éloïse et de tous les enfants esseulés qu'il avait abandonnés à ses soins. Cela le remplissait d'une culpabilité qui aurait été impossible à supporter même pour le cœur le plus dur. Pierrot continuait d'écrire à Rose des lettres qu'il expédiait tous les deux ou trois jours, mais auxquelles elle ne répondait jamais. Elle devait être furieuse contre lui parce qu'il était parti. Peut-être valait-il mieux l'oublier. Mais en pensant à elle de façon obsessionnelle, il arrivait à bloquer tout autre souvenir de l'orphelinat, comme si elle était la seule chose qui lui fût arrivée pendant son enfance. L'image de Rose grimpait et s'enroulait autour de la moindre de ses pensées à la manière d'un rosier.

12

MONSIEUR LE BEAU ET MADEMOISELLE LA BÊTE

En dépit de ses talents d'amuseuse, Rose n'était pas une très bonne gouvernante. Elle se fichait que les enfants fassent les quatre cents coups et ne semblait pas avoir la moindre intention de les discipliner ni de leur apprendre à être civilisés. Plutôt leur âme sœur qu'autre chose, elle se contentait de jouer avec eux et de combler leurs besoins élémentaires.

Ils lançaient des feux d'artifice depuis le balcon arrière. Ils auraient dû attendre Noël, mais c'était plus fort qu'eux. Il leur arrivait souvent de manger du dessert en guise de repas trois fois par jour. Un jour, ils firent irruption dans la cuisine, le visage couvert de peinture verte. Hazel s'arrêta une seconde et regarda la cuisinière.

– Salutations, Terrienne, dit-elle.

Rose ne ramassait jamais les affaires des enfants, se bornant à sortir son petit chiffon à motifs de citrons quand la maîtresse de maison passait par là. Un jour, l'une des bonnes se mit à hurler lorsqu'elle découvrit la baignoire remplie de grenouilles. Hazel entra et l'informa que Rose et elle les avaient embrassées, mais qu'elles attendaient pour leur donner la chance de se transformer en princes. Elles n'étaient peut-être pas capables d'y parvenir en un claquement de doigts.

– Il y a peut-être des princes tout nus qui errent sur la Terre à la recherche des satanées filles qui ont pris leurs jambes à leur cou après les avoir embrassés.

Un soir, Rose resta debout tard à manger un bol de crème fouettée avec les enfants. La crème fouettée se cabra tout à coup pour devenir un étalon blanc dressé sur ses pattes arrière. Ernest était tellement surexcité quand il eut fini de manger toute cette crème qu'il courut dans la rue en sous-vêtements et lança une balle de base-ball dans la fenêtre d'un ami.

Un autre après-midi, un bonhomme de neige apparut devant la maison, un couteau dans la poitrine, du colorant alimentaire rouge dégoulinant de sa blessure. À la place de la bouche, il avait une grande pierre plate qui lui donnait l'air de crier à en perdre haleine.

Si Hazel et Ernest devenaient encore plus indomptables sous la tutelle de Rose, personne n'aurait pu s'aviser de la congédier, car les enfants avaient manifestement décidé qu'elle resterait. Si elle était partie, il y aurait eu d'effrayantes protestations, telles que la maison n'en avait jamais connu.

Il y avait des jours où Rose décidait d'être absolument silencieuse, comme si la vie était un film muet, et elle exprimait ses besoins et ses désirs à l'aide de gestes. Elle se frottait le ventre pour demander aux enfants s'ils avaient faim. Elle les grondait en faisant des mines exagérément renfrognées, en tapant du pied et en brandissant le doigt d'un air sévère. C'étaient les seules fois où la bonne voyait Rose réprimander les enfants. Et c'était pour de rire.

Un après-midi, elle leur apprit à faire des roues et des sauts périlleux dans la nursery. Ils avaient les genoux sanguinolents à force d'exécuter des sauts et de tomber. Ils saignaient joyeusement à la table de la cuisine, mangeant du gâteau au chocolat pour le dîner.

La bonne songea qu'elle devrait peut-être parler de Rose à Mrs McMahon pour sauver sa propre peau.

– Elle fait en sorte que je ne les aie pas dans les jambes, alors qu'est-ce que ça me fiche qu'ils assassinent de petits animaux ?

– Ça ne me dérange pas personnellement, madame McMahon. Tout le monde aime bien Rose. Je vous dis simplement que si vous voyez vos enfants en train de courir tout nus dans le jardin, ne vous alarmez pas et ne venez pas me blâmer.

– Très bien. Très bien. Je vous accorde l'immunité.

Bien que le télescope fût interdit d'accès, Rose se prenait souvent à y regarder.

Elle déposait son petit chiffon près d'elle afin de pouvoir le reprendre pour épousseter le télescope à tout moment, si besoin était. Elle avait ajusté l'instrument de manière à pouvoir observer la Lune de près. Celle-ci la faisait toujours sursauter, comme si Rose s'était retournée tout à coup pour s'apercevoir qu'elle la suivait dans la rue. Ou bien comme si elle avait ouvert la porte de sa chambre pour y trouver la Lune, couchée dans son lit, sous le drap.

Elle essayait de voir s'il existait une réalité parallèle sur la Lune. Elle l'observait attentivement, s'attendant à s'y voir en compagnie de Pierrot, enfoncé debout jusqu'aux chevilles dans un sable d'argent, les bras tendus vers la Terre.

En regardant dans le télescope, elle se posait toujours de grandes questions. Qui nous a faits ? Et pourquoi cet être nous a-t-il mis au milieu de ce grand vide ? Qu'est-ce qui a de l'importance ? Pourquoi avait-on disposé toutes ces étoiles si loin de nous ? Pourquoi avoir placé d'étranges créatures au fond de l'océan ? Pourquoi nous avoir donné une tête pour le chercher, s'il ne voulait pas que nous le trouvions ? Elle se demandait si elle arriverait à répondre à ces questions en allant étudier l'astronomie et les mathématiques à l'université.

Un jour, Hazel vint regarder dans le télescope elle aussi. Rose glissa une chaise derrière afin que l'instrument soit à la hauteur de son œil. Chacune son tour, elles sondèrent les profondeurs de l'univers : Saturne, semblable à un genou badigeonné de teinture d'iode ; Neptune, comme une pêche couverte de moisissure ; Jupiter, tel un bonbon à moitié sucé ; Mercure, pareille à une grosse bille ; des galaxies comme du sucre d'orge écrasé, des galaxies comme les bulles d'un bain moussant soufflées dans la paume de la main.

– Tu as tellement de veine, dit Rose à Hazel. Tu en as de la chance d'être instruite ! N'est-ce pas merveilleux ? J'adorerais aller à l'école et apprendre à lire d'énormes livres de problèmes mathématiques comme si c'étaient des romans. Tu ne trouves pas que les problèmes mathématiques sont magnifiques à regarder ? Ils me font penser à de drôles de petits insectes épinglés à un tableau de liège. Et on se pose tant de questions sur leurs origines.

– Je n'écoute jamais quand le précepteur vient.

– Eh bien, je pense que tu devrais. Essaie d'être sage quand il est là.

– Je suis incapable de m'empêcher d'être vilaine. Je me promets, promets et promets que je ne serai pas vilaine. Mais à ce moment-là, je fais quelque chose de vilain.

– C'est parce qu'on est des filles. On est censées avoir seulement des émotions. On n'est même pas censées avoir des pensées. Et c'est très bien d'éprouver de la tristesse, du bonheur, de la colère et de l'amour – mais ce ne sont que des humeurs. Les émotions ne peuvent rien accomplir. Une émotion, ce n'est qu'une réaction. On ne veut pas simplement avoir des réactions, dans cette existence. Il faut accomplir aussi des actions, des actions réfléchies.

Les autres domestiques se prirent d'affection pour Rose. Elle jonglait avec des œufs dans la cuisine. Les bonnes et la cuisinière hurlaient de rire, s'écriant qu'elle allait sûrement tous les fracasser.

Elle marchait sur la rampe d'escalier en chaussettes. Elle apportait toutes les assiettes de la salle à manger et faisait semblant de trébucher. Tout le monde poussait un cri. Ils étaient persuadés qu'il lui manquait un boulon. Ils adoraient quand elle essayait d'entrer par une porte ouverte, mais était repoussée par une soufflerie imaginaire. C'était assez extraordinaire.

Ils n'avaient jamais rencontré de fille qui faisait des blagues de pets. Quand elle se penchait pour ramasser quelque chose et qu'elle faisait un bruit de pet retentissant, ils s'esclaffaient à tous les coups. Elle avait un tel sens de l'humour.

Ils n'avaient jamais vu les enfants si heureux. Rose arrivait à les contrôler simplement en étant plus folle qu'eux. Ils s'asseyaient tous les trois dans la cour, coiffés de tricornes en papier. Les servantes étaient très étonnées qu'elle ait grandi dans un orphelinat et n'ait pas été lobotomisée.

Une nuit, Rose était assise toute seule dans sa chambre. Il avait plu toute la soirée. Le faible son des gouttes sur le toit rappelait le pas de jeunes filles s'enfuyant pour aller se marier en secret. Elle s'ennuyait de Pierrot.

Rose tira sa valise de sous son lit. C'est là qu'elle gardait ses possessions les plus précieuses. Elle sortit le plan qu'elle avait dessiné sur un bout de papier, dans le tram, quand Pierrot et elle étaient enfants. Ça lui semblait le plan le plus absurde du monde. Il lui était venu dans un élan d'inspiration. Qui savait vraiment d'où venaient ces élans ? C'était peut-être un ange qui le lui avait soufflé à l'oreille. Il y avait des gribouillis dans les marges du papier, une vigne grimpant sur un mur blanc.

Ça lui semblait tellement fantastique et idiot. C'était une histoire inventée qu'elle racontait aux enfants. Elle avait de l'avenir en tant que femme de ménage. Elle n'était pas qualifiée pour quoi que ce soit d'autre. Mais elle gardait le bout de papier près d'elle. De tout ce qu'elle possédait, c'était ce qui se rapprochait le plus d'une photographie de son enfance. Ça la rendait nostalgique des bons moments à l'orphelinat, sans lui rappeler les mauvais.

Mais elle devait aussi apprendre à rester à sa place.

13

PORTRAIT DE PIERROT EN JEUNE ARISTOCRATE

Pierrot possédait une élégance naturelle, mais Irving décida qu'il pouvait ajouter à la distinction du jeune homme. Il le fit marcher en balançant une encyclopédie sur sa tête. C'est ainsi que Pierrot développa un talent pour faire tenir des objets en équilibre. Un après-midi, entendant des éclats de voix dans la cuisine, Irving entra pour découvrir tous les serviteurs rassemblés autour de Pierrot, qui tenait sur sa tête un petit tabouret où étaient empilées trois pommes.

– Ne laisse jamais personne te dire que tu ne peux pas passer pour un aristocrate. Rappelle-toi, tout est en surface. C'est une question de manières. On peut apprendre à être aristocrate en suivant quelques règles d'un très court ouvrage. C'est un jeu d'enfant.

Il offrit au garçon un petit exemplaire d'un volume intitulé *Bonnes manières pour le gentilhomme parfait.*

Il enseigna à Pierrot à se tenir le menton haut et à s'exclamer qu'il ignorait pourquoi, parbleu, il n'était pas en Italie. L'absurdité de tout cela ne troublait nullement Irving. Ayant atteint un âge où le simple fait d'être en vie est absurde, il s'était conséquemment retiré du domaine du bon sens.

Irving inscrivit Pierrot dans une école privée. Il avait cru que le jeune homme serait doué pour les études en raison de son tempérament artistique, mais il se trompait. Pierrot se distinguait toutefois au sein de l'équipe de rhétorique. Comme personne dans l'équipe adverse ne comprenait un mot de ce qu'il disait, on avait beaucoup de mal à lui répondre ou à s'opposer à ses arguments. Il échouait cependant dans toutes les autres matières. Pierrot avait du mal à supporter toute forme de structure, de travail exigeant ou de discipline. Il refusait d'apprendre même les opérations algébriques les plus simples, comme il refusait de retenir la date de commencement de quelque guerre que ce soit. Il ne réussissait même pas en classe de musique, puisqu'il était incapable de déchiffrer une portée. Il finit par rater la plupart des jours d'école pour rester à la maison avec Irving.

Celui-ci buvait tous les soirs. Un jour, quand Pierrot avait dix-sept ans, le maire envoya à Irving une bouteille d'un vin très cher pour le remercier du don qu'il avait fait au musée des Beaux-Arts de Montréal. Comme il détestait boire seul, Irving dit au serviteur de remplir de vin le gobelet du garçon.

– Bois un coup, mon gars. J'ai besoin de porter un toast, et il faut que quelqu'un lève son verre pour y boire. On ne trinque pas seul.

Il leva sa coupe, et Pierrot leva son gobelet.

– Buvons au fait que nous sommes des hommes intelligents. Il y a de plus en plus de gens stupides qui naissent chaque jour. Nous sommes des phares pour les idées lumineuses perdues dans l'obscurité, à la recherche d'un public.

Ils firent tinter leurs verres. Pierrot éclusa son vin. Il adora la sensation de chaleur au fond de sa gorge et l'étrange douceur mauve. Il reposa le verre sur la table quand il eut fini. L'alcool pénétra son cœur et fut expédié en giclées par toutes les veines de son corps maigrichon.

Pendant un moment, Pierrot eut l'impression qu'une trappe s'était ouverte sous lui et qu'il plongeait, comme s'il avait glissé d'un tremplin et qu'il faisait des pirouettes sous l'eau. Il était engourdi. Il prit une fourchette et, la pressant sur sa peau, il fut étonné de constater qu'il ne sentait quasiment rien, peu importe la force avec laquelle il appuyait.

Son esprit subissait quelque chose de semblable. Quand il songeait à des événements qui lui avaient jadis causé du chagrin, ils le chatouillaient à peine. Il craignait toujours de penser aux enfants qu'il avait laissés à l'orphelinat, parce que cela lui brisait le cœur. Mais maintenant, il pensait à eux, et leur souvenir n'avait aucune prise sur lui. Non seulement leur souvenir ne lui causait plus de chagrin, mais il ne provoquait plus en lui aucune réaction.

Après le septième toast, Pierrot avait bu quatre gobelets de vin. Il avait les lèvres rouge foncé, comme s'il avait embrassé une putain parisienne. Il avait les dents violettes, comme s'il avait mordu un animal. Il avait chaud. Alors il déboutonna sa chemise, la jeta par terre et resta assis là, tel un empereur romain dément.

Il se mit à rire. Il prit sa chaise, l'emporta à l'autre bout de la table et s'assit près d'Irving. Il passa le bras autour de lui et lui déclara qu'il était un chic type. Quand la bonne entra, il bondit sur ses pieds et alla lui plaquer un gros baiser sur les lèvres.

– Assieds-toi ! Que cela soit une leçon pour toi. Tu peux te déchaîner tant que tu veux, du moment que tu respectes cette règle : n'engrosse pas les servantes. Une jolie servante, c'est comme un petit gâteau – tu peux y prendre du plaisir, mais de manière éphémère. Ne t'engage pas. Il doit y avoir une division entre la haute et la plèbe. Regarder les gens de haut, c'est une motivation importante. Si je suis devenu l'homme que je suis, c'est pour pouvoir regarder les gens de haut. C'est pour cela qu'un médecin a trouvé un vaccin contre la variole, tu sais, non pas parce qu'il se souciait d'aider un tas de malades, mais parce qu'il voulait rendre tous ses amis docteurs verts de jalousie.

Pierrot grimpa sur la table et leva les bras dans les airs.

– Regardez-moi ici, tout en haut !

– Hum, pas besoin d'être si littéral, mon garçon. Vois les choses de plus haut, tu veux bien ?

– Je vais aller chercher mon calepin ! s'exclama Pierrot. Il faut que je note ces instructions pour mon édification. J'ai tant de choses à rattraper.

Parfois, quand Irving était particulièrement en verve, Pierrot sortait un carnet pour y consigner ce qu'il disait. Il avait alors un regard follement intense : il écarquillait largement ses beaux yeux d'un bleu éblouissant et arborait l'expression la plus compatissante qui soit. Cela encourageait Irving à partager ses pensées les plus saugrenues.

– L'apparence, c'est ce qui compte le plus. Les gens sont rarement curieux de quoi que ce soit d'autre. Ils ne vont pas plus loin. Procure-toi un costume bien coupé et ne t'en fais pas pour la personnalité et ce genre de chose. Tu as noté ?

– Oui, merveilleux. Les mots dansent sur la page, mais continuez.

– L'amour. Une idée tellement absurde. Pire que Dieu.

En vérité, la dernière chose dont Pierrot avait besoin, c'était de passer du temps avec un vieux millionnaire à moitié fou. Il était le seul orphelin à être élevé comme s'il appartenait à une élite fortunée. Naturellement, cela était problématique dans la mesure où il n'avait pas un sou à lui. Il lui aurait fallu la constitution nécessaire pour travailler dans une manufacture, ou peut-être se faire vendeur.

Pierrot avait besoin d'ordre. Il avait besoin de discipline. Il avait besoin de trouver un moyen de s'endurcir. Cette existence le rongeait. Il ne pourrait jamais garder quelque boulot que ce soit après cela. La mère supérieure avait raison. Maintenant, à cause d'Irving, il possédait une philosophie de vie qu'il ne pouvait se permettre. C'était un dénominateur commun chez quantité de drogués, ce que Pierrot allait devenir.

Comme la nuit avançait, les fleurs se courbèrent sur leurs tiges telles des fillettes endormies sur un banc d'église.

Pierrot apprit à imiter les manières d'Irving. Après avoir vécu deux ans dans une riche maisonnée, il était capable de se donner des airs. En le voyant marcher dans la rue à Westmount, si vous ne saviez pas qui il était, vous l'auriez pris pour un riche garçon, à n'en pas douter. Vous auriez supposé qu'il avait grandi dans cette rue. Qu'il avait une mère qui l'adorait et lui avait attaché d'absurdes bonnets blancs sur la tête. Vous auriez supposé qu'il avait eu une gouvernante, et que celle-ci aurait compté ses petits doigts pour lui. Elle lui aurait montré un globe terrestre et aurait tracé, de l'index, le chemin menant de Montréal à l'autre côté de l'océan, comme si « l'autre côté » était un lieu où l'on pouvait aller.

Le soir, Pierrot faisait la lecture à Irving, qui voulait entendre les classiques qu'il avait lus enfant.

Pierrot était si bon lecteur. Quels que soient les mots nouveaux qu'il découvrait sur une page un jour donné, le lendemain, ces mots lui étaient devenus familiers. Ils étaient naturels sur ses lèvres, car il arrivait à se rappeler les termes d'instinct, sans les comprendre. Il balayait les journaux du regard et tous les mots étaient dans sa poche. Son habileté verbale crût au fil des ans.

– Vous arrive-t-il de penser à toutes les étoiles dans le ciel ? La science fait toujours les affirmations les plus étranges sur les cieux. Mais je ne crois pas qu'elles soient toutes vraies. Je crois que si on prenait une échelle assez longue, on pourrait grimper jusqu'à ces étoiles, les cueillir et les déposer dans des seaux. Tout ce qu'il nous faudrait, c'est une seule étoile à glisser dans un poêle, et elle nous chaufferait pendant tout l'hiver. Tout ce qu'il faudrait, c'est deux hommes courageux. Un assez courageux pour construire l'échelle qui monte jusqu'aux cieux. Et un autre assez courageux pour y grimper.

– Bien dit, mon merveilleux enfant. Bien dit.

Y a-t-il une différence entre se comporter comme une personne d'une grande intelligence et être une personne d'une grande intelligence ? Qui donc, en le regardant, aurait deviné qu'il avait été violé ? Plus il s'éloignait de ces événements et plus il lui était difficile de composer avec eux. Il se rendait compte qu'ils étaient atroces et bizarres, et il n'avait pas la moindre idée de la manière dont on était censé agir après avoir survécu à une chose pareille. Il n'avait pas d'autre choix que de se comporter comme s'il ne s'était rien passé. Et si personne ne pouvait en parler, alors peut-être que ça ne s'était pas réellement produit ? Pierrot espérait que cela était vrai.

Quelque futé qu'il puisse paraître, en son for intérieur il savait cependant qu'il était un pervers.

14

PORTRAIT D'UNE DAME QUI EN VEUT AU MONDE ENTIER

Certaines des dames du voisinage étaient parfaitement satisfaites de leur rôle de reine du foyer. Elles saluaient Rose et les enfants d'un geste de la main. Elles étaient membres de clubs de jardinage, sirotaient du thé glacé et lisaient des livres. Leurs cheveux étaient coiffés en énormes ruches sur leurs têtes et aspergés de laque jusqu'à ce qu'ils restent bien en place. Mrs McMahon n'avait jamais pu se résoudre à être une de ces femmes heureuses. Elle avait semblé frustrée presque tous les jours des deux années que Rose avait passées chez elle.

L'épouse de Mr McMahon accusait sans cesse son mari de la tromper. Cela la rendait profondément malheureuse. Elle passait ses frustrations sur tout le monde dans la maison. Sa peine envahissait toutes les pièces. Si on laissait une tasse à thé sur une table, elle se remplissait de chagrin.

Elle tempêtait dans le salon, jetant des objets par terre et sur les murs. Son visage pouvait afficher toute la gamme des expressions imaginables. Chacune était une sorte d'opéra. On lui avait appris que les femmes devaient se montrer impassibles et qu'il était inconvenant pour elles d'exprimer leurs émotions en public. Avoir ouvertement des émotions, c'était comme être une prostituée debout à la fenêtre, la poitrine exposée à tous les vents. Mais elle s'en fichait.

Elle lança un jour un vase sur le mur et y fit un trou. Puis, elle s'en approcha et arracha de grands lambeaux de papier peint.

Elle leva un coussin comme si elle songeait à le dévorer ou à l'éventrer. Et puis elle parut se rendre compte que ça ne ferait guère de dégâts, qu'un coussin ne pourrait jamais être un boulet de canon, et elle sembla vaincue par son impuissance.

Elle s'assit sur le canapé, enfouit son visage dans ce même coussin et fondit en larmes. Elle sanglota d'énormes sanglots qui venaient des profondeurs de ses poumons, comme quelqu'un qui remonte un filet plein de poissons du fond de la mer. Ses sanglots étaient jetés sur le pont, et toutes les créatures des grands fonds se tortillaient, désespérées et mises à nu.

La famille vivait dans la terreur de ces rages. Elles atterraient Mr McMahon. Les enfants restaient assis en silence, blêmes, incapables de faire quoi que ce soit avant que la crise fût passée. Mais Rose ne faisait pas partie de la famille, aussi ne se laissait-elle pas atteindre par leur malheur. Elle s'asseyait et lisait un livre.

Elle voulait simplement qu'il avoue qu'il la trompait. Il lui fallait une sorte de preuve objective. Il le niait sans cesse. Elle le sentait sur ses costumes. Rose était debout près d'elle tandis qu'elle reniflait tous ses vêtements. Et puis la maîtresse de maison s'effondrait.

Rose prit les vêtements et les renifla elle-même. Elles étaient merveilleuses, ces odeurs qui avaient tant affligé l'épouse de Mr McMahon. C'étaient les odeurs de femmes splendides à l'autre bout de la ville. C'était le bout de la ville éloigné de toute cette vie domestique, là où se trouvaient les théâtres, les cabarets, les artistes en tournée.

Rose inhala profondément. Elle s'imagina à bord d'un train, avec un orchestre de cuivres, en provenance de New York. L'une des chanteuses, une belle femme noire, riait si fort qu'elle en renversait son verre sur son col en fourrure. Rose pouvait sentir l'odeur du gin.

Elle sentait les cigares. C'était l'une de ses odeurs préférées. Peut-être parce que c'était un parfum généreux. Elle s'imaginait des hommes d'affaires assis autour d'une table, fumant des cigares et discutant de travail et de moyens de faire de l'argent.

En fantasme, elle s'imaginait assise à cette table, ce qui était un drôle de fantasme pour une jeune fille.

Rose songeait que l'épouse de Mr McMahon était une voyante exceptionnelle, capable de dire ce qu'il avait fait n'importe quel soir. On pouvait voir à l'expression de son mari qu'elle avait raison. En vérité, elle n'aurait pas dû être femme au foyer. Elle avait probablement un cerveau qui lui aurait permis d'être l'un des plus grands enquêteurs de la planète. Elle aurait pu sillonner le monde, à pister les criminels les plus violents ou déchiffrer des codes ennemis, au lieu de quoi elle était coincée à la maison, à employer ses trésors de sagacité et de perspicacité pour mettre au jour ce que son mari avait fait exactement ce soir-là.

Pour compenser l'horrible traitement que lui infligeait son époux, elle s'offrait les vêtements les plus chers.

Elle faisait constamment des achats pour se rappeler qu'elle avait acquis une sorte de pouvoir en devenant l'épouse d'un homme fortuné. Les somptueux canapés recouverts de fleurs, les peintures aux murs, les vitrines pleines de services à thé en porcelaine fine, les riches tapis qui absorbaient le bruit tels des sables mouvants, les garde-robes remplies de vêtements – c'étaient là de merveilleuses preuves de sa trahison.

En outre, elle menait le personnel à la baguette pour se donner l'impression d'avoir des serviteurs. Pour ne pas avoir l'impression d'être elle-même une servante.

Même si Rose était maintenant âgée de dix-sept ans, Mrs McMahon ne craignait pas que la jeune fille détourne les affections de son mari. Mr McMahon, elle le savait, n'était pas attiré par les jeunes filles dépourvues de forte poitrine. Il n'avait jamais été séduit par les drôles d'oiseaux dans le genre de Rose. Elle ne comprenait pas comment un homme, quel qu'il soit, aurait pu être charmé par Rose. Elle n'avait pas de manières délicates ou charmantes. Rose la dégoûtait presque. Elle ne possédait aucune des qualités féminines et, pourtant, elle se promenait en se comportant comme si elle était une fille.

Mrs McMahon appela un jour Rose pour qu'elle vienne frotter une tache bourgogne sur le papier peint, là où elle avait lancé un verre de vin. Mrs McMahon était assise dans un fauteuil aux motifs de navires, d'ancres et de sirènes, comme sur les gros bras d'un marin tatoué.

– Est-ce que ça te dérange ?

Rose la regarda sans comprendre.

– D'être laide, je veux dire.

– Non, pas du tout.

– Peut-être ne te rends-tu pas compte de ta laideur. Parce qu'en se regardant dans un miroir, on ne peut jamais se voir vraiment. C'est ce que les hommes pensent de ton physique qui importe.

– Je sais, m'dame. Mais je me suis faite à l'idée.

– Je n'arrive jamais à décider si tu parles trop.

– Oh, ça dépend de la météo. Ma conversation est probablement comme la pluie. Il y a des jours où ça tombe comme des cordes, d'autres où le ciel est dégagé – pas une parole en vue.

– Je suis étonnée qu'on t'ait laissée parler de la sorte à l'orphelinat.

– On me punissait parfois à cause de ça.

– Je me demande quelquefois si c'est bien prudent de te laisser t'occuper des enfants.

– C'est à vous d'en juger, m'dame.

Mrs McMahon soupira, se radoucit un instant. Rose lui retournait ses insultes comme si c'étaient des balles de tennis.

– Oh, allons donc. Tu sais que ces deux petits monstres vont faire une crise d'hystérie si je te renvoie. Tu leur as jeté un sort. Dis-moi, as-tu jamais vu une femme affligée de deux pestes aussi contrariantes ? Ils sont pourris gâtés. Ils sont incorrigibles. Ce n'est pas que je ne les aime pas, j'ai simplement peu d'espoir pour eux. C'est parce que leur père m'a rendue tellement malheureuse. C'est pour ça qu'ils sont comme ils sont.

Elle s'approcha et saisit le poignet de Rose. Sa prise était semblable à une menotte. On aurait dit qu'elle n'avait aucune intention de la lâcher avant que Rose tombe d'accord avec elle.

– J'aurais dû épouser un autre homme. Je suis dans le mauvais mariage. J'ai les mauvais enfants.

Instinctivement, Rose recula pour s'éloigner de Mrs McMahon, comme si son employeuse était un trou profond dans lequel elle risquait de tomber. Elle sentait l'énormité de la peine de cette femme qui était son aînée. Elle sentait l'énormité de ce qui lui avait été enlevé, mais elle avait du mal à le concevoir.

15

LA TRISTE CARRIÈRE DE PIERROT EN CASANOVA

À l'âge de dix-huit ans, après avoir passé trois ans à envoyer des lettres qui demeuraient sans réponse, Pierrot ne put que conclure que Rose était à jamais fâchée contre lui. Il aurait voulu qu'elle lui fasse parvenir ne serait-ce qu'une lettre pour confirmer ses soupçons. Mais il lui semblait absurde de continuer à lui écrire, et ainsi, en cette troisième année, il cessa de le faire. Ne pas pouvoir tourner la page le dérangeait un peu plus tous les jours, jusqu'à ce que cela en vienne à faire partie de l'étoffe de son être.

Il avait l'impression qu'il manquait quelque chose à sa vie, presque comme s'il devait se passer avant la fin de chaque journée un événement qui n'advenait jamais. C'était comme de lire un livre pour découvrir, à la fin, que les deux dernières pages avaient été arrachées. Il vérifiait souvent ses poches sans savoir ce qu'il craignait d'avoir égaré.

Il n'arrivait jamais vraiment à connaître quelqu'un comme il avait connu Rose. Il aurait voulu lui rendre visite, mais il redoutait de tomber sur sœur Éloïse. Il avait vaguement l'impression qu'il redeviendrait un petit garçon et qu'elle pourrait de nouveau lui faire du mal. Enfin, il prit son courage à deux mains et décida d'aller la voir. Il dirait simplement à sœur Éloïse de ne pas se mettre en travers de sa route. Il faisait semblant d'être un homme riche, désormais, et il voulait dire à Rose qu'il l'aimait et qu'il n'était pas le pervers qu'elle croyait.

Il partit en trombe pour l'orphelinat, tournant le volant de la voiture comme si c'était la molette d'un coffre dont il s'efforçait de résoudre la combinaison. Il klaxonna pendant tout le trajet, en partie pour que les gens s'écartent, afin d'arriver plus vite, mais aussi de joie. Il imaginait Rose entendant le klaxon. Occupée à récurer le plancher, elle levait les yeux, devinant que c'était lui. Il était semblable à une volée d'oies annonçant leur retour du Sud, et tous les faux maîtres n'avaient qu'à lever leur cul de leur trône. Les pigeons perchés sur les statues devaient bouger de là.

Ayant entendu le vacarme de la voiture, sœur Éloïse s'approcha des grilles de l'orphelinat pour voir ce qui se passait et fut étonnée de découvrir Pierrot et le costume dont il était vêtu. S'il avait porté autre chose, peut-être n'aurait-elle pas été aussi cruelle envers lui. Mais bien qu'elle se fût préparée à le revoir un jour, elle n'était pas tout à fait prête à affronter l'allure qu'il avait en descendant de voiture. À le voir, personne n'aurait pu deviner qu'il était orphelin. Vêtu d'un costume gris bien coupé et de chaussures cirées, il arborait une merveilleuse coupe de cheveux. Il tendit le bras vers la banquette arrière et sortit un bouquet de fleurs enveloppé dans du papier kraft. Les fleurs semblaient tout ébouriffées, comme des enfants réveillés par une alarme d'incendie au milieu de la nuit.

Ses manières aussi paraissaient opulentes. Il avait le pas léger, comme les jeunes hommes nantis et sans souci.

Pendant une seconde, sœur Éloïse crut que les fleurs étaient pour elle, puis elle comprit combien elle avait été sotte. Tandis que Pierrot s'appuyait contre la grille, le bouquet s'inclina vers elle ; il y avait là des roses, et elle savait à qui elles étaient destinées. Elle se sentit à ce point humiliée par son erreur que son visage s'empourpra. Combien de fois encore s'étonnerait-elle qu'il ait oublié sa promesse de l'aimer ?

Pierrot espérait que sœur Éloïse allait faire semblant que ce qui s'était produit entre eux n'était jamais arrivé. C'était criminel, après tout. Il commença par jouer le jeu, espérant qu'elle ferait de même.

– Je voudrais voir Rose, s'il vous plaît.

– Elle n'est plus ici. Il y a des années qu'elle n'est plus ici.

– Ah ! Bien sûr qu'elle est partie depuis des années. Parce que je lui ai envoyé des tas de lettres, et aucune n'a reçu de réponse, ce qui m'a fait penser qu'elle ne les recevait pas. Parce que, comme je suis sûr que vous le concéderez, Rose a toujours eu une affection particulière pour moi. Et un attachement semblable ne se dissipe pas comme ça.

– Va savoir. L'amour romantique est un mirage. Il a été créé par le diable – et, comme la plupart de ses créations, il a une durée de vie très limitée.

– Je comprends. Vous savez que je suis toujours reconnaissant quand vous partagez votre philosophie de vie avec moi. Et c'est une théorie intéressante. Néanmoins, j'aimerais avoir l'adresse de Rose. Nous avons tous les deux dix-huit ans, et il n'y a pas de mal à me donner son adresse. Même si elle ne veut pas me revoir, au moins elle pourra me le dire, et je ne m'en formaliserai pas. Simplement, nous n'avons jamais pu nous dire au revoir. Cela me laisse une impression d'inachevé.

– Penses-tu que je te donnerais son adresse pour que tu puisses aller la troubler ? Imbécile. Tu ne te rends pas compte du nombre d'années qui ont passé ? Elle est mariée. Elle a trois fils. Je ne sais pas grand-chose de son mari, mais je crois comprendre qu'il est très brutal.

– Je ne suis jamais venu lui rendre visite parce que j'avais trop peur qu'elle soit en colère contre moi.

– Quel idiot. Quelle mauviette. Tu aurais dû être beaucoup plus courageux, tu ne crois pas ?

– Oui.

– Pourquoi t'aimerait-elle ? Tu es un pervers. Tu m'as séduite. Tu as ruiné ma vie. C'est toi qui as commencé ces saletés entre nous. Tu iras en enfer. Je ne te pardonnerai jamais. Je lui ai dit ce qu'il y avait entre nous.

– Vous le lui avez dit ? Pourquoi ? Vous m'aviez dit que nous n'en parlerions jamais à personne. Qu'est-ce qu'elle a répondu ?

– Elle a sangloté comme un bébé et elle a dit qu'elle ne voulait plus jamais revoir ta sale face. Elle était très soulagée de ne pas avoir succombé à la tentation.

Et puis sœur Éloïse s'en fut, satisfaite d'avoir éteint pour de bon cette sordide petite passion. Pierrot balança les fleurs par terre. Il poussa un cri, tourné vers la ville, dos à l'orphelinat. Il resta là un moment en attendant de voir si son cri aurait un effet, s'il allait réduire la ville en cendres. Il n'en fut rien. Il remonta dans sa voiture et s'en alla doucement, convaincu de sa propre lâcheté.

Sœur Éloïse avait dit vrai. Il était un pervers. Il était grotesque. Il n'était bon qu'à avoir de mauvaises pensées. Il se méprisait.

En rentrant, il remarqua un groupe de jeunes filles toutes coiffées de bérets beiges qui leur donnaient l'air d'une grappe de champignons. Il s'arrêta devant elles et les invita à grimper dans la voiture. Il songea qu'il pourrait faire l'amour à chacune d'entre elles, qui gloussaient et jacassaient à pleins poumons. Ils étaient en train de passer un moment agréable et dangereux quand ils entendirent klaxonner derrière eux.

Un agent de police leur ordonna de se ranger. Il avait du mal à croire qu'il pût y avoir tant de filles dans la voiture. Il ne comprenait pas comment elles avaient pu toutes s'entasser là-dedans.

Le policier regarda les filles qui se bousculaient pour descendre. Elles semblaient en bataille, comme si elles s'étaient emboîtées selon des angles étranges, comme si elles étaient des vêtements rangés dans un coffre et qu'elles se lissaient en sortant. Le policier était incapable de distinguer leurs corps en entier. On aurait dit une boîte de morceaux de poupées qu'on aurait mise sens dessus dessous. Il y avait là une chaussure ornée d'un nœud, un postérieur en sous-vêtement rose exhibé une seconde, un genou semblable à une pomme pelée qui attend d'être croquée. Il y avait un bras mince, avec des doigts tendus vers le ciel. Il y avait une tignasse de souples boucles blondes.

Pierrot songeait qu'elles ressemblaient à une exquise bête à cent membres capable de vous prendre dans ses myriades de bras et de vous faire l'amour. Il soupira. Que lui faudrait-il désormais pour être heureux ?

16

OÙ ROSE FUME LE CIGARE

Avant ses dix-huit ans, Rose voyait rarement Mr McMahon. Il était toujours au travail. Il possédait dans le centre-ville un immense cabaret qui connaissait un grand succès. Il ne laissait jamais sa femme et ses enfants venir au restaurant parce qu'il gardait ces deux aspects de sa vie séparés.

Tout ce que Rose savait de lui, elle l'avait appris des autres gouvernantes au parc. Elle chassait les enfants pour en entendre davantage.

– Laissez-moi tranquille, les enfants. Je veux simplement parler à des gens de mon âge. Je vous raconterai tout à l'heure l'histoire de la mouette qui avait avalé un parapluie et qui a passé le reste de sa vie en cygne.

– Oh, oh, oh ! Raconte-la-nous maintenant ! suppliaient les enfants.

– Non, j'ai besoin d'une demi-heure toute seule.

Mais les enfants restaient assez près pour entendre, ce qui fait que les gouvernantes ne pouvaient entrer dans les détails scabreux.

– *C'est un propriétaire de boîte de nuit**. Il a le Roxy, au centre-ville.

– Ce grand cabaret ! J'adorerais voir les numéros qu'on présente là-bas. J'ai tellement hâte d'avoir l'âge d'aller voir tous les spectacles ! Je pense que je pourrais me produire sur les planches.

– *Pour vrai* ! As-tu du talent ?

– Plein. J'étais une artiste célèbre quand j'étais petite. Je me baladais de salon en salon.

– Sais-tu chanter ?

– Non, je suis incapable de fredonner une mélodie. Par contre, je suis capable de rendre une chanson rigolote.

– Sais-tu faire des claquettes ?

– Non, pas vraiment. Je n'ai jamais suivi de leçons. Croyez-vous que ce soit possible sans avoir pris de leçons ?

– Nooon ! répondirent-elles d'une seule voix.

– Je vais vous montrer ce que je sais faire.

Elle sauta à bas du banc, s'éloigna de quelques pas, trouva un endroit sur la pelouse et se mit sur les mains. Hazel, qui jouait le rôle de son intrépide assistante, posa un gros ballon sur ses pieds, où Rose le fit tourner.

Quelques personnes regardèrent le ballon qui tournait à une vitesse assez extraordinaire. Mais plusieurs autres choisirent de lorgner plutôt ses sous-vêtements, ou sa jupe, qui était maintenant par-dessus sa tête.

Elle se releva, le visage rouge comme une pivoine.

– Je connais un tas d'autres trucs que je peux vous montrer. Peut-être pas aujourd'hui, parce qu'on doit partir, mais une autre fois.

Cette fille les plongeait dans la perplexité. Elles savaient que ce qu'elle faisait était parfaitement magique, et elles avaient l'impression qu'elles auraient pu la regarder pendant des heures. Mais elles avaient aussi l'impression que cela ne lui rapporterait jamais un sou.

Chose certaine, elle semblait fêlée. Mais en même temps, elle leur donnait à penser qu'il n'y avait rien de mal à être cinglée, et que le monde aurait peut-être eu besoin de quelques cinglées de plus.

Les autres enfants du parc voyaient aussi arriver Rose avec plaisir, car elle les faisait toujours rire. Ils se rassemblaient autour d'elle quand elle parlait à son ami l'ours, qui après toutes ces années la poursuivait toujours de ses assiduités.

Les paons du parc étaient tout blancs, et ils marchaient avec leurs traînes de robe de mariée derrière eux.

Parfois, après ses numéros avec l'ours imaginaire, Rose avait le vague à l'âme. Parce que l'ours était le seul de l'orphelinat avec qui elle restait en relation. Il lui arrivait de penser qu'elle finirait un jour par croiser Pierrot, mais cela n'arrivait jamais. Les autres gouvernantes comprenaient que Rose était le genre de fille à succomber facilement à la tentation. Elles le savaient pour avoir entendu ses étranges conversations avec l'ours invisible, lequel semblait toujours plus entreprenant.

Rose ramenait les enfants à la maison, où ils partageaient un bol de crème glacée aux pépites de chocolat. Les éclats ressemblaient aux débris flottants d'un navire qui vient de sombrer.

Elle tomba sur Mr McMahon un soir, après avoir mis les enfants au lit, alors qu'elle marchait dans le couloir avec un atlas sur la tête. Ç'avait été l'une des punitions qu'on lui infligeait à l'orphelinat, qu'elle avait réussi à transformer en un tour d'adresse en bonne et due forme.

– Tu es toujours la gouvernante.

– Oui.

– Félicitations. Mais pourquoi diable as-tu un livre sur la tête ?

– Qu'est-ce que vous racontez ? Quel livre ?

– Pour l'amour de Dieu, es-tu l'une de ces enfants qu'on a lobotomisées à l'orphelinat ?

Mr McMahon était semblable à un grand vaisseau voyageant entre des mondes différents. Il avait dans la tête toutes ces merveilles théâtrales.

– Racontez-moi ce que vous avez vu ce soir.

– Il y avait une troupe parisienne. C'était un fiasco. Toute la troupe avait manifestement perdu la tête quelque part en route. Tu serais étonnée de savoir comme c'est fréquent. Après sept ans de tournée, il faudrait toutes les mettre à l'asile.

– Oh, c'est formidable ! Racontez-moi autre chose, s'il vous plaît, ne vous arrêtez pas !

– Elles étaient toutes costumées en souris blanches. Elles avaient des oreilles en tissu plantées sur la tête et une longue queue collée au cul de leur maillot. Ça s'appelait *L'Opéra of the souris en pantoufles*. Alors je ne sais pas pourquoi j'ai été étonné de les voir apparaître sur la pointe des pieds, déguisées en rongeurs. Mais bon. Une des filles en pointes n'avait pas de chemise. Elles semblaient toutes tellement camées que c'était dur de dire si c'était un choix artistique ou si elle avait oublié d'enfiler ses vêtements avant de monter sur scène. Je l'ai prise pour un garçon tant elle avait la poitrine plate, mais plusieurs spectateurs ont rapidement compris que c'était une fille, si je me fie aux cris et aux hululements. Quoi qu'il en soit, la police a mis fin au spectacle parce qu'elle n'avait que quatorze ans.

– Qu'est-ce que ça fait de pouvoir assister tous les soirs aux numéros les plus prodigieux du monde ?

– On s'habitue à tout, j'imagine.

– Pourriez-vous m'emmener, un soir ?

– As-tu perdu la tête ? Cette conversation est terminée. Allez, retourne à ta nursery. Je suis en train de te mettre des idées dans la tête, je le vois bien.

– Mais il faut que je découvre ce monde merveilleux. Moi aussi, j'étais artiste, quand j'étais enfant. Peut-être avez-vous déjà vu l'un de nos spectacles de Noël les plus célèbres. À l'hôtel de ville ? *Le Voyage de l'étoile de David*, par exemple ?

– Non. Je gère le Roxy. Tous les spectacles qui valent la peine d'être vus sont sur ces planches. As-tu donné des représentations au Roxy ? Non ? C'est bien ce que je pensais.

– Tout le monde tombait amoureux de moi.

– Crois-moi, je ne suis pas amoureux de toi.

– Vous n'êtes pas mon type non plus.

– Tu aurais probablement besoin de plus de corvées. Va-t'en, maintenant. Et c'est la dernière fois que je te parle. Compris ?

– Oui, je ne vous parlerai plus jamais. Je communiquerai uniquement par des moyens qui transcendent les mots.

Il voulut protester de nouveau, mais il savait que ça ne servirait à rien, aussi la laissa-t-il s'en aller. Mieux valait s'éloigner d'elle le plus vite possible. Avant de partir, elle bougea le bout de l'orteil sur le sol, comme un bâton de craie qui trace des mots. Il se demanda ce qu'elle écrivait.

Rose apprit des autres gouvernantes que McMahon était un trafiquant d'héroïne. C'était stupéfiant, tout ce que savaient les autres gouvernantes. Les filles étaient catégoriques quant au deuxième métier de McMahon. Leurs employeurs en parlaient. Elles avaient déjà vu la police se présenter à sa porte pour l'interroger. Et puis, il gérait des bordels.

– J'ai entendu dire que, quand une nouvelle fille arrive en ville, Mr McMahon est toujours le premier à coucher avec elle. Il s'assure qu'elle est accro à l'héroïne. Ainsi, elle est trop folle pour jamais s'en aller. Tu devrais voir toutes les filles qui travaillent dans ses maisons de passe du centre-ville. Elles sont toutes accros à la dope.

– Ma cousine voulait faire autre chose, mais Mr McMahon refusait. Tout l'argent qu'elle gagnait en couchant avec des hommes, elle devait le lui donner pour payer le gîte et le couvert. Elle n'a pas un sou. Elle a envie de se jeter par la fenêtre.

– Elles sont comme des esclaves. Elles ne savent même plus qu'elles sont en vie. Il y avait une fille qui passait toute la journée les yeux fermés.

– Pourquoi ? Pourquoi faisait-elle ça ?

– Eh bien, d'abord, elle était vraiment défoncée, et quand on est défoncé, ça peut être très difficile d'ouvrir les yeux. Et je pense que c'était une très bonne personne. Elle ne voulait voir que le bon en tout et en tout le monde. Et elle savait qu'il n'y avait que de la laideur dans le monde où elle était, alors elle gardait les yeux fermés toute la journée. Elle ne jetait même pas un coup d'œil pour voir à quoi ressemblaient les hommes avec qui elle couchait.

Si fascinée qu'elle fût par ces histoires au sujet de McMahon, Rose préférait encore les histoires salaces. Celles-là lui faisaient penser à Pierrot. C'étaient ses contes de fées préférés. Elle aimait que les femmes partagent ce genre de trucs. Dès qu'une gouvernante avait une histoire à conter, toutes les autres se taisaient pour l'écouter. Les pommes de pin gisaient sur le sol autour d'elles comme des mégots de cigares jetés par les dieux.

Il lui plaisait de savoir qu'elle n'était pas la seule femme au monde à être fascinée par ces choses-là. Elle fermait les yeux et imaginait les scénarios comme si c'étaient de petits films où l'homme poursuivait la femme d'un bout à l'autre de la pièce.

Sœur Éloïse avait pris chacune des fillettes à part quand elles étaient petites pour les avertir qu'elles étaient toutes les rejetons de femmes qui n'avaient pas su résister à la tentation. Elles avaient ça dans le sang. Elles avaient hérité cette faiblesse de leurs mères. Elles devaient comprendre qu'il s'agissait d'une faiblesse. Comme les gens qui avaient hérité une faiblesse aux poumons de leurs parents devaient faire attention en montant les escaliers ou en sortant par une journée froide et pluvieuse.

Quand elles éprouvaient ces sentiments, quand elles ressentaient du désir, elles devaient comprendre immédiatement que c'était une maladie.

Un jour, Rose noua un bandeau sur ses yeux et le garda toute la journée. McMahon la vit dans le jardin avec son bandeau, en train de sortir les poubelles. Pendant un moment, il l'observa, alarmé, car on eût dit qu'elle allait s'engager dans la rue où elle aurait pu se faire renverser par une voiture. Il entreprit d'ouvrir la fenêtre pour la héler.

Rose se mit à avancer dans le jardin, les bras tendus devant elle. C'était troublant, car il n'y avait pas de points de repère à proximité. En imagination, elle était peut-être perdue au pôle Nord, ou au milieu du désert. Elle s'apprêtait peut-être à mettre le pied sur la planche d'un bateau pirate. Où que cela fût, c'était à des années-lumière de lui. Et puis, plus troublant encore, peut-être, ses enfants apparurent. Ils descendirent du porche et avancèrent dans le jardin, bras tendus eux aussi. Ils avaient également un bandeau sur les yeux. Eux aussi l'avaient quitté. Ils étaient tous au pays imaginaire.

Il lui vint à l'esprit que pas un membre de sa famille ne l'aimait plus vraiment, et qu'ils avaient tous trouvé un chemin vers la liberté.

17

PIERROT ET LA POMME

Après avoir revu Éloïse et appris qu'il avait perdu Rose, Pierrot se mit à éprouver un mélange de révolte et de trouble au contact du plaisir. À un coin de rue où il passait se trouvait une femme blonde, courtaude, vêtue d'une veste en velours vert, qui s'apprêtait à jouer de l'accordéon. Elle sortit son instrument, qui laissa échapper une longue exhalaison, comme une parturiente qui essaie de respirer, et puis elle se mit à jouer *La Valse pour accordéon.* Il adorait cet air jadis, mais ce jour-là, la musique lui leva le cœur. Il prit ses jambes à son cou pour y échapper.

Pierrot rentrait chez lui, un petit trophée de concours oratoire à la main. Il s'arrêta près de l'étang au milieu du parc et balança son trophée à l'eau, où il produisit une immense gerbe d'éclaboussures. On aurait dit qu'une bouteille de champagne avait été secouée puis sabrée. Pierrot se sentit un petit peu mieux.

– On n'est pas censé jeter des trucs à l'eau, tu sais.

Pierrot se retourna et découvrit derrière lui une adolescente en pull écossais et nœud papillon noir.

– Aurais-tu la gentillesse de m'appeler docteur Pierrot ? dit-il. Et je suis désolé de te dire ça, mais tu as tous les symptômes d'une maladie mortelle. Il faudra que je fasse un examen à nu, si tu veux bien. Y a-t-il un endroit tranquille chez toi ?

La jeune fille rougit et écarquilla les yeux en entendant ces paroles. Et puis elle sourit.

Peut-être que s'il faisait l'amour à cette fille il se sentirait coupable d'avoir couché avec elle et non plus d'avoir couché avec sœur Éloïse.

Les filles qui travaillaient comme domestiques à la maison ou dans le quartier savaient que Pierrot était un tête-en-l'air. Elles savaient que si elles s'acoquinaient avec lui, elles seraient malheureuses, devraient s'occuper seules de leurs enfants et qu'elles vivraient de la charité pendant le reste de leurs jours. Elles finiraient dans de petits appartements avec des cafards sous le papier peint, à manger du porridge pour le souper. Il vous promettait certes un bon moment, mais les pauvres savaient qu'il faut payer pour les bons moments. Elles feraient la lessive tard le soir pour gagner quelques sous de plus. Non merci. Si l'envie leur prenait d'entendre un sonnet de Shakespeare, elles emprunteraient un recueil à la bibliothèque et le liraient toutes seules. Pierrot ne les impressionnait pas. Elles ne trouvaient pas qu'il possédait l'éloquence raffinée d'un intellectuel. Elles trouvaient qu'il avait le ton doucereux d'un arnaqueur.

À leurs yeux, Pierrot était le genre d'homme à livrer un aphorisme lapidaire à un journaliste lors de son arrestation pour ensuite disparaître dans la brume.

Son apparence était toutefois fondamentalement séduisante pour les filles, et les riches étaient incapables de lui résister. Les jeunes filles fortunées ne connaissaient pas la morsure de la pauvreté. Leurs parents pouvaient leur acheter un mari comme

Pierrot. Et quand elles faisaient la connaissance de celui-ci, elles voulaient que leurs parents fassent cette acquisition. Il était comme un poney. Il s'introduisait par leurs fenêtres à leur demande. Elles l'embrassaient dans le cou. Il faisait tout ce qu'elles lui demandaient. Mais Pierrot se sentait toujours perdu après. Une fois, il sortit de la chambre d'une jeune fille par la fenêtre et grimpa sur le toit après qu'elle eut entendu son père rentrer. Il resta assis là, ne sachant comment retourner chez lui, car il avait oublié ses chaussures à l'intérieur.

Il y avait aussi un chat noir là-haut, qui bâillait, résigné à sa malchance.

Un après-midi, après avoir fait l'amour à une fille du nom de Juliette qui vivait dans une immense maison au sommet de la colline, il se sentit particulièrement déprimé. En se dirigeant vers la porte d'entrée, il passa devant une grande vitrine aux portes en verre et ne put s'empêcher d'y remarquer, sur l'une des tablettes, une pomme rouge scintillante. Quand il approcha son visage de la vitre, il vit qu'elle était couverte de petites pierres précieuses rouges. Il voulait le fruit. C'était un élan auquel il était incapable de résister. Il s'arrêta un moment, regarda à gauche et à droite dans le couloir pour voir s'il y avait quelqu'un, tendant l'oreille pour discerner des bruits de pas. Quand il fut sûr d'être seul, il ouvrit la porte de la vitrine lentement, avec mille soins, et tendit la main pour prendre la pomme.

La pomme elle-même n'avait qu'un désir, être cueillie. Elle s'était toujours vue comme une sorte d'imposture parce qu'elle ne pouvait être consommée. Il n'y a aucun plaisir dans le fait d'être immortel. Mais dans la poche de Pierrot, elle avait le sentiment de vivre une aventure. Et quand, dehors, Pierrot posa la pomme en équilibre sur sa tête, le fruit dur se mit à étinceler en réfléchissant les rayons du soleil.

Pierrot savait que tout au monde était vivant. Tout était composé de molécules qui tremblaient, vibraient et frémissaient. La permanence n'existait pas. Même l'objet le plus immuable – une statue dans le parc, par exemple – luttait pour rester tout d'une pièce.

En marchant vers la maison, il commença à se sentir comme un voleur. Merveilleux ! songea-t-il. Je ne suis pas seulement un pervers, mais aussi un voleur. La vie est un chemin qu'on suit en faisant des découvertes de plus en plus horribles sur soi-même. Il ne savait pas trop comment rendre la pomme. Il pensa s'introduire dans la maison sous le couvert de la nuit pour la remettre à sa place. Il pensa la poster, mais s'inquiéta de ce qu'on puisse en remonter la trace. On saurait qu'il était responsable de sa disparition.

Il grimpa dans le grand érable au milieu du parc. Il était, comme on l'aura deviné, excellent grimpeur. Il y avait dans l'arbre un trou où il avait souvent vu entrer des écureuils. Pierrot mit la main dans le trou et y laissa tomber la pomme. Au *poum* soudain que fit le fruit en tombant, on pouvait supposer que le trou n'était pas très profond.

Pierrot redescendit de l'arbre, soulagé. Il n'était pas tout à fait sûr de s'être libéré de la pomme, mais il avait à tout le moins l'impression qu'il pouvait l'oublier un moment. Au cours des semaines qui suivirent, il cessa complètement d'y penser, car Mr Irving tomba malade.

Ce soir-là, cinq écureuils contemplèrent la pomme rutilante. Ils n'avaient pas la moindre idée de la façon dont elle avait pu atterrir là. Elle ne se mangeait pas. L'un des plus jeunes écureuils était incapable d'en détacher les yeux. Jamais un animal n'avait été si près de croire en Dieu.

18

ROSE ET LA POMME

Rose découvrit un jour un livre étrange dans la chambre de Mrs McMahon, derrière le lit. Elle n'avait pas fait exprès de fouiller, mais était en train de ramasser les éclats d'une tasse de thé que, dans un geste de colère, Mrs McMahon avait lancée contre l'armoire près de son lit. Rose avait dû tout déplacer pour atteindre les tessons, et c'est alors qu'elle avait remarqué un petit livre rouge foncé. Elle était toujours magiquement, magnétiquement attirée par les livres. Même quand elle ne les lisait pas, elle voulait les sentir, passer ses doigts sur leurs pages ou simplement les feuilleter. Elle n'avait jamais pensé qu'un livre puisse être un secret. Ils étaient écrits pour que d'autres gens les lisent, après tout. Ils n'étaient pas personnels. On pouvait en trouver un autre tout pareil dans une boutique.

Elle s'assit en tailleur par terre et ouvrit le livre. Il était plein de planches illustrées recouvertes de papier pelure à soulever comme on tirerait un rideau pour apercevoir ce qui se passe à l'intérieur, ou à rabattre comme un drap pour découvrir un corps couché dans un lit.

Elle crut d'abord qu'elle imaginait ce qu'elle voyait, que ses yeux lui jouaient des tours. Mais elle continua de fixer la gravure, et celle-ci ne changeait pas d'un iota.

Les silhouettes demeuraient obstinément nues, figées dans des positions amoureuses. Elles ne poussèrent pas de cris alarmés et ne s'enfuirent pas dans la pièce en serrant leurs vêtements contre elles, tentant de les enfiler tout en bredouillant des excuses sur ce qu'on les avait surprises à faire. Les jambes de la femme étaient toujours écartées, sa robe restait remontée au-dessus de ses hanches. Sa tête était encore renversée par l'extase. Sa bouche était toujours ouverte et ses yeux langoureusement clos. L'homme avait toujours la langue sortie. Sa tête était toujours entre les jambes de la femme. Il était toujours sans pantalon. Il tenait toujours sa verge.

Pourquoi n'avait-elle pas simplement donné à Pierrot ce qu'il voulait ? Si cela s'était produit à cet instant, elle aurait été incapable de résister. Elle aurait tant voulu qu'il la touche qu'elle aurait fait toutes les promesses qu'il voulait. Elle ne cessait de retourner à ce souvenir pour le revivre. Chaque fois, elle disait oui. « Oui, il n'y a rien au monde qui m'importe à part toi. » Et puis, elle avait chaque fois un fantasme différent à l'esprit. De ce que Pierrot lui ferait.

Des désirs la tenaillaient. Plutôt que d'essayer de les combattre, Rose les laissait jouer dans son esprit. Elle les laissait se déployer lentement.

Ils étaient semblables à de l'eau qui filtre sous une porte et emplit une pièce. Le désir déferlait. Les tasses et les assiettes flottaient dessus, les chaises étaient renversées et les livres s'ouvraient en tournoyant, pour qu'on lise toutes leurs pages en même temps. Et puis, enfin, son lit commençait à s'élever au-dessus du sol, et il ne pouvait que sortir par la fenêtre et flotter vers la Lune.

Elle regardait les hommes, sur les trottoirs, dans le parc, au marché. Si elle arrivait à croiser leur regard et à le soutenir pendant plus de trois secondes, elle savait exactement ce qu'ils voulaient lui faire. Conscients qu'elle avait obtenu cette information, ils rougissaient et détournaient les yeux. Chaque homme se croyait plus libidineux que son prochain. Si nous savions que nous sommes tous des pervers, nous serions peut-être beaucoup plus heureux.

Voilà ce qu'elle faisait plutôt que de faire l'amour.

Elle se promenait et lisait dans les pensées des hommes.

Elle entrait en eux comme s'ils étaient des commodes dont elle ouvrait les tiroirs. Elle regardait sous les vêtements pliés. Elle découvrait leurs cartes postales libertines, les sortait pour y jeter un coup d'œil – et quelles jolies choses elle trouvait là.

À bord d'un tram, elle se mit à imaginer les fantasmes qui peuplaient la tête des passagers. Un homme avec une énorme moustache se mettait à genoux, levait sa jupe et entreprenait de lui lécher la chatte. Il ne se laverait pas le visage du reste de la journée, se coucherait le soir avec l'odeur de sa chatte autour de lui comme un nuage.

Il y en a un qui lui aurait fait laper de la crème fouettée sur son sexe. Elle faillit en éclater de rire. Le pauvre type, c'était ce qu'il désirait plus que tout au monde, et pourtant il avait peur de le demander.

Un autre aurait simplement voulu lui demander de le traiter de sale animal tout le temps qu'ils baisaient.

Elle regardait un homme, lisait dans ses pensées, tandis que son propre désir, semblable à un ballon, gonflait et gonflait encore en elle. Elle avait besoin que l'homme prenne une aiguille et le fasse éclater, pour qu'il explose, pour que son cri jaillisse.

Rose faisait tinter la cloche du tram. Elle descendait à son arrêt et s'en allait.

Elle s'imaginait faire sentir à l'homme qu'elle le comprenait. Comme s'il avait fait l'amour exactement de la singulière façon dont il avait toujours rêvé. Il avait rencontré la femme qui avait comblé tous ses désirs, il n'aurait plus jamais besoin de quoi que ce soit. Et elle s'en allait dans la rue, sans même le regarder, comme s'il était un vêtement dans une cabine d'essayage qu'elle avait enfilé pour en vérifier la taille avant de le rejeter.

Mr McMahon rentra tôt, un soir. Quand les gens rentrent et qu'il fait froid dehors, on peut sentir le froid autour d'eux comme une sorte de châle. Et quand les gens reviennent après avoir fait quelque chose de tordu, ça les entoure aussi. On a un frisson en leur présence. Rose le sentit, un jour, quand Mr McMahon entra, et elle sut que les filles ne se trompaient pas sur son compte. Il avait fait quelque chose de mal très récemment. Il avait un cigare entre les dents, et la fumée qui en montait ressemblait à une fille maigre qui descend son jupon jusqu'à ses genoux.

Mr McMahon était toujours en train de la regarder. Il se méfiait d'elle. C'était comme s'il avait eu la prémonition qu'elle allait le détruire, une sorte d'instinct animal. C'est ce qu'éprouvent les chats quand un chien passe devant eux. Rose était un prédateur, et il était la proie. Il était un homme. Il n'aurait pas dû avoir peur d'une fille comme ça. Elle était tellement maigre. Rien de tout cela n'avait de sens. Il aurait dû être celui qui la détruirait, non ? C'était un sentiment nouveau pour lui, et il lui fallait comprendre. C'était séduisant.

Sur le mur, elle faisait un corbeau noir en ombres chinoises. Le corbeau parvint à prendre son envol. Quittant le mur de la chambre, il parcourut le couloir et entra dans la chambre de Mr McMahon. Il attendait de venir becqueter son cadavre.

Mr McMahon était énorme. Elle avait cédé à son attraction gravitationnelle. Il était le centre de l'univers de tout un chacun à la maison. Ça arrivait dans toutes les maisons. Ou bien vous tombiez dans l'orbite de quelqu'un, ou bien vous forciez tout le monde à entrer dans la vôtre.

Cette nuit-là, dans son lit, Rose s'imagina qu'elle disait à McMahon de se mettre à quatre pattes et de l'embrasser doucement, cent fois, entre les jambes. Elle s'imagina lui attachant les deux poignets aux colonnes du lit et l'enfourchant sauvagement.

Si vous pouvez imaginer une chose, alors cette chose est possible selon les lois physiques de notre univers. C'est ce que dit un philosophe grec.

Elle resta allongée dans son petit lit, épuisée et heureuse, convaincue que certaines choses qu'elle n'avait pas crues possibles auparavant l'étaient désormais. Le fantasme avait été une révélation. Elle s'endormit avec la satisfaction d'un explorateur qui vient d'apercevoir la terre dans ses jumelles, tandis que les mouettes tournoient au-dessus de sa tête en criant bruyamment : « Terre ! Terre ! »

Le professeur de mathématiques des enfants était fort intéressé par Rose. Il essayait de lui faire la conversation chaque fois qu'il venait à la maison. Il lui prêta un livre de Victor Hugo. En ouvrant les pages, elle y découvrit une fleur séchée. Elle souleva la fleur minuscule, qui avait cessé de vieillir.

Ils s'assirent ensemble dans le jardin où des fleurs blanches se flétrissaient, comme si un enfant avait reçu pour le thé et laissé les reliefs du goûter partout sur le tapis. Il lui parla de sa petite maison et lui dit combien il gagnait. « J'aimerais fonder une famille. Et je pense qu'avec vous j'aurais des enfants très jolis et très heureux. »

Elle se prit à bâiller pendant cette conversation. Elle bâilla, bâilla, bâilla et bâilla. L'idée de partager sa vie avec lui semblait positivement assommante.

Toutes les autres domestiques trouvaient que c'était une bonne idée de l'épouser. Il était si beau et si poli, et il ne la battrait pas. Et même si Rose était jeune, elles trouvaient que c'était une bonne idée qu'elle se marie avant de finir perdue. Elle n'éprouvait pas de désir pour lui, cependant. Son désir était un élan bizarre qu'elle était incapable d'ignorer.

McMahon avait l'air d'un ours. Il arpentait la maison d'un pas lourd, tard le soir, allumait les lumières, renversait les bibelots, entrechoquait les assiettes, se fichant bien de déranger les autres. Il mangeait des restes de dinde tout seul dans le noir. Elle pouvait entendre ses ronflements sonores depuis l'autre bout du corridor.

Elle aimait l'idée d'être une fille perdue. Elle était curieuse de voir ce qu'il adviendrait d'elle si pas un homme ne l'épousait. Ça lui semblait le moyen le plus probable de vivre une aventure. Même si elle était capable de faire rire les gens à longueur de journée, elle voulait parfois être tragique.

Et puis, un soir, Rose tomba sur McMahon alors qu'elle venait de rendormir Ernest. Leurs regards se croisèrent. Il y avait quelque chose de neuf dans l'obscurité de leurs yeux. Ils se dévisagèrent en tentant de trouver ce que ça pouvait être. Chacun avait eu des fantasmes au sujet de l'autre la veille. Cette idée fut extrêmement troublante pour Rose. Elle avait l'impression d'avoir un nœud autour du cou et de sentir le plancher s'ouvrir sous ses pieds. C'était merveilleux.

– Ne me touchez pas, ou je crie.

– De quoi tu parles ? As-tu perdu la tête ? Pourquoi voudrais-je te toucher ? Comment oses-tu me parler sur ce ton !

– Je ne vous laisserais jamais me toucher juste comme ça, pour rien. Je n'éprouve pas de désir pour vous, aussi vous devrez me payer ce que je demande, quand je le demanderai.

McMahon la dévisagea.

– Je ne te désire pas. Comment peux-tu me parler ainsi ? Tu n'as pas peur que je te mette à la porte ? Tu n'as pas peur que je te jette à la rue ?

– Non.

– Non ?

– Vous ne me jetterez pas à la rue.

– Alors tu veux être une putain ?

– Si vous tenez à employer ce mot, alors oui.

Bien sûr, Rose redoutait qu'il la chasse de la maison.

Elle était terrorisée à l'idée que les événements ne tournent pas en sa faveur ; c'était un risque immense. Elle en était parfaitement consciente. Cela lui rappelait un numéro qu'elle exécutait dans le dortoir de l'orphelinat : elle empilait huit ou neuf bibles sur sa tête, puis se promenait comme si de rien n'était. C'était follement risqué, car si les bibles avaient dégringolé, elles auraient fait en tombant un tel vacarme que les sœurs auraient accouru pour punir Rose sans pitié.

Elle mit un index devant ses lèvres et murmura : « Chut ! » Puis elle se hâta de sortir de la pièce.

C'était un numéro inédit pour elle. Et comme tous les nouveaux numéros, celui-ci lui causait une grande nervosité.

Les numéros qui la rendaient nerveuse étaient toujours ceux qu'elle préférait. C'était ce qu'on ressentait en présence du génie : de l'humilité à la pensée qu'il vous ait rendu visite, de la terreur à l'idée de tout rater.

Elle s'assit au bord de son petit lit, tremblante. Mais McMahon ne la congédia pas. Il se mit plutôt à l'observer chaque jour.

Son épouse était si belle. Son épouse était semblable au soleil dont la lumière transperce la fenêtre. Qui sur la planète aurait pu ne pas la trouver formidablement belle ? Quand McMahon avait fait sa connaissance, ils sortaient tout le temps. Dès qu'elle entrait dans un casino, tout le monde se mettait à gagner. Quand elle entrait dans une pièce, tout le monde avait une meilleure estime de soi. Chacun se trouvait plus spirituel, plus brillant et plus charmant. Ainsi, tout le monde désirait sa compagnie.

Mais elle n'aurait jamais posé les yeux sur lui et n'aurait jamais daigné lui adresser la parole s'il n'était pas devenu riche comme Crésus. Son argent lui avait acheté l'amour. S'il se fiait à ce qu'il connaissait du monde, l'échange d'argent contre de l'amour était l'un des commerces qui ne périclitaient jamais – un investissement aussi fiable que l'électricité. Mais elle lui rappelait toujours implicitement qu'il était un criminel.

La fille l'avait regardé avec tant de désir.

Elle lui dit que pour un dollar elle se comporterait comme un chaton. Il le lui donna. Elle déposa un petit bol de lait sur le sol, se mit à quatre pattes pour le laper, et puis elle se leva et s'en fut. Il ne savait quel sens donner à ce qu'il venait de voir. Il avait peur. Il se sentait coupable, comme si sa vie avait été un crime et qu'il en éprouvait soudainement du remords.

Certains hommes étaient friands de toutes sortes de perversions étranges et dépravées. Il possédait des bordels, après tout. Les choses qu'aimaient ces hommes étaient tellement ridicules, il les voyait comme des petits enfants. Il ne se livrerait jamais à des bêtises pareilles.

Rose s'avança jusqu'à lui et leva les poignets pour qu'il les voie. Ils étaient liés ensemble par un ruban noir.

– Mais comment diable cela a-t-il pu arriver ? dit-elle.

Il n'avait aucune idée de ce qu'il devait répondre à cela.

Rose se mit à chanter « Joyeux anniversaire » en apportant un gâteau d'anniversaire imaginaire. Chaque fois qu'elle soufflait une bougie imaginaire, McMahon avait l'impression que son cœur était une flamme qu'elle avait éteinte. Il était mort. Il mourut dix-neuf fois. C'était le nombre de bougies imaginaires qui brûlaient sur le gâteau imaginaire.

Il était incapable de savoir si elle désirait véritablement sa perte ou si elle était simplement perverse.

Rose était debout, une banane à la main. Elle abaissait lentement la banane jusqu'à la tenir à la hauteur de ses hanches, comme si c'était un sexe.

Elle déposait le panier à lessive. Elle s'appuyait contre le mur et commençait à l'embrasser. Elle embrassait le mur tendrement, avec une légère hésitation, comme s'ils se touchaient pour la première fois, comme s'ils s'essayaient au baiser avant de passer à quelque chose de plus sérieux.

Elle était appuyée contre la porte arrière, à l'extérieur de la maison. Elle portait un manteau et avait les cheveux en bataille à cause du vent. Près d'elle se trouvait le balai-serpillière, tête vers le haut.

– Oh, je ne sais pas s'il est beau. Je pense qu'il y a des hommes plus beaux au cabaret. Tu trouves tous les hommes beaux.

Le balai s'inclinait un peu vers elle, il était son confident.

– Vraiment ? Tu le laisserais ? Moi, je ne sais pas. Je ne sais pas si je le laisserais me toucher.

Pendant une seconde, la serpillière eut l'air de trembler, comme si elle se retenait de rire elle aussi. Riaient-elles de lui parce qu'elles le prenaient pour un imbécile, ou parce qu'il leur plaisait ?

Quand une femme, n'importe laquelle, acceptait de partager vos sentiments, n'éprouvait-elle pas un mélange de ces deux choses ?

Il ignorait absolument ce que ce serait de faire l'amour à une fille pareille. Il se demandait comment ce serait de coucher avec elle comme il s'était demandé comment ce serait de faire l'amour quand il était encore puceau. Comment pouvait-elle avoir plus d'expérience que lui ? Peut-être les prêtres avaient-ils fait la queue pour coucher avec elle. Il avait entendu dire que c'était assez commun. Mais comment cela l'aurait-il rendue si effrontée ?

Il voulait lui faire l'amour de la façon singulière qui était la sienne. Il voulait qu'elle lui murmure à l'oreille les règles de cette nouvelle manière. Il obéirait aux règles. Il obéirait à chacune d'entre elles. Il tomberait à genoux et l'adorerait comme si c'était là l'une des règles. Il espérait tellement que ce serait le cas.

McMahon ne comprenait rien au désir qu'il éprouvait pour Rose. Il aurait voulu qu'il disparaisse, comme si c'était la grippe ou quelque douleur étrangement insupportable. La seule façon de s'en débarrasser serait de lui faire l'amour.

Elle était debout dans le couloir, une pomme sur la tête, à la manière de Guillaume Tell. Invitant tout un chacun à faire d'elle ce qu'il voulait. Il était incapable de lui résister. Il prit la pomme et la lui fourra dans la bouche pour qu'elle ne puisse pas crier quand il la pénétrerait.

McMahon l'emmena dans la nursery. La pile de cubes s'effondra. Aux fenêtres de la maison de poupée géante, on aurait dit que toutes les petites poupées observaient Rose.

Elles étaient rassemblées dans les chambres, à la regarder comme les orphelins regardaient autrefois la neige tomber, les étranges merveilles du monde extérieur qui ne leur appartenaient pas. Des soldats de plomb étaient alignés sur l'appui de la fenêtre. Ils n'étaient pas de son côté. Même s'ils n'étaient hauts que de trois pouces, c'étaient des hommes. Un cheval manche à balai était posé dans le coin. Il était fait à la main, en laine orange, et avait des yeux en boutons mauves.

Rose était si mince comparée à McMahon. Ce n'était pas uniquement une question de taille, ça avait à voir avec les années. En vieillissant, on gagnait en épaisseur. Elle n'était vivante que depuis dix-neuf ans.

Elle aimait le fait qu'il soit énorme. Elle avait l'impression de l'escalader, telle une montagne. Il la souleva et la transporta dans la pièce comme si elle ne pesait que dix livres. Les sœurs ne la prenaient jamais pour la porter juste pour le plaisir, juste parce qu'elles étaient incapables d'y résister, juste parce qu'elles voulaient rapprocher la tête de Rose de la leur. Elles ne la prenaient jamais, point.

Quand il mit la bouche sur son sexe, elle eut du mal à croire comme c'était bon. Elle avait l'impression qu'on l'avait jetée dans un lac. Elle en avait désespérément envie. Et elle poussa un joli cri de joie en jouissant. Elle se détestait de coucher avec quelqu'un qui n'était pas Pierrot, mais il est vrai que se détester faisait partie de ce qui rendait la chose si agréable. Paradoxalement, le dégoût de soi qui précédait l'orgasme rendait celui-ci encore plus fort.

Si le sexe était aussi bon avec une personne qu'on détestait, que pouvait-on ressentir avec quelqu'un qu'on aimait ? se demandait-elle. Elle avait toujours eu l'intuition qu'elle était le genre de fille à aimer le sexe. Mais elle n'avait pas prévu qu'elle y prendrait tant de plaisir.

McMahon était ce gamin qui, dans l'histoire, devait garder son doigt dans le trou d'une digue pour l'empêcher de céder. Et tout à coup, incapable de supporter cette responsabilité, il voulait simplement ôter son doigt et continuer à vaquer à ses affaires. Il était prisonnier du trou. Il finit par ôter son doigt, l'inondation déferla et anéantit tout ce qui l'entourait et la civilisation tout entière, et tout le monde périt dans le flot des grandes eaux.

Pendant un moment, il se noya et éprouva l'euphorie que les noyés, dit-on, ressentent juste avant que la vie relâche son emprise sur eux, comme un enfant lâche la ficelle d'un ballon.

Rose palpitait encore en traversant le couloir d'un pas rapide. Elle adorait la sensation de McMahon coulant entre ses jambes.

Et quand McMahon se leva de son lit, au matin, il eut l'impression d'être fait de cendres.

Le lendemain, dans la nursery, la bonne aperçut une pomme. Comme c'était bizarre de trouver une pomme, toute seule, sans propriétaire, sans histoire. Elle la prit et la croqua. C'était la pomme la plus merveilleuse qu'elle eût jamais goûtée.

19

UNE CUILLERÉE DE RÊVES

Pierrot rêva qu'il était assis dans une pièce où un millier d'ampoules pendaient du plafond. La lumière électrique était si puissante qu'elle semblait émaner de Dieu. Irving y vit un signe et investit massivement dans General Electric. Il avait commencé à s'inspirer des rêves de Pierrot pour guider ses investissements. Les rendements étaient formidables. Il prêtait rarement l'oreille à ses conseillers, préférant écouter Pierrot. Il dit à celui-ci qu'il lui léguerait une certaine somme, car il l'avait méritée. Pierrot s'écria :

– Ne dites pas des choses pareilles !

Mais Irving était faible, et l'âge lui pesait. Pierrot l'aida à monter dans la baignoire, un soir, ainsi qu'à leur habitude. Irving resta assis, un petit verre de brandy à la main, tandis que Pierrot lui lavait les cheveux. Il lui versa un baquet d'eau savonneuse sur la tête pour le rincer et Irving remarqua que son brandy avait un goût de shampoing.

Plus tard, Pierrot s'assit à son côté dans le grand lit, sous l'énorme baldaquin inutile, et lui fit manger de la soupe à la cuillère. Il gardait une serviette de table tout près et épongeait ce qui coulait sur le menton d'Irving.

Irving avait cessé de sortir parce qu'il ne voulait pas qu'on le voie si vieux et diminué. Il ne pouvait supporter d'être vu ainsi que par Pierrot. Pierrot ne jugeait pas les gens. Leurs promenades se limitaient désormais à la maison.

Comme c'était l'hiver, Irving s'inquiétait de ne jamais voir un autre été et ses roses. Pierrot engagea donc un peintre paysagiste pour qu'il vienne dans la chambre et y peigne des roses sur tous les murs. Irving fondit en larmes en découvrant les merveilleuses fresques, croyant qu'il était mort et s'était retrouvé, à sa grande surprise, au ciel.

Un matin, Pierrot avait enlevé son costume élégant, qui était accroché sur un cintre. Il portait une chemise verte et un pantalon de pyjama appartenant au vieil homme, noué à la taille par une cordelette. Il entra dans la chambre avec un plateau couvert de fromage, de pain et de pêches laissés par l'épicier sur le seuil. Quand il vit que le vieillard, figé dans le temps, contemplait le plafond, Pierrot laissa tomber le plateau et poussa un cri.

Au-dessus de sa tête était suspendu un lustre constitué de huit mille perles de verre semblables à des bouts de glace qui, dans une tempête de grêle, auraient gelé en pleine chute.

Pierrot appela les pompes funèbres. Il s'assit près du corps d'Irving, lui tint la main, lui chuchotant « là, là » de temps en temps. Les employés des pompes funèbres arrivèrent et emportèrent le vieillard sur un brancard, enjambant des chandails et des assiettes dans le couloir. La maison était formidablement tranquille et vide quand la grande porte d'entrée se referma avec un bruit sourd. Pierrot n'était pas sûr de ce qu'il était censé faire, mais avant qu'il puisse le découvrir, le fils d'Irving arriva.

Pierrot se dépêcha de s'habiller, intimidé par le quadragénaire à la mine sévère. Il poussait sa tignasse rebelle d'un côté et de l'autre, pour tenter de se donner une apparence normale. Il parcourut les documents qui se trouvaient sur la table de chevet, à la recherche d'une chose d'une grande importance pour son avenir. Il finit par la découvrir sous une tasse de café posée sur un chapeau haut de forme, lequel était perché sur une pile de disques s'élevant en équilibre précaire sur une boîte à gâteaux vide reposant sur un exemplaire de *Vingt mille lieues sous les mers*. Pierrot avait lu le livre trois fois à Irving. Il montra au fils le bout de papier qui constituait un codicille au testament du vieil homme.

Le fils jeta aussitôt le document dans le poêle. Pierrot se retrouva sans le sou à l'âge de dix-neuf ans.

Pire encore, même s'il avait été le compagnon le plus proche d'Irving au cours des quatre années précédentes, Pierrot dut se tenir à l'écart de la foule au cimetière. Aux funérailles, les femmes, grosses et entre deux âges, étaient tout de noir vêtues, comme un groupe d'étuis à violoncelle abandonnés dans les coulisses pendant un numéro. Sur la tête des hommes, les Borsalino ressemblaient à une troupe d'escargots. La vie des enfants d'Irving se trouverait bonifiée du fait de la mort de leur père, en raison de leur héritage. Pierrot était le seul à être laissé de côté. Pierrot était aussi le seul à qui le vieil homme manquait.

Il aurait voulu ramper jusque dans la fosse et se tirer une balle dans la tête. Ainsi, il aurait été enterré avec Irving. Ils se seraient revus au paradis, allongés sur un lit énorme au ciel.

Pierrot avançait en titubant vers la tombe d'un pas si hésitant qu'il heurta une grande statue s'élevant entre la fosse et lui. Il recula d'un pas pour l'examiner. C'était un énorme ange en pierre grise, à la chevelure en bataille. Il n'aurait su dire si c'était un homme ou une femme. Un seul de ses orteils de pierre aurait suffi à le broyer.

L'ange, de son épée immense, lui bloquait l'entrée du paradis. Il semblait lui ordonner sans équivoque de reculer. Aussi Pierrot tourna-t-il les talons pour s'en retourner d'où il venait.

Il prit le tram jusqu'au centre-ville, un quartier où l'on pouvait flâner à loisir. Un cheval passa en clopinant comme une fillette chaussée de sabots de bois. Vers qui Pierrot pouvait-il se tourner, maintenant ? Il songea à tous ceux qu'il avait laissés derrière lui à l'orphelinat, mais il n'aurait jamais été capable de les retrouver. Trop de temps avait passé. Le temps, ce n'était pas comme la distance physique : on ne pouvait pas se procurer de carte routière pour y voyager.

Il aperçut un piano dans la vitrine d'un grand magasin. C'était plus fort que lui. Il fallait qu'il joue pour se calmer. Il passa la porte, grimpa dans la devanture et commença à jouer. L'instrument avait un son fort et vif. Il avait joué d'un piano tapageur comme celui-là lors de ses tournées avec Rose. Les notes tendues et assurées semblaient presque la mettre en colère. Elle tapait du pied en cadence tel un soldat qui danse sur la tombe de l'ennemi. Elle avait tendu son doigt sous son nez comme si c'était une moustache. À ce souvenir, Pierrot sourit.

Pendant qu'il jouait, une jeune femme aux yeux bleus, un chapeau cloche sur ses cheveux roux, s'arrêta sur le trottoir pour le regarder, puis elle disparut. Une seconde plus tard, elle était assise à son côté sur le banc. Elle avait les yeux d'une grandeur surnaturelle, comme si elle regardait à travers des loupes.

– Et qui es-tu ? demanda Pierrot.

– Je m'appelle Poppy. Et toi ?

Quand la fille parla, Pierrot vit qu'il lui manquait une dent de devant.

– Moi, c'est Joseph. Mais tu peux m'appeler Pierrot.

– Tu as un costume formidable.

– Merci. Mon père l'a fait confectionner sur mesure pour moi. Il est mort aujourd'hui, et je n'ai pas un sou.

– Tu joues très bien du piano.

– J'espérais trouver un boulot de pianiste.

– Pas de chance. Tous les pianistes jouaient pour les films muets, et ils ont tous perdu leur boulot. Je connais un cinéma où on a besoin de quelqu'un pour passer la serpillière sur le plancher poisseux. Tu veux l'adresse ?

– Oui, absolument. Ce serait un rêve devenu réalité pour un pauvre tout neuf dans mon genre.

– Très bien : 1340, rue Sainte-Catherine-Ouest. Dis-leur que c'est Poppy qui t'envoie. En fait, dis-leur que c'est la Rousse du Paradis qui t'envoie. C'est comme ça qu'ils me connaissent.

– Merci. Tu es un ange.

– C'est ce qu'on raconte. Dis donc, je me demandais si tu voulais m'accompagner dans le quartier chinois. Je n'aime pas marcher seule, et on dirait que tu as besoin qu'on te remonte le moral.

– OK.

Ils marchèrent ensemble jusqu'au quartier chinois, où les édifices étaient recouverts de briques rouges vernies et le bord des toits recourbé à la pointe, comme des pantoufles. On y vendait des morceaux de poulet différents de ceux que Pierrot mangeait habituellement, notamment des pattes. Une épicerie offrait divers mets fins, comme des œufs au vinaigre. Les mannequins dans les vitrines portaient des kimonos en soie ornés de dragons dorés et de papillons multicolores. Sur la plaque dorée d'un petit temple se lisaient des caractères asiatiques. Des restaurants offraient du chop suey à tous les coins de rue.

La fille sautait gracieusement par-dessus les flaques pleines de gras de poulet et d'autres horreurs. Dans l'arrière-boutique d'un magasin, on pouvait se procurer de l'héroïne et des bonbons à la barbe de dragon. Tout le monde rentrait chez soi avec un air nébuleux et une boîte en carton rose remplie de friandises blanches et filandreuses.

Ils s'enfoncèrent dans une ruelle et passèrent une porte tout au bout. Assise sur un tabouret derrière une table se trouvait une jeune Chinoise vêtue d'une robe grise, de chaussettes argentées et de talons hauts en cuir bleu au bout éraflé. Ses cheveux noirs glissés derrière ses oreilles, elle lisait un roman d'Agatha Christie. Sur le bureau était posé un bocal contenant un élégant poisson rouge qui virevoltait comme un pinceau trempé dans l'encre noire. Quand ils entrèrent dans la boutique, elle fit tinter la sonnette posée sur le bureau sans même lever les yeux. Une vieille Chinoise en costume de soie traditionnel arriva pour les guider vers l'arrière-boutique.

Des gravures encadrées étaient accrochées au mur. Il y avait des canapés et des divans partout dans la pièce. Pendant un instant, Pierrot fut frappé par la vision de tous ces gens allongés sur de minces matelas à même le sol, encore vêtus de leur manteau. On aurait dit qu'ils avaient été abattus alors qu'ils allaient travailler. Le front couvert de sueur, ils enlaçaient des inconnus. Ce n'était pas du tout sexuel. Ils étaient encore légèrement conscients. Ils essayaient de voir d'un œil, comme des enfants qui se forcent à rester éveillés pour entendre la suite du conte que leur lit leur mère.

Poppy trouva un tas de matelas empilés les uns sur les autres à la manière d'un mille-feuille. Elle acheta une pipe, l'alluma et inhala, puis elle la tendit à Pierrot pour qu'il fasse de même.

Il ressentit un picotement dans le dos, juste sous les omoplates. La démangeaison l'irritait. Il avait l'impression qu'il lui fallait l'atteindre. S'il arrivait seulement à toucher du bout du doigt l'endroit qui le démangeait, il pourrait la calmer. Il tenta de tendre le bras par-dessus l'épaule pour se gratter, mais ses doigts n'étaient pas assez longs. Puis il tenta d'atteindre la démangeaison par-dessous, mais c'était tout aussi impossible.

Et puis la démangeaison devint brûlante et douloureuse. Deux points de pression poussaient, poussaient et poussaient. On aurait dit que quelque chose de vivant sous sa peau tentait de la percer. Il sentit sa peau se fendre, et deux ailes en jaillirent. Dès qu'elles apparurent, il ressentit un calme merveilleux.

Il remua un peu les ailes. N'était-ce pas formidable d'avoir ces membres supplémentaires qui se déployaient dans l'espace de façon aussi extraordinaire ? Toute sa vie il avait été confiné à une boîte, et maintenant il pouvait enfin s'étendre dans toutes les directions.

Pierrot avait l'impression de voler. Autour de lui, tout était devenu immatériel. Il n'y avait plus de matière, que de l'énergie. Il s'éleva en flottant au-dessus du lit. Il y avait des fleurs sur le plafond en fer-blanc. L'ampoule roussit sa cravate. Il n'y avait pas de limite à la distance qu'il pouvait parcourir.

Pierrot ferma les yeux et flotta. Il s'éloigna. Il savait qu'il aurait dû prêter attention à ses déplacements dans l'univers afin de pouvoir retrouver le chemin du retour. Ses paupières étaient de grands et lourds rideaux de velours, très difficiles à tirer. Peut-être était-il sorti par une fenêtre et flottait-il maintenant au sein de la Voie lactée.

À mesure que les effets de l'héroïne s'atténuaient, les ailes se replièrent et se rétractèrent à l'intérieur de ses omoplates. Il était étonné qu'elles puissent y tenir après avoir été à l'extérieur de lui. Mais elles avaient disparu.

20

OÙ MRS MCMAHON A UNE IDÉE

De quoi parlais-tu avec la gouvernante ? demanda McMahon à sa femme.

– Oh, Marie. Ou Rose, plutôt. C'est comme ça qu'elle veut qu'on l'appelle, tu sais.

– Est-ce comme ça que les enfants l'appellent ?

– Bien sûr. Ils font tout ce qu'elle dit.

– Alors pourquoi ne peut-elle pas les convaincre de se comporter correctement ? Pourquoi est-ce que tout le monde a des enfants ordinaires alors qu'on dirait que nous avons mis au monde des animaux sauvages ?

– Peut-être qu'elle s'en fiche. Ou peut-être qu'elle ne sait pas qu'ils se comportent mal.

– Tu lui donnes trop de liberté. Elle ne sait qu'en faire. Elle est comme un petit chien qu'on a laissé sortir de sa cage.

– C'est une romantique. N'est-ce pas incroyable ? Sa mère lui a donné naissance puis l'a jetée à la porte, et elle croit encore à l'amour.

– De qui est-elle amoureuse ? Elle t'a dit son nom ?

– Elle n'utilise pas son vrai nom quand elle parle de lui. Il a un surnom idiot. Mais son vrai nom est Joseph. Elle dit qu'elle va le retrouver. Et quand elle l'aura trouvé, elle ne veut pas l'épouser, elle veut simplement être sa maîtresse. Elle dit qu'il sait se mettre debout sur les mains et faire tourner un ballon sur ses pieds. Elle rêve de le retrouver et de partir sur la route avec lui.

– Pourquoi écoutes-tu ces sornettes ?

– Parce que c'est comme un conte.

– A-t-elle des contacts avec lui ? A-t-elle une idée de l'endroit où il se trouve ?

– Je vais à l'orphelinat demain. C'est très simple. Je vais demander où le petit idiot a été envoyé vivre, et on ira lui rendre visite. S'il se rappelle seulement qui est Rose, je lui donnerai un dollar.

– J'aimerais bien voir cette créature légendaire moi aussi.

– Je te raconterai. Je vais prendre la voiture, au fait.

McMahon intercepta Rose alors qu'elle rentrait du marché avec un panier de pain et de poissons.

– Ne vous approchez pas de moi. Ne me touchez pas, dit Rose dès qu'elle l'aperçut.

– N'entre pas.

– Pourquoi ?

– Ma femme a découvert le pot aux roses.

Rose tomba à genoux et se mit à arracher de l'herbe à grosses poignées, comme si l'herbe ne l'écoutait pas et qu'elle devait la faire réagir.

– J'ai tout gâché ! Que vais-je faire maintenant ? Qu'adviendra-t-il de moi ? J'ai détruit votre famille. Je commençais enfin à m'entendre avec votre femme. Pourquoi, mais pourquoi suis-je aussi perverse ? C'est ma perte, bien sûr. J'ai la tête pleine de pensées démentes, si vous saviez !

Elle se laissa rouler sur le dos et étendit les bras de chaque côté en continuant de se flageller.

– Et les enfants, poursuivit-elle. Ils sont déjà dingues. Je vous en prie, dites-moi qu'ils ne savent rien de tout ça. Ils vont en perdre l'esprit. Ils vont finir par tuer des petits animaux. Ils vont devenir des meurtriers. Je serai probablement comme ça toute ma vie. C'est le grand défaut de ma personnalité. J'aurai sans doute des centaines de dégénérés pour amants. On écrira un horrible roman à mon sujet.

McMahon baissa les yeux vers Rose, allongée par terre. Elle est tellement adorable, songea-t-il. Elle est tellement absurde. Comment pouvait-il ne pas adorer cette absurdité ? Jusque-là, ses sentiments à l'endroit de Rose se réduisaient pour l'essentiel à un désir vicelard et à des réactions subséquentes de peur et de révulsion : les émotions typiques qui se manifestaient quand il avait une aventure avec une femme. Aucune ne l'avait jamais étonné le moins du monde. Ces émotions ne pouvaient ni domestiquer ni menacer un homme de sa trempe, mais il fut surpris par l'émotion qu'il éprouvait à cet instant, en regardant Rose. En réalité, on pourrait dire sans se tromper qu'il en fut choqué. Il ressentait cette chose extrêmement rare : l'amour.

Il aurait pu la déposer à la porte d'un de ses bordels. Il y avait tant de filles dont le passé ressemblait à celui de Rose, qui toutes avaient fait preuve d'un jugement douteux. Tout le monde fait des erreurs. Et n'est-ce pas à cela que sert l'argent, à nous éviter d'avoir à payer pour nos erreurs ?

– Sœur Éloïse avait raison, déclara Rose au ciel. Je croyais que c'était anodin de valser et de faire des cabrioles tous les soirs avec un ours imaginaire. Mais elle savait ce que j'aurais dû savoir : que l'imaginaire n'existe pas. J'invoquais sans doute le diable. Ce n'est pas avec un ours que je dansais, mais avec le diable. Je suis maudite.

Tellement adorable ! Elle était bourrelée de remords et rongée par la culpabilité, persuadée d'être une pécheresse. Il se rappela les jours merveilleux où il était capable de ressentir toutes ces choses. Rose les lui ferait éprouver à nouveau. Il ne serait pas une brute avec elle. Il ne laisserait jamais un autre homme l'avoir, surtout pas un orphelin. Il tendit la main et saisit doucement celle de Rose. Elle se releva.

Elle marcha en traînant les pieds au côté de McMahon. Le ruban dans ses cheveux battait farouchement au vent, comme un étalon noir qui refuse d'être dressé.

21

ESQUISSE D'HOMME AVEC SINGE

Quand l'héroïne eut cessé de faire effet, Pierrot prit conscience de la proximité du mince matelas avec le sol. Il ouvrit les yeux, et le monde lui parut encore plus insignifiant et misérable qu'avant. Il regarda Poppy qui dormait, bouche grande ouverte, la jupe relevée sur sa culotte, et trouva ce spectacle affligeant. Il se leva et, se faufilant entre les matelas, sortit seul dans la rue. Tandis qu'il marchait, ses jambes lui semblaient inadéquates. Elles l'emmenaient si lentement. Comme s'il marchait dans l'eau. Cette vie ordinaire était tellement compliquée. Tout ce qu'il tenait pour acquis était désormais extraordinairement difficile.

Il prit une chambre à l'hôtel Cupidon, un établissement très bon marché dont les briques étaient peintes en rose.

Comme Poppy le lui avait suggéré, Pierrot alla voir le propriétaire du Savoy, l'une des salles de cinéma les moins populaires de la ville. Il y avait toujours des ampoules grillées sur la marquise. Il n'était même pas situé là où devaient se trouver les cinémas, qui s'alignaient normalement avec d'autres établissements semblables. Celui-ci était plutôt coincé entre un cabinet de dentiste et un magasin de carreaux de céramique.

Le prix des films et du pop-corn était tracé en lettres blanches sur un écriteau noir d'un côté de la porte.

De l'autre côté se trouvait l'affiche du film présenté, dont l'intrigue tournait autour d'un homme d'une beauté inouïe qui tentait de violer une femme à bord d'un train pendant deux heures et qui, au grand délice de celle-ci et du public, finissait par réussir.

L'intérieur n'était pas non plus aussi tape-à-l'œil que celui des autres cinémas. Les murs blancs de l'entrée étaient bien ornés de moulures près du plafond, mais c'était à peu près tout. Dans la salle, un rideau noir au bas décoré de glands dorés s'ouvrait en s'écartant avec fluidité et semblait rester toujours coincé exactement au même endroit. Mais les sièges noirs étaient moelleux, et il y avait une fosse d'orchestre où trônait encore un piano défoncé.

Le propriétaire était assis dans un bureau exigu à l'arrière. C'était un homme de très petite taille, aux cheveux blancs, qui respirait par la bouche. L'homme rit sans pouvoir s'arrêter quand Pierrot lui dit que c'était la Rousse du Paradis qui l'envoyait. Il dit qu'il avait effectivement besoin d'un placier et d'un concierge, car le dernier avait attrapé la tuberculose. Pierrot pourrait jouer du piano à l'entracte, quand les spectateurs iraient acheter des friandises. Il dit que sa chère femme, paix à son âme, jouait du piano au temps des films muets, raison pour laquelle il était incapable de se débarrasser de l'instrument. Mais Pierrot ne serait pas payé davantage que les autres placiers.

Pierrot enfila un uniforme rouge et un petit chapeau rond. Il monta et descendit les allées d'un pas rapide pendant les actualités. Un dessin animé de Betty Boop apparut à l'écran – l'adorable et plantureuse Betty célébrait ses propres funérailles. Pierrot s'arrêta une seconde pour lever les yeux, regarder et rire, mais il eut tôt fait de se remettre à quatre pattes pour ramasser à l'aide d'un petit balai du pop-corn rose renversé sur le sol. Pendant l'entracte, Pierrot se laissa choir sur le banc du piano. Il avait désespérément besoin de jouer un air, ce qu'il n'avait pratiquement pas fait depuis la mort d'Irving. Il lui fallait trouver un moyen d'exprimer son chagrin.

Dès qu'il posa les doigts sur les touches, des notes en jaillirent. Quel piano joyeux ! Malgré son allure déglinguée, il avait une très jeune âme et adorait qu'on en joue. Il riait de bon cœur sous les doigts de Pierrot, le suppliait de lui en donner encore. Comme une fille qui, pendant l'amour, vous encourage de ses jolis grognements et soupirs. Pierrot en oublia un instant sa triste situation et se perdit dans la mélodie. Il jouait l'air pour Rose, celui qui l'avait fait danser dans le réfectoire. Peut-être se trouverait-elle dans la salle, un jour, avec son mari et ses enfants, et cette mélodie lui rappellerait qu'elle l'avait aimé jadis, et pourquoi.

Quand il eut fini et qu'il fut temps que le film recommence, étonnamment, le public applaudit. Penché au-dessus de la balustrade du balcon, le propriétaire avait un cigare à la bouche et les larmes aux yeux. La guichetière, coiffée d'un calot de marin doré, était sortie de la guérite.

En commençant à jouer une mélodie pendant l'entracte suivant, il sentit bouger les ailes qui, frustrées, voulaient de nouveau se libérer de sa peau. Surtout qu'elles avaient déjà connu la liberté sans limites – elles avaient hâte de retrouver cet état. Elles étaient tellement conscientes et tellement indignées de leurs contraintes.

Pierrot voulut les ignorer, mais elles refusaient de le laisser tranquille et ne cessaient d'essayer de se déployer. Elles poussaient sans discontinuer. Elles se bousculaient l'une l'autre comme deux enfants dans une cour d'école ou sur la banquette arrière d'une voiture, chacune courroucée contre l'autre qui empiétait sur son espace.

Il flamba sa paye entière en héroïne. Son corps se détendit aussitôt, comme s'il était nu, allongé dans une baignoire.

Comme il dépensait son salaire en drogue, Pierrot était toujours à court d'argent quand venait le temps de payer le loyer. La concierge lui tombait dessus à ce sujet tous les soirs quand il partait. Il essayait souvent d'échafauder des stratagèmes pour entrer dans sa chambre d'hôtel sans être vu. Comme on avait changé la serrure de la porte d'entrée, il se faufilait par l'escalier de secours et se glissait par sa fenêtre arrière.

Il perdit du poids. Tous ses vêtements semblaient un peu trop grands. S'il n'avait pas porté de bretelles, son pantalon lui serait probablement tombé sur les chevilles. Comme s'il avait été debout dans une flaque.

Un jour, il passa trois minutes à tenter d'enfiler son veston, qui persistait à vouloir lui échapper. Dès qu'il passait une manche, l'autre semblait glisser. On aurait dit qu'il avait soudain pris conscience des mathématiques et de la géométrie des gestes anodins et que, une fois qu'il en était conscient, il ne pouvait plus les tenir pour acquises. Mais il trouvait cela merveilleux. Enfiler un veston était aussi confondant que de confectionner un cygne en origami.

Et puis, une nuit qu'il se faufilait dans l'escalier de secours, il découvrit qu'on avait aussi verrouillé la fenêtre.

Pierrot était tourmenté par sa dépendance. Les ailes s'enroulaient autour de lui telle une camisole de force. Il dépensa son argent en héroïne et dit adieu à sa chambre de l'hôtel Cupidon. Moins d'un mois après avoir quitté la maison d'Irving, il s'étendait sur un bout de carton dans le parc pour dormir.

Les feuilles tombaient sur lui. Il garda les yeux fermés, mais le sol poussait autour de lui. Les racines des arbres se soulevaient comme les grands bras de lutteurs et roulaient autour de ses membres tels des boas constrictors. Les scarabées et les autres insectes se glissaient dans son nez et ses oreilles. Ils dévoraient son cerveau. Alors il devint creux, comme un œuf de Pâques que des enfants ont déjà vidé de son jaune en soufflant dans la coquille.

Si quelqu'un était venu lui taper sur l'épaule, sa coquille aurait volé en éclats.

Il apprit à se piquer, de façon à en avoir plus pour son argent. L'héroïne allait sans doute le tuer avant cinq ans. Le savoir faisait disparaître toute pression. Qu'est-ce qui importait quand on savait qu'on ne vieillirait pas ? Il pouvait vivre le reste de sa vie comme un enfant. Quelle bénédiction.

La principale tâche d'un enfant, c'était d'être heureux. Si Pierrot était heureux, il faisait son boulot. Il s'assit dans le tram, paupières closes, un sourire aussi large qu'humainement possible sur son visage.

Il avança dans l'allée du tram avec, à la main, une fleur qu'il tendait aux passagers pour qu'ils la sentent. Tout le monde s'en écartait comme si elle allait leur cracher de l'eau à la figure.

Il s'arrêta au parc, un jour qu'il était défoncé. Il n'avait pas l'impression d'être le moins du monde supérieur aux enfants qui jouaient là. C'était son peuple ! Les enfants étaient si affamés qu'ils en avaient les yeux exorbités comme des joyaux trop gros sur des bagues en argent.

Les enfants étaient toujours amusés par Pierrot. Ils voyaient tout de suite qu'il était divertissant, qu'il se mettait sans cesse dans le pétrin, qu'il savait faire le clown, qu'il ne ressemblait pas aux autres adultes.

Pierrot détestait être coincé dans un corps beaucoup plus grand que les leurs. Il n'arrivait pas à caser son derrière sur les balançoires, et le toboggan était trop étroit pour qu'il puisse y glisser confortablement. Il s'y assit pour découvrir que ses pieds touchaient déjà par terre. Que cela signifiait-il ? S'il avait été une sorte de savant intelligent, comme Newton ou Galilée, il aurait pu en déduire quelque fantastique loi de la physique.

Un père le chassa du parc, jugeant qu'il était inapproprié que Pierrot parle aux enfants, qu'il soit là tout court. Il avait vingt ans, après tout.

Quand vint le soir, une chauve-souris noire voleta près de lui, semblable aux restes calcinés d'un testament brûlé.

22

LES DIX PLAIES

McMahon et Rose prirent une chambre à l'hôtel Darling, au coin des rues Sherbrooke et de la Montagne. C'était un quartier élégant, où les façades des imposants édifices étaient dotées de marquises en fer forgé éclairées par-dessous. Les très riches habitaient un univers qui leur était propre, vivaient sous des cieux qui leur appartenaient. Des limousines s'arrêtaient devant les marquises. Les chauffeurs se dépêchaient de sortir pour en faire le tour et ouvrir la portière à des hommes extraordinaires et à leurs épouses.

Des portiers aux uniformes ornés de boutons en or se tenaient dans le hall. Une femme se pavanait, une grande étole jaune enroulée autour de ses grasses épaules, comme du caramel versé sur de la crème glacée.

– Nettoyez ma chambre, s'il vous plaît, dit-elle à Rose, la prenant pour une femme de chambre.

Rose n'avait jamais vécu dans une chambre pareille. Celle-ci possédait sa propre salle de bains, ainsi qu'une kitchenette. Elle supposait qu'elle aurait dû se mettre à genoux pour baiser les pieds de McMahon, mais elle n'avait pas l'impression de lui devoir quoi que ce soit. Elle ferma les yeux. Elle se demandait pourquoi elle n'avait pas eu le droit de prendre sa valise cette fois-ci. Toute jeune femme devrait voyager avec sa propre valise.

Elle imagina son corps découpé en morceaux, empilé pêle-mêle dans sa valise avec des pierres et jeté dans le fleuve Saint-Laurent.

Tout ce qu'elle avait, c'était le plan dessiné avec Pierrot, qu'elle gardait dans sa poche. Ses orteils s'enfonçaient dans la moquette beige comme dans du sable sur la plage.

Elle resta couchée dans son lit si longtemps, ce jour-là, qu'elle se sentait comme une illustration bizarre sur une courtepointe d'enfant. Un petit pirate sur un navire avec un cache-œil et des ancres tournoyant autour de sa tête comme des étoiles. À quoi bon faire quoi que ce soit ?

Elle se sentait coupable de tout. Elle se sentait même coupable de rester couchée toute la journée. McMahon lui avait apporté une bouteille de whisky ambré. Un petit verre rond en forme de planète était posé sur la table de chevet. Elle se redressa, les jambes pendant au bord du lit comme si elle était assise sur une table d'examen dans un cabinet de médecin, et versa la liqueur. L'alcool clapota sur le bord du verre, telles des vagues qui éclatent sur une côte rocheuse.

Elle but. Son corps s'enflamma. On aurait dit qu'un petit thermostat sous son échine montait et montait sans s'arrêter. Elle était aussi brûlante qu'un radiateur en fonte couvert d'un motif de roses. Tout ce qu'elle voulait, c'était être au chaud. Si quelqu'un avait essayé de lui attraper les orteils à ce moment-là, il se serait brûlé les doigts.

Au début, refusant de faire l'amour à McMahon, elle rejetait ses effusions. Elle regrettait tellement d'avoir couché avec lui qu'elle supposait qu'elle voulait maintenant le rejeter entièrement.

Elle avait supplié McMahon : s'il comptait la laisser pourrir dans cette chambre d'hôtel, le moins qu'il puisse faire était de lui apporter des livres. Quand il lui demanda quelle sorte de livres elle voulait, elle répondit : « Du récent. Quelque chose d'audacieux. »

Lorsque McMahon dit au libraire qu'il cherchait « quelque chose d'audacieux », celui-ci comprit « des livres cochons ». Il tendit à McMahon une petite pile de volumes, parmi lesquels des ouvrages du marquis de Sade et de Colette.

La pauvre Rose perdit la tête en les lisant. À chaque page il y avait des tas de collégiennes, amoncelées à n'en plus finir, qui se frottaient et se frottaient les unes contre les autres jusqu'à ce qu'elles atteignent l'orgasme. Elle était si mouillée qu'elle tremblait et entrechoquait ses genoux, essayant de finir l'histoire sans jeter le livre pour se caresser. Quand McMahon entra, Rose lui sauta dans les bras, se collant à lui dans ses sous-vêtements trempés.

Rose sentait les roses. Si elle vous touchait, vous sentiez aussi les roses pendant des jours. Les meubles dans sa chambre sentaient les roses. Le matelas dans sa chambre sentait les roses. C'était peut-être parce qu'elle avait vingt ans et qu'elle venait d'éclore pour devenir femme. Ils firent l'amour tous les après-midi, après cela.

Un matin, au réveil, Rose découvrit qu'elle avait pleuré dans son sommeil. Portant les doigts à ses joues, elle eut la surprise de les trouver humides de larmes. McMahon mit un disque. Quand une femme se mit à chanter, Rose fondit de nouveau en larmes.

McMahon lui dit d'arrêter son cirque parce que ce n'était pas une chanson particulièrement triste.

– Je pense qu'il m'arrive quelque chose de bizarre. Mais ce n'est pas comme si j'étais malade. Je me sens juste vraiment étrange. Et je ne crois pas que je puisse continuer à l'ignorer.

McMahon insista pour qu'elle aille consulter un médecin de sa connaissance, le Dr Bernstein. Celui-ci avait la réputation de s'administrer toutes sortes de drogues. Il était en avance sur son époque. Il se traitait lui-même pour diverses maladies de l'esprit. Il savait que ces dernières étaient les mêmes que les maux physiques. Il ne croyait pas que quoi que ce soit fût spirituel. Tous les maux étaient physiques. Il voulait trouver un remède à la mélancolie.

Il ne pouvait pratiquer que dans un appartement, et clandestinement. On ne savait pas trop comment il avait perdu son permis d'exercer. Il avait jadis eu un cabinet prospère et vécu dans une majestueuse demeure du Mille carré doré. Certains racontaient qu'il avait été au front. Il souffrait de psychose traumatique, comme les patients qu'il était censé traiter.

Il rédigeait un livre, intitulé *Une interprétation de la tristesse*. Il croyait que la tristesse était contagieuse. Si vous vous asseyiez près de quelqu'un dans l'autobus et que cette personne était triste, même si vous ne lui parliez pas, vous vous trouviez submergé par la tristesse plus tard ce soir-là. C'était une maladie qui se déguisait en humeur.

« Il soigne les maladies irrationnelles. Il croit en des maux auxquels personne d'autre ne croit. Il ne les a pas trouvés dans des laboratoires. Il les trouve dans les livres. Cette nouvelle invention de la tristesse pour elle-même va avoir des effets plus nocifs sur la psyché humaine que la guerre moderne. »

Rose s'habilla pour aller voir ce docteur. À dire vrai, elle puait un peu. Elle portait la même culotte et le même chemisier depuis qu'elle s'était enfuie de la maison McMahon, et n'avait pas fait le moindre effort pour en changer. Elle n'avait pas eu le temps d'emporter quoi que ce soit. Elle n'avait que son uniforme de bonne. Quand elle l'enfila, on aurait dit qu'il avait rétréci. Le costume n'était plus guère solide. Les petites coutures sur le côté sautèrent. La robe avait simplement cédé. Ce n'était pas qu'elle eût pris du poids, car elle n'avait vraiment pas mangé beaucoup. Son régime consistait essentiellement en whisky au déjeuner, en whisky au dîner et en whisky au souper. Elle enfila son manteau. Les boutons semblaient avoir grandi en son absence et refusaient de glisser dans les boutonnières.

Elle avait cru que voir des gens lui remonterait le moral, mais les effets de la Grande Dépression étaient partout manifestes. Quelqu'un s'était jeté par la fenêtre, la veille. La concierge était en train de verser un seau d'eau sur la tache de sang séché. L'eau rougit et coula dans la rue. Rose fit un bond en arrière tandis que la rigole sanguinolente se répandait sur le trottoir, jusqu'à presque toucher ses chaussures.

Comme elle s'éloignait dans la rue, une fillette passa en courant près d'elle, tenant un bocal rempli de grenouilles qu'elle relâcha dans les égouts.

– On se fait expulser, dit-elle à Rose. Et on ne peut garder aucun de nos animaux.

Rose se demanda si les grenouilles trouveraient un moyen de survivre dans les égouts. Peut-être se multiplieraient-elles et que, dans un an, on en retrouverait partout en ville. En entrant dans sa baignoire, on la découvrirait pleine de grenouilles qui auraient grimpé le long des canalisations. Rose frémit.

Un groupe de garçons la dépassa. Leurs vêtements étaient sales et leurs chaussures paraissaient trop grandes. Un des gamins était pieds nus. Ils avaient le crâne rasé, sûrement à cause des poux. Ils devaient avoir dormi dans le même lit crasseux, et ces bestioles étaient contagieuses. Qui sait quelle autre vermine abritaient les maisons. Les restes d'un matelas brûlé pointaient dans les poubelles. Les punaises étaient devenues insupportables. On aurait dit que tout le monde, dans cette ville, se grattait.

Un chien errant passa en vitesse. Il avait jadis eu la mission de protéger une famille, sans doute, mais dorénavant, plus personne ne pouvait le nourrir. Il regarda la vitrine d'une boucherie où l'on vendait toutes sortes de pièces de viande effroyables.

Rose passa devant la queue pour la soupe populaire. Ils étaient si nombreux, tous dans des vêtements devenus trop grands qui leur donnaient l'air de clowns de cirque. L'un d'eux ôta son chapeau, comme par déférence envers une jolie dame. Il avait le visage couvert de furoncles.

Un type sortit, frappant une grande marmite à l'aide d'une grosse cuillère qui faisait un vacarme du tonnerre. Il annonçait aux hommes dans la file qu'ils pouvaient entrer.

Rose vit un jeune garçon qui tenait un journal. Sur la première page, on racontait une histoire atroce se déroulant dans les Prairies. Il y avait des sauterelles partout. Elles dévoraient les récoltes, insatiables, arrivant en immenses nuées.

Elle songea qu'elle allait garder les yeux fermés jusqu'à ce qu'elle ait passé la rue. En traversant le parc, elle vit des hommes dormant sous les arbres et sur les bancs. Ils voulaient traverser cette portion de l'Histoire en faisant la sieste. Si tout le monde fermait simplement les yeux, est-ce que le monde devenait tout noir ?

Les Montréalais avaient passé toute la décennie 1920 à faire la fête, à s'enrichir au contact des Américains qui affluaient à la recherche d'alcool légal, et peut-être la Grande Dépression était-elle une punition pour cela. Toutes ces femmes en jupe courte avaient éveillé le courroux de Dieu.

Rose arriva devant l'immeuble abritant l'appartement du docteur. Le petit vestibule était couvert de carreaux rouges. Elle sonna et entreprit la longue ascension jusqu'au septième étage dans l'escalier en colimaçon. Rose frappa à la porte. Le Dr Bernstein lui ouvrit. C'était un homme entre deux âges, distingué. Il portait un costume, et sa crête à la Pompadour ressemblait à une vague sur le point de se briser. Il fit signe à Rose d'entrer. L'appartement était petit mais encombré d'un étonnant fatras. En y pénétrant, Rose ne put s'empêcher de faire le tour de la pièce des yeux.

Il y avait des fougères et des fleurs encadrées aux murs, et des petits papillons épinglés sur du liège. De plus, les étagères de la chambre étaient couvertes de toutes sortes d'objets singuliers. Il y avait des géraniums sur les appuis de fenêtre, et une étagère pleine de coquillages ramassés quand il était jeune et aventureux. Quelle belle époque que celle où il avait entassé ces trésors dans un petit seau en métal bleu. Il croyait qu'il éluciderait le monde.

– Vous remarquerez que je suis un peu naturaliste.

Dans un petit aquarium se trouvaient des cocons, car il prenait plaisir à élever des papillons. Ceux-ci voletaient et voltigeaient dans la pièce. Il se droguait et les observait. Les papillons des pays chauds étaient véritablement magnifiques. Ils avaient de si belles ailes.

– Ooooh, mais vous avez des insectes exquis !

– Merci. J'ai découvert mon intérêt pour les insectes à l'école, lorsque j'étudiais la biologie. J'ai rédigé un article sur la vie sexuelle des limaces qui a été beaucoup lu par les étudiants.

Il soupira en menant Rose vers sa table d'examen.

– Mais mon père m'encourageait à m'inscrire en médecine. Il me disait qu'il était plus noble de se préoccuper des êtres humains que des insectes. Mais, vous savez, il avait tort. Parce que les gens sont méchants. Ce sont des tricheurs, des menteurs, des dégénérés et des ivrognes, et la médecine ne les garde en vie que pour qu'ils puissent tuer et commettre de nouveaux péchés. Je n'ai pas encore trouvé dans le comportement des insectes quelque chose qui m'ait déçu.

Rose s'assit sur la table d'examen. Il approcha une chaise dont le bois avait déjà été peint en rose, puis en bleu, puis en blanc. Son état de dégradation en révélait toutes les couleurs.

Il lui tendit une jolie tasse à thé remplie d'eau chaude et de quelques pépins exprimés lorsqu'il y avait pressé les restes d'un citron.

– Alors, vous avez été frappée par ma vieille amie Mélancolie ! Comment se fait-il que nous ne donnions jamais son dû à la tristesse ? Pourquoi insistons-nous pour garder le secret sur tant de choses ? Parlez-moi de votre rapport à la tristesse, je vous prie.

– Même quand j'étais petite, je voulais rendre tout le monde heureux.

Elle avait la voix rauque et glaireuse. Comme elle n'avait pas parlé depuis un certain temps, ses paroles semblaient couvertes de rouille.

Elle était heureuse de discuter avec le docteur. Il lui plaisait toujours d'avoir des conversations sérieuses. Parfois on essayait de parler aux gens, et rien n'y faisait, les mots étaient roides et lents à venir.

– J'ai toujours eu ce don. Même si nous vivions dans un grand orphelinat où nous n'étions pas censés éprouver quoi que ce soit de l'ordre du bonheur ou de la joie, j'arrivais quand même à voir de la beauté chaque jour. Enfant, je vivais dans un état étrange et prolongé de glorieux ravissement.

– Nostalgie et Mélancolie sont comme les deux doigts de la main. De vieilles copines d'école, pourrait-on dire.

– Il n'y avait qu'un autre enfant à l'orphelinat capable de faire la même chose. Tout le monde le connaissait sous le nom de Pierrot. Lui aussi pouvait ressentir cet émerveillement. Lui aussi collectionnait les beaux moments.

– L'époque n'encourageait pas de tels enfants à survivre. Le reste gît dans de petites boîtes en bois au cimetière. Comme des poupées emballées destinées à être ouvertes à l'ultime Noël miraculeux.

– J'ai décidé qu'il serait merveilleux d'inviter un gros ours à l'orphelinat. Et il avait un grand cœur, dix fois plus grand que celui des religieuses. Il avait un si grand cœur qu'il ne pouvait s'empêcher d'être pervers. Vous comprenez ? Il ne pouvait s'empêcher d'être un petit peu inconvenant. Mais n'était-il pas mieux d'avoir quelqu'un qui était toujours prêt à s'épancher sur l'amour que quelqu'un qui ne l'exprimait qu'avec réserve ? Les enfants n'avaient jamais eu personne pour leur pincer les joues et les serrer si fort qu'ils avaient du mal à respirer. Le gros ours coureur de jupons était un rêve devenu réalité.

– Quand on accepte ses perversions, on s'accepte soi-même.

– J'aurais été incapable de formuler tout ça à l'époque, bien sûr. Mais j'étais une fille très compliquée. Je pense que j'étais si curieuse de naviguer sur ces étranges océans de l'émotion que je suis devenue perverse. Ou alors je suis dépourvue de fibre morale. L'un ou l'autre. Mais j'aimerais que vous sachiez que j'essaie de combattre ce… eh bien… cet aspect complexe de ma personne. Pouvez-vous me dire, docteur, ce qui ne va pas chez moi ?

– Vous allez devoir enlever vos sous-vêtements et vous étendre, les jambes en l'air.

– Et pourquoi donc cela serait-il nécessaire ?

– Pour que je puisse vérifier mon diagnostic.

– Et quel est ce diagnostic ?

– Qu'il y a une certaine forme de mélancolie qui est un symptôme de grossesse.

Dans l'aquarium, un papillon commença à émerger de son cocon. Il ressembla d'abord à un parapluie qu'on a du mal à ouvrir, puis chaque aile se déplia dans un froissement. Le Dr Bernstein tendit à Rose une petite boîte de chocolats pour qu'elle en choisisse un. Chacun ressemblait à un visage de bébé qui pleure, mais ils étaient en réalité en forme de rose.

Rose quitta l'immeuble effrayée. Elle ne présentait aucun des autres symptômes typiques de la grossesse. Elle ne souffrait pas de nausées le matin, elle n'avait pas sauté ses règles. Elle savait cependant des choses étranges. Elle était capable de deviner le deuxième prénom des gens. Elle connaissait l'âge des chats. Elle savait toujours quels chiffres seraient tirés aux tables de dés. Elle s'étonnait d'accumuler tant d'argent. Elle faisait un joli profit simplement en misant sur ces numéros.

Les choses très malheureuses l'appelaient. Soulevant une roche, elle découvrit un scarabée dessous, écrasé. Elle ouvrit la porte arrière d'un restaurant, et un oiseau qui était resté prisonnier à l'intérieur s'enfuit à tire-d'aile. C'était peut-être simplement une coïncidence.

Elle n'en parla pas à McMahon de crainte de rendre la chose plus réelle.

Elle se mit à vomir dans un seau. Que se passait-il quand une enfant non désirée donnait naissance à un enfant non désiré ? Elle avait l'impression de se trouver dans une maison aux miroirs, à cette différence près que, plutôt que de devenir de plus en plus petite dans chacun, elle devenait de plus en plus jeune.

Mais les choses ne se passèrent pas ainsi. Elle eut des crampes un matin. Elle alla s'asseoir sur le siège des toilettes. Et quand elle eut fini, le plus petit bébé du monde flottait dans la cuvette. Elle mit ses mains sur son visage. Elle tira la chasse d'eau, et son premier-né fut emporté.

23

DES SOURIS ET DES FEMMES

La plus grande partie de la richesse de McMahon venait du commerce de la drogue et de l'exploitation de maisons de passe. Il avait amassé une petite fortune grâce à la vente d'héroïne, utilisant les anciennes routes de la prohibition pour exporter la drogue aux États-Unis. Il possédait environ vingt-cinq bordels gérés par des maquerelles, mais se mêlait peu de leur administration. Il arrivait que les maquerelles le paient simplement pour qu'il mette un édifice à son nom, car elles n'avaient pas le droit de posséder quoi que ce soit en propre. Et, bien sûr, il alertait ses bordels quand la police se préparait à y faire une descente.

Tout cela se faisait clandestinement, mais il était le propriétaire officiel du Roxy et de plusieurs autres clubs. S'il n'avait pas été cupide, il aurait pu vivre très confortablement grâce à ses clubs, qui connaissaient un grand succès. Montréal, qui n'avait jamais connu la prohibition, était devenu une destination de choix pour les Américains désirant faire la fête. On débarquait par voitures pleines pour boire dans les pianos-bars. Comme c'était aussi une ville portuaire, elle fourmillait de marins. Leur calot blanc sur la tête, ils hurlaient à la lune. Ces marins exportèrent la chaude-pisse montréalaise d'un bout à l'autre de la planète.

Comme c'était la ville du péché, l'argent ne manquait pas pour le divertissement, et McMahon pouvait se permettre de faire de ses clubs des lieux somptueux. Il engageait des artistes de l'étranger. Il recevait même des stars du burlesque. Elles avaient de gros derrières où étaient fichées des plumes d'autruche, et des cils tellement longs qu'elles ne pouvaient pas faire grand-chose d'autre que de cligner des yeux avec mélancolie. Elles crachaient du feu et faisaient tourner des cerceaux autour de leurs hanches.

Rose commença à aller voir McMahon au travail. Elle lisait un livre, assise dans un coin de son bureau, parce qu'elle ne voulait pas passer la journée seule. Un jour, une fille du nom de Poppy se présenta pendant que Rose était là. Elle avait des cheveux roux bouclés, et il lui manquait une dent de devant. C'était une prostituée de l'une des maisons de passe les plus miteuses que possédait McMahon. Totalement dépourvue de poitrine, elle portait un corsage transparent sans soutien-gorge, comme si le fait de n'avoir que deux tétons dressés était un argument de vente. Elle avait au-dessus de la lèvre une fine moustache brune qui lui donnait l'air d'avoir bu du lait au chocolat. Peut-être que Dieu n'avait pas tout à fait décidé de quel sexe elle serait. Elle agitait les bras et faisait tourner le globe terrestre qui se trouvait dans le bureau. Quand McMahon lui demanda ce qu'elle foutait là, elle répondit qu'elle avait besoin d'un avocat parce qu'elle avait été arrêtée quatre fois au cours des six derniers mois.

– C'est pas juste. Madame m'envoie en prison pour tout le monde.

McMahon lui répliqua que les bordels étaient gérés entièrement par leur maquerelle, et non par lui. Mais il verrait ce qu'il pouvait faire, si elle fichait le camp sur-le-champ. Elle hocha la tête, fit une rapide volte-face et se dépêcha de déguerpir. McMahon ne fit aucune autre mention de Poppy, comme si personne n'était entré dans son bureau, mais elle avait fait impression sur Rose. Celle-ci alla voir la putain aux cheveux frisés pour lui demander conseil sur la façon de ne plus tomber enceinte.

Pour sortir, Rose boutonnait son manteau par-dessus son uniforme de bonne, la seule robe qu'elle possédât. Quand McMahon lui dit qu'il lui en achèterait une nouvelle, elle tomba à genoux, attrapa son col et le supplia de n'en rien faire. Elle se sentait encore beaucoup trop coupable. S'il lui achetait une robe, elle lui serait redevable ; il lui faudrait faire quelque chose en retour et elle serait coincée dans cette vie pour toujours. Mais elle n'était pas capable de mettre tout cela en mots.

Les cabarets les plus importants étaient situés sur le boulevard Saint-Laurent, derrière lequel courait une ruelle par où ces messieurs pouvaient aller discrètement à la recherche d'un bordel. Rose descendit jusqu'aux rues transversales qui flanquaient la ruelle.

Toutes les habitations se ressemblaient. C'étaient des petites maisons trapues en briques rouges qui possédaient néanmoins des portes de couleurs différentes. De temps en temps, il y en avait une plus jolie, dotée d'un balcon ou d'une moulure en étain ornée de feuilles d'érable le long du toit. Devant certaines, plantée sur un socle de ciment, se dressait une Vierge Marie aux mains suppliantes.

Une jeune mère avec un foulard rouge noué sur la tête, un bébé sur une hanche et un grand sac d'épicerie en tissu sur l'autre croisa Rose. Ces femmes allaitaient alors qu'elles-mêmes étaient affamées. Elles avaient la peau grise, les dents pourries et branlantes. Une petite fille à la traîne derrière elle était vêtue d'une robe en coton gris à fleurs roses. Elle ne portait qu'une chaussette ; peut-être n'avait-on pas eu le temps de lui faire enfiler la seconde. L'enfant transportait un sac d'oignons comme s'il s'agissait d'un butin de guerre dont elle devrait tôt ou tard se séparer. La famille sentait l'urine, sans doute à cause de la couche du bébé.

Les femmes dans la maison de passe étaient les seules à ne pas avoir d'enfants. Mais Rose comprit, en observant leurs gestes lents, qu'elles étaient toutes héroïnomanes. Être une femme était un piège. Quelque chose aurait raison de vous avant vos vingt-trois ans. Le seul moment où le monde vous fait quelque faveur ou vous accorde une chance, c'est durant cette période de cour très brève pendant laquelle il essaie de vous baiser pour la première fois.

Les maisons occupées par les prostituées étaient habituellement moins sordides. Elles pouvaient se permettre de jolis rideaux et un paillasson. Les putains aux fenêtres faisaient penser aux chocolats d'un calendrier de l'avent. La maquerelle fit entrer Rose et, du doigt, désigna la chambre de Poppy. Rose emprunta le couloir et frappa à la porte, qui s'ouvrit, révélant Poppy, vêtue d'un chemisier et de rien d'autre. Elle avait une abondante toison blond-roux et des croûtes aux genoux. Rose se demanda quelle étrange pratique sexuelle l'amenait à s'écorcher les deux genoux. Poppy dévisagea sa visiteuse, essayant de la remettre.

– Ah ouais, tu es avec Mac.

– Je m'appelle Rose.

Poppy lui fit signe d'entrer. Elle claqua la porte et s'assit sur le grand lit bosselé qui semblait rempli de vieux gruau, au centre de la pièce. Des magazines étaient répandus sur la courtepointe.

– Toi aussi, tu as un nom de fleur[1].

– Ce n'est pas mon vrai nom.

– Bon Dieu, je ne m'appelle pas vraiment Poppy non plus. Tout le monde prend un nom de fleur ici, au cas où on se ferait arrêter. J'ai dû changer de nom sept fois, mais on m'appelle encore Poppy. J'imagine que ça me va. Mon vrai nom, c'est Sarah. Je suis juive, crois-le ou non. Je fais moins d'argent que les autres filles, alors chaque fois que la maquerelle apprend qu'il va y avoir une descente, elle cache les plus jolies dans le plafond et me laisse me faire arrêter. Je pense que c'est davantage à cause de ma personnalité que de mon apparence. Je veux dire, j'ai les cheveux naturellement bouclés. Ce n'est pas tout le monde qui sait qu'ils bouclent naturellement, parce qu'on peut faire semblant. Peut-être que les gens ne sont pas aussi impressionnés par les cheveux bouclés qu'ils devraient l'être.

– Je te trouve très jolie.

– Pas que ça m'importe énormément, au bout du compte.

– Qu'est-ce que tu lis ? demanda Rose en montrant du doigt les magazines *Better Homes and Gardens* et les *Chatelaine* sur le lit de Poppy.

Celle-ci regarda Rose avec des yeux énormes qui lui donnaient l'air d'une enfant.

– Oh, je ne sais pas très bien lire. Je les aime pour les recettes. Il y en a une de confiture qui m'intéresse. Je fais les meilleures confitures en ville. Regarde ça.

1. *Poppy* désigne en anglais la fleur de pavot.

Elle s'agenouilla sur le lit et se pencha pour ouvrir la porte de l'armoire qui se trouvait au pied de celui-ci.

Effectivement, il y avait là une étagère avec dix bocaux de confitures.

– Mes confitures sont tellement bonnes que je serais millionnaire si j'étais un homme. Tu sais, il y a parfois des articles dans les magazines qui disent que c'est très bien d'être une femme, mais je ne sais pas si je les crois. J'ai toujours l'entrejambe qui pique. Ça me fait mal chaque fois que je couche.

– Et que fais-tu pour te soulager ?

– Je m'assois dans un bol d'eau et j'adresse des prières à Dieu.

Elles éclatèrent de rire ensemble. Dans la chambre d'à côté, une fille poussait de bruyants gémissements.

« Fais attention, mon cœur, ne me fais pas mal. C'est nouveau pour moi, tout ça. Oooh, la sensation est tellement étrange ! »

– Écoute un peu ça ! dit Poppy. Elle est douée, pas vrai ? Les hommes sont tous fous d'elle. Elle est tellement jolie. À quatre heures elle a fini, et elle va jouer aux machines à sous.

« Oh, papa, dit la voix de l'autre côté du mur. Apprends-moi à faire ça pour que je puisse le montrer à tes amis quand ils viendront. »

Poppy mit les mains sur sa bouche et s'exclama :

– Où est-ce qu'elle va chercher ces trucs ?

– Est-ce que tu t'entends bien avec les autres filles ? demanda Rose.

– Oui. Je suis gentille avec elles. Je vais en prison à leur place, et je leur dis la bonne aventure. Je leur donne des conseils, tout ça. Je peux te lire ton avenir, si tu veux !

Poppy roula en travers du lit comme si elle dévalait une colline, tomba de l'autre côté, sauta sur ses pieds et alla chercher un paquet de cartes sur la commode. Même si les hommes ne la trouvaient pas séduisante, Rose était fascinée en la regardant. Elle adorait sa candeur.

– Où as-tu appris à lire dans les cartes ? demanda Rose.

– Il y avait une vieille dame canadienne-française qui vivait à l'étage et qui n'avait pas de jambes. Elle m'a montré. Elle m'a aussi appris à faire des confitures et du beurre d'érable, et aussi à jurer en français. C'est les seules choses que je sais bien faire.

Elle mélangea les cartes à une vitesse folle, puis elle tendit le paquet à Rose pour que celle-ci le coupe. Rose souleva la moitié du haut. Poppy retourna la carte qui se trouvait sur le dessus de la seconde moitié.

– La carte de la Mort ! Vous allez faire des dégâts en ce bas monde, mademoiselle.

– Je n'ai pas besoin des cartes pour savoir ça.

– Que veux-tu savoir ?

– Où trouver des capotes.

– Ha ! C'est trop drôle. Allons à la pharmacie. Il ne m'en reste que cinq, il faut que j'en rachète pour moi.

Poppy enfila un pull bleu pâle et une jupe plissée rouge. On entendit un grand vacarme au rez-de-chaussée, manifestement le bruit d'une porte qu'on enfonce. Poppy regarda par la fenêtre. Les policiers étaient déjà en train de traîner en bas deux filles du salon.

– C'est encore la police ! Je n'irai pas en prison. Pas question ! Qu'une des jolies filles y aille pour une fois. Suis-moi.

Elles sortirent dans le couloir en courant et se précipitèrent dans la salle de bains. Il y avait déjà deux filles dans l'espace sous le toit, en train de relever l'échelle.

– Allez, laissez-nous monter !

– *Cachez-vous ailleurs**. Il n'y a plus de place ici, dit l'une des filles.

– Va au diable.

Les policiers montaient les marches. En vitesse, Poppy emmena Rose dans une chambre et la tira dans le placard, dont elle referma la porte derrière elles. Regardant autour d'elle, Rose découvrit qu'elles se trouvaient dans une minuscule garde-robe tapissée de papier peint à rayures vertes. Le fond consistait en un morceau de contreplaqué que Poppy poussa de côté, révélant un grand trou dans lequel elles se faufilèrent. Rose remit le contreplaqué en place et se retourna pour constater qu'elles étaient dans une nouvelle garde-robe, celle-ci tendue de papier peint bleu ponctué de petits fruits.

Elles entendirent les policiers ouvrir la porte de la première garde-robe et faire glisser tous les vêtements le long de la tringle pour s'assurer que personne ne se cachait là. Les cintres faisaient le bruit de couteaux qu'on aiguise. Quand l'agent claqua la porte de la première garde-robe, Rose et Poppy ouvrirent doucement celle derrière laquelle elles étaient cachées et émergèrent dans la pièce.

Elles se trouvaient dans une chambre qui semblait la réplique en miroir de celle qu'elles venaient de quitter. Sa décoration, cependant, était tout à l'opposé, miteuse, et le papier peint d'un des murs était différent de celui qui tapissait les autres. Il y avait une peinture encadrée d'une vieille femme au long cou dépourvue de menton, comme une autruche. Le linoléum n'était pas orné de fleurs.

Il y avait aussi un lit d'enfant avec un cygne peint sur le cadre. Elles sortirent par la fenêtre, descendirent l'escalier de secours et se retrouvèrent dans la cour.

– Alors, qu'est-ce qu'on fait maintenant ?

– On fait comme si de rien n'était. Allons chercher ces capotes. Juste une seconde.

Poppy ouvrit la porte d'un hangar en tôle ondulée qui s'élevait au fond de la cour. Il y avait là un petit enclos en fil de fer où trônait une poule.

– Mon argent est caché ici. Et j'ai aussi mes fidèles patins à roulettes pour prendre la fuite. Il y en a une autre paire pour toi. Essaie-les.

Poppy ressortit avec une paire de patins à roulettes dans chaque main. Elles attachèrent les patins à leurs chaussures. Elles étaient encore tellement jeunes, après tout. Elles n'avaient que vingt ans. Elles riaient, même si c'était la soi-disant Dépression. Poppy était beaucoup plus habile que Rose en patins à roulettes. Celle-ci dut attraper le bras de Poppy à plusieurs reprises. Elles sortirent de l'allée et débouchèrent dans la rue en zigzaguant.

Poppy tournoyait autour des gens. Plusieurs étaient irrités, comme si elle était l'abeille la plus énervante du monde. Rose se jeta sur un lampadaire pour ne pas tomber, mais elle apprenait vite. Sur leurs patins, elles ne connaissaient pas la peur. Elles avaient l'impression de se déplacer à la vitesse de la lumière. Le temps qu'on puisse les identifier, elles auraient déjà disparu.

Elles croisèrent une grosse bonne femme portant une veste de velours vert qui jouait de l'accordéon assise sur une chaise, un chapeau posé devant elle. Elle jouait les dernières mesures de *La Valse pour accordéon*. Elles se mirent à danser ensemble. Poppy exécutait un mouvement compliqué. Écartant les bras, elle levait les jambes en l'air pour effectuer une sorte de cancan. Rose voulut l'imiter et tomba sur le derrière. Elles rirent et rirent encore.

Elles tentèrent de tourner en se tenant les mains et chutèrent toutes les deux en avant, atterrissant durement sur les genoux. Maintenant Rose comprenait pourquoi Poppy avait des éraflures et des croûtes. Ce n'était pas en raison de ses prouesses au lit, mais sur ses patins. Poppy souffla sur le genou écorché de Rose. Son haleine sur la coupure était tellement froide. On aurait dit que Poppy venait de la dévêtir d'un simple filet d'air.

Le corps de Rose était fait en sucre. Si elle restait debout sous la pluie, elle risquait de se dissoudre.

Poppy lui dit d'attendre à l'extérieur de la petite pharmacie, sauta sur le seuil et courut à l'intérieur pour aller chercher les capotes. Le sac en papier était glissé dans sa poche quand elle en ressortit.

– Veux-tu aller au cinéma ? Si jamais tu veux voir un film, tu devrais aller au Savoy, dit Poppy. Ils ont le meilleur pianiste en ville. Il est très beau – il me donne des frissons. Mais peut-être que tu n'aimes pas les frissons ?

Elles s'amusèrent à rentrer par un autre chemin. Elles aperçurent un attroupement devant une soupe populaire, puis dépassèrent le bordel, dont la porte était condamnée. Poppy ne voulait pas entrer. Si la maquerelle était encore là, elle serait furieuse contre elle.

– Je vais avoir de gros ennuis. J'aurais dû me laisser arrêter, voilà tout. Je l'ai déjà fait tellement de fois. J'aurais été relâchée quelques heures plus tard. Qu'importe ?

Poppy étira ses boucles vers le haut, de ses deux mains, dans un geste de frustration.

– Pourquoi tu ne viens pas avec moi ? demanda Rose.

– Tu es folle ? Tu crois que McMahon laisserait une fille comme moi s'approcher de sa vie privée ? Alors tu ne connais pas l'homme avec qui tu couches. Oh, oublie ça. Ce n'est pas ton problème.

– Alors, où veux-tu aller ?

– Pourquoi tu ne descendrais pas dans Chinatown ? demanda Poppy. On se fera un fix ensemble. C'est ma tournée. C'est assez agréable. Ça me fait oublier mes problèmes à tous les coups.

– Non, je ne veux pas commencer à tremper là-dedans.

– Je prends de l'héroïne depuis que j'ai quatorze ans, et je ne suis jamais devenue accro. Tu peux en prendre juste de temps en temps, si tu veux.

Poppy releva sa jupe pour montrer à Rose qu'elle avait des traces de piqûres sur les cuisses.

– Est-ce que la plupart des filles prennent de la drogue ?

Poppy plissa un œil, en faisant semblant de réfléchir à la question.

– Oui. Tulipe a fait une overdose le mois passé. Elle était très jolie. Elle travaillait au bordel depuis trois mois seulement. Elle a commencé à se geler. Elle allait au coin de la rue toute nue et soufflait des baisers aux gens ! Elle s'est réveillée bleue un matin. C'est une meilleure mort que celle de Magnolia. Elle, elle pleurait tout le temps. Et puis un jour elle s'est jetée du toit. On pense que c'est plus facile que de travailler à la buanderie parce qu'on peut sortir le dimanche soir et lire des magazines, mais ce n'est pas vrai. On ne gagne jamais d'argent. On ne peut pas en mettre de côté parce qu'il faut tout dépenser pour le loyer et leur bouffe minable. C'est une grosse arnaque. Il y a des filles que ça déprime trop.

C'est comme ça que McMahon gagne tout cet argent, songea Rose. C'était comme ça qu'il avait payé son manoir, ses repas somptueux, ses voitures et ses clubs. C'étaient là les coulisses de son univers clinquant.

– Veux-tu t'en sortir ? demanda Rose.

– Ils vont me jeter dehors, et je ne sais pas ce que je ferai. J'ai rencontré McMahon quand j'avais quinze ans. J'étais plus mignonne à l'époque. Juste parce que je rapporte moins d'argent que les autres filles, ça ne veut pas dire que je ne vaux rien, tu sais ?

Elles travaillaient toutes les deux pour McMahon. C'était pour cela que Rose était allée voir Poppy. Pas seulement pour obtenir un moyen de contraception, mais pour voir qui elle était vraiment, qui elle serait une fois que sa valeur sur le marché de la séduction se serait effondrée. Rose détacha ses patins à roulettes et les rendit à Poppy.

– Reviendras-tu pour que je te lise l'avenir ? demanda Poppy.

– Oui, promis.

Rose fit quelques pas, puis se retourna, revint et appuya ses lèvres sur celles de Poppy. Puis elle se sauva.

– Les capotes ! Les capotes ! Les capotes ! cria la fille aux cheveux bouclés à Rose qui s'en était allée.

24

POPPY CHANTE UNE CHANSON D'AMOUR

Poppy avait été mise à la porte du bordel pour cette journée passée avec Rose. Elle avait été dévalisée et violée quelques jours plus tard, alors qu'elle faisait une passe à un coin de rue. Elle avait deux yeux au beurre noir et un petit pansement sur l'arête du nez quand elle tomba à nouveau sur Pierrot. Celui-ci avait dormi dans le parc et avait quelques brindilles dans les cheveux, mais paraissait en meilleur état qu'elle. Elle ressemblait à un chevreuil blessé. Elle savait que des hommes violents l'avaient à l'œil. Elle savait qu'ils ne se déchaînaient qu'en secret, quand il n'y avait pas d'autres témoins que des femmes et des enfants. Elle voulait pouvoir marcher dans la rue sans être assassinée. En apercevant Pierrot, elle se rappela qu'il avait une dette envers elle.

– Je veux que tu fasses semblant d'être mon mac, lui dit Poppy. J'ai toujours l'impression d'être en danger parce que je n'ai pas de mari ni de petit ami. Tu n'as pas besoin de faire quoi que ce soit. Tu as juste à exister.

– Merci. J'essaierai de ne pas te décevoir.

– Oh, tu devrais pouvoir y arriver. Tu as un costume chic. Les gens te prendront pour un souteneur. Ils te laisseront tranquille. Ils penseront que tu es fou et que tu as un fusil.

Elle prit une petite chambre dans un hôtel bon marché. Les murs étaient tapissés de bleu. Elle avait découpé des photos de vedettes de cinéma dans des journaux et les avait collées au-dessus de la tête de lit. Elle dit à Pierrot qu'ils n'avaient pas besoin de se toucher, qu'ils pouvaient dormir dans le même lit simplement parce que c'était pratique. Elle avait un ruban noir noué autour du cou.

– Ton ruban est joli mais bizarre. Je n'arrête pas de penser que si je le dénouais, ta tête tomberait par terre.

Après avoir prononcé ces paroles, Pierrot eut l'air plutôt terrifié.

Le matelas était plein de bosses. À la demande de Pierrot, Poppy garda son chemisier et ses collants blancs, qui étaient striés de brun, comme le papier peint dans un sous-sol qui a souvent été inondé. Elle ne put fermer l'œil de la nuit tant elle était excitée. Pierrot s'endormit tout de suite.

Dans la ruelle en contrebas, un raton laveur traînait sa queue derrière lui comme un enfant traîne son doudou préféré.

Pierrot lui demanda un jour avec combien d'hommes elle avait couché. Elle tendit les bras devant elle, poings fermés. Et puis elle ouvrit et referma les mains rapidement, doigts écartés bien grand, comme un soleil dessiné par un enfant et dont les rayons sont un tas de lignes.

Il eut du mal à compter combien de fois elle fit ce geste. Il n'était pas certain si c'était cinq ou six. Et puis elle finit avec trois doigts dressés devant elle.

Il savait qu'elle était précise parce qu'elle était persuadée que si on gardait le compte du nombre de personnes avec qui on couchait, alors on n'était pas une putain. On était une sorte de Casanova. C'était une posture philosophique. Ou peut-être une posture scientifique.

Pendant que Pierrot balayait du pop-corn et jouait du piano au cinéma, Poppy allait lever des hommes au coin de la rue. De crainte qu'ils ne préfèrent aller chercher une autre fille en voyant ses dents, elle essayait de ne pas leur faire la conversation, se contentant de sourire timidement. Elle exécutait une petite pirouette et soulevait l'arrière de son manteau, car on lui avait dit que son cul était son meilleur atout. Elle gardait une petite bouteille de Lysol, qu'elle diluait dans de l'eau, et se lavait avec ce mélange le soir venu afin de tuer ce que les hommes avaient laissé en elle. Elle portait toujours des talons, des bottes lacées qui montaient jusqu'aux genoux. L'héroïne la rendait si cotonneuse qu'il lui arrivait de ne pas pouvoir les enlever plusieurs jours d'affilée. Elle consommait davantage quand elle était avec Pierrot. Elle était capable d'arrêter quand elle le voulait, ou de s'en passer pendant un certain temps, contrairement à lui, qui en avait besoin quotidiennement. C'était très cher.

Poppy avait un million d'autres façons de gagner de l'argent. Dans le quartier, elle s'était fait une jolie réputation de diseuse de bonne aventure. Elle préparait des fèves au lard avec de la cassonade de contrebande sur une plaque chauffante dans sa chambre et les vendait dans le voisinage. Si vous en mangiez un bol, tous vos problèmes paraissaient insignifiants. Il se pouvait cependant que vous ayez mal au ventre le lendemain, évidemment. Poppy était le genre de fille qui offrait des solutions temporaires. Peut-être cela expliquait-il que ses dents aient pourri et soient tombées. Elle était l'incarnation même du dessert, pas vrai ?

Elle poussait un landau partout en ville. Chaque fois qu'elle rentrait à l'hôtel et le hissait, cliquetant, dans l'escalier, le landau contenait des merveilles – mais jamais de bébé, bien sûr. Elle avait quelques flacons de parfum récupérés dans la benne à ordures d'un salon de beauté qui fermait ses portes. Elle les remplit de gin qu'elle avait fabriqué dans la baignoire. Elle accordait un rabais d'un cent quand les gens rapportaient le flacon vide pour qu'elle le remplisse de nouveau.

Elle allait de porte en porte vendre des vêtements usagés. Un jour, elle se bagarra avec un colporteur juif qui lui aussi vendait des vêtements dans le quartier. Elle était tellement en colère qu'elle passa la nuit entière à jurer après lui, jusqu'à ce que Pierrot lui suggère d'arrêter. Elle montra à Pierrot certains des vêtements pour bébés qu'elle essayait de vendre. Il y avait même un minuscule costume de funérailles pour petit garçon. Jamais ils ne furent si près d'une idylle. Ils dormaient dans le même lit, mais ne couchaient pas ensemble.

Ils avaient l'air d'un couple. Tous deux avaient l'allure troublée propre à ceux qui avaient grandi pendant la Dépression. Leur jeunesse était la seule chose qui les distinguait des véritables clochards. Leur jeunesse était comme le dernier dollar dans leur poche. Ils étaient assez séduisants. Ou plutôt : ils auraient été séduisants s'ils avaient eu assez à manger.

Poppy possédait des qualités très attrayantes. Par exemple, elle était capable de se pencher en avant à un angle de quatre-vingt-dix degrés tout en vous déclamant des plaisanteries.

– Je ne sors pas cette nuit, dit-elle un soir.

Elle s'assit au bord du lit. Elle portait un bustier qui rehaussait ses petits seins, des porte-jarretelles, une vieille culotte. Elle écarta les jambes et pencha la tête de côté. Elle s'efforçait de prendre une pose suggestive.

Elle avait nettoyé tous ses sous-vêtements à la main avec du savon pour qu'ils sentent bon, et elle avait aussi prodigué des soins à ses cheveux. On lui disait souvent qu'elle avait une couleur de cheveux inhabituelle. Elle les avait lavés et avait disposé ses boucles autour de son visage.

Elle ne serait pas payée. Pourquoi le faisait-elle, alors ? Elle prenait un risque dangereux : échanger son temps contre de l'amour. Elle voulait être aimée de Pierrot.

Pierrot et elle partageaient quelque chose de bien parce qu'ils survivaient. Elle s'inquiétait qu'il ne la quitte parce que la relation n'était pas consommée. Elle pensait qu'il lui serait redevable si elle le laissait coucher avec elle.

Pierrot examina la mise provocante de Poppy, qui ne l'excitait pas le moins du monde. Il y avait tellement de trous dans ses bas qu'on aurait dit de la peinture à l'huile sur de l'eau. Et il manquait des boutons à l'avant de son bustier bleu.

Elle lui fit un clin d'œil coquin, comme une poupée dont un œil ne ferme pas bien. Il eut vaguement l'impression qu'il devait se comporter davantage comme un homme. Il lui demanda de se pencher et de lui montrer son cul.

Il gardait cachée derrière la pharmacie de la salle de bains une petite carte postale où l'on voyait une paire de dames et un homme dans un ménage à trois. L'image le faisait toujours bander. Il l'étudia et retourna dans l'autre pièce les yeux clos, cherchant ces deux femmes dans l'obscurité.

Les yeux toujours fermés, il enfonça son sexe à l'intérieur de Poppy. Elle poussa un cri de surprise et de délice : enfin !

Pierrot pensait à des renards volants. Il s'imaginait regardant, par un trou dans un mur, des filles enlever leur maillot de bain mouillé.

Poppy songeait à tout ce gin dans la baignoire, à ce qu'ils allaient manger pour souper, à ceux qui lui devaient de l'argent. Elle songeait à un petit oison qu'elle avait poursuivi dans la cour, chaussée de ses bottes en caoutchouc, quand elle était enfant, pendant un moment seulement, avant de revenir à ses pensées angoissantes. Il est à peu près impossible d'être distrait, absent ou rêveur pendant qu'on fait l'amour. Ou bien on y prend un plaisir intense, ou bien on est dans un état de grande angoisse.

Pierrot fantasmait qu'il faisait l'amour à une femme au foyer, appuyée contre l'étal du boucher. Elle avait un petit numéro à la main. Il s'efforçait de jouir avant que son numéro ne soit appelé, parce que alors elle serait distraite et lui dirait de fiche le camp. Il n'était pas sûr du sens à donner à ce fantasme, même s'il avait à voir avec la Grande Dépression. Pour une raison ou une autre, il l'amena à exploser en Poppy avant de pouvoir se retirer.

Quand il eut fini, allongé près d'elle, il regarda longuement son visage. Elle avait quelque chose de si aimable qu'il lui donna un gros baiser sur la joue.

Lorsqu'il faisait l'amour à une fille, en imagination il le faisait à trente-trois autres, en moyenne. Il se sentait coupable avec Poppy. Pas une fois il n'avait pensé à elle tandis qu'il lui faisait l'amour. Même s'il n'avait couché avec aucune femme depuis leur rencontre, il avait maintenant l'impression de lui être infidèle. Il se sentait horriblement mal.

Mais une fois qu'il eut fini, il se shoota et cessa de se tourmenter. Il ferma les yeux et s'endormit dans le fauteuil, une cigarette à la main. Le cylindre de cendre s'allongea jusqu'à ressembler à la trompe d'un éléphant.

En fouillant dans une poche de veston de Pierrot, Poppy découvrit une bague. Ravie, elle se la passa à un doigt de la main gauche. L'anneau était orné d'une grosse pierre en pâte de verre bleue, de la couleur d'un œil qui a pleuré. Elle se dit que les gens supposeraient que Pierrot et elle étaient mari et femme.

Puis, Poppy se mit à se vanter auprès des voisins de ce que Pierrot se montrait possessif à son endroit – il refusait qu'elle parle à un autre homme. Il avait l'impression que Poppy cherchait à le transformer en une horrible version de lui-même qu'il n'avait aucune intention de devenir. Il savait que c'était sa conception de l'amour et qu'elle voulait simplement être normale, mais ça ne lui plaisait quand même pas du tout. Ça lui paraissait sordide. Il se sentait tout le temps mal.

Il aimait pourtant la faire rire. Elle rejetait la tête en arrière, ouvrait la bouche et révélait l'atroce gâchis brun qui gisait là. Ils avaient une petite cagnotte. Ils épargnaient afin d'acheter de nouvelles dents à Poppy. Mais chaque fois que le pot était plein, ils dépensaient plutôt l'argent en héroïne. Elle pressait une guenille chaude sur son visage le lendemain matin et regrettait amèrement ce qu'elle avait fait.

Y avait-il plus charmant chez une femme que le regret ?

Pierrot avait l'impression qu'ils n'étaient pas exactement faits pour être ensemble. L'engouement qu'il avait éprouvé pour Rose refaisait surface. Il avait jadis utilisé son amour pour elle comme excuse pour ne jamais s'engager envers quiconque, et maintenant il s'en servait pour chercher des poux à Poppy. Elle était un peu vulgaire, non ? Quand elle essayait de trouver la solution à un problème, il lui arrivait de glisser la main à l'avant de son pantalon. Elle rotait en mangeant. Elle sortait toujours la langue de côté en exécutant une corvée. Elle avait des comportements obsessionnels. Poppy gardait dans le salon des piles de guenilles qu'elle passait en revue pour les trier. Elle avait le dessous des pieds noir. Elle se tenait les seins à deux mains en criant : « Tétons à vendre ! »

Une nuit, il dut quitter la chambre un moment pour s'éloigner de Poppy. La même nuit, à l'autre bout de la ville, Rose sortit de son hôtel, désireuse d'échapper à la chambre que McMahon avait louée pour elle. Pierrot avait relevé le col de son manteau, de sorte qu'on ne voyait que le sommet de sa tête. Rose avait descendu son bonnet en fourrure sur ses yeux, et seul le bas de son visage était visible. Pierrot fit un bond rapide en arrière quand le tram fit sonner sa cloche pour l'avertir avant de foncer en avant. Rose s'arrêta sous un réverbère pendant qu'une voiture grondait au bout de ses orteils. Pierrot alluma une cigarette. Rose inhala la fumée de la sienne. Pierrot souffla des ronds de fumée. Rose laissa des volutes blanches s'échapper de son nez. Pierrot jeta sa cigarette par terre. Rose écrasa la sienne avec la semelle de sa chaussure. Pierrot s'arrêta pour regarder un mannequin vêtu d'une robe rose dans la vitrine d'un magasin de l'ouest de la rue Sainte-Catherine. Rose s'arrêta pour regarder un mannequin en costume noir dans la vitrine d'un magasin de l'est de la rue Sainte-Catherine.

– Es-tu là ? demanda Rose tout haut.

– Je suis là, dit Pierrot pour lui-même. Où es-tu ?

– C'est drôle à quel point je pense souvent à toi, dit Rose. Ta présence dans ma vie me manque encore.

– As-tu vu le film *Toutes les jolies filles vivent à Paris* ? Je l'ai trouvé formidablement idiot. Tu aurais tellement ri. J'aurais aimé qu'on puisse en rire ensemble.

– Tu te rappelles ces petits gâteaux roses avec des billes d'argent qu'on dégustait dans ce manoir ? Ils étaient si délicieux. Je n'arrête pas de manger des petits gâteaux roses pour en trouver qui aient le même goût. Mais ce n'est jamais le cas.

– Lis-tu encore des livres ? J'aimerais que tu puisses me raconter toutes les choses que les dames dépressives racontent dans les livres.

– Joues-tu encore du piano ? Je n'ai jamais entendu personne jouer comme toi. J'ai écouté un enregistrement d'un pianiste hongrois. Quelque chose dans son jeu m'a fait penser à toi.

– J'ai vu un chaton qui essayait d'attraper le bas d'un rideau et ça m'a rappelé ta façon de danser.

– Es-tu tombé amoureux de quelqu'un ? demanda Rose.

– Est-ce que ton amoureux me ressemble ? demanda Pierrot.

– Aimes-tu le café ? Ou la crème glacée ? As-tu les moyens de t'acheter de la crème glacée ?

– Est-ce que les temps sont durs pour toi comme pour tout le monde ?

– Te souviens-tu, demanda Rose, quand on faisait semblant d'être assis côte à côte dans un train ? Te rappelles-tu que tu me disais que les licornes existaient pour de vrai ? Et que tu pensais en avoir vu une près du poulailler ?

– M'as-tu jamais aimé ? Tu n'es pas obligée de répondre. C'est une question gênante. Je suis curieux, c'est tout.

Rose soupira, tourna les talons et rentra. Pierrot soupira et décida de retourner chez lui. Rose monta l'escalier lentement. Pierrot enjamba quelqu'un qui dormait dans le couloir. Rose sortit sa clef de son sac à main. Pierrot lutta avec la serrure. Rose enleva son chapeau. Pierrot se débarrassa de sa veste d'un geste des épaules, et la laissa sur la chaise. Rose enleva ses chaussures d'un coup de pied. Pierrot délaça ses bottes et les ôta. Le talon des bas de Rose était troué. L'un des gros orteils de Pierrot pointait hors de sa chaussette. Rose alluma la radio. Pierrot tourna le bouton jusqu'à ce qu'il tombe sur *Musique nocturne pour auditeurs insomniaques*. Quand elle le pouvait, Rose n'en manquait pas un épisode. C'était de loin l'émission préférée de Pierrot. Rose battit des mains quand commença une chanson intitulée *You're Not My Sweetheart*. Pierrot oubliait tous ses problèmes en entendant cette mélodie. Rose trouvait la voix du chanteur tellement familière. Pierrot se disait qu'il aurait pu écrire lui-même les paroles de cette chanson. Quand elles commencèrent, Rose se mit à chanter pour les accompagner. Pierrot ne put s'empêcher de s'y mettre lui aussi :

I don't like the way you wear your hat.
I can't stand the way you hum to tunes.
I don't like the way you laugh.
I never liked the way you sing.
So how come I get all crazy when you come around ?

Partout dans la ville, dans les salons, les cuisines et les chambres, dans les ateliers, des gens entonnèrent le refrain :

Boom, boom, boom goes my heart, boom, boom, boom.
Boom, boom, boom goes my heart, boom, boom, boom.
Boom, boom, boom goes my heart, boom, boom, boom.

25

LE CAMBRIOLEUR DANS LA NURSERY

C'était toujours Poppy qui payait l'héroïne. À vingt et un ans, Pierrot n'avait pas les moyens de se shooter tous les soirs avec le salaire de misère qu'il gagnait comme placier et pianiste occasionnel. Poppy ne l'ignorait pas. Plus il était accro à l'héroïne, et plus il était accro à elle. Les petites entreprises et la prostitution de Poppy ne suffisaient pas à elles seules à payer la dépendance grandissante de Pierrot. Elle avait parfois du mal à gagner un sou. Les hommes préféraient les maisons closes. Poppy avait quelque chose qui les rendait un peu tristes. Ils n'arrivaient pas à oublier qu'ils payaient pour coucher avec elle. Ses clients ne revenaient jamais. Tous ceux qui lui faisaient l'amour semblaient envahis par une culpabilité qui durait, comme une gueule de bois, pendant trois jours.

Pierrot décida donc de se faire voleur. Il ne s'interrogea pas longtemps pour savoir si c'était bien ou mal. Il avait passé quelques années dans l'un des plus beaux manoirs de Westmount et savait fort bien que ceux-ci regorgeaient d'objets merveilleux dont, pour la plupart, leurs propriétaires n'avaient que faire. Une telle inégalité séparait les riches des pauvres qu'il avait l'impression, d'une certaine manière, de procéder à une redistribution de la richesse dont la société avait bien besoin. On aurait dû le remercier pour ses actions. Bien sûr, les seuls à bénéficier de cette redistribution étaient Poppy et lui, mais ce n'était qu'une faille mineure dans sa théorie économique. Il n'avait jamais fréquenté l'université, alors personne ne pouvait s'attendre à ce qu'il soit Friedrich Engels.

Pierrot laissait ses chaussures devant les fenêtres des maisons avant de se faufiler à l'intérieur. Il préférait se glisser dans les demeures quand les occupants s'y trouvaient, car ils étaient alors moins susceptibles d'avoir verrouillé les issues. Debout en chaussettes, il examinait les peintures dans les longs corridors tel un connaisseur contemplant une exposition itinérante dans un musée.

Il aimait prendre des tableaux. Ils étaient légers. On aurait dit que les aristocrates français sous leurs grosses perruques venaient tout juste de sortir d'un bain moussant. Il choisissait ce qu'il estimait être les meilleures toiles et les rapportait chez lui. Il plaçait le tableau – et les babioles qui lui avaient tapé dans l'œil – dans sa valise, remettait ses chaussures et s'en allait dans la rue d'un pas nonchalant.

Il n'attirait jamais l'attention dans son remarquable costume taillé sur mesure, même si celui-ci, usé jusqu'à la corde, avait été raccommodé par Poppy. Personne n'aurait pu imaginer qu'il habitait ailleurs que dans ce quartier bien nanti. Les policiers connaissaient son visage. Ils ne savaient pas comment il s'appelait, mais étaient à peu près sûrs de l'avoir vu grandir dans les environs.

Le prêteur sur gages était impressionné par la perspicacité de Pierrot en matière d'œuvres d'art. Il choisissait toujours des peintures extraordinaires, les pièces les plus précieuses de la collection. Pourtant, il ne savait pas avant d'y entrer quelles œuvres recelaient les maisons qu'il dévalisait.

Un soir, il escalada un treillis et se glissa doucement, sans bruit, par une fenêtre ouverte au deuxième étage d'une demeure. Il posa son pied chaussé de noir sur le tapis, s'appuya contre le mur et prit un moment pour déterminer où il se trouvait.

À sa grande surprise, il était dans une pièce dont les murs étaient couverts d'une fresque où l'on voyait des montagnes constellées de moutons. De nombreux corps célestes flottaient autour de sa tête. Comme c'était étrange de voir Jupiter planer à quelques centimètres de lui. Il pouvait toucher la planète en tendant le doigt.

Il baissa le regard vers la moquette verte sous ses pieds. Il était entouré d'un troupeau de moutons, de vaches et de chevaux miniatures. Comment s'était-il transformé en géant ?

Et puis, regardant de l'autre côté de la pièce, il découvrit un très petit lit au milieu. Ah, il était dans une nursery. Il se calma aussitôt, avant de s'alarmer en remarquant un petit garçon qui s'était assis dans son lit et qui le regardait bien en face. Que faire ? Son sort reposait entre les mains d'un enfant, imprévisible et émotionnellement versatile.

Il sourit au garçon, qui lui rendit son sourire. Il se mit la tête en bas et traversa la pièce en marchant sur les mains. L'enfant roula en bas de son lit aussi agilement que Pierrot lorsqu'il effectuait un tour.

Pierrot s'immobilisa tout net. Puis il se mit à marcher d'un pas raide et gauche, à la manière d'un automate, comme si chacune de ses articulations était inflexible. Ses mouvements n'avaient aucune fluidité, mais le tout dégageait une grâce maladroite, comme en possèdent les girafes qui parcourent les plaines de leur pas tranquille. L'enfant rit sans pouvoir s'arrêter.

Le gamin lui apporta une petite toupie ornée de chevaux jaunes à la crinière ondulante. Quand on la faisait tourner, les chevaux se changeaient en étoile filante qui traversait l'espace en une trajectoire extraordinaire.

L'enfant insista pour que Pierrot la prenne.

– C'est pour toi, Peter Pan, souffla l'enfant.

Pierrot prit la main du petit garçon et le raccompagna jusqu'à son lit. Le borda. Il jongla avec trois balles colorées jusqu'à ce que l'enfant ferme ses petits yeux, que ses joues deviennent deux globes paisibles et qu'il s'endorme.

Il s'avéra que la toupie était un joyau de l'Empire byzantin. Le prêteur sur gages savait que, même si Pierrot possédait un sens esthétique inouï, il était nul en matière d'argent et de valeur économique. C'est ainsi que, pour le trésor byzantin que les mains d'impératrices avaient fait tourner et qui aurait été chéri par n'importe quel musée de la planète, il offrit trois dollars à Pierrot. Celui-ci n'arrivait pas à croire qu'on lui avait donné autant pour une vulgaire toupie. C'était assez pour se shooter pendant deux semaines. En rentrant, il se réjouit avec Poppy. À un moment, un des bas de Poppy glissa de son pied et ils ne purent le retrouver. Ce fut l'événement le plus important de ces semaines-là.

Pierrot tombait endormi dans le fauteuil, les membres pendant dans tous les sens, comme une marionnette abandonnée.

26

LA FILLETTE QUI CRIAIT « MARCO POLO »

Le jour de Noël, McMahon inventa une excuse pour s'éloigner de sa famille pendant quelques heures afin d'aller porter un paquet à Rose. Il prétendit devoir rendre visite à des organisations caritatives, et personne ne lui posa de questions.

À son arrivée, il trouva Rose assise au bout de son lit, en larmes. Elle dit que c'était le seul moment de l'année où elle éprouvait de la nostalgie. Elle lui raconta qu'elle avait pris plaisir à donner des spectacles dans différentes maisons avec un jeune garçon. Ils dansaient au milieu des tapis sur la pointe des pieds. Tout le monde autour d'eux était tellement enchanté, on tombait en extase. Le garçon était un pianiste de grand talent.

Il avait réussi de justesse à empêcher sa femme d'aller à l'orphelinat pour réunir ces deux-là. La seule mention du garçon le fit sursauter et le mit en colère. Il avait arraché Rose à son travail de gouvernante pour l'éloigner de ce gamin. Il se força à ne pas lever les yeux au ciel quand elle affirma que le garçon était talentueux. Il imaginait quel genre d'airs ridicules il devait pouvoir reproduire. Il était certain que si Rose revoyait ce garçon, elle perdrait toutes ses illusions à son sujet. Grâce à lui, Rose vivait dans le luxe. Aucun autre orphelin au monde ne jouissait du même traitement.

Ce gamin délicat dont elle parlait devait travailler dans une usine. Il s'était endurci. Il était dépourvu d'éducation. Les bribes d'instruction qu'il avait acquises à l'école auprès des religieuses, il devait les avoir oubliées. Rose ne pourrait même pas avoir une conversation avec lui. McMahon en était sûr.

– Quand nous allions chez les riches, ils nous donnaient parfois des vêtements chauds. Une fois, le garçon avec qui je voyageais a reçu une écharpe beaucoup trop longue pour lui. Elle faisait plusieurs fois le tour de son cou. On aurait dit qu'il avait un boa constrictor autour de la tête.

Rose rit. McMahon eut envie de la gifler. Il lui donna ses cadeaux, lui tendit des œillets rouges. Elle trouva qu'ils ressemblaient à des mouchoirs avec lesquels on a épongé un saignement de nez. Il lui offrit une boîte de loukoums. Les friandises avaient l'air de limaces rassemblées sur une chose morte. Il lui donna un corset noir qui faisait penser à une cage. Elle le remercia et étala les présents sur son lit autour d'elle. Elle sourit. Mais son sourire ne cessait de glisser, comme de vieilles chaussettes qui ne tiennent pas.

– Honnêtement, je ne sais pas pourquoi je pense à lui tout à coup. C'est idiot, vraiment.

Rose accepta son rôle de maîtresse. Que pouvait-elle faire d'autre ? Elle avait vingt et un ans. La Dépression faisait rage. Rose se sentait maintenant comme une possession. Le sentiment qu'elle avait de sa propre valeur relevait du capitalisme. Certaines choses étaient une monnaie d'échange : ses blagues, son rire aux blagues de McMahon, ses sourires, ses cheveux, le fait de s'asseoir à côté de lui sur une banquette dans un petit restaurant, le fait de manger un *grilled-cheese sandwich* avec lui – ces choses-là avaient un prix. Elle aurait dû tenir un livre de comptes pour garder une trace de ses dépenses.

McMahon l'envoya faire ses emplettes dans un grand magasin immense. Elle alla d'abord acheter des sous-vêtements au rayon lingerie. Elle commençait sa transformation par le bas, comme on trace une esquisse au crayon sur la toile avant d'y appliquer une épaisse couche de peinture à l'huile.

Elle ôta ses collants de laine qui avaient été cent fois ravaudés. Sa culotte, en piètre état, était mal ajustée. Son chemisier avait fait les délices d'une mite et son téton droit pointait hors d'un petit trou. Elle n'avait pas l'habitude de s'observer dans un miroir en pied, mais voilà, c'était bien elle.

McMahon disait que la voir dans ses vieux sous-vêtements, c'était comme ôter l'emballage d'un bonbon pour trouver un petit caillou plutôt qu'une friandise. Elle essaya une culotte couleur pétale de rose, taillée dans de la soie. Elle était si froide qu'elle eut un frisson. Quand on porte des sous-vêtements semblables, il est important de se jeter dans les bras de quelqu'un pour se réchauffer. Elle en prit une pile à sa taille.

Elle s'arrêta pour humer les différents parfums dans des flacons ronds. Elle en voulait un qui sentirait exactement comme son nom. Tout le monde disait toujours qu'elle sentait la rose. Elle pensait que c'était peut-être le pouvoir de la suggestion. En ouvrant un flacon, elle eut l'impression que cent roses pourrissantes y avaient été entassées. C'est celui-là qu'elle choisit.

Elle acheta sept robes, une pour chaque jour de la semaine. Elle en avait une bleu marine ornée d'une ceinture blanche juste sous la taille. Elle prit une paire de longs gants blancs pour accompagner la robe. C'était sa tenue préférée, et elle demanda à la porter pour rentrer chez elle. Quand elle monta l'escalier, tout le monde la salua d'un hochement de tête, comme si elle était une dame, ce qu'elle était maintenant devenue, supposa-t-elle.

Elle s'assoupit une seconde pendant qu'on lui glissait les pieds dans différentes chaussures et se réveilla aux cris de la vendeuse qui s'extasiait sur une paire de talons hauts roses.

Rose aimait bien la perspective d'être au chaud, et de ne pas être obligée de porter deux douzaines d'épaisseurs de vêtements. Elle se souvenait qu'un jour, enfant, elle avait fourré une chaussette dans sa poche pour gonfler son manteau et s'isoler du froid. Quand elle demanda qu'on lui montre les vêtements les plus chauds, on la conduisit jusqu'à un ascenseur, qui était une cellule de prison dorée. À l'intérieur, une femme coiffée d'un bibi bleu activait les manettes. Elle fit monter Rose jusqu'au huitième étage, où se trouvaient les manteaux de fourrure. Rose choisit un vison blanc pour aller avec son vieux chapeau blanc, sa seule possession qui avait suffisamment d'allure pour qu'elle la garde.

En rentrant, elle s'arrêta à la librairie pour s'acheter un roman russe, puis à la crèmerie, où elle commanda une glace au soda, qu'elle sirota en feuilletant son livre. Elle était heureuse parce qu'elle avait l'occasion de lire. Ce n'était peut-être pas si mal.

De retour chez elle, elle se tint debout, en sous-vêtements, ses différentes tenues répandues sur le lit, comme une poupée de papier.

McMahon vint la voir dans sa chambre à l'hôtel Darling. Il tenait deux verres de brandy dans une main, comme s'il tripotait des seins. Elle lui dit de se dévêtir complètement. Ce qu'elle préférait, chez lui, c'était son embonpoint. Alors que sa femme lui répétait tout le temps qu'il était un porc et le suppliait de perdre du poids, Rose adorait être écrasée sous lui. Et elle adorait ce qu'elle éprouvait en le chevauchant, comme s'il était un ours géant.

Leurs étreintes étaient encore formidables. McMahon n'avait jamais connu rien de tel ailleurs et, pour cette raison, il ne la quitterait jamais. Il l'aurait sans doute fait abattre si elle avait tenté de le laisser.

Il lui offrit un collier avec une seule perle ronde en guise de pendentif. La perle ressemblait à la lune dans un judas.

Rose ne s'inquiétait pas pour les enfants. Elle savait qu'ils s'en tiraient très bien sans elle. En fait, ils s'en tiraient probablement beaucoup mieux ainsi. Avec elle, ils avaient l'impression d'assister à une fête d'anniversaire tous les jours de leur vie. Ils lui manquaient cependant, et elle choisit des cadeaux que McMahon leur rapporta. Ils crurent découvrir un autre aspect de leur père, secret et charmant, dans ces présents. Il les connaissait mieux qu'ils ne le croyaient. C'était peut-être lui, et non leur mère, le parent le plus aimant. Il rapporta à la fillette un globe lunaire phosphorescent qui luisait dans le noir et où étaient inscrits les noms des principaux cratères. Il rapporta au gamin un caniche nain blond au corps rasé et dont la touffe de bouclettes lui donnait l'allure d'un lion.

Le jeudi soir, il allait régulièrement souper au Roxy. C'était l'événement de la semaine, où tous les membres du monde interlope se présentaient en compagnie de leur maîtresse.

McMahon s'inquiétait de la performance de Rose à ce dîner, qui ne ressemblait en rien aux sorties que l'on faisait accompagné de sa femme. On avait une excuse pour son épouse : on était contractuellement, légalement lié à elle. Il n'était pas rare que la personnalité et l'apparence des femmes changent après qu'elles avaient eu des enfants. On ne savait jamais trop qui on épousait quand on se mariait. Parfois, votre femme se révélait défectueuse, et vous n'y pouviez rien. De l'extérieur, elle avait peut-être semblé attirante et aimable, mais elle était devenue laide.

Une petite amie, c'était une autre histoire, puisque vous pouviez la renouveler et la remplacer. Elle représentait le genre de filles que vous pouviez avoir tel jour, à telle heure. Tout le monde savait que les maîtresses ne s'intéressaient à vous que pour votre fortune et votre statut social, aussi étaient-elles votre étiquette de prix, pour ainsi dire, semblables à des voitures clinquantes ou à des costumes excessivement chers.

Le jeudi soir, Rose attendait McMahon dans le hall de l'hôtel, coiffée d'un béret violet à pompon et vêtue d'une veste violette assortie et d'une jupe noire. Elle portait des talons hauts pêche à triple boucle qui montaient jusqu'à ses chevilles. Bras écartés, elle valsait dans la pièce au bras d'un partenaire invisible. Quand McMahon l'appela, elle s'immobilisa et lâcha son prétendant imaginaire. Elle fit une petite révérence, comme pour donner congé à son partenaire.

– Avec qui dansais-tu ? demanda-t-il.

– Avec qui, à ton avis ? Tu sais bien. Mon ami l'ours.

Il ne dit rien, mais la conduisit jusqu'à la voiture.

Il la prévint de ne pas raconter à ses amis qu'elle avait été trouvée au pied d'un arbre. La plupart des maîtresses avaient complètement inventé leur passé. C'est ce qu'exigeait la politesse. Personne n'avait envie de connaître votre triste histoire. Qu'était-on censé faire, une fois que vous l'aviez racontée ? Y réagir ? Personne ne voulait être obligé de penser à la misère un jeudi soir. Les jeudis soir étaient faits pour flamber.

Quand ils arrivèrent au restaurant, les hommes et leurs maîtresses étaient déjà là. Ces femmes étaient censées prononcer des banalités qui ne vous forçaient pas à réfléchir à ce qu'elles venaient de dire. Elles devaient se contenter d'être séduisantes. La nouvelle cocotte de son comptable, Desmond, était une maîtresse idéale. C'était une sorte de danseuse de music-hall, apparemment originaire de Louisiane. Dotée de seins énormes, elle riait à la moindre parole prononcée, et ses cheveux décrivaient des ondulations parfaites qui prenaient fin à la hauteur de son menton. Elle ne posait que des questions qui permettaient aux gens de s'épancher. Elle ne parlait que de sujets faciles à aborder.

Rose et McMahon formaient un couple étrange, ne serait-ce que sur le plan physique – un couple si bizarre que c'en était presque charmant. Il semblait impossible qu'ils puissent faire l'amour sans qu'il la broie sous son poids, et pourtant elle était là, en parfaite santé. On ne pouvait s'empêcher de s'imaginer les couples mal assortis en train de coucher ensemble. À table, tout le monde arrêta de parler pour les regarder entrer.

– Bonjour ! dit Rose, déterminée à s'intégrer. Je suis heureuse de tous vous rencontrer dans ce splendide environnement. On vient de voir entrer des danseuses de music-hall et elles étaient magnifiques.

Elle fut présentée à tous les convives. Elle gratifia chacun d'une salutation chaleureuse et réussit à prononcer quelques paroles qui ravirent chacune des personnes à qui elle s'adressait.

« Oh, j'adore votre nez. Il est charmant. »

« J'ai entendu dire que vous possédiez des chevaux. Je vois bien cela. Vous avez l'air d'un homme qui possède une centaine de chevaux. »

« Est-ce que c'est toi qui veux faire du cinéma ? Je l'ai su tout de suite, juste en te regardant. »

« Oh non, ne vous dérangez pas, je viens vers vous. Vous n'avez pas besoin de venir jusqu'à moi. J'ai entendu dire que vous avez fait un don considérable à l'hôpital pour enfants. Comment faites-vous pour marcher ? Vous devez avoir un cœur tellement immense. Il doit bien peser cent livres. »

« Quel humour ! »

« J'ai entendu dire que tu aimais lire. On peut dire que tu es l'intellectuelle du groupe. Il faudra que tu me recommandes des livres. »

« *On me dit que vous chantez merveilleusement**. Tout le monde dit qu'il faut que je vous entende. »

« Quelle robe formidable ! Tu as un style naturel. On naît avec, tu sais. Pour ma part, j'ai de la chance si j'arrive à enfiler mes vêtements à l'endroit. »

Au début, ils n'étaient pas sûrs que Rose fût jolie. Mais quand elle eut fini de faire le tour de la table, ils étaient tous persuadés qu'elle était belle.

Rose demanda aux convives de l'excuser le temps qu'elle aille aux toilettes. Elle se dépêcha de gagner l'arrière de la salle pour entrer dans les W.-C. Là, elle donna cinq cents à la dame et s'assit sur le couvercle de la cuvette. Elle joignit les cuisses, pieds écartés, puis posa les coudes sur ses genoux, enfouit son visage dans ses mains et fondit en larmes. Quel horrible boulot d'être une maîtresse. On ne pouvait jamais être soi-même, et il fallait tout le temps être en représentation. On n'avait aucune sécurité. On pouvait être jetée comme une ordure à tout moment. Pierrot lui manquait violemment. Il l'avait aimée pour elle-même. N'est-ce pas ? Elle se rappelait l'époque où ils travaillaient ensemble au potager. Il était passé devant elle, une marguerite derrière l'oreille. Il lui avait fait un clin d'œil. Elle était certaine qu'il lui disait qu'il l'aimait. Peut-être avait-elle été naïve. Il lui fallait accepter qu'on n'avait jamais rien pour rien.

En revenant des toilettes, Rose s'arrêta sur la piste de danse où l'orchestre était en train de s'installer. En l'apercevant, le batteur se mit à s'échauffer en frappant un rythme sur sa batterie. Rose commença à sautiller en cadence, baissant les yeux vers ses pieds comme s'ils bougeaient tout seuls. Comme s'ils voulaient qu'elle danse.

Le batteur cessa de jouer et Rose cessa de danser. Elle sourit et se remit à marcher pour atteindre son siège. La voyant, le batteur se remit à jouer. En réponse, les pieds de Rose se déchaînèrent à nouveau et exécutèrent un quickstep endiablé, battant dans les airs, la faisant virevolter sur toute la piste de danse. Elle agitait les mains en tous sens, ses pieds bougeaient sans rime ni raison, son corps se tortillait dans mille directions à la fois. Elle leva les jambes de côté et les fit claquer si haut qu'elles semblèrent presque lui toucher les oreilles. Elle était si souple et si agile. Son corps était capable d'exprimer la joie.

L'orchestre eut tôt fait de se prendre au jeu. Tous les musiciens jouaient avec une énergie farouche, plongeant la jeune fille dans une danse frénétique, puis s'interrompaient brusquement, la laissant gagner le bord de la piste avant de se remettre à jouer.

Tout le monde voulut se joindre à eux. Les clients se ruèrent sur la piste de danse, où ils se trémoussaient comme s'ils étaient possédés par le diable avant de s'immobiliser telles de drôles de statues quand la musique s'arrêtait.

McMahon observait Rose avec attention. Il avait hésité avant de fréquenter une fille au passé si humble et d'ascendance si peu reluisante. Mais la salle entière était hypnotisée par elle. Il était fier de la voir si extravagante et adorable. Aucune des autres maîtresses ne lui arrivait à la cheville. Il allait l'emmener partout pour l'exhiber. Elle était le genre de gâterie qu'un homme comme lui pouvait se permettre. Et à ce moment, McMahon s'autorisa à tomber profondément amoureux d'elle.

Rose vit McMahon qui la regardait, et elle lui rendit son regard. Elle éprouva un élan d'affection pour lui. C'était la sérénité d'être possédée.

Quand elle se rassit, l'une des maîtresses lui demanda si elle avait déjà fait de la scène.

– Quand j'étais petite, je voulais devenir clown.

– Vraiment ? Mais pourquoi ?

– Ma foi, il faut bien que certains enfants aient envie de devenir clowns. Sans cela, pourquoi les clowns existeraient-ils encore ?

– Je pensais sans doute qu'ils étaient nés comme ça. Ou que leurs parents étaient clowns et qu'ils n'avaient pas d'autre choix.

– Alors quand ils étaient tout petits, leur mère les maquillait ? Ils allaient à l'école avec le visage peint en blanc et des chaussures trop grandes pour eux ?

– Oh, c'est tellement triste !

– Rose, ne fais pas pleurer tout le monde, je t'en prie, dit McMahon, et tout le monde éclata de rire.

Rose demanda au serveur de lui apporter six œufs.

– S'il vous plaît, s'il vous plaît, s'il vous plaît. Ne les faites pas cuire, ne les brouillez pas ni rien de la sorte. Et je jure que je vous les rendrai aussitôt.

– Très bien, dit McMahon au serveur. Dis-leur que c'est pour Mr McMahon.

Le serveur revint avec une boîte de six œufs qu'il posa sur la table devant elle, comme s'il les condamnait à une mort tragique. Rose mit la main sur celle du serveur pour le rassurer.

Elle prit trois œufs et se mit à jongler avec, avant d'en sortir un quatrième et de le mettre en mouvement, suivi d'un cinquième, puis d'un sixième. Elle était aussi certaine que Jupiter que ces œufs orbiteraient autour d'elle.

Elle s'y prenait si délicatement qu'on aurait dit que chaque fois qu'elle touchait un œuf, elle le soumettait à un enchantement. Pendant une seconde, tous ceux qui se trouvaient autour de la table surent que la magie existait. Chaque jour, une personne est témoin de six miracles en moyenne. Ce n'est pas que nous ne croyons pas aux miracles – nous ne croyons simplement pas que les miracles sont des miracles. Il y a tant de miracles partout autour de nous.

Rose adora le Roxy. Elle adorait voir les gens qui s'entassaient dans les boîtes de nuit. Elle adorait la danse, la fumée. Elle se lia d'amitié avec tous les musiciens de l'orchestre. Ils la laissaient faire tinter le triangle ou frapper les cymbales. Les artistes l'aimaient toujours, ce qui était l'une des choses que McMahon appréciait le plus chez elle.

Il y avait en elle tant de générosité. Elle dépensait sa personnalité sans compter. Elle la dilapidait comme un homme en veine au casino. Elle risquait tout en la jetant sur la table, tels des jetons de poker. Tapageuse enfant, elle se plaisait à être une adulte tapageuse. Elle aimait tenir des propos qui faisaient s'esclaffer et hurler les gens. Non seulement elle aimait être tapageuse, elle aimait que les autres le soient aussi. Elle aimait les endroits où l'on jouait de la musique fort parce que ça lui donnait une excuse pour crier.

Elle aimait être tout près des gens quand elle leur parlait, et pressait souvent la poitrine contre son interlocuteur, comme s'ils étaient coincés ensemble dans un ascenseur. Mais après une nuit au Roxy, Rose se sentait toujours de plus en plus seule.

Rose passa devant un arbre, au parc, qui poussait tellement de travers qu'il en était presque parallèle au sol. On aurait dit une jeune dame souffrant de consomption allongée dans un fauteuil. Les feuilles étaient semblables à des poèmes tombés par terre.

Rose alla entendre un orchestre de jazz américain de passage dans une boîte de nuit du centre-ville. Une Noire mince en robe blanche, qui portait du rouge à lèvres bordeaux, ses boucles folles rassemblées sur sa tête, gagna le milieu de la scène et se planta derrière le micro. Elle ouvrit la bouche et entonna une chanson à la fois gaie et douloureuse. À chaque retour du refrain, son chant se faisait plus fort et plus profond.

Ses notes graves étaient gravissimes. On aurait dit qu'elle avait croqué trois hommes pour son déjeuner afin d'avoir une voix si masculine. Sa voix paraissait trop forte pour son corps. Elle paraissait trop forte pour n'importe quel corps.

Ce qu'elle faisait avec sa voix semblait dangereux, comme quand une surcharge électrique traverse des fils en mauvais état, et que l'édifice entier est réduit en cendres. Elle ne craignait pas de voir tout ce dont le chant était capable. Quel culot ! songea Rose. Cette chanteuse était la preuve qu'une femme peut encaisser autant qu'un homme.

Rose était impressionnée par la manière dont McMahon menait ses affaires. Il avait le loisir d'être sans cesse absorbé par des entreprises intellectuelles. Il s'asseyait avec un comptable pour scruter ses livres. Son bureau était couvert de plans. Ça semblait magique aux yeux de Rose. On pouvait échafauder de tels plans assis à son bureau, et ils se réalisaient dans le monde. Comme Dieu, tout au commencement, quand l'univers n'était qu'un grand bureau et un sous-main.

Ceux qui se rassemblaient autour du bureau de McMahon étaient sérieux, toujours préoccupés. Ce qu'ils accomplissaient était important. Sans eux, le crime aurait sombré dans le chaos. Ils avaient la tâche difficile de superviser la drogue, le jeu et le sexe. C'était ce qui faisait qu'une ville était une ville. Ils la rendaient humaine. Rose était très attirée par le pouvoir et l'importance du monde interlope.

Quand McMahon et Rose étaient à l'hôtel, elle l'interrogeait sur les livres de comptes du Roxy, sur les salons de jeu, les licences, lui posait des questions sur les numéros au programme, voulait apprendre la véritable histoire des danseuses. Elle en vint à connaître les politiciens et les chefs de la police. Et, ce qui irritait encore plus McMahon : ils semblaient la prendre au sérieux. Ils en oubliaient que c'était une fille !

McMahon emmena Rose à une rencontre avec ses associés, qui avaient amené leurs femmes. Quand Rose posait une question, elle était toujours adressée aux hommes autour de la table, et relative aux affaires. Elle était curieuse de savoir qui faisait quoi.

« Est-ce que vous déplacez le salon de jeu chaque fois qu'il y a une descente, ou est-ce que vous vous contentez de payer l'amende et de rouvrir les portes ? »

« Combien coûte le loyer pour le théâtre ? Combien avez-vous payé les carrousels de la troupe de cirque de Moscou ? »

Il détestait qu'elle pose des questions de ce type. Elle s'intéressait à leurs clubs. Comme tout était un peu corrompu, ces questions n'étaient pas censées être posées ouvertement. Mais ce n'était pas tout. Rose n'aurait pas dû s'immiscer dans ses affaires. Elle n'avait aucune raison de savoir ce genre de choses.

– Ça gêne les hommes quand tu te mêles de causer affaires.

– J'ai toujours su faire rire les gens. Je veux être organisatrice. Est-ce que je pourrais planifier certains des spectacles à venir ? Je veux dire, pas tout de suite, mais j'aimerais commencer au bas de l'échelle, si c'est possible. Le plus formidable, ce serait de pouvoir voyager. Tu sais, je pourrais aller jusqu'en Italie, aller voir plein de cirques différents et trouver des numéros intéressants. Comme un homme fort en Roumanie.

– Où vas-tu pêcher ces idées-là ?

– J'ai lu des livres à ce sujet, évidemment.

– Évidemment. Tu ne devrais pas lire tant de bouquins ridicules. Ce n'est pas bon pour la santé.

– Tu étais un gamin pauvre, et tu as amassé une fortune. Tu as passé ta vie entière à tenter de devenir quelqu'un que tu n'étais pas.

McMahon plissa les yeux en la regardant un moment, puis il chassa ses paroles d'un haussement d'épaules. Il n'allait pas s'abaisser à comparer l'histoire de leurs vies.

La Dépression affectait tout le monde. Un après-midi, Rose alla parler à Antoine, l'imprésario du cabaret. Il se rendait souvent à New York afin d'y dénicher les meilleurs numéros, ce qui lui avait valu sa réputation. C'était un quadragénaire portant un postiche d'un noir d'encre et affligé de dents énormes qui le forçaient à sourire perpétuellement. Il était connu pour son tempérament affable. Rose le retrouva dans la salle à manger du Crescent Dancehall, vide parce que c'était le milieu de la journée. Les chaises dorées étaient retournées. Il en prit deux sur une petite table au centre de la pièce et s'assit avec Rose.

– Que puis-je faire pour toi, chérie ?

Rose estimait qu'ils devaient tenter de réaliser des économies en mettant à l'affiche des numéros locaux n'ayant pas encore été découverts.

– Je peux vous aider à en trouver. Ça me ferait plaisir.

Antoine songea que ça l'amuserait, à tout le moins. Ils allèrent dans la Petite-Bourgogne pour y voir des numéros dans des clubs de jazz. Rose était vêtue d'un manteau de fourrure blanc avec des tourbillons bruns, comme un sundae au chocolat.

Ils se rendirent dans un petit cabaret dont le balcon était loué comme espace d'entrepôt où s'empilaient des meubles usagés. Il y avait là une chanteuse maigrelette et effarouchée vêtue d'une vilaine robe, qui ne savait pas comment coiffer ses cheveux. Elle faisait tant de trémolos en chantant que c'en était ridicule. Sa voix était tremblante, comme un faon qui se dresse sur ses pattes toutes neuves. Rose était d'avis qu'il fallait lui donner sa chance.

– Quand elle apprendra à avoir un peu confiance, elle sera merveilleuse. Lorsqu'elle arrêtera de chanter comme si elle était debout sous la pluie, ça sera déjà quelque chose.

Antoine n'était pas convaincu, mais il l'engagea et elle finit par être sa préférée. Elle enveloppa sa tignasse dans un turban argenté qui devint sa marque distinctive. Elle se joignit à une troupe de jazz américaine itinérante et fit des apparitions dans la biographie de maints hommes célèbres.

Rose parla à Antoine d'un magicien qui se produisait dans les fêtes d'enfants. Ils allèrent le rencontrer alors qu'il achetait des colombes au marché Atwater. Il avait les mains couvertes de cicatrices de brûlures, souvenirs d'un numéro qui avait mal tourné, des années plus tôt. Il dit qu'il se produisait devant les jeunes enfants parce que ceux-ci n'écrivaient pas de critiques. Le magicien traversait une mauvaise passe. Il faisait jadis flotter un dollar en argent dans les airs. Quelques soirs plus tôt, il avait utilisé à la place un cent en cuivre, mais ce n'était pas la même chose, et ça avait déprimé tout le monde dans la salle.

Au Roxy, le magicien faisait sortir une colombe d'un portefeuille. Comme il ne pouvait se permettre le concours d'une assistante, c'était Rose qui se tenait debout sur une petite chaise, comme si elle était un lion féroce, et puis elle disparaissait. Douée quand venait le temps de convaincre des génies paranoïaques de remonter sur les planches, elle était aussi à l'affût de nouveaux talents.

Un adolescent était capable d'exécuter toutes sortes de tours d'adresse en sautant sur son canapé. De la table basse où la mère du gamin leur avait servi des sandwichs au concombre accompagnés d'un thé trop dilué, ils regardèrent le garçon. On aurait dit que le canapé était un trampoline, sur lequel il rebondit pour faire un saut périlleux arrière sur l'un des accoudoirs.

– Il fait ça depuis qu'il est petit. Ça m'énerve depuis des années, et je n'ai jamais réussi à le faire arrêter. Ça ne marche plus de battre les enfants. S'il arrive à faire un peu de fric grâce à ça, alors ces années exaspérantes n'auront pas servi à rien.

Le gamin sauta de l'un des accoudoirs et exécuta deux sauts périlleux avant d'atterrir sur l'autre.

Comme elle semblait posséder une intuition remarquable, Antoine confia à Rose la supervision des auditions pour les danseuses d'un cabaret qui ouvrirait bientôt à Montréal-Nord. Elle vit au moins deux cents filles, ce week-end-là.

Antoine avait du mal à regarder la troupe. Toutes les danseuses se ressemblaient. Elles étaient si parfaitement synchronisées que leur performance donnait l'impression d'une seule fille dans une maison aux miroirs. Elles descendaient de scène bras dessus bras dessous comme si elles étaient une ribambelle de poupées en papier. Il avait du mal à y croire. Une troupe de danse lui donnait un aperçu du sublime. Et elle était constituée de filles de la classe ouvrière de Pointe-Saint-Charles !

Antoine fit un infarctus et mourut, non pas en raison du numéro de danse, mais à cause de toute la viande fumée qu'il avait ingurgitée au cours de sa vie. Rose décida de demander à McMahon si elle pouvait le remplacer.

Elle frappa à la porte de son bureau, prononça son nom et ouvrit. Elle le salua et entra. Elle se tint devant lui, coiffée de son bonnet de fourrure blanche, les joues brillantes d'avoir marché jusque-là d'un pas excité. Il se leva en l'apercevant, songeant qu'elle avait le don d'apparaître quand il désirait le plus la voir. Jamais il ne pourrait se lasser de son visage.

– Attends, dit-elle en tendant la main devant elle pour stopper son élan. Je voulais te demander quelque chose d'important. Antoine est mort, et tu sais que j'appréciais beaucoup sa compagnie, alors ça peut sembler un peu inapproprié de demander cela si tôt… mais je voulais savoir si je pourrais le remplacer.

McMahon ne répondit pas. On aurait dit qu'il n'avait pas tout à fait compris la question.

– Prendre sa place comme imprésario du cabaret, je veux dire. J'ai fait le tour de la ville avec lui. C'est moi qui ai découvert plusieurs des numéros les plus populaires. J'ai l'œil, et je sais que je peux le faire.

Elle le regarda d'un air timide. Toujours pas de réaction. Il fronça les sourcils, sembla sur le point de répondre avec colère.

– Oh, tiens. J'ai quelque chose pour les enfants.

Elle plongea la main dans son sac et lui tendit une petite boîte lumineuse qu'elle avait achetée, et qui projetait des ombres de marionnettes sur le mur. McMahon la lui prit, apparemment heureux qu'elle se soit rappelé qu'il était un père de famille. Elle n'avait de vraie place nulle part dans sa vie. Il posa la boîte sur une tablette au-dessus du crochet où était suspendu son manteau.

– Je vais consulter tout le monde et te donner ma réponse ensuite, dit-il.

Elle tourna les talons pour quitter le bureau, ne sachant trop qui était tout le monde. Avant de partir, elle sentit la main de McMahon sur son épaule. Il ferma la porte avant qu'elle ait pu s'en aller. Ils firent l'amour contre le battant, tout habillés.

Quand il rentra chez lui à Westmount, les enfants adorèrent l'étrange lanterne. Ils s'allongèrent, ravis, dans leur salon, pour regarder les chevaux galoper gaiement sur les murs. Ils étaient orange vif et flamboyants, comme des chevaux de guerre dans le feu de la bataille. Assis ensemble sur le canapé, McMahon et sa femme regardaient eux aussi. Il était content de Rose parce que ses enfants étaient contents de lui. Sa femme était heureuse parce qu'elle voyait dans ces présents le signe d'une réconciliation. Il se sentait satisfait. Il avait une famille et une maîtresse, et tout le monde était parfaitement heureux.

Si jamais vous éprouvez un sentiment pareil, sachez que Dieu le remarquera. Quelque chose vous sera enlevé.

Mrs McMahon rêva que Rose était assise près d'elle sur le canapé et qu'elles discutaient d'affaires de cœur. Mrs McMahon racontait à Rose les différents prétendants qu'elle avait eus dans sa jeunesse. Dans le rêve, Rose était follement impressionnée. C'était l'une de ses qualités singulières, son aptitude à être sincèrement impressionnée par un rien.

Mrs McMahon enfouissait son visage dans la chevelure de Rose et inspirait profondément. Quand elle ouvrit les yeux et se retrouva couchée dans son lit, elle se rendit compte qu'elle pouvait encore sentir Rose, imperceptiblement. Et puis elle s'assit d'un coup. Elle descendit du lit, ouvrit d'un geste brusque la porte de la garde-robe et entreprit d'arracher des vestons en prenant de profondes inspirations. Elle sortit celui que son mari avait porté ce soir-là. Et à ce moment, elle sut sans l'ombre d'un doute ce qu'elle sentait. C'était Rose. Elle était sur tous ses vêtements.

Il fut étonné quand elle le confondit. Ses pupilles se dilataient toujours pendant une fraction de seconde quand il était confronté à la vérité. Quand elle vit ses pupilles virer au noir, il avait déjà avoué.

– Tu l'as éloignée des enfants et de moi. Je l'aimais bien, c'est pour ça que tu lui as couru après. Elle n'était même pas jolie. Elle écoutait ce que je disais. Grâce à elle, je me sentais de nouveau inspirée. Je veux divorcer. Et je veux tout garder. Pour tout brûler. Tu ne me toucheras plus jamais.

Elle appela la police et leur révéla les entreprises illégales de McMahon. La police était à sa solde. Que pouvaient-ils faire à part la faire enfermer ? Elle avait besoin de repos. La plupart des femmes étaient promptes à perdre leur sang-froid.

Quand le camion vint chercher Mrs McMahon, une pile de vêtements de son mari était en train de brûler dans la cour. Les flammes luttaient les unes contre les autres. L'une en prit une autre par les cheveux et la secoua. Les enfants étaient assis autour du brasier comme si c'était une sorte de feu de joie.

Bientôt, tout le monde estima qu'elle avait perdu la tête. Mais Rose ne fut jamais dupe.

– Comment vont les enfants ? demanda Rose quelques semaines plus tard.

C'était toujours un sujet tabou entre eux.

– Bien. Ils sont tous les deux au pensionnat, pour ne pas avoir à assister à ce regrettable fiasco avec leur mère. Je pense que tu devrais déménager dans un appartement plus grand. Enfin quoi, on ne peut pas retourner là-bas ensemble, pas vrai ? Et j'ai besoin d'un peu de confort. J'en ai jusque-là des folles. Bon Dieu, tout ce que vous avez à faire, c'est d'être agréables, d'écarter les cuisses, et vous n'avez plus à vous soucier de rien. Tu ne te rends pas compte à quel point c'est facile pour vous.

– Alors tu échangerais de place avec une femme ?

– Allons.

– Les chiens sont contents de cette vie-là, pas moi.

– Ça recommence. Je ne peux pas écouter ces niaiseries, vraiment.

– Est-ce que je peux aller la voir ?

– Oh, ça va, arrête, Rose. Tu m'emmerdes. Je me sens déjà assez mal. Qu'est-ce que tu en as à foutre ? Tu as couché avec son mari.

– Je l'aimais bien. Elle était d'une telle puissance. Mais on l'a empêchée. Elle était faite pour être un cheval qui fonce dans la bataille.

Même s'il payait pour son existence entière, McMahon n'était toujours pas sûr de posséder véritablement Rose. Pour s'en assurer, il essaya de la rendre malheureuse. C'était la seule véritable preuve qu'une femme vous appartenait. N'importe qui pouvait rendre une fille heureuse, mais c'est seulement quand une fille était amoureuse d'un homme qu'il pouvait saper son estime de soi. Il savait qu'il lui faudrait y parvenir. Pour l'instant, il n'avait qu'elle.

Rose était tirée à quatre épingles ce week-end-là. Elle se sentait optimiste en attendant la réponse de McMahon. Ils entrèrent ensemble au Roxy, s'assirent à l'immense table ronde centrale avec les associés de McMahon et leurs petites amies. Au milieu du souper, McMahon demanda l'attention de tout le monde.

– J'ai une question pour vous. Rose veut remplacer Antoine. Qu'est-ce que vous pensez de cela, ma petite amie qui deviendrait une associée ?

Rodney Chesterwick, le propriétaire du casino Toscadero, leva les yeux de son verre de whisky, secoua la tête et dit :

– Les femmes doivent rester à la maison, sinon qui préparerait à manger ?

– Peut-on parler d'autre chose ? demanda Harry Manuedo, qui possédait l'hôtel Ravissant. Quel film va-t-on voir ?

Ils ne voulaient pas être mêlés à une querelle domestique. S'ils avaient eu envie de ça, ils seraient rentrés chez eux pour retrouver leurs épouses. Ils pensaient que Rose avait perdu la tête. Avait-elle la moindre idée de sa chance, au plus noir de la Dépression ? Elle avait une grande assiette de dinde devant elle. Une petite montagne de canneberges qui lui rougiraient les lèvres et lui réchaufferaient la panse.

Rose comprit que ces hommes ne l'aideraient jamais. Elle savait aussi que McMahon leur avait fait comprendre qu'elle devait être traitée en inférieure. Elle était tellement humiliée qu'elle était incapable de parler. Elle ne savait pas comment répondre à un groupe d'hommes tel que celui-ci. Et elle savait que si elle essayait de prononcer ne fût-ce qu'un mot, elle éclaterait en sanglots, confirmant ainsi tout ce qu'ils avaient dit. Elle se contenta de rester assise en silence toute la soirée. Les autres se remirent à discuter. Les cocottes se remirent à être adorables et à hurler de rire.

Mais ce n'était pas assez pour McMahon que d'avoir blessé Rose. Dès qu'il eut senti sa douleur, il lui en fallut plus. Il fut tout à coup enragé d'avoir succombé à son charme ; maintenant que les rôles s'étaient inversés, il lui tomba dessus aussitôt qu'ils furent rentrés à l'hôtel.

– Tu crois que tu es bonne au lit, mais tu te trompes. Tu es ridicule. Les autres femmes sont plus passionnées. Elles sentent bien meilleur. Elles s'achètent du parfum et en versent dans l'eau de leur bain. Plutôt que de demander aux gens quelle est la jauge de leurs restaurants, pourquoi tu ne demanderais pas aux femmes certaines des choses qu'il te faut savoir ? Par exemple : comment font-elles pour sentir aussi bon ? Veux-tu savoir comment on reconnaît une vraie dame ? On lui lève le bras, on fourre le nez sous son aisselle, on respire, et ça sent bon. Tu sais que la plupart des filles font des efforts pour plaire à un homme.

Rose s'assit sur le lit. Il ne servait à rien de se défendre contre ces accusations. Elle refusait de leur accorder la moindre attention. Si vous étiez assez idiote pour les écouter, alors vous les méritiez.

– Non seulement tu flirtes avec d'autres hommes, mais le genre d'hommes que tu choisis ! Je me questionne vraiment sur moi-même. Si tu éprouves quelque attirance pour moi, est-ce que ça veut dire que je suis une sombre crapule moi aussi ? C'est une chose que de coucher avec une servante, mais on ne va pas lui louer un appartement et la faire parader à travers la ville.

Elle se sentait comme un lapin aveuglé par les phares d'une voiture. Elle avait l'impression qu'on lui avait jeté un sort et qu'elle avait été changée en petite statue.

– Peux-tu me dire où tu serais sans moi ? Je veux que tu m'expliques. Tu t'estimerais heureuse de récurer des planchers.

Tu serais en train de séduire un autre patron, qui aurait le bon sens de t'ignorer.

– Je ne sais pas où je serais ? demanda-t-elle d'un ton sarcastique.

– Pourquoi tu ne te mettrais pas un peu de viande sur les os ? On dirait que tu meurs de faim. On te voit les côtes sous la peau. Il n'y a pas un homme qui veut voir ça. Demande à n'importe qui, il te dira qu'il aime les femmes avec de la chair pour s'accrocher, qu'il aime un gros cul pour enfouir le nez dedans. C'est tout. C'est la principale qualité qu'une femme peut offrir à un homme. Je devrais être un homme heureux. Je suis riche. Tout le monde sait qui je suis. Je suis un membre respectable de la communauté.

– Vraiment ?

– Qu'est-ce que tu veux dire ? Pourquoi tu me remets en question comme ça ? Pour qui tu te prends ? Mon égale ? Tu penses que me sucer la queue, ça te donne une sorte de position ou de standing dans le monde ? La minute où j'arrête de te laisser me sucer la queue, tu redeviens pauvre. Maintenant, déshabille-toi, montre-moi ton cul, et je te jure que tu as intérêt à ce que ce soit excitant.

Elle n'avait aucun pouvoir. Il lui fallait obéir. Elle avait le bout des doigts tremblants tandis qu'elle se déshabillait. Elle détestait qu'il la voie pleurer. Les larmes qu'elle versait étaient des larmes d'humiliation, impossibles à contenir. Elles avaient une température différente des autres larmes, et paraissaient brûlantes sur ses joues.

Quand elle eut ôté ses vêtements, elle enleva sa culotte. Qu'est-ce qui tombe à genoux plus vite que de la soie ?

Il revint lui présenter ses excuses le lendemain. Elle ne lui pardonna pas. Elle sortit de sa poche son vieux plan de la Grande Fantasmagorie des flocons de neige.

McMahon avait tellement dépensé pour habiller Rose qu'elle n'avait pas de raison de se présenter autrement qu'en tenue spectaculaire. Mais après ce soir-là, elle parvint mystérieusement à agencer ses vêtements de toutes sortes de façons bizarres.

Elle portait un bandeau tellement bas sur son front qu'une longue plume noire lui descendait sur le nez, lui cachant presque les yeux. Quand quelqu'un disait quelque chose de particulièrement intéressant, elle soufflait sur la plume pour voir qui avait parlé, comme si elle chassait une mèche de cheveux sur son front.

Un autre jour, elle mit une cape en velours noir qu'il lui avait offerte, mais la tint devant son visage comme si elle était un vampire. Comte Dracula.

Et puis il ne savait jamais quand elle était vraiment soûle, car elle feignait souvent l'ivresse. Elle faisait semblant d'être ronde comme une barrique pour faire rigoler tout le monde, et elle en profitait pour énoncer le genre de choses qu'elle avait toujours eu envie de dire mais qu'il valait mieux taire quand on était une fille.

S'il l'accusait de feindre l'ébriété, elle protestait qu'elle ne comprenait pas ce qu'il voulait dire. Elle jurait qu'elle était vraiment soûle puisque, sa vie en eût-elle dépendu, elle était incapable de se rappeler ce qui s'était passé.

C'était particulièrement enrageant. Il ne pouvait pas lui demander des comptes pour ce qu'elle avait fait. Elle levait les mains et haussait les épaules.

Une fois, elle fit semblant d'être ivre afin de pouvoir se comporter en homme. Elle se mit alors à flirter grossièrement avec l'une des filles, en se tenant un doigt sous le nez comme si c'était une moustache.

– Mon cœur, tu es mieux que toutes les autres filles. Tu es plus jolie que toutes les autres. C'est vrai. Tu es de l'or, elles ne sont que du bronze. Fais gaffe. Elles vont être tellement jalouses de toi qu'elles vont vouloir te poignarder à mort.

Tous les hommes éclatèrent de rire, mais ils étaient aussi un peu alarmés. Si Rose était capable de les percer à jour, peut-être que les autres femmes le pouvaient aussi. À ce moment-là, ils décidèrent que Rose était sans doute simplement une fille très particulière. Et même s'ils soupçonnaient qu'elle devait être rudement bonne au lit, et si tous rêvaient de coucher avec elle, ils étaient néanmoins soulagés que ce soit McMahon et pas eux qui ait la responsabilité de cette fille bizarre.

Un jour, elle confectionna un gâteau dans sa chambre d'hôtel. Elle n'avait jamais fait de gâteau avant et s'y consacrait dans une sorte de transe, fouettant violemment les ingrédients pour les mélanger. Elle versa dans la préparation un sac de farine qui lui explosa au visage, elle écrasa les œufs et les jeta dans le bol, coquilles comprises, puis elle versa du lait et se mit à battre sans ménagement.

– Qu'est-ce que tu fous ?

– Je fabrique un gâteau de noces géant.

– Oh, je vois, je vois. Tu veux que je quitte ma femme et que je t'épouse. C'est ça ? Si c'est ça, alors je préférerais que tu aies le courage de le dire tout haut.

– Non, ce n'est pas ça du tout. C'est le contraire, en fait. Tu vois, je n'ai jamais accepté de t'épouser. Mais je me suis réveillée un matin, et j'étais mariée.

Elle prit du glaçage imaginaire avec un doigt, qu'elle tendit pour qu'il vienne le lécher, en lui décochant un sourire d'une douceur écœurante.

Elle avait le visage entièrement couvert de farine. McMahon ne pourrait jamais garder cette étrange fille.

De toutes parts, on s'efforçait de convaincre Rose que personne n'avait rien à fiche de ce qu'une fille avait à dire. On ne s'attendait pas à ce qu'elle ait des idées futées ou audacieuses, on s'attendait simplement à ce qu'elle tente vaguement de suivre ce qui intéressait les hommes. Ceux-ci étaient censés pouvoir lui envoyer leurs idées comme des balles de squash. C'était une façon plus ou moins agréable de se parler à soi-même.

Il était important pour une femme d'être un peu idiote. Il était important de ne pas être trop fière de soi. On devait éprouver de la fierté uniquement quand son mari accomplissait quelque chose. Si on avait du talent, on risquait d'humilier son époux, alors mieux valait dissimuler ses talents, ou bien devenir talentueuse dans des domaines qui ne l'intéressaient pas. Ainsi, on pouvait être son habile assistante. Mais Rose ne pouvait accepter cela.

Dehors, les moineaux sautillaient dans la neige à la recherche de miettes de pain. Ils étaient de la couleur des livres dont les pages ont été ruinées par un dégât des eaux.

27

DEUX HOMMES : UN GROS, UN PETIT

McMahon savait vaguement que l'un de ses prêteurs sur gages faisait fortune grâce aux articles que lui apportait un bel héroïnomane. Quand Pierrot déroba puis revendit une petite esquisse de Modigliani, McMahon s'intéressa au voleur. Malgré l'aversion qu'il éprouvait pour les drogués, McMahon le convoqua à son bureau.

Il dévisageait Pierrot, essayant de comprendre à qui il avait affaire. Quoiqu'il fût en effet plutôt beau, il s'agissait manifestement d'un junkie. Bras passés derrière le dos de la chaise, tête inclinée vers l'avant, il ressemblait à un crucifié. Non pas Jésus, mais un des larrons à ses côtés.

Pierrot ne se comportait pas comme les drogués dans la rue. Il avait des mouvements étranges : il regardait en l'air, lèvres plissées, en réfléchissant. McMahon supposa qu'il venait d'une famille riche. Il avait l'air d'un fils cadet qu'on a déshérité, peut-être parce qu'il était un pervers sexuel. Il était difficile d'imaginer son histoire.

Il avait quelque chose d'étrangement familier. Pierrot lui rappelait quelqu'un, mais il n'aurait su dire qui.

– Quel âge as-tu ?

– Vingt et un ans.

– À quelle école es-tu allé ?

– Vous savez quoi, je n'ai pas l'impression d'y être jamais allé. J'ai bien fréquenté la Selwyn House School, brièvement, avant d'être mis à la porte. Mais j'ai lu beaucoup de classiques. J'ai arrêté parce qu'ils me flanquaient le spleen. Ils me rendaient plus profond, et je ne croyais pas avoir besoin de plus de profondeur. J'ai déjà l'impression d'être au fond d'un puits. Les romans et la crème glacée – ce sont là deux choses dont je m'efforce d'éviter la profondeur de sentiment.

Comment il s'était retrouvé avec Poppy, cela aussi était un mystère. McMahon dit à Pierrot que, par bonté de cœur, il effacerait la dette et les obligations qu'avait contractées Poppy envers lui. Son dossier criminel, qui faisait état de moult arrestations, commençait à être embarrassant. Il donnait l'impression que le service de police n'était pas efficace. En échange, Pierrot apporterait tous ses articles volés à McMahon.

Celui-ci attendait les visites et les trouvailles de Pierrot avec impatience. Son marchand d'art assistait aux rencontres. Ils verrouillaient la porte du bureau après l'arrivée de Pierrot, qui dévoilait son plus récent butin. Quelle que soit la valeur estimée d'une peinture ou d'un objet d'art, la chose se révélait invariablement plus précieuse. Pierrot ne pinaillait jamais sur la somme qu'on lui offrait. À cause de cela, McMahon se montrait un peu plus généreux qu'il ne l'aurait été avec le premier quidam venu lui refiler des objets dénués de goût. Mais il fallait bien que Pierrot manque d'argent pour qu'il aille lui voler d'autres articles, n'est-ce pas ? Il devait donc le garder pauvre.

Un après-midi, Pierrot se présenta avec une petite esquisse au crayon représentant un flocon de neige dans un cadre de peu de valeur. Il était défoncé – ses iris ressemblaient à des fleurs caparaçonnées de glace. Il brandit le dessin comme si celui-ci allait les émerveiller, dépassant l'attente qu'ils avaient placée en lui à titre de voleur d'œuvres d'art. Mais l'esquisse se révéla sans valeur.

– Elle a probablement été crayonnée par un des enfants de la maisonnée, puis encadrée par un parent dans un accès de sentimentalisme, dit le marchand d'art. Je ne peux pas croire que ça ait été fait par un professionnel.

Pierrot eut l'air déçu. Il était rare qu'une personne aussi défoncée qu'il l'était éprouve une véritable déception. McMahon lui donna néanmoins cinq dollars pour le dessin. Leur commerce lucratif n'en fut pas compromis. Il posa le dessin sur la cheminée et dit à Pierrot de ne pas s'en faire, qu'il le garderait pour lui. Pierrot sortit. Au moment où la porte claquait, la porte à l'arrière du bureau s'ouvrit et Rose entra. Elle fut aussitôt attirée par le dessin.

– Qu'est-ce que c'est ? Oh, c'est si beau.

– Prends-le, si tu le veux.

Rose accrocha le flocon de neige à son mur. Lorsque McMahon sortit de la salle de bains, plus tard, elle était en train d'étudier le dessin. Il s'approcha d'elle par-derrière et lui enlaça la taille. Quand ils eurent fini de faire l'amour, elle se releva et recommença à regarder le flocon de neige, complètement nue.

– Tu n'as pas idée comme ça me fait me sentir en paix.

Eh bien, elle était orpheline, après tout, n'est-ce pas ? songea McMahon. Il lui arrivait presque de l'oublier. Elle prenait des grands airs, et elle faisait toujours de son mieux pour imiter les gens fortunés des classes supérieures. Elle réussissait parfois à lui jeter de la poudre aux yeux. Mais son admiration pour le dessin le rassura à plusieurs égards. Elle était une petite ordure ridicule qu'il gardait pour son propre divertissement. Elle était indigne de lui. Il pouvait la traiter comme bon lui semblait.

Après le départ de McMahon, Rose eut soudain besoin de se trouver dehors, dans la neige, en gros manteau, avec son bonnet en fourrure et ses quatre épaisseurs de bas. Elle avait l'impression d'avoir été avalée tout rond par un ours en hibernation. Elle se coucha dans la neige, comme la fois où elle avait été abandonnée dans le parc, à l'âge de deux jours. C'était la neige qui l'avait consolée la première. Elle l'avait prise dans ses gros bras affectueux et lui avait murmuré à l'oreille qu'elle n'avait qu'à dormir, dormir, dormir, et que tout irait bien. La neige était la seule chose qui l'eût maternée. Il y avait des tas de neige sur la tête des anges de pierre, qui semblaient coiffés comme Rose de bonnets de fourrure. En se relevant, elle prit sa décision.

Quand elle sortit de l'hôtel Darling la veille de Noël, sa valise à la main, elle fut étonnée de voir que le monde avait complètement changé. Elle grimpa dans un tramway bondé. Comme il n'y avait pas de siège libre, elle se tint à la barre qui, avec toutes ces mitaines différentes les unes par-dessus les autres, ressemblait à un mât totémique. Dans le tram, tous les visages semblaient trop pleins d'émotion. Rose pouvait lire en chacun. Elle comprenait que chacun vivait une tragédie. Sa propre tragédie lui avait enseigné le langage de la tragédie – et l'avait rendue capable de lire celle des autres. De ce point de vue, elle supposait que c'était une sorte de bénédiction.

28

OÙ UNE FILLE EN BAS BON MARCHÉ CHANTE LE BLUES

Poppy était debout à la fenêtre. Elle portait une robe jaune aux aisselles cernées de doré, une mince ceinture blanche à la taille. La robe lui faisait un cul absolument parfait. Pierrot la regardait avec quelque chose qui ressemblait presque à du désir. Elle vint vers le lit, immédiatement. Elle s'agenouilla au pied du lit, les deux seins dans les mains, la bouche en cœur.

Ç'aurait été criminel de ne pas lui faire l'amour. S'il pouvait faire le bonheur de cette fille généreuse, ne fallait-il pas saisir l'occasion ? Il remonta sa tête sur l'oreiller et entreprit de caresser son sexe d'une main jusqu'à ce qu'il devienne dur. Il ferma les yeux une seconde et imagina toutes les jolies filles à qui il avait déjà fait l'amour. Il imagina Rose soulevant sa robe grise d'orpheline. Il ouvrit les yeux et fit signe à Poppy d'approcher.

Elle se dépêcha de grimper sur lui et s'abaissa sur son pénis énorme. Le sexe de Pierrot était plus gros que celui de tous les hommes avec qui elle avait déjà couché, et elle avait déjà couché avec beaucoup d'hommes.

La capote éclata. Les capotes éclataient presque toujours quand Pierrot les enfilait. Alors il éjacula en elle.

Elle se sentait tellement chaude et paisible. Tout allait bien dans le monde. Le don particulier de Poppy était sa capacité à voir le monde dans un grain de sable : être heureuse et satisfaite des petites choses. Mais est-ce bien un don de se satisfaire de si peu ? N'est-ce pas plutôt une malédiction ?

La capote gisait sur le sol comme la peau d'un serpent qui vient de muer.

Il se sentait coupable après avoir couché avec Poppy. L'inassouvissement lui rappelait qu'en son for intérieur, pour quelque raison ridicule, il ne voulait coucher qu'avec Rose. Son désir pour elle devenait si puissant qu'il en ressemblait presque à une paralysie. Il restait allongé sur le lit à regarder le plafond en imaginant Rose. Elle était assise sur un banc dans le couloir de l'orphelinat. Ses paumes étaient tendues devant elle, comme si elle lisait un livre. Elle riait de bon cœur aux mots invisibles. Elle léchait le bout de son doigt et tournait une page imaginaire. C'était une performance formidable. Même si elle ne levait pas les yeux, Pierrot savait que la pantomime était pour lui.

En voyant Pierrot sourire benoîtement, Poppy lui demanda à quoi diable il pensait.

Pierrot décida de parler à Poppy de la fille dont il était épris. Ça avait l'air ridicule, mais il se disait qu'avouer sa passion pour Rose rendrait peut-être celle-ci moins puissante.

– Oh, je connais Rose. Elle est vraiment gentille, non ? Elle est très gaie. Toujours à danser.

– Tu la connais ? C'est la même fille ? Elle a notre âge ? Des cheveux noirs et la peau très pâle ?

– Oui, c'est elle. Elle a grandi dans le même orphelinat que toi. Vous avez les mêmes manières, en y pensant bien. Je vois bien que vous avez été élevés ensemble. Mais ça fait des siècles de ça, mon vieux. Tu devrais te contenter de ce qu'il y a devant toi aujourd'hui.

– Je sais. Je sais. A-t-elle beaucoup d'enfants ?

– Non. Elle est sans attaches.

– Elle n'a pas d'enfants ? Mais elle est mariée, non ? Tu connais son mari ?

– Je commence à penser qu'on ne parle peut-être pas de la même Rose. Elle n'est pas mariée. Elle était la maîtresse de McMahon. Tout le monde la connaît. Elle était au Roxy tous les soirs.

– Si j'y vais maintenant, je vais l'y trouver ?

Poppy fut prise de court quand elle comprit que Pierrot ne se complaisait pas simplement dans la nostalgie, mais qu'il se préparait à aller voir cette Rose.

– C'est qui, cet homme riche avec qui elle sort ? demanda Pierrot, désireux d'en apprendre davantage.

– Tu ne l'as jamais rencontré, mentit Poppy, déterminée à ne pas lui donner d'autres indices. Et j'ai dit : était. Ils sont séparés. Elle l'a quitté. Il a complètement perdu la boule.

– Eh bien, il faut que je la retrouve.

– Quoi ? Pourquoi ?

– Parce que je ne lui ai jamais rien expliqué. Parce que je ne lui ai jamais dit que je l'aimais.

– Elle sort avec les hommes pendant un petit moment, et puis quand elle les quitte ils deviennent complètement fous. McMahon n'était plus capable d'aller voir les putes. Avant, il en prenait deux à la fois. Maintenant, il pleure après avoir fait l'amour. Et il est comme un ours en cage. Il est incapable de rester assis le temps de regarder un film. Et il est incapable de parler d'autre chose que de Rose, à quel point elle est horrible. La seule manière d'attirer son attention, c'est d'insulter Rose. C'est assommant.

En voyant l'expression de Pierrot, Poppy se rendit compte qu'elle n'avait fait qu'empirer les choses.

Pierrot quitta l'hôtel en prétextant qu'il allait faire la queue pour du boulot. Vingt minutes plus tard, on frappa à la porte. Poppy l'ouvrit toute grande, s'attendant à voir Pierrot, mais c'est elle qu'elle découvrit. La fille aux cheveux noirs au carré se tenait devant elle. La fille au teint pâle. La fille qui avait grandi dans le même orphelinat que Pierrot. C'était Rose. Poppy se demanda si elle rêvait. On aurait dit qu'elle l'avait fait apparaître par le seul effet de sa volonté, comme une sorte de génie.

Mais Rose ne se comportait pas comme s'il s'était passé quoi que ce soit de surnaturel. Elle voulait qu'on lui lise à nouveau son avenir. Poppy la mena dans la cuisine en expliquant que son mari était sorti, mais qu'il rentrerait bientôt. Rose s'assit à table, ôta ses gants et dit qu'elle ne resterait pas longtemps. Poppy posa cinq cartes sur la table devant Rose. C'étaient toutes des cartes de cœur.

– Je crois qu'il y a de l'amour à l'horizon pour toi.

Mais Rose agita la main, comme pour balayer cette prédiction inutile.

– Tu peux voir l'avenir, pas vrai ? Crois-tu qu'il sera possible dans l'avenir pour une femme de fonder sa propre entreprise et d'avoir du succès ?

– Oui. Ce sera possible, mais pas avant très, très, très longtemps.

– Je veux dire, si c'est possible dans l'avenir, alors je pense que je ferais aussi bien de m'y mettre tout de suite.

Poppy haussa les épaules.

– Personne ne me donne rien et je suis une femme.

Elle regarda Rose. Quand elle l'avait vue la première fois, elle ressemblait à toutes les autres filles trop maigres qui arpentaient les rues. Maintenant elle remarquait combien Rose était jolie. C'était la plus belle des filles. Poppy regarda sa peau blême et les deux taches roses sur ses joues qui semblaient avoir été peintes à l'aide d'un fin pinceau.

Sous la table, Rose mit le bout de ses orteils sur les orteils de Poppy. Rose avait grandi dans une salle remplie d'une soixantaine de filles. Elle avait l'habitude de l'intimité avec d'autres corps féminins. Quand une fille tendait une main dans sa direction, Rose la saisissait toujours d'instinct. Poppy n'était pas habituée à toucher d'autres femmes. Poppy était cette étrange créature : une fille unique.

Que pouvait-elle faire, sinon retourner une autre carte ? Chacune annonçait l'amour. Chacune était une carte de cœur. Poppy avait presque l'impression que les cartes étaient trop chaudes pour être touchées, comme si elle venait de les sortir du four. Les cœurs paraissaient trembler comme de menus papillons.

Rose appuya les genoux contre les genoux de Poppy. Tendant les bras sous la table, elle posa les mains sur les cuisses de Poppy. Celle-ci brûlait d'un étrange désir.

Quand Poppy retourna le joker, elle leva les mains en l'air. C'était Pierrot, dans son fantastique costume multicolore, fait d'une étoffe d'une couleur si formidable qu'elle ne pâlirait jamais.

Rose soupira.

– Je suis en train de me ridiculiser, je suppose.

Poppy ne dit rien, consternée de voir Pierrot apparaître dans l'avenir de Rose. Celle-ci enfila ses gants, tendit une pièce de dix cents à Poppy, qu'elle embrassa sur le front, puis elle se leva et sortit.

Poppy versa de l'eau bouillante dans sa tasse. Les feuilles de thé tourbillonnèrent au fond comme un groupe de requins affamés.

29

OÙ ICARE SE POSE RUE SAINT-DENIS

Amoureuse de Pierrot, Poppy refusait de le laisser retourner à Rose. Elle l'incitait sans cesse à se shooter. S'il arrêtait de se droguer, il pourrait se consacrer à mille et une entreprises. Il pourrait devenir avocat ou politicien, écrivain ou ambassadeur. Il aurait dû côtoyer des gens instruits et intelligents, mais elle l'aimait trop pour le laisser devenir l'un ou l'autre.

La voisine débarqua un jour avec un œil au beurre noir. Poppy lui prit les mains et lui demanda ce qui s'était passé. Elle assit la fille à la table de la cuisine et lui fit manger à la cuillère un œuf coulant. Aux gestes de la fille et aux quelques mots qu'elle prononça à travers ses sanglots, elle comprit que son fiancé l'avait tabassée parce qu'elle avait dansé avec un autre homme. Les yeux de Poppy s'emplirent de larmes. Elle était jalouse. Poppy aurait voulu que Pierrot lui crie après. Elle aurait voulu qu'il s'indigne. Il n'y a pas d'amour sans furie. Il n'y a pas de beauté sans laideur. Elle avait besoin d'une preuve d'amour.

Quand elle était enfant, Poppy vivait dans un appartement sordide et nauséabond du Mile End avec ses parents et ses grands-parents. Toute la famille la traitait avec mépris, critiquant chacun de ses gestes. On était dégoûté parce qu'elle grandissait.

Un jour, quand Poppy avait dix ans, sa mère et elle rentraient du marché en portant des provisions. Alors qu'elles traversaient le parc, un groupe de marionnettistes itinérants était arrivé. Ils n'avaient pas de théâtre, mais n'en avaient pas besoin. Ils avaient une petite roulotte attachée à un cheval blanc à taches noires. Les mots MAÎTRE DES MARIONNETTES, PANTINS EXTRAORDINAIRES étaient peints sur le flanc de la roulotte en lettres dorées scintillantes, de la couleur des étoiles filantes. Le fond de la roulotte se dépliait pour se transformer en scène.

Poppy était surprise qu'on lui permette d'assister à un spectacle pareil. Sa mère ne la laissait jamais faire quoi que ce soit d'agréable. Il fallait toujours qu'elle abatte besogne après besogne. Mais sa mère avait profité de l'occasion pour s'asseoir sur un banc et fondre en larmes. Le sac de pommes de terre posé à côté d'elle s'était lui aussi penché en avant, chagriné. Plantant là sa mère et les patates, Poppy s'était avancée à l'avant de la foule. Tout le quartier se pressait pour voir le spectacle. Même les chiens s'étaient rassemblés. C'était plus fort qu'eux. On aurait aussi bien pu assister à l'avènement du Messie. Et qui, sur la planète, pourrait résister à l'envie d'obtenir des billets pour un tel événement ?

Quand les marionnettes s'étaient hissées sur la scène, Poppy avait mis les mains devant sa bouche pour s'empêcher de crier. Ces étranges poupées avaient pris vie et la regardaient. La magie était possible. C'était la première fois que Poppy était exposée à l'art. Tout ce qu'elle savait de la physique en fut changé.

C'était un spectacle de Punch et Judy. La marionnette fille jacassait sans arrêt et ne cessait d'asticoter la marionnette garçon. Elle était en colère contre lui parce qu'il buvait trop. Elle était très irritée qu'il soit sorti et se soit amusé sans elle. Il y avait tant de mots dans sa bouche. Les mots étaient gratuits – c'était pour cela que les femmes s'en servaient tout le temps.

Excitée, Poppy tapait des mains. Elle savait ce qui allait se passer. Tout le monde dans le public aussi. Elle allait recevoir une raclée ! Elle n'avait pas le droit de dire ça à un homme. Aucune femme n'en avait le droit. Et pourtant, elles le faisaient. Elles s'en fichaient et se plaignaient aux hommes, même si elles n'en avaient pas le droit. Pourquoi le faisaient-elles ? Et ça finissait toujours de la même façon. Tout le monde dans le public le savait. Elle allait recevoir une raclée. Elle allait recevoir une raclée !

Quand le gourdin s'était finalement abattu sur sa tête, ils avaient éclaté de rire.

Poppy aurait voulu vivre dans cette drôle de boîte. Elle aurait voulu grimper à l'arrière du camion et s'enfuir de sa vie. Une fois qu'elle se fut mis cette idée dans la tête, il fut impossible de l'en faire sortir. Elle s'était sauvée de la maison à cause de ce spectacle. Et maintenant, elle se prenait à désirer une partie de la perversion dont elle avait été témoin lors du spectacle de marionnettes. Elle souhaitait la rage et la dépravation qui, dans toute leur laideur, venaient avec l'amour.

Poppy croisait souvent dans la rue un homme qui se montrait agressif envers elle. Elle savait qu'il ne lui attirerait que des ennuis, qu'il était méchant. Il avait le nez long et pointu. Son visage était un goût acquis ; on pouvait le trouver incroyablement beau ou bien franchement laid.

Il lui avait proposé d'être son mac, lui assurant qu'il pourrait mieux prendre soin d'elle que son petit ami, lequel n'était qu'une tapette. Ils pourraient gagner beaucoup d'argent ensemble, et elle n'aurait pas besoin de vivre dans un trou à rats et de s'habiller en haillons. Tous ses vêtements étaient troués comme du gruyère parce que Pierrot et elle s'endormaient en fumant leurs cigarettes.

Les pigeons sur l'appui de la fenêtre faisaient un bruit de cartes qu'on mélange, comme s'ils étaient en train de jouer au poker. Poppy conçut un plan.

Elle chargea Pierrot d'aller livrer des bocaux de son beurre d'érable maison et, par la fenêtre, le regarda tourner le coin de la rue. Il marchait, trois des bocaux posés en équilibre sur la tête. Tous les enfants le montraient du doigt en riant. L'un d'eux laissa sortir l'air d'un ballon, et on aurait dit une mélodie de Paganini.

Habituellement, Poppy se maquillait avec parcimonie, non pas par modestie, mais parce qu'elle possédait peu de fards. Assise en tailleur sur le couvercle des toilettes, elle ouvrit son petit boîtier de fond de teint, sortit l'éponge de coton et se tamponna le nez, même s'il ne restait plus de poudre. Elle n'avait qu'un petit bout de rouge à lèvres, mais elle en appliqua plusieurs couches pour que sa bouche soit du carmin le plus vif.

Elle enfila un chemisier blanc avec un froufrou autour du cou, passa une jupe noire, puis elle descendit dans la rue en courant et se dirigea vers l'édifice où elle savait qu'elle trouverait le souteneur assis sur le seuil. Elle se tint devant lui, prit l'une de ses mains dans les siennes et l'invita chez elle.

– Où est ton petit ami ?

– Il m'a quittée.

– Pourquoi ça ? Je croyais que tu t'assurais que vous étiez toujours bien défoncés, tous les deux.

– Eh bien, ce n'est pas compliqué. C'est un cambrioleur. Il est tombé sur un objet très précieux qu'aucun des prêteurs sur gages de Montréal ne pouvait se payer, alors il est allé le vendre à Paris. Je ne crois pas qu'il reviendra. Il a toujours rêvé d'être européen.

Poppy savait qu'elle devait raconter un mensonge que le souteneur n'avait encore jamais entendu. Comme il n'était pas particulièrement intelligent, il avait l'habitude d'accepter que certaines choses lui échappent. Tandis qu'ils retournaient vers l'immeuble, il passa le bras autour d'elle.

– Voudrais-tu m'attacher ? demanda-t-elle une fois qu'ils furent entrés dans l'appartement.

– C'est ça qui t'excite ?

– Euh, je ne sais pas trop. Mais des fois, j'aime essayer du nouveau.

– Très bien. Je veux dire, je m'en fous. Je suis toujours partant pour à peu près n'importe quoi.

Elle tendit au souteneur une boîte de vieilles cravates qu'elle avait collectionnées quand elle travaillait dans les bordels. Il arrivait souvent que les hommes les oublient en se rhabillant quand ils avaient trop bu. Les cravates ressemblaient à une troupe d'anguilles glissantes. Le souteneur attacha ses bras à la chaise avant d'ajuster un bâillon sur sa bouche. Elle espérait que Pierrot arriverait au bon moment pour la sauver.

Ils entendirent Pierrot siffler dans le couloir. Dans l'hôtel, tout le monde cessa ses activités pour entendre la mesure de musique que sifflait Pierrot. C'était un refrain de sa mélodie pour Rose. Il travaillait tout le temps à cet air, même quand il n'en avait pas conscience.

En ouvrant la porte, Pierrot découvrit Poppy ligotée à la chaise par les poignets et les chevilles. Elle avait une culotte jaune fourrée dans la bouche. Les yeux de Poppy étaient écarquillés. Elle regardait la scène se dérouler dans sa propre petite chambre d'hôtel comme si c'était le film le plus palpitant jamais tourné.

– Poppy ! cria Pierrot. Qu'est-ce qui se passe ?

Il pivota sur lui-même pour regarder le souteneur.

– Vous êtes un criminel, monsieur ! Comment osez-vous ! Sortez d'ici !

– Toi, sors d'ici ! Tu ne mérites pas ta dame. Tu te contentes de faire de l'argent avec elle. Et tu pars pour l'Europe quand ça fait ton affaire.

– Je ne sais même pas où est l'Europe ! s'exclama Pierrot.

– Peu importe, j'ai plus de respect pour elle que tu n'en auras jamais.

– Vous l'avez attachée à une chaise !

Pierrot tenta de pousser le souteneur pour aller libérer Poppy. Le souteneur plongea la main dans sa poche arrière et en sortit un couteau.

– Je vais devoir te tuer, l'ami. Je n'avais pas l'intention de te toucher, mais tu m'as touché le premier.

Poppy se mit à se tortiller frénétiquement sur sa chaise, dans l'espoir de se libérer afin de sauver Pierrot. Tout avait déraillé. Pierrot n'avait pas la moindre chance, il allait se faire tailler en pièces. La culotte lui tomba de la bouche.

– Cours, Pierrot ! cria Poppy.

Mais Pierrot n'avait nulle part où courir. Le souteneur bloquait la porte, et la chambre d'hôtel était trop petite pour lui permettre de faire autre chose que de courir en rond. Le souteneur sortit son couteau, et Pierrot n'eut d'autre choix que de s'enfuir par la fenêtre.

Il escalada comme un lierre l'escalier de secours en fer fixé au côté de l'édifice. La raison qui le poussa à monter plutôt qu'à descendre peut être considérée comme une question d'ordre métaphysique ou théologique, mais restera, dans tous les cas, un mystère. Il monta donc, le mac à ses trousses.

Celui-ci avait toujours son couteau à la main. Il le brandit en direction de Pierrot, qu'il tenta de poignarder. Une fillette se pencha par une fenêtre ouverte et tendit un couteau à beurre à Pierrot pour qu'il puisse se défendre. Elle venait de s'en servir pour étaler de la confiture de fraises sur sa tartine. La pâte rouge sur la pointe du couteau donnait l'impression qu'il venait d'être utilisé pour commettre un acte sanglant.

Au sommet de l'escalier de secours, Pierrot fit tournoyer le couteau à beurre comme un bâton de majorette. Les enfants sur le balcon du troisième se mirent à applaudir. Ce mouvement, bien qu'esthétiquement remarquable, ne fit naître aucune inquiétude dans le cœur du souteneur, qui arracha le couteau des mains de Pierrot et tint les deux lames face à lui, telles les cornes d'un taureau s'apprêtant à charger.

Les draps pendaient sur les cordes à linge, semblables au toit d'un grand chapiteau multicolore.

Pierrot atteignit le toit et le traversa en courant, le souteneur trébuchant sur ses talons. Une fois arrivé de l'autre côté, Pierrot se crut un instant pris au piège. Il remarqua alors une échelle et la coucha de façon qu'elle relie l'édifice à un autre, au-dessus de l'abîme.

Une fillette leva les yeux, sa corde à danser devint toute molle, et elle s'écria :

– *Regardez en haut**!

Tout le monde sortit pour voir. Les gens se massèrent dans les escaliers de secours comme si les paliers étaient des loges de théâtre. Ils s'assirent sur l'autre toit, les jambes pendant par-dessus le bord comme s'ils étaient dans les sièges les moins chers du paradis. D'autres personnes se mirent aussi à hurler. Elles criaient à Pierrot de ne pas traverser. Elles hurlaient qu'il ne réussirait jamais.

Tout là-haut, le soleil flambait, frappant sa tête comme la lumière d'un projecteur, mais il était si brillant que Pierrot se demandait s'il n'avait pas mis le feu à ses ailes.

C'était tout un spectacle. Pierrot, dans son fantastique costume élimé, dessinait une singulière silhouette. Tout le monde retint son souffle et se tut en le regardant qui s'engageait sur l'échelle sur la pointe des pieds. Il fredonnait sa composition à mi-voix pour se concentrer, passant doucement d'un barreau à un autre. Il avait toujours eu le don de si bien garder son équilibre. Un barreau craqua sous son pied. Il entendit le bruit clairement, comme si un os se rompait en lui, et puis il glissa entre les échelons.

En tombant, il eut un souvenir net de Rose et lui, enfants. Ils s'étaient arrêtés dans un parc pour jouer et, suspendus à l'envers aux barreaux d'un portique, ils avaient discuté, tête en bas. Pierrot s'imaginait qu'elle était une sirène, ses cheveux flottant mystérieusement, en apesanteur, sous sa tête. Dans son souvenir, Pierrot sourit.

Et puis il heurta le sol.

Un chat s'approcha de lui. Il montra les griffes de sa patte comme des couteaux à cran d'arrêt.

Poppy ouvrit d'un geste brusque les portes vitrées de l'entrée de l'immeuble. Elle s'était libérée de la chaise, et les liens pendaient toujours à ses poignets. Elle descendit les marches quatre à quatre et courut jusqu'à Pierrot, étendu sur le dos, les yeux fermés. Il avait l'air si paisible qu'on l'aurait cru mort. Mais sa bouche s'ouvrait et se refermait comme un poisson sur le pont d'un bateau qui rend son dernier souffle en songeant : Je savais bien que ce ver était trop beau pour être vrai. Poppy lui prit la main et approcha son visage.

– S'il te plaît, dis à Rose que je suis désolé, veux-tu ? souffla Pierrot. Et que, même si j'ai mal agi, pour moi, il n'y a jamais eu qu'elle.

Prise de court, Poppy se redressa. Si vous connaissiez le passé de Poppy, vous pourriez présumer qu'elle était prête à supporter n'importe quoi. Elle avait sucé des bites au pied de marches d'escalier. Quand elle avait fini, elle se relevait, se débarrassait des petits cailloux incrustés dans ses genoux – tels de petits diamants – et puis elle s'en allait comme si de rien n'était.

Mais c'est là qu'elle fixait la limite. Elle avait mis en scène à son intention un numéro élaboré. Et ses derniers mots étaient pour Rose ? Rose ! Elle n'avait rien fait pour Pierrot depuis des années, mais c'était à elle qu'il consacrait ses ultimes paroles ?

Le souteneur, descendu du toit, détacha ses yeux du garçon sur le trottoir pour regarder Poppy, à qui il tendit la main.

– Mon cœur, dit-il.

Elle prit sa main. La clef d'argent de la chambre d'hôtel tomba de sa poche comme une écaille se détachant de la Petite Sirène au moment où elle se transforme en être humain.

30

ÉTUDE POUR DOIGTS BRISÉS

Quand il reprit ses esprits, Pierrot avait les deux mains dans le plâtre, comme s'il portait des mitaines blanches. Il avait du mal à s'asseoir à cause de ses côtes cassées. Il étudia le bout de ses doigts pointant hors des plâtres. Ils étaient noirs. L'agent de police près du lit le regarda. Il lui montra une feuille où était dessiné un croquis à sa ressemblance.

– Oh, comme c'est gentil, dit Pierrot. Vous avez fait mon portrait.

– C'est un dessin effectué par un artiste à partir de la description d'un enfant de quatre ans. Nous pensons que c'est le visage d'un voleur qui a dévalisé de nombreuses maisons à Westmount.

Pierrot se rappela distinctement le petit garçon à la toupie qui lui avait souri, il y avait des nuits de cela.

– En fait, ce visage ne ressemble à personne que j'aie déjà vu.

– Hum. On a fouillé ton appartement. Et il n'y a rien. Mais tu vends tout au prix le plus bas pour pouvoir te shooter. On t'a à l'œil, Pierrot, petite crapule. Reste dans ton quartier. Si tu poses ne serait-ce que le pied à Westmount, je serai à tes trousses.

Même s'il ne pouvait pas le dire au policier, Pierrot avait déjà décidé qu'il en avait fini avec cette vie. Mais que pouvait-il faire d'autre, maintenant que ses mains étaient broyées ? Pourrait-il encore jouer du piano ?

Il posa la question au médecin qui vint le voir ensuite.

– C'est peut-être idiot de te dire que tu as eu de la chance alors que tu es couché là avec les os brisés, mais c'est un miracle que tu sois encore en vie. Tu pourrais bien figurer dans le livre des records avec cette chute – s'il y avait des livres qui consignaient ce genre de choses.

– Ça ne m'étonnerait pas, dit Pierrot. Il y a des livres sur toutes sortes de sujets.

– Ce n'est pas le moment de t'inquiéter de jouer du piano. Repose-toi.

Et Pierrot sourit tandis que les médicaments gouttaient dans ses veines où semblait couler du miel plutôt que du sang. Poppy l'avait quitté, ce qui lui causait un certain soulagement. Peut-être n'avait-il pas le droit d'éprouver cela. Il choisit de croire que Poppy avait trouvé quelqu'un d'autre à aimer et avec qui partager sa vie. Ce nouveau monsieur serait sûrement meilleur pour elle. Il avait une apparence un peu inquiétante, certes, mais Pierrot savait mieux que personne que l'habit ne fait pas le moine.

En suivant cette réflexion, Pierrot choisissait sciemment l'ignorance. Il se trouvait à une sorte de croisée des chemins psychique. Il pouvait choisir le chemin de la vérité, avec ses regrets, sa culpabilité et ses responsabilités. Ou l'autre chemin, ce qu'il fit.

Car, en son for intérieur, il savait que tout ce que pouvait faire cet homme à l'air patibulaire, c'était de précipiter Poppy dans une spirale de prostitution de plus en plus tordue.

Une fois les plâtres enlevés, Pierrot retourna travailler au cinéma, pressé de tester ses doigts. Il voulait voir si un miracle s'était produit. Le propriétaire était fâché de son absence, mais lui permit de faire un essai à la pause. Après que les cow-boys eurent multiplié les menaces pendant une heure, l'écran s'illumina et le mot ENTRACTE apparut. Pierrot prit ses aises au piano, fléchit les épaules, étira les bras, fit rouler sa tête d'un côté et de l'autre et remua les doigts en l'air au-dessus des touches.

Il éprouvait de l'affection pour ce piano. L'instrument avait beaucoup de caractère. Les touches étaient si sensibles qu'il n'avait pas vraiment l'impression de devoir les enfoncer. Il posait simplement les doigts dessus, il imaginait la mélodie, et elle se mettait à jouer comme par elle-même. Il y avait une histoire d'amour entre le piano et l'imagination de Pierrot.

L'instrument lui tenait compagnie. Certains pianos n'avaient rien à dire, mais celui-ci voulait converser. Ce piano voulait se plaindre à Pierrot autant que Pierrot voulait se plaindre à lui. Le piano était son groupe de soutien. Il était son avocat. Il était le seul à avoir tenté de le convaincre de cesser de se shooter, ces dernières années.

Ses mains étaient douloureuses quand il les posa sur les touches. Il appuya, hésitant, comme si ses doigts étaient des fillettes jouant à la marelle. Son corps tout entier était courbaturé, rongé par la culpabilité, le chagrin et la solitude. Et puis il se laissa aller à jouer vivement, farouchement, expertement. Il jouait pour avoir perdu Rose. Il jouait la mélodie qu'il considérait la sienne, mais avec plus de chagrin et d'affliction.

La mélodie mêlait maintenant la gravité de la maturité à la frivolité de la jeunesse.

Quand il eut fini, il se fit un silence absolu qui confondit Pierrot. Où avaient disparu tous les spectateurs ? N'auraient-ils pas dû être revenus des toilettes ? Il tourna la tête vers la salle. Elle était pleine. Personne n'avait quitté son siège pendant l'entracte. Les spectateurs pleuraient en silence.

C'est ainsi que le jeu de Pierrot s'améliora après que ses doigts eurent été brisés. Les notes étaient plus tristes. Certains venaient au cinéma pour entendre Pierrot plutôt que pour voir le film. Le propriétaire lui accorda une augmentation de deux cents. Il vivait dans un refuge pour sans-abri, où il dormait dans une salle commune avec vingt-cinq autres hommes. Il dépensait sa paye à se shooter suffisamment pour éviter que son corps ne soit en manque le soir venu.

31

PORTRAIT D'UNE DAME EN CHATTE DE GOUTTIÈRE

Rose avait rempli ses poches des bijoux que McMahon lui avait achetés. Le collier avait une perle qui ressemblait à une graine qu'il aurait fallu mettre en terre pour qu'elle se transforme en véritable lune. Les boucles d'oreilles en diamants étaient semblables à de petites étoiles lointaines, dans d'autres galaxies. Il y avait une bague ornée d'une énorme pierre rouge comme Mars, empoisonnée et furieuse dans le ciel noir.

De l'hôtel Darling, elle prit le tram pour descendre la rue Sainte-Catherine jusqu'au Red Light. Les rues étroites perpendiculaires à Sainte-Catherine étaient bordées d'édifices paresseux, qui s'étaient laissés aller. Il leur aurait fallu de nouvelles fenêtres, de nouvelles marches et une nouvelle peinture. Revêches et capricieux, ils refusaient d'ouvrir ou de refermer leurs fenêtres, laissaient entrer le froid par des fissures dans les portes et des souris par des lézardes dans les murs. Ils se comportaient comme s'ils venaient de s'éveiller d'un profond sommeil quand on tournait le robinet ou qu'on voulait utiliser la cuisinière.

Sur l'arche en façade d'une banque abandonnée était perchée une gargouille en forme d'ange couché sur le dos, regardant les nuages dans le ciel, complètement détaché du monde.

Rose venait s'installer dans le quartier où les filles comme Poppy exerçaient leur métier. Mais elle s'en fichait. Elle était lasse de faire semblant d'être autre chose qu'une jeune femme infortunée et sans le sou qui couchait pour gagner sa vie.

L'une des gouvernantes lui avait parlé d'un prêteur sur gages du quartier qui prenait vos trésors sans poser de questions. Il était bien là, comme elle l'avait dit. Il faisait noir à l'intérieur de la boutique, où se trouvait une petite armoire remplie de tous les bijoux volés en ville. Il y avait là un costume de grand prix suspendu à un cintre et des chaussures élégantes. On aurait dit qu'un homme avait vendu ses vêtements et qu'il était ressorti tout nu.

En plus de ses bijoux, Rose vendit toutes ses jolies robes. Le prêteur sur gages lui proposa un dollar de plus pour l'exquis bonnet de fourrure dont elle était coiffée, mais Rose secoua la tête. Elle refusait d'abandonner ce couvre-chef qui lui semblait être son seul ami. Il l'accompagnait depuis l'orphelinat. Elle savait que ça n'avait pas de sens qu'elle le porte. C'était comme de se balader avec une couronne. Mais c'était pour cela qu'elle l'aimait. Elle n'était pas prête à se défaire d'un talisman magique à ce moment-là. Pas alors qu'elle était seule dans une contrée où tout le monde était un croisement entre le Grand Méchant Loup et le Chat botté.

Même si le prêteur sur gages avait grossièrement sous-évalué la valeur des articles qu'elle lui avait cédés, elle était néanmoins en possession de ce qui, pour elle, constituait une petite fortune. Elle avait l'intention de se payer des vacances, un répit loin de sa vie. Elle avait envie de passer du temps dans la ville comme l'aurait fait un enfant de sept ans.

Elle emménagea dans une petite chambre de l'hôtel Valentin, au coin de Sainte-Catherine et de Bullion, en expliquant à la dame qu'elle ne pouvait se payer que la chambre la moins chère. La pièce était jolie, cependant. Bien en ordre. La locataire précédente, qui l'avait occupée pendant vingt ans, en avait pris grand soin. Le papier peint couvert de roses jaunes ne présentait aucune déchirure. Le plancher n'était pas éraflé. Le lavabo ne semblait jamais avoir été arraché à la faveur d'une soirée trop arrosée. Sur les poignées blanches étaient peintes des fleurs.

Le chat de la veuve pointa le museau par la fenêtre pour demander à Rose s'il pouvait continuer à habiter la chambre. Rose lui prit la tête dans les mains et répondit oui, bien sûr, bien sûr, bien sûr. Le chat avait des rayures grises et blanches, comme s'il venait de s'enfuir de prison.

Elle finit par adorer sa petite chambre qu'elle payait toute seule. Les planchers étaient si minces qu'on pouvait entendre les voisins faire l'amour trois étages plus haut. Une femme chantant une berceuse à son bébé pouvait endormir un junkie solitaire au cinquième étage. Il n'y avait pas grand secret dans ce bâtiment. Si vous voyiez l'un de ses résidents entrer au confessionnal, vous saviez déjà tout ce qu'il s'apprêtait à avouer au curé. Si vous voyiez un homme dormir sur un banc devant l'édifice, vous saviez que sa femme l'avait mis à la porte. Ses enfants l'embrassaient sur les joues en partant pour l'école. Grâce à la proximité de ces gens, Rose se sentait moins seule. Elle s'endormait en écoutant la voix des autres à travers les murs ; c'était ce qu'entendait du monde un enfant à naître.

Les fenêtres étaient couvertes de givre au matin quand elle se réveillait. Elle enfilait trois paires de chaussettes et deux pulls, et passait son manteau par-dessus. Puis elle marchait dans la neige. Elle courait, les mains tendues, pour attraper des flocons avec les enfants.

Elle avait le temps de découvrir le quartier à son aise sans s'inquiéter de devoir rentrer à l'orphelinat ou chez McMahon. C'était la première fois de sa vie qu'elle pouvait faire une chose pareille. Quand elle rentrait à l'hôtel, la concierge tendait la main derrière le comptoir et cueillait sa clef pour Rose. Toutes les clefs étaient suspendues les unes à côté des autres, à la manière d'une partition très facile destinée à être jouée par un enfant.

32

PORTRAIT D'UNE DAME AVEC FOUET ET ÂNE

Même si elle occupait la chambre la moins chère de l'hôtel, au bout d'un moment Rose se trouva à court d'argent. Elle ne savait cependant pas trop comment survivre dans la ville au quotidien. McMahon avait informé tout le monde qu'elle ne devait être embauchée dans aucun des clubs de la ville. Comme ils étaient sous sa protection, les propriétaires expliquaient à Rose qu'ils ne pouvaient la laisser entrer. On aurait dit que toutes ces années passées à apprendre le métier et à rencontrer des gens n'avaient jamais existé. Elles n'avaient été qu'une perte de temps. Rose comprenait exactement ce que ressentaient ces Américains qui s'étaient jetés par les fenêtres en 1929. Elle avait vingt et un ans et aucune perspective.

Il n'y avait pas davantage d'emplois d'un autre genre. Elle fit le tour des manufactures, visita tous les restaurants, frappant aux portes de service. Elle essaya le magasin discount, alla cogner chez un brasseur de bière d'épinette. Il n'y avait pas d'affiche en vitrine proposant du travail, mais elle y allait tout de même.

Elle marchait un jour dans la rue Saint-Alexandre, où des prostituées coiffées de chapeaux cloche faisaient le trottoir.

On ne voyait que leurs lèvres boudeuses. Elles se pavanaient telles des poules, poitrine bombée.

En passant, Rose remarqua sur la porte d'un immeuble étroit une pancarte annonçant : RECHERCHE LA PLUS BELLE FEMME DU MONDE. Des sonnettes blanches s'alignaient à la verticale, comme des boutons sur une robe. Elle monta l'escalier de marbre jusqu'au troisième étage, même si elle se doutait que c'était un piège. Elle savait que lorsqu'on disait à une femme qu'elle était belle, on lui tendait presque toujours un piège.

Quand elle arriva devant la porte du dernier étage, un homme l'accueillit et lui fit traverser un couloir recouvert de moquette. Ils passèrent devant une porte à travers laquelle elle entendit des gens qui faisaient l'amour. Une lumière vive filtrait sous le battant, et des fils serpentaient sur le plancher jusque dans la pièce, aussi supposa-t-elle qu'on tournait là-dedans une sorte de film pornographique. L'une des maîtresses rencontrées au Roxy lui avait parlé d'un tel endroit.

Rose fut conduite dans une pièce au bout du couloir. Un autre homme était assis derrière un bureau. Il tenait entre ses doigts une cigarette qu'il pointa vers elle.

– Peux-tu faire semblant d'avoir peur, comme si le gardien du zoo avait oublié de fermer la porte de la cage et que le lion s'était échappé ?

Rose fit une drôle de mine horrifiée, bouche ouverte, sourcils arqués, en tendant les mains devant elle, doigts écartés. Puis il lui demanda de faire comme si un homme l'avait abordée, avait déboutonné sa braguette et exhibé son pénis en érection. Elle fit exactement la même mine, et on lui donna le boulot.

On demanda à Rose de poser nue pour des photos. Le photographe réalisait des cartes postales qui seraient discrètement distribuées à travers tout le pays. Elles se rendraient peut-être même jusqu'en Europe. Mais Rose savait que, peu importe où elles aboutiraient, les photos étaient destinées à nourrir les fantasmes des hommes. Elles étaient illégales. Sur son premier cliché, Rose portait un petit loup noir. Chevauchant un cheval fait d'un manche à balai, elle avait un fouet à la main. Une autre fille du nom de Mimi était pareillement équipée. Rose s'en fichait. Elle fut payée le soir même.

Elle mangea un steak accompagné d'un verre de whisky. Elle avait goûté au genre de vie que l'on pouvait mener grâce au crime. Après s'en être souvenue, elle ne pouvait plus revenir en arrière.

On prit sa photo tandis qu'elle était assise sur un petit siège fixé à une lune en bois qu'on avait suspendue au plafond à l'aide de câbles. Des étoiles en carton argenté étaient collées sur la toile de fond derrière elle. Sur une autre photo, elle portait une robe et était assise sur une chaise, jambes écartées. On voyait sa culotte. Elle lisait un livre. Ces photos étaient destinées à une série populaire de cartes postales. Toutes montraient une putain lettrée.

Mimi et elle se costumèrent en bonnes. Tour à tour, elles époussetaient chacune le derrière de l'autre à l'aide d'un plumeau.

Sur une autre photo, elle portait des sous-vêtements en dentelle et un voile. Il y avait un chien vêtu d'un petit smoking. Elle ne savait pas ce que c'était censé vouloir dire. Peut-être que c'était le chien qui était son maître plutôt que l'inverse.

Elle tenait aussi la vedette dans des films où, le plus souvent nue, elle cherchait à échapper à des curés et à des instituteurs ou à des hommes affublés de masques noirs. Dans l'un de ces films, un agent de police la forçait à coucher avec lui pour qu'il la laisse sortir de prison.

Elle faisait semblant d'être une employée de bureau. Dans le film, elle avait tellement chaud que c'en était insupportable. Elle tentait d'ouvrir une fenêtre, mais celle-ci était coincée. Exaspérée, elle enlevait tous ses vêtements. Et le patron sortait et se mettait à lui aboyer dessus pendant qu'elle continuait de taper joyeusement à la machine à écrire.

Dans un film cochon intitulé *Florence Nightingale*, on lui amenait un patient souffrant d'hypothermie. Elle se déshabillait et se glissait sous les couvertures avec lui. Ils roulaient ensemble sous les draps jusqu'à ce qu'il soit ranimé, après quoi elle tentait de s'en aller, mais il se plaquait contre elle et commençait à lui faire l'amour. Le film prenait fin sur une image d'eux en train d'essuyer la sueur de leur front. Dans un autre film où elle jouait le même personnage, pour ranimer un homme qui faisait un infarctus, elle lui taillait une pipe.

Cela ne lui semblait pas différent des autres jeux où on jouait à faire semblant. Au fond, n'était-ce pas la même chose que de faire comme si un gros ours la pelotait à table ?

Elle aimait jouer la comédie. Enfant, elle ne réalisait pas à quel point cela lui plaisait. Elle n'était pas consciente que ce qu'elle éprouvait en jouant un rôle était propre au fait de jouer, elle croyait que c'était simplement une émotion normale. Mais en repensant à sa vie, elle se rendit compte qu'elle n'avait rien éprouvé de semblable depuis. C'était un sentiment de complétude. Elle se sentait en sécurité. Elle se sentait intelligente. Elle se sentait elle-même.

Elle faisait sa toilette dans la salle de bains à la fin de la journée et se remaquillait. Elle prenait le tram pour rentrer à l'hôtel Valentin.

Les réalisateurs étaient stupéfaits de la vitesse à laquelle Rose saisissait leurs instructions. Elle les faisait rire aux éclats. Ils se laissaient prendre au jeu et aux personnages qu'elle incarnait. Ils auraient presque voulu que le dénouement la montre autrement qu'en train de coucher ou de faire quelque chose de sexuel. Ils songeaient à son personnage plus tard dans la journée. Ils se demandaient ce qui lui arriverait ensuite. Ils se demandaient si elle finirait par être heureuse.

Ils songeaient à la chère petite infirmière cochonne et se demandaient si elle se caserait jamais. Ils se demandaient si elle se montrerait aussi enthousiaste avec tous ses patients. Ils espéraient qu'elle ne deviendrait jamais blasée et que l'hôpital savait combien il avait de la chance de l'avoir. Ils se demandaient s'ils allaient un jour rencontrer leur propre petite infirmière, vivre heureux avec elle et avoir beaucoup d'enfants. C'est ainsi qu'ils s'endormaient sans avoir à se masturber.

Parfois, elle jouait trop bien, on en oubliait le sexe.

À cheval sur un manche à balai, elle portait un bicorne noir qui ressemblait à la portion sombre d'un croissant de lune. En toile de fond, on voyait un bout du paysage glacé de la

Russie. Comme il était censé faire froid dans cette Russie imaginaire ! Le fard blanc sur son visage la rendait aussi pâle que les flocons de neige. Elle portait un long manteau noir et une culotte bouffante, mais pas de chemisier.

Elle faisait l'amour à Mimi, qui était aussi costumée en soldat.

– Savais-tu que Napoléon avait peur des chats ? Mais qu'il aimait la chatte des femmes ? demanda Mimi à Rose. Savais-tu qu'il s'habillait en pauvre pour pouvoir arpenter les rues de Paris et découvrir ce que les gens pensaient vraiment de lui ?

– Comment se fait-il que tu saches tant de choses sur Napoléon ?

– J'ai un livre sur lui. Tu peux me l'emprunter.

Mimi était la seule personne que Rose eût jamais rencontrée qui aimait lire autant qu'elle. Rose gardait ce qu'elle avait lu entassé pêle-mêle dans sa tête comme dans un grand placard. Mimi, elle, gardait tout organisé dans sa tête à la manière d'un scientifique. Elle classait les faits comme des fiches de notes. Ils étaient toujours là quand elle en avait besoin. C'était un génie. Elle aurait pu être professeur à l'université. Elle aurait dû se balader en costume et cravate noirs et disserter sur l'histoire de France. Pourtant, elle était là, nue comme un ver.

Mimi était en train d'enfiler un uniforme de bonne. Elle tourna le dos à Rose pour que son amie attache les petits boutons dans son dos.

– Peux-tu me dire ce que nos vêtements révèlent de nous quand on les enfile ? demanda Rose. Il n'y a de véritable dignité dans aucun de ces costumes. Si je suis une bonne, je fais ce que le propriétaire de la maison me dit de faire. Si je suis une infirmière, je fais ce que le docteur me dit de faire. Que sommes-nous, en tant que femmes, sinon des berniques qui s'attachent à des formes de vie supérieures dans une malheureuse tentative pour nettoyer les dégâts ? Pour mettre en ordre ce que les hommes ont laissé derrière eux, pour rendre le monde plus joli, meilleur pour les hommes. Je voudrais jouer un rôle où je n'ai pas de supérieur.

Le réalisateur dit à Rose qu'elle ferait mieux de garder ses réflexions philosophiques pour après le travail, parce que les acteurs masculins étaient en train de débander.

Rose jeta un coup d'œil à l'acteur. Il portait une longue perruque blanche et une toge noire de juge qui lui descendait jusqu'aux pieds. Il se caressait nonchalamment le sexe pour obtenir une érection afin qu'ils puissent recommencer à tourner. Un homme passa, qui portait une tête d'âne et une queue fixée à une ceinture autour de sa taille. Rose baissa les yeux vers son entrejambe pour voir si elle arrivait à le reconnaître à ses organes. Ça semblait un pénis plutôt ordinaire.

– As-tu déjà regardé l'un des films qu'on tourne, n'importe lequel ? demanda Rose. Dans chacun d'entre eux, la femme est une proie. Elle est soumise, pas vrai ?

– Oh, on n'est pas censées les examiner de si près, tu sais, dit Mimi. On les fait juste pour que les gens puissent prendre leur pied. Le désir d'une fille, c'est comme un joli papillon. Et le désir d'un homme, c'est comme un filet à papillons. Son désir à lui la capture et la tue. Il la transforme en un objet destiné à être punaisé sur du liège. Je ne pense pas être intéressée par la tyrannie du couple. Je m'intéresse plutôt à ce que font les gens quand ils sont obligés d'être seuls.

– Tu veux juste t'asseoir sur une chaise et te masturber ?

Elles éclatèrent de rire.

– Vas-tu bientôt enfiler ton costume ? demanda Mimi.

Rose avait dit tout cela complètement à poil, vêtue d'un simple collier de fausses perles, d'une paire de talons hauts noirs et d'une petite touffe de toison pubienne.

33

NATURE MORTE D'ASSASSINATS

McMahon avait été obsédé par le souvenir de Rose au cours de la dernière année. Il avait cessé de coucher à droite et à gauche. C'était émotionnellement trop risqué. Avant elle, il avait toujours eu l'impression d'être parfaitement maître de la situation quand il couchait avec une femme. Maintenant, il se sentait vulnérable, comme si les femmes avaient le pouvoir de lui prendre quelque chose. Il avait l'impression de les supplier de lui donner quelque chose qu'elles ne pourraient jamais lui offrir. Le vide et le manque qu'il éprouvait après l'amour le rendaient malade. Il blâmait Rose.

Il lui arrivait même de se sentir bizarre quand il se masturbait. Il avait toujours envie de pleurer après avoir joui, quand son fantasme se dissipait. Le jeu n'en valait pas la chandelle. Il se demandait parfois si leurs étreintes avaient affecté Rose de la même manière. Après tout, il avait été son premier. Il devait donc s'être inscrit dans sa conscience d'une façon ou d'une autre. Il devait être important sur le plan émotionnel. S'il avait su qu'elle éprouvait la même chose que lui, se disait-il, il aurait peut-être pu redevenir un homme.

McMahon s'attendait à ce que Rose revienne pour l'argent, mais elle ne revenait pas. Se disant qu'elle était peut-être morte, il graissa la patte à tous ceux qui travaillaient au poste de police. Le photographe de scènes de crime réalisa un portfolio de femmes non identifiées qui avaient perdu la vie de manière mystérieuse depuis le départ de Rose.

Chaque fois qu'il regardait l'un de ces clichés, il était persuadé, l'espace d'une fraction de seconde, d'y reconnaître Rose.

Sur une photo, on voyait une femme bâillonnée à l'aide d'une cravate, sans doute pour l'empêcher d'exprimer son dépit d'être trucidée. Une autre était ligotée à une chaise de cuisine, la tête courbée en avant comme si elle s'était assoupie. Il y avait une jeune fille avec une taie d'oreiller sur la tête. Il songea un moment que si seulement il pouvait soulever la taie, il découvrirait Rose. Mais le corps de la fille était plutôt potelé. Trop potelé pour être celui de Rose. Il y avait une fille allongée sur un lit, un impact de balle dans le front. Elle semblait lever les yeux vers le trou. Il y avait une fille dans le parc. Des feuilles mortes aux teintes sombres étaient tombées sur elle. Elle portait des bottes et un chapeau, mais rien d'autre.

Une fille avait été retrouvée près de la fête foraine. Elle s'y était bien amusée, car près d'elle gisaient un bâtonnet de barbe à papa et une panthère noire en peluche avec un nœud papillon rouge autour du cou qu'elle avait gagnée en lançant des balles dans des paniers et des anneaux autour de goulots de bouteilles. Elle portait des collants noirs. Ces bas lui rappelaient tellement

Rose. Il aimait quand elle s'asseyait au bord du lit, en collants, les jambes pendant sur le côté. Ces bas lui faisaient penser à une fillette, mais une fillette qu'il pouvait baiser.

Il aimait tellement Rose qu'il avait besoin qu'elle soit morte. Un homme avait le droit de tuer la femme qu'il aimait. McMahon referma le portfolio et sortit pour partir à la recherche de Rose. Le rond de fumée de son cigare flottait dans le noir comme une éclipse de lune.

34

LE VRAI NOM DE LA FÉE CLOCHETTE

Pierrot se sentait seul. Il leva les yeux vers un édifice dont les fenêtres étaient illuminées la nuit. Chacune ressemblait à une peinture à l'huile lumineuse accrochée à un mur. Derrière l'une d'elles, une fille au gros cul tentait de défaire un nœud dans ses cheveux à l'aide d'une brosse. La scène rappelait une peinture de Rubens. Une maigrichonne aux cheveux tirés en arrière lisait un livre de recettes. C'était un Giacometti ! La fille aux cheveux blonds – les bras croisés sur ses gros seins, qui plongeait l'orteil dans la baignoire – était un chef-d'œuvre de Botticelli.

Il n'aurait plus jamais la volonté, ni l'envie, ni le courage de faire l'amour à qui que ce soit.

Pierrot se lia d'amitié avec un placier qui travaillait avec lui au Savoy. Ils rentraient ensemble par la rue Sainte-Catherine après la fermeture. Pierrot vivait, rue Saint-Dominique, dans un immeuble de rapport qui avait pour nom le Conquistador. Le placier vivait avec sa mère rue Saint-Christophe.

Ils passèrent devant un bruyant théâtre dont la marquise portait le mot ARCADE écrit en petites ampoules rouges. Des carreaux bleus et verts menaient à une grande porte vitrée arrondie. Le placier attrapa Pierrot par le poignet et le tira vers l'entrée de l'établissement.

– Laisse-moi te montrer les meilleures images jamais enregistrées par l'homme. Je vais te faire voir un film merveilleux. Je veux dire : ça va changer ta façon de penser sur tout. C'est du vrai cinéma.

– Tu n'as pas aimé le film ce soir ?

– C'est pas mon truc. Je déteste le chant et la danse. Et je méprise les marins. Si je n'habitais pas à Montréal, je verrais peut-être les marins américains d'un autre œil. Mais il se trouve que j'habite ici, et je les déteste. Allez, je vais te donner un peu de culture !

Il fit entrer Pierrot dans la salle, où ils passèrent devant des rangées d'appareils neufs et colorés : ces machines à boules sonnaient, sifflaient et faisaient un boucan d'enfer. La cacophonie lui rappelait la nursery à l'orphelinat, les bébés qui agitaient leur hochet et secouaient les barreaux de leur berceau. Les bébés tapageurs survivaient. Les tranquilles glissaient dans le grand silence éternel qu'ils préféraient manifestement.

Ils passèrent devant une piste de course miniature que parcouraient des chevaux en bois noirs, blancs et pommelés. Les jockeys qui les montaient, dos courbé, tête baissée, les exhortaient à avancer. Pierrot songea aux traîneaux tirés par des chevaux à l'orphelinat, au moment de Noël. Il ne savait pas pourquoi tout lui rappelait l'orphelinat et son enfance.

Le placier fit un geste en direction du fond de la salle. Là, contre le mur, une rangée de machines bleu pâle étaient vissées à une lourde table en bois. Sur une pancarte fixée à la cloison au-dessus se lisaient en lettres rouges les mots PEEP SHOW. À même les machines était écrit, en lettres rouges et scintillantes : JOLIES DAMES. Dessous, les petits caractères promettaient que, moyennant un cent, vous pouviez assouvir tous vos désirs.

Pierrot avait si peu d'argent que, naturellement, il n'aimait guère en gaspiller. Il répugnait même à se séparer d'un cent, mais il était à la fois intrigué et effrayé par la machine. Instinctivement, il savait qu'il y avait là plus qu'il n'y paraissait. On pouvait regarder par le trou d'une serrure et tout ce qu'on croyait savoir des gens se trouvait transformé par ce qu'on voyait de l'autre côté. Ça lui rappelait sœur Éloïse l'incitant à jeter un coup d'œil sous sa robe.

Il n'était pas sûr de ce qu'il ressentait, terreur ou désir. Il n'avait pas l'habitude du désir parce qu'il était junkie. Quand il l'éprouvait, il le confondait avec beaucoup d'autres choses. Il glissa pourtant sa pièce dans la fente. Il eut l'impression de la lancer dans un puits. Il était maintenant impossible de la récupérer. Il baissa la tête et appuya les yeux contre le télescope qui pointait vers le bas plutôt que vers le haut.

Une fille portant un loup noir palpitait sur l'écran. Elle avait un corset et une culotte noirs, des bottes en cuir à talons hauts qui lui montaient jusqu'aux cuisses. Un long fouet à la main, elle parcourait la chambre sur la pointe des pieds. On aurait dit qu'elle dansait sur les orteils tout en regardant autour d'elle, à la recherche d'une victime lui ayant apparemment échappé.

Il n'eut aucun mal à la reconnaître malgré le bandeau qu'elle avait sur les yeux. Ils avaient souvent joué à cache-cache à l'orphelinat. Dans plusieurs des souvenirs qu'il avait de Rose, elle portait un bandeau. Comme les enfants qui ne pouvaient se retenir de rire étaient habituellement découverts, c'était souvent Rose qui cherchait.

Dans le film, elle s'éloignait du placard sur la pointe des pieds quand elle remarquait une paire de chaussures d'homme pointant sous le lit.

On pourrait croire que Pierrot fut affligé par ce qu'il vit. Mais il ressentit une émotion contraire. Il ne jugeait pas Rose. Lui aussi avait couché avec des gens qu'il n'aimait pas. Rose était silencieuse à l'écran. Il trouvait qu'elle ressemblait à une fée prisonnière d'une bouteille. De sa vie, jamais il n'avait autant désiré quelqu'un.

Cela signifiait qu'elle n'était pas mariée. C'était un mensonge. Éloïse avait menti. Elle ne menait pas le moins du monde une vie conventionnelle. Pas le moins du monde ! Et Poppy s'était trompée. Elle n'était pas la poule protégée d'un gangster. Elle était libre de faire ce qui lui chantait. Elle n'appartenait à aucun homme. Il pouvait la retrouver. Rose levait le drap et se penchait pour regarder sous le lit.

– Oh, viens m'attraper ! Attrape-moi donc ! se prit à dire Pierrot.

L'écran devint noir, comme si le couperet d'une guillotine était tombé.

Pierrot décida de se sevrer. Pour la première fois depuis qu'il avait commencé à se shooter, il avait une raison d'arrêter. Il voulait bander comme un cerf quand il retrouverait Rose.

Il fut en nage toute la nuit. Il tendait le bras vers une tasse de thé et la tasse frémissait, vibrait comme un petit bateau sur une mer tempétueuse. On aurait dit qu'il électrocutait tout ce qu'il touchait, comme si son doigt était un éclair. Il prit son manteau et le secoua tel un pendu qui gigote.

Il avait à la fois trop froid et trop chaud. Il ne savait pas s'il souffrait. Son corps ne trouvait pas le repos, peu importe ce qu'il faisait. Quand il s'asseyait, il aurait voulu être debout, et quand il se levait, il aurait voulu être couché. Il s'assit sur une chaise, croisa et décroisa les jambes. Des insectes rampaient partout sur lui. Il y avait des fourmis dans ses poches, dans ses manches. Elles lui entouraient le cou. Elles étaient collées à sa sueur.

Il vomit dans un seau. Il n'y avait qu'un peu de bile. Mais il savait qu'il avait exorcisé le démon à l'intérieur de lui. Les démons sont si prosaïques, pensa-t-il en tirant la chasse d'eau pour l'évacuer, après quoi il rinça le seau. Nos épreuves semblaient toujours si petites et insignifiantes en rétrospective, une fois qu'elles s'effaçaient dans le lointain.

Il songea à l'énorme érection qu'il aurait quand tout serait fini. Il songea à l'expression sur le visage de Rose quand il la pénétrerait comme aucun homme ne l'avait jamais pénétrée. Mais surtout, il voulait faire quelque chose qu'il n'avait jamais fait.

Il voulait coucher avec quelqu'un qu'il aimait.

35

ROSE EST UNE ROSE EST UNE ROSE EST UNE ROSE

Une nuit, Rose sortit boire avec les autres filles après une longue journée de tournage. Elles prirent place sur une rangée de tabourets au bar.

– N'est-il pas évident que la poursuite du bonheur rend toujours les gens malheureux ? demanda Rose d'un air songeur après deux bières. Alors pensez-vous que si on faisait exprès de chercher des choses qui nous rendent malheureuses, on finirait parfaitement contentes ?

– *Oh, ne commence pas avec tes idées folles, Rose**, dit une fille du nom de Georgette. Chaque fois que tu te mets à réfléchir et à boire en même temps, tu finis par perdre un peu la boule.

– Ne t'inquiète pas, ma belle. Vous craignez toutes que je fasse sombrer la nuit dans des eaux mélancoliques, mais rassurez-vous ! Je suis d'une humeur fantastique ce soir !

Un homme l'invita à danser, mais elle le repoussa d'un geste de la main. Elle n'aimait pas suivre les mêmes pas que tout le monde. Elle prit une fleur dans le vase sur le bar, la glissa derrière son oreille et se leva.

– Mesdames, avez-vous fait la connaissance de mon fiancé ? Ne le jugez pas parce que c'est un ours.

Elle passa les bras autour de son ours imaginaire et ils se mirent à valser sur la piste de danse. Les gens s'arrêtèrent pour regarder. Ils crurent d'abord qu'ils regardaient parce que le spectacle était incroyablement étrange, et puis ils se mirent à regarder parce qu'ils voulaient voir l'expression sur le visage de Rose tandis qu'elle valsait. C'était un air de ravissement, comme si elle était en train de faire un rêve merveilleux. Ils se demandaient s'ils arriveraient à trouver un amour semblable dans leur propre vie. Ils voulaient tous se dépêcher de rentrer chez eux et de sauter dans leur lit pour faire le même rêve qu'elle.

De toutes les filles, sa préférée était Mimi, parce qu'elle était capable de soutenir des conversations follement intéressantes. Un vendredi, Rose et Mimi essayaient de décider ce qu'elles feraient de leur samedi.

– Il y a un cinéma où joue un très bon pianiste, dit Mimi. Allons-y.

– Je ne suis pas très amatrice de cinéma, dit Rose. Je préfère les spectacles avec des comédiens en chair et en os. Mais peu importe, allons dans un endroit où on pourra discuter.

Le lendemain, Rose et Mimi se retrouvèrent devant l'hôtel Valentin pour aller voir ensemble l'exposition Picasso. C'était l'automne. Les feuilles brunes entortillées tombaient des arbres comme des hippocampes.

– Ça va être formidable ! s'exclama Rose. Toutes ces peintures où il plante un nez sur une joue et un œil sur un front. Il saisit la condition moderne. Toutes nos pensées sont fracturées. Tout est une impasse. Il faut regarder une chose sous tous les angles à la fois pour la voir de l'intérieur. Pas seulement être obsédé par la façon évidente, stéréotypée de regarder, tu vois ? Pour faire apparaître les choses comme elles sont vraiment.

Le musée était un bâtiment à colonnes d'allure distinguée, au cœur du centre-ville. Elles durent grimper une volée de marches en marbre d'assez grande taille, ce qui plut bien à Rose, car elle eut tout à coup l'impression d'être redevenue enfant. Il y avait beaucoup d'écho dans l'édifice. Tous les bruits étaient amplifiés. C'était comme être sur scène et parler dans un micro.

En marchant vers les salles d'exposition, elles passèrent devant des vitrines montrant les animaux sauvages qui vivaient dans les bois autour de Montréal et n'osaient jamais franchir les limites de la ville. Si vous aviez peur du feu, vous ne pouviez qu'imaginer la vue des marquises où scintillaient les ampoules électriques. Un loup empaillé les dévisageait, ses énormes crocs découverts, une patte levée, mais il n'était pas du tout effrayant. Il semblait simplement étrange, hors contexte.

– Toute peur dépend du contexte, dit Rose.

Elles examinèrent ensemble un portrait de Gertrude Stein. Le sujet était si sérieux, avait l'air si intelligent. Rose avait lu sa poésie et l'avait admirée. Elle en avait conçu une meilleure opinion d'elle-même et de ses congénères. Tout ce qui avait été écrit par une femme avait été écrit par toutes les femmes parce que toutes en bénéficiaient. Si une femme était un génie, c'était la preuve que c'était possible pour toutes les autres.

Elles n'étaient pas frivoles. Elles étaient toutes Gertrude Stein. Rose regardait ce portrait d'elle-même en poète.

– N'est-elle pas la plus belle femme que tu aies jamais vue ? demanda-t-elle. Si quelqu'un faisait un portrait de moi, je voudrais être exactement comme elle.

– Oh, regarde, Rose ! s'écria Mimi. Allons dans cette salle. Ça s'appelle la période rose. Elle a été nommée en ton honneur.

Rose étudia les tableaux exposés dans la salle, qui représentaient tous des artistes de cirque. Ils étaient d'un rose de coucher de soleil. Elle s'arrêta devant une peinture de clown mince en maillot et bicorne assis sur un canapé rouge. Mimi s'approcha de Rose, qui examinait la toile.

– Cette peinture ! Ça ressemble tellement à Pierrot. Il a été mon premier amour. Il m'a abandonnée parce que je refusais de coucher avec lui, je crois. En fait, je ne sais même pas pourquoi il m'a laissée, ou ce qu'il pense de moi, ou pourquoi il a cessé de m'aimer. C'est tellement merveilleux de le regarder maintenant. Ça me rappelle ce que je ressentais pour lui, ou même ce qu'on peut ressentir avec un homme. Comme si on était des compagnons plutôt que des rivaux. Je ne m'inquiétais plus de rien. On aurait dit que j'étais à bord d'un bateau et que le bateau avait cessé de tanguer. Je me sentais en sécurité avec lui, et j'étais libre d'avoir plein d'idées dangereuses. C'est peut-être ça, l'amour.

– Je ne suis pas nécessairement d'accord avec toi. Je pense que tu décris simplement une des huit mille façons dont on peut avoir envie de coucher avec quelqu'un. Mais je crois que tu devrais aller le trouver. Juste pour voir de quoi il a l'air, pour arrêter de te morfondre à son sujet.

– J'ai toujours voulu le faire. Mais je n'ai jamais su ce qui lui était arrivé ni où le trouver. Mais maintenant, je le vois parfaitement. Bien sûr, Pierrot est clown !

Et puis il y eut un bruit d'éclaboussure. De l'eau coulait entre les jambes de Rose et se répandait sur le sol.

– Oh, mon Dieu, je pense que je vais avoir un autre bébé !

Rose et Mimi se dépêchèrent de rentrer à l'hôtel Valentin. Rose tremblait en allant chercher dans l'armoire une vieille courtepointe qui se trouvait sur la tablette quand elle avait emménagé. La couverture était usée, les couleurs n'étaient pas jolies et le rembourrage pas du tout confortable, raisons pour lesquelles elle avait sans doute été laissée là. Elle était couverte d'un motif bizarre de champignons violets. Rose l'étendit sur le lit. Elle avait l'impression que la courtepointe avait été abandonnée là exprès à cette fin. Elle s'allongea sur l'étrange champ.

– Savais-tu que tu étais enceinte ?

– Non !

– Je pensais que tu avais pris de la bedaine. Tu es enceinte de combien, à ton avis ?

– Aucune idée.

Mimi s'agenouilla près du lit et prit la main de Rose. Celle-ci avait l'impression d'avoir bu quarante shooters de whisky et d'être incapable de vomir. Et puis elle sentit de puissants coups de poing lui marteler l'intérieur du ventre. Les filles étaient toujours punies plus durement que les garçons.

La douleur était atroce. Pourquoi n'entendait-on pas constamment des femmes hurler de douleur ? Elle tenta de s'empêcher de crier. Mais elle en était incapable. Elle cria, cria encore.

– Pousse, pousse, pousse, suppliait Mimi.

– Pourquoi ?

– Pousse, pousse, pousse, et ça sera bientôt fini.

Elle ne savait pas si elle poussait. Elle voulait s'évanouir, mais n'y arrivait pas. Ses vêtements étaient trempés de sueur. Ses genoux étaient fléchis, ses jambes écartées. Mimi regardait entre ses jambes. Rose ne s'était jamais sentie aussi nue. Combien de personnes en ce monde avaient vu son con ? Combien de personnes avaient scruté son con à la recherche d'une réponse ? Comme si c'était le genre d'endroit qui abritait des miracles.

Mimi jurait qu'elle pouvait voir le bébé. Elle en savait plus que Rose sur son compte. Mimi avait la preuve que c'était un être mortel et non pas un mal imaginaire dans son ventre. Mimi lui promit que le bébé était presque sorti de son corps. Elle continua donc de pousser jusqu'à ce que Mimi, d'un coup, cesse de parler. Elle devint tout à fait muette, comme si elle avait décidé de réciter une prière. Rose attendait que le bébé fasse un bruit.

Elle aurait voulu avoir l'énergie de se redresser pour regarder le poupon, mais elle en était incapable. Elle ne pouvait rien faire du tout. Elle était incapable de se forcer à pencher la tête en avant, ses yeux se fermaient tout seuls, elle n'arrivait même pas à bouger les lèvres pour demander si le bébé était un garçon ou une fille. Ces choses pourraient être élucidées en temps et en heure.

Mimi allait prendre soin d'elle, songea Rose. Elle s'imagina Mimi debout près d'elle, un petit masque noir sur les yeux, un fouet à la main, la protégeant comme l'ange qui protège le jardin d'Éden.

Il avait la peau aussi fine et délicate que les pétales d'une fleur. C'était bouleversant. Sa peau était couleur galaxie, un minuscule amas d'étoiles. Elle changeait sans cesse de couleur, prenant des teintes de rose, de mauve et de bleu, comme une aurore boréale.

On pouvait voir qu'il était animé. Il avait été touché par la baguette magique qu'est la vie. On pouvait voir son cœur battre dans sa poitrine. On pouvait voir la chair de poule qui hérissait sa peau. On pouvait voir les petits yeux bouger sous les petites paupières. On pouvait voir les petits doigts remuer, s'ouvrir presque, comme en réaction à une pensée. C'était une fille.

Il n'y avait rien à faire pour garder en vie un bébé si petit, et bientôt son cœur cessa de battre. Rose le lava dans un bol d'eau chaude. Une fois sous l'eau, le bébé sembla presque bouger les bras et les jambes tout seul, comme s'il était une créature marine.

Elle n'avait jamais voulu tomber enceinte. Elle n'avait jamais désiré de bébé. Mais maintenant, elle était dévastée qu'il ait disparu. Elle le regardait comme une petite fille regarde une poupée, en espérant une réaction. Elle se demandait pourquoi il avait insisté pour croître et vivre en elle. Mais maintenant qu'il était sorti de son corps, il refusait d'avouer qu'il avait été en vie.

Elle, bien sûr, connaissait l'origine du bébé. C'était ou bien le bébé de l'homme à tête d'âne, ou bien celui de l'ours avec qui elle avait dansé au cabaret.

Elle entendait la voix de McMahon dans sa tête : « Alors comme ça tu te prostitues avec un acteur de troisième zone pour pouvoir te payer de la soupe et vivre dans un hôtel miteux. C'est pour ça que tu m'as quitté. »

Plus tard ce soir-là, elle informa Mimi qu'elle ne travaillerait plus au studio de cinéma.

– Je lance ma propre entreprise de tournées. Regarde ça.

Elle prit des œufs et se mit à jongler. Ils tournoyaient comme les lumières sur une grande roue. Elle retira les mains et d'un coup tous les œufs tombèrent sur la table et se brisèrent.

– Oh, ma chérie, dit Mimi. Tu as complètement perdu la tête. Mais ne t'en fais pas. Je vais les récupérer et nous faire une belle omelette.

Plus tard, une fois Mimi partie, Rose emmaillota le bébé dans une serviette de table tachée à motifs d'orchidées orange qui ne lui avait jamais plu. Elle glissa le tout petit paquet dans la poche intérieure de son manteau. Affamée, elle s'arrêta dans un restaurant pour manger un morceau. Le serveur lui demanda si elle voulait lui laisser son manteau. Elle secoua la tête. Assise toute seule à une table, son manteau sur les épaules, elle soupira devant un bol de soupe.

Tant qu'elle était en possession du bébé, elle avait l'impression que les gens allaient s'apercevoir de son existence. Ils jugeraient Rose totalement dénaturée. Ils diraient qu'elle était une sorte de sorcière, et ils la brûleraient sur le bûcher.

En rentrant, Rose prit la petite fille enveloppée dans la serviette colorée et déposa le paquet dans le vide-ordures, puis elle s'assit sur le lit sans quitter des yeux la porte close. Comme si elle s'attendait à entendre quelqu'un y frapper.

Dehors, sur une branche, un corbeau croassa tout à coup, comme s'il avait quelque chose de très chaud dans la gorge.

36

ANATOMIE DE LA MÉLANCOLIE

Plus tard ce soir-là, Rose tira sur le tiroir du haut de sa commode, celui qui était toujours coincé, jusqu'à ce qu'il s'ouvre brusquement. Elle tendit le bras et en sortit la boîte à cigares en fer-blanc où elle gardait ses capotes et ses billets de banque. Il s'y trouvait aussi une barrette ornée d'une rose en étain que lui avait offerte McMahon, et qui était le seul de ses cadeaux que le prêteur sur gages avait déclaré absolument sans valeur. Ainsi que le plan qu'elle avait dessiné avec Pierrot.

Chaque fois qu'elle regardait ce bout de papier, elle était distraite par son caractère fantaisiste et absurde. Ça l'amusait d'avoir élaboré une chose si bizarre et improbable. Elle aimait songer que celle qu'elle était enfant était complètement différente de celle qu'elle était désormais. C'est un phénomène commun, qui s'explique du fait que les gens ne s'aiment guère mais se croient néanmoins fondamentalement bons, et estiment que c'est la vie qui les a rendus méchants. C'est ainsi qu'ils se considèrent, enfants, dans un état idéalisé, pur et charmant.

Plus ce plan semblait fou à ses yeux d'adulte et plus elle avait l'impression d'avoir été exceptionnelle quand elle était petite. Cette fois, cependant, en l'étudiant, elle le trouva parfaitement sensé. Pourquoi ne pourrait-elle pas le réaliser maintenant ?

Puisqu'il avait été créé par une enfant de treize ans, il devait être d'autant plus facile à mettre en œuvre, et non plus ardu.

Un cirque se produisant en ville présentait un spectacle intitulé *Léda et le cygne*. Rose vit une fille sauter depuis les épaules de l'homme fort et exécuter deux sauts périlleux avant d'atterrir à nouveau sur ses épaules. Un tel exploit ne pouvait être expliqué par les scientifiques. L'atmosphère était différente sur scène. C'était l'atmosphère d'une tout autre planète, composée non pas d'oxygène, mais de tristesse. La tristesse était dense, à la manière d'un liquide. Sur scène, on pouvait sauter plus haut dans les airs, et il arrivait même qu'on reste suspendu là.

La plupart des gens se cachent quand ils sont tristes, songea Rose. Mais les artistes sont tristes en public. Elle appréciait leur honnêteté, eux qui ouvraient leur cœur, en sortaient toutes les émotions – aussi mesquines, pitoyables ou bizarres soient-elles – pour les célébrer. On aurait dit que chaque numéro était une tentative de suicide, une preuve qu'il était possible de survivre à l'expérience humaine.

Ce qui était sûr, c'est qu'ils étaient considérablement plus dévêtus que Rose ne l'avait jamais été dans ses films pornographiques. C'était beaucoup plus difficile à regarder. Rose était certaine qu'elle pourrait créer un spectacle encore plus provocant dans la mesure où les choses tristes possèdent aussi parfois d'autres aspects, des faces miraculeuses. À qui ne ressent pas la tristesse, il est impossible de connaître certains types de bonheur, de compassion, de tourment et d'illumination. La tristesse possède toutes sortes de vérités qui vous permettent d'éprouver de la joie. Rose se rappelait avoir lu avec Pierrot les publicités des cirques qui s'arrêtaient en ville.

Ils venaient de lieux lointains, comme la Pologne, La Nouvelle-Orléans, Moscou, Londres, Bombay et Hong Kong, et apportaient avec eux des histoires de vies différentes.

Elle voulait créer une troupe issue de Montréal afin que les gens se demandent à quoi ressemblait l'existence dans cette île enneigée où il n'y avait que des filles enceintes éplorées. Où l'on pouvait coucher avec une fille vêtue seulement d'un chapeau de fourrure et de chaussettes. Où il y avait des églises, des chevaux, trop de bébés et trop de neige. Où tout le monde ne tombait amoureux qu'une seule fois.

Elle allait retrouver son partenaire. Il devait se produire quelque part, puisque c'était plus fort que lui. Il devait être clown triste dans une petite troupe. Une fois qu'elle se fut mis cette idée en tête, elle ne put l'oublier. Elle sortit du théâtre. Dehors, il tombait des grêlons, comme si un flacon de pilules s'était renversé sur une étagère.

37

LE PREMIER JOUR

En une semaine, elle vit sept clowns différents. Le lundi, elle se rendit dans un théâtre aux murs recouverts de ciels bleus où flottaient des cumulus blancs.

Là se produisait un clown dont le numéro reposait sur l'utilisation d'un projecteur. La lumière s'éteignait et, quand elle se rallumait, il était en train de se livrer à une tout autre activité que celle qu'il faisait quelques secondes plus tôt, avec des accessoires différents. Il changeait de vêtements dans l'obscurité. Il s'installait au sommet d'une échelle. Il se couchait sous une couverture, endormi. Il s'asseyait sur une chaise, lisait un roman. Coiffé d'une toque de cuisinier, il remuait de la soupe dans une marmite. Rose trouvait que ce numéro tenait presque du miracle. On aurait dit que le clown faisait partie de la lumière, comme s'il disparaissait complètement quand elle s'éteignait pour réapparaître quand elle se rallumait.

Rose regarda les artistes gagner les coulisses, mais ne vit pas le clown. Elle alla cogner à la porte de la loge. C'est lui qui ouvrit. Il semblait éméché, portait un pantalon, mais pas de chemise. La plus grande partie de son fard avait été essuyée, mais son visage demeurait d'une pâleur spectrale.

– J'ai trouvé votre numéro tout à fait transcendant.

– Ça, ce n'était rien. Avant, c'était ma femme qui manœuvrait le projecteur. On avait passé tant d'années ensemble qu'on était formidablement coordonnés. Ça avait vraiment l'air surnaturel. Tu aurais dû voir le numéro dans ce temps-là.

Il leur servit à chacun un verre de gin.

– Mais je l'ai trompée. Au début, j'ai cru qu'elle faisait exprès d'allumer et d'éteindre le projecteur au mauvais moment et au mauvais endroit. Et puis j'ai compris que c'était parce que j'avais trahi sa confiance.

Dans le verre de Rose, le gin ressemblait à un petit lac tranquille. Elle porta le verre à ses lèvres, avala une gorgée et se sentit aussitôt détendue et d'humeur loquace.

– Je pense que les clowns sont plus conscients que les autres des conséquences des événements, dit Rose. Nous, les clowns, on est plus grands que nature. On regarde les choses à travers un microscope. Je pense que pour être un meilleur artiste, il faut être une meilleure personne. Autrement, comment pourrait-on exprimer l'innocence – ce que tentent de faire tous les clowns ?

Le clown hocha la tête.

– Merci d'avoir partagé cette philosophie. Ça m'est utile. J'aimerais beaucoup voir ton numéro.

– Je cherche mon partenaire. Il donne dans l'absurde, toujours à fabriquer quelque chose de merveilleusement singulier, comme tenir des assiettes en équilibre sur sa tête.

– Il y a un numéro intéressant au Neptune. Un clown qui passe tout son temps dans une baignoire.

– Merci. J'irai voir.

– Reviens me saluer à l'occasion.

Il lui fit un clin d'œil.

Pierrot alla au studio de films pornos pour y trouver Rose. Il s'enquit de la fille aux cheveux noirs qui regardait droit dans la caméra. On lui dit qu'elle s'appelait Marie, mais qu'elle ne répondait qu'au nom de Rose, et qu'elle ne travaillait plus là. Elle avait débarqué un jour sans prévenir, puis elle était repartie avec autant de détermination et aussi peu d'explications.

Comme il tournait les talons, Pierrot aperçut un homme avec une énorme moustache, en chaussettes et en caleçon, en train de manger un sandwich, assis sur un tabouret. Il jouait souvent les propriétaires escroquant les locataires.

– Continue à chercher, dit-il à Pierrot. Elle n'est pas loin.

38

LE DEUXIÈME JOUR

Le mardi, Rose se rendit à un théâtre dont le nom, Neptune, était peint en bleu et blanc sur la marquise. Le hall d'entrée était orné de fresques de mers placides où voguaient des navires magnifiques. Une seule d'entre elles montrait une mer tempétueuse. Sur celle-ci, un énorme vaisseau aux mâts brisés était aspiré sous les vagues, et dans ces vagues on distinguait de minuscules personnages terrorisés qui tentaient de s'accrocher aux débris flottants tandis que, derrière eux, approchaient des requins.

Rose s'assit dans la salle. Quand les lumières s'allumèrent, un clown apparut, assis dans sa baignoire. Vêtu d'un maillot de bain et d'un chapeau de pirate, il collait l'œil à une longue-vue, comme si la baignoire était en fait un petit bateau, dans ce qui ne pouvait être qu'une tentative désespérée pour apercevoir la terre ferme. D'un point de vue métaphysique, on avait du mal à dire si l'eau était dans la baignoire ou au-dehors.

Il attrapa une paire de grandes rames, les planta dans l'océan imaginaire et se mit à pagayer, après quoi il remit les rames dans le fond infini de la baignoire, dont il sortit une canne à pêche. Lançant une ligne imaginaire, il attrapa un poisson imaginaire. Il prit ensuite un immense chaudron pour y faire cuire le poisson. Le public était étonné de voir de si gros objets émerger de la petite baignoire. Celle-ci n'avait pas de fond et était positionnée au-dessus d'une trappe ménagée dans la scène.

– Je ne suis jamais certain que les gens comprennent mon numéro. Je ne sais pas s'ils croient que je me contente de faire des âneries. Que penses-tu que j'essayais de dire ? demanda plus tard le clown à Rose.

– Nous sommes tous aux prises avec des contradictions. Les contradictions sont merveilleuses. Quand on ne croit pas que tout contient des contradictions, alors on ne comprend pas grand-chose. On se connaît soi-même en embrassant ce qu'on n'est pas. On devient bon en s'attaquant de front au mal.

– Exactement ! s'exclama le clown. La terre ferme ne peut exister sans l'eau. L'eau ne peut exister sans la terre ferme.

– Dans ma propre démarche de clown, je m'intéresse au merveilleux dans la tragédie et à la tragédie dans le merveilleux, ce genre de choses.

– On ne voit pas souvent de femmes clowns par les temps qui courent.

– Pourquoi, à votre avis, tous les clowns que j'ai rencontrés sont-ils des hommes ?

– Parce que les clowns sont censés être drôles. Ils sont censés passer leur temps à péter. Ils sont censés être honnêtes. Ils peuvent exposer leurs failles, ils peuvent avouer toutes sortes de drôles d'émotions. Les hommes sont contents de faire ça, mais pas les femmes. Ce ne serait pas drôle si des femmes le faisaient, ce serait juste laid.

– Ce que vous décrivez, c'est la liberté. Et, croyez-moi, les femmes la désirent aussi.

– Il y a un clown efféminé au Parisien. C'est peut-être celui que tu cherches.

Pierrot appela la téléphoniste, cherchant à contacter Rose, mais son numéro n'était pas répertorié. Il se rendit donc au poste de police. Un des policiers savait exactement de qui il voulait parler. Il se rappelait Rose à l'époque où elle fréquentait McMahon. Mais il n'était pas question qu'il révèle quelque renseignement sur cette fille à ce jeune hurluberlu.

– Elle a toujours voulu plus que ce qu'elle méritait de la vie. McMahon se fendait en quatre pour elle, tout ce qu'elle avait à faire, c'était d'écarter les jambes. Mais non, elle est partie. L'a laissé en miettes. Je ne m'intéresse pas aux femmes qui ne savent pas rester à leur place.

– Alors vous ne pouvez pas m'aider ?

– C'est à la maison.

– Qu'est-ce qui est à la maison ?

– La place d'une femme, bon sang.

Quoi qu'il en soit, McMahon avait durement encaissé le coup quand Rose l'avait quitté et, tacitement, ses amis étaient convenus qu'ils n'auraient rien à voir avec elle. Le flic n'avait jamais vraiment aimé Rose parce qu'il était lui aussi attiré par elle.

39

LE TROISIÈME JOUR

Le théâtre Parisien était doté de loges ouvragées où prenaient place les nantis. Dans le bois entourant la scène étaient sculptés des fleurs, des tasses de thé, des licornes et des lys. Sur les planches, un clown replet marchait dans un jardin imaginaire, se penchait et cueillait différentes fleurs, qu'il respirait profondément.

On aurait dit que le parfum des fleurs l'enivrait. Il dansait sur scène. Il portait une paire de chaussons de ballet sous ses guêtres, et dansait sur les pointes, gracieusement, merveilleusement. Il enleva son veston pour révéler qu'il n'était pas du tout gros : c'était le diamètre d'un tutu raide qui le faisait paraître corpulent. Il dansait sur *Le Sacre du printemps* de Stravinski.

En cueillant l'une des fleurs, il produisit un vrombissement très fort et plutôt choquant, comme s'il y avait une abeille dans la fleur. Tandis que son nez approchait de la fleur, le vrombissement se fit de plus en plus sonore, jusqu'à ce que le clown finisse par pousser un cri. Manifestement, il avait été piqué. Il porta les mains à son visage. Quand il les baissa, il portait un gros nez rouge de clown.

En coulisses, assis dans l'escalier de secours, le clown et Rose baissèrent les yeux vers ses orteils, dont chacun portait un pansement.

– Je suis certain que ton numéro était magnifique, dit le clown à Rose. Tu as le droit d'être affectueuse et aimante. Tu as le droit de te balader en disant aux gens et aux choses que tu les aimes. Tu ne sais pas la chance que tu as, parfois, d'être une femme.

Rose sourit.

– Ça a d'étranges avantages, c'est vrai.

– Ton partenaire, il était beau ? demanda le clown. J'ai vu un clown d'une beauté diabolique au cirque Razzle Dazzle. Va le voir, même si ce n'est pas lui.

Pierrot s'arrêta à la bibliothèque principale, une construction en briques orange aux murs ornés de gargouilles et d'écureuils. Se souvenant que Rose lisait toujours tout ce qui lui tombait sous la main, il la décrivit à la bibliothécaire et demanda s'il arrivait que vienne une fille correspondant à sa description.

Un tunnel sur le côté de la bibliothèque menait à une serre magnifique. Pierrot le prit pour se diriger vers la structure en verre, dont le sol était couvert de carreaux blancs. Partout il y avait des pots de fleurs, parmi lesquels un tas de roses énormes. Il était toujours étonné de les découvrir si voluptueuses, un peu comme un mouchoir blanc caché entre les seins d'une femme à l'Opéra. Où trouverai-je mon adorable Rose ? L'avez-vous vue ?

Les roses auraient tant voulu qu'on fasse leur portrait. Elles se plaignaient les unes aux autres de n'être pas nées aux Pays-Bas, où avaient vécu tous les grands peintres de natures mortes. C'était du gâchis que d'être une rose au Canada. Des gouttes d'eau perlaient sur leurs pétales suite à l'arrosage. On aurait dit des larmes.

40

LE QUATRIÈME JOUR

Dans l'est de la ville se trouvait un théâtre, le Velvet, qui était entouré de manufactures. Personne ne le remarquait pendant la journée. Des femmes coiffées de fichus allaient fumer une cigarette devant pendant leur pause. Mais quand le soleil se couchait et que les ouvriers étaient rentrés chez eux, quand tous les camions étaient au garage, les lumières du théâtre s'allumaient et ce palace étincelant était la seule chose qui semblait exister dans ce pâté de maisons.

Rose entra dans le théâtre. Les tapis étaient d'un bordeaux vif, et les sièges recouverts de velours vermillon. Les rideaux étaient d'un rouge si profond qu'on aurait dit qu'ils avaient épongé le sang de mille assassinats. Quand le rideau se leva, la scène éclairée ressemblait à une petite matrice dans laquelle se lovait l'artiste. Le clown avait un coffre énorme, qui semblait aussi long que celui d'une famille immigrante traversant l'océan pour gagner le Nouveau Monde. Le coffre contenait une foule d'objets extraordinaires avec lesquels jongler. Le clown en sortit des bouteilles, qu'il fit tournoyer rapidement. Il avait des balles colorées, des quilles et un ensemble de couteaux de boucher. Rose se demanda s'il se servait de ces mêmes couteaux à la cuisine pour trancher du salami.

Mais ces prouesses n'étaient rien, car le clown ne faisait que s'échauffer. Il avait aussi des bâtons au bout desquels étaient fichées des guenilles qu'il trempa dans le kérosène avant de les allumer. Il plongea sa cagoule blanche dans l'eau, puis l'enfila, de façon que sa tête ne s'enflamme pas si l'une des boules de feu lui tombait dessus par accident.

Il jonglait avec tant de bâtons à la fois que Rose avait l'impression de voyager dans l'espace en traversant différentes constellations. Quand on était dans le public, on ne pouvait s'empêcher de réfléchir à toutes les étoiles scintillantes à des distances impossibles à mesurer, qui flamboyaient pour qu'on ait de quoi faire des vœux et illuminaient le ciel de sorte qu'on puisse promener son chien le soir sans heurter un arbre.

Sa *pièce de résistance**, qui lui avait demandé des années de travail, consistait à garder une énorme boule de feu au centre tandis qu'autour tournoyaient des balles colorées, le tableau d'ensemble esquissant une carte de l'univers.

Après son numéro, qui le plongeait toujours dans une grande angoisse, ses nerfs le lâchaient et il allait vomir trois ou quatre fois derrière le théâtre. C'est là que Rose le retrouva. Il l'emmena dans sa loge. Il était si épuisé par sa performance qu'avant de pouvoir parler il dut sangloter un long moment.

– *C'était magnifique. Je comprends que ça puisse vous vider**, dit Rose.

– *C'est ce que fait Dieu, chaque nuit**, à une échelle infinie. Il a inventé tout l'univers, et maintenant Il doit s'en occuper, sans quoi les étoiles s'éteindraient, une par une. On se plaint parfois qu'Il ne fait pas ce qu'on voudrait, mais regarde le ciel ! Toujours plus spectaculaire, dit-on. Toujours plus spectaculaire. *Les gens en veulent toujours plus**.

– *Oui**, dit Rose.

Elle aussi voulait prendre pleinement part à ce spectacle grandiose.

– *Connaissez-vous un clown du nom de Pierrot* ?* Il a le pas si léger qu'on a parfois l'impression qu'il flotte au-dessus du sol.

– *Il y a quelqu'un qui correspond à cette description au théâtre Magnifique**. Essaie là-bas.

Pierrot leva les yeux vers la voûte céleste. L'étoile Polaire scintillait d'un éclat si vif que ce devait être un signe. Il fit le vœu de retrouver Rose. Il n'avait jamais accordé beaucoup de confiance aux étoiles. Il se considérait comme une personne plutôt chanceuse. Il ne se sentait pas le droit d'importuner l'univers en demandant d'autres faveurs. Il aurait fallu qu'il soit en fort mauvaise posture pour se résoudre à formuler une demande ou une recommandation à l'univers. Bien qu'il n'eût aucunement pu décrire sa situation comme alarmante, il n'en leva pas moins les yeux vers l'immense ciel nocturne pour lui demander Rose.

41

LE CINQUIÈME JOUR

Le clown qui se produisait au théâtre Océan portait une perruque aux frisottis s'élevant vers le haut, comme s'il était sous l'eau. Il portait un costume de plongée et paraissait formidablement gauche et maladroit en traversant la scène chaussé de ses palmes. Il grimpa sur l'échafaudage pour gagner les cintres où il se tint sur un mince rebord et, après avoir attaché deux cordes aux crochets derrière son costume, il plongea la tête la première. Avant qu'il ne frappe le plancher, le système de poulies compliqué fixé aux cordes le tira, de sorte qu'il put atterrir avec une certaine délicatesse. Il sauta de nouveau et flotta magiquement dans les airs avec la grâce ralentie d'un nageur sous l'eau. Il se retourna d'un bond, fit la brasse. C'était merveilleux et ridicule.

Rose et lui s'assirent l'un en face de l'autre au café du théâtre, qui donnait sur le hall d'entrée.

– Toute vie a commencé sous l'océan. Alors je donne aux gens un aperçu de ce que l'existence pouvait être avant la civilisation.

– Mais nous étions des amibes et de toutes petites créatures, du genre crevettes. On n'a pas commencé dans des costumes de plongée sous-marine.

– On vient tous au monde avec un tuyau à oxygène dans le nombril.

– Certes.

Elle posa la main sur son ventre. Une créature marine avait évolué là-dedans récemment, s'efforçant de se développer. Elle avait péri dans les profondeurs de la mer.

McMahon avait fait savoir qu'il voulait retrouver Rose. Quelqu'un lui frappa sur l'épaule dans un restaurant. C'était une femme burlesque, en manteau de fourrure blanche, dont les yeux étaient cerclés d'un épais trait d'eye-liner. Son maquillage était si outrancier qu'il supposa que ce devait être un maquillage de scène.

– Quoi ? demanda-t-il.

– Je viens de voir Rose. Je jure que c'est elle. Elle est dans les coulisses, de l'autre côté de la rue, en train de discuter avec le clown.

McMahon se leva de table, attrapa son manteau et sortit en toute hâte du restaurant, renversant sa chaise, pour traverser la rue d'un pas lourd. Il parcourut le foyer du théâtre et la salle principale, monta sur la scène, écarta les rideaux puis entra dans les coulisses. Il poussa la porte où était écrit SNOOP LE MAGNIFIQUE.

– Il y avait une fille aux cheveux noirs ici ?

– Ouais. Vous devriez pouvoir la rattraper.

Les pas humides de Rose n'avaient pas encore séché, ils allaient du couloir du fond jusqu'à la porte arrière, qui donnait sur la rue. McMahon courut, même si cela lui brûlait les poumons. Il poussa les deux portes. Il n'y avait rien dans la ruelle que le vent. Et une fille de quatorze ans, tremblante, avec des biscuits en forme de cœurs qu'elle avait confectionnés pour un artiste. Elle en tendit un à McMahon. Il renâcla comme un cheval enragé.

Pierrot alla aux bains publics. Le fond de la piscine, couvert de carreaux brun foncé et blancs, ressemblait à un échiquier. Un homme de haute taille, vieux et maigre, traversait le bassin lentement, pas à pas, à la manière d'un roi de jeu d'échecs. Pierrot ôta sa serviette et s'approcha de la piscine, s'assit au bord et y plongea les pieds. L'eau tiède fit fondre ses orteils. Il se glissa dans l'eau, ferma les yeux et coula jusqu'au fond, où il atterrit sans douleur sur le derrière. Il imagina Rose sous l'eau avec lui. Pourquoi aurait-elle été là, il n'aurait su le dire. Mais il semblait aussi probable qu'elle soit là que n'importe où ailleurs.

Il fit la planche dans le vaste bassin, son sexe semblable à un nénuphar.

42

LE SIXIÈME JOUR

Le théâtre dit du Castor se dressait dans le parc, tout au sommet de la colline. À l'intérieur, des peintures de forêts où galopaient des chevreuils étaient accrochées aux murs. Le rideau était rayé de vert et de brun.

Ce clown était célèbre pour ses numéros mettant en scène des animaux. Il ôtait son chapeau pour révéler un caneton sur son crâne. Il possédait un chien légendaire, qui l'accompagnait depuis des années. Le clown était plutôt malheureux, car il était difficile de louer un appartement avec une telle ménagerie. Il avait été mis à la porte du Saint Martin's Children's Circus parce qu'une de ses oies avait mordu un enfant.

Rose regarda son trépidant spectacle. C'était un clown énorme, coiffé d'un bonnet blanc, vêtu d'une combinaison dotée de trois gros pompons rouges en guise de boutons et d'un ruché rouge autour du ventre, comme du glaçage sur un gâteau. Il avait un pantalon blanc soyeux et des chaussures rouges qui devaient faire du soixante de pointure.

Il fit sortir une colombe de son haut-de-forme, suivie d'un lapin blanc, puis d'un chaton blanc. Une toute petite oie, comme prise de folie, conduisait une voiture mécanique autour de la scène. Un poney blanc sortait de derrière le rideau, désorienté comme s'il venait de se réveiller, et le clown l'enfourchait. Le petit cheval ne semblait pas s'en formaliser, bien que le clown fût trois fois grand comme lui.

Son célèbre chien semblait avoir connu des jours meilleurs. On aurait dit qu'un cigare lui avait explosé au visage. C'était l'ennui avec les caniches blancs : ils avaient toujours l'air plus vieux qu'ils n'étaient. Vêtu d'un smoking, il marchait sur ses pattes arrière avec une facilité déconcertante. Il semblait aussi à l'aise debout qu'à quatre pattes, peut-être parce qu'il exécutait ce numéro depuis des années. Il traversa une longue corde raide qu'avait tendue le clown.

Le clown se trouvait maintenant en coulisses, avec le chien, dans sa loge. Les autres animaux devaient être dans leur cage, mais il semblait traiter le chien comme son égal, et l'emmenait partout avec lui.

– J'ai travaillé avec toutes sortes d'animaux. J'ai eu un petit agneau super pendant quelques années. Les enfants en étaient fous. Ils voulaient tout le temps passer leurs doigts dans sa laine. Habituellement, je ne peux garder qu'un seul animal exotique à la fois. Ils sont épuisants. Je ne suis jamais sûr d'eux. Je ne sais pas quand ils se retourneront contre moi. J'étais prêt à m'exposer à ce genre de frénésie quand j'étais plus jeune, mais aujourd'hui ça me donnerait une crise cardiaque. J'ai eu un lion pendant quelques années. Il avait mauvais caractère. Je l'ai vendu à un zoo quand je buvais et que j'avais besoin de payer le loyer. Tu peux nommer n'importe quel animal : j'ai déjà travaillé avec lui. Je ressemble beaucoup à Noé, tu sais.

– Avez-vous déjà travaillé avec un ours ?

– Ha ! Tu m'as eu ! Jamais. Es-tu dans le divertissement, toi aussi ?

– Quand j'étais jeune, j'avais un ours dansant imaginaire. On parcourait la pièce en valsant ensemble.

– Hum. Eh bien, il est plus facile de louer une chambre d'hôtel quand on n'a pas de ménagerie. Parfois, un animal imaginaire peut être aussi efficace qu'un vrai.

– La mère supérieure disait que je dansais avec le diable. Mais c'était avec la bonté, l'amour, la chaleur et la compassion que je tournoyais. J'accueillais ces choses à bras ouverts, à l'orphelinat. J'avais besoin de ce genre de chaleur.

– Bien sûr. Nous, les clowns, devons dompter les grandes métaphores du monde.

– Je cherche le partenaire avec qui je travaillais quand j'étais très jeune.

– Décris-le-moi.

– C'est un rêveur, il est toujours dans la lune.

– Il y a au Velvet un clown qui est toujours à moitié endormi.

Pierrot alla au zoo. Il passa devant différentes vitrines d'exposition. Il était toujours incapable de rester longtemps en compagnie des reptiles. Ils semblaient tellement dépourvus de compassion, comme s'ils n'appartenaient pas tout à fait au royaume animal, lequel se caractérisait essentiellement par un apitoiement sur soi et l'appréhension du lendemain.

Il se tint devant les cygnes. Rose avait toujours aimé les cygnes. C'était le genre d'animal qu'elle serait venue admirer. Il se rappela les grandes ailes d'ange qu'il portait lors du spectacle de Noël qui avait changé sa vie. Il jeta des petits morceaux de pain sec à l'eau. Les cygnes, n'ayant pas l'habitude d'être nourris en ces temps difficiles, déployèrent leurs ailes et se levèrent vers lui d'un seul mouvement, comme une vague.

43

LE SEPTIÈME JOUR

Les petits théâtres, ceux qui ne pouvaient accueillir qu'une centaine de spectateurs, étaient difficiles à trouver. L'un de ces établissements était situé à l'étage d'un restaurant de spaghettis, de sorte qu'il arrivait que les spectateurs, humant la sauce qui mijotait dans de grandes marmites, se mettent à avoir faim pendant le spectacle. Le propriétaire du restaurant faisait glisser les couvercles aux moments opportuns pour être certain d'attirer la foule après le spectacle.

Rose arriva au théâtre à la dernière minute par une journée exécrable où une pluie verglaçante tombait du ciel, et elle se dépêcha de gagner son siège. Le projecteur révéla un clown et un lit au milieu de la scène. Le clown était vêtu d'un pyjama à pois et d'un bonnet de nuit. Il ne cessait d'ouvrir la bouche pour émettre des bâillements bruyants qui faisaient penser à un éléphant qui s'alarme. Puis il prit un ours en peluche, s'y agrippa amoureusement et se laissa choir sur le lit, sous les couvertures. Il se couvrit les yeux d'un masque de nuit.

Il descendit ensuite du lit sans retirer son masque, comme s'il était somnambule. Il enfourcha un vélo et se mit à pédaler à reculons. Il roulait sur le bord de la piste et faillit tomber. Le public retenait son souffle.

Il grimpa à une échelle sur le côté de la scène. Un enfant dans la salle lui cria de se réveiller. Il entreprit de parcourir la corde raide les yeux recouverts de son masque. Une fois au milieu de la corde, il se remit à pousser ses bâillements ridicules. Puis il s'allongea sur la corde raide et retomba endormi, aussi inconscient qu'un nuage de la hauteur où il se trouvait.

Le public n'aurait pas dû s'inquiéter. Rien ne peut vraiment arriver en rêve.

Rose alla le voir dans sa loge. Il était assis sur un long canapé vert appuyé à l'un des murs, trop épuisé pour essuyer le fard sur son visage. Il avait un chiffon dans une main et un pot de crème dans l'autre, mais il les gardait séparés.

– Je suis payé trois fois rien, ces jours-ci. Je suppose que je vais devoir me faire à l'idée que je suis un raté. Pourquoi est-ce toujours si difficile ? Je voudrais pouvoir plaquer ce métier, ne plus être un clown.

– Que pourriez-vous faire d'autre ?

– Dieu nous a-t-Il créés pour que nous passions notre temps à nous demander à quel point Il est supérieur en tout ? Il nous a faits à son image, alors, naturellement, nous voulons créer. C'est une tâche exaspérante, n'est-ce pas ? S'Il ne fait rien et n'accepte pas d'entrevues ces jours-ci, c'est qu'Il a complètement perdu la boule. En arrivant au ciel, on va Le découvrir dans une camisole de force, pas de doute.

– Alors vous êtes un homme religieux ? Allez-vous à l'église ?

– Bien sûr que non.

Il regarda Rose d'un air interrogateur.

– Je ne suis pas du tout celui que tu es venue chercher, n'est-ce pas ?

– Non.

– Bien sûr.

Il s'étendit sur le canapé et tira son veston par-dessus sa tête pour repiquer du nez.

– Rien n'a d'importance le dimanche, dit-il d'une voix étouffée par le veston. Tout le monde peut cesser pendant une journée d'être ce qu'il est vraiment. Tu ne crois pas ? Nos crimes ne comptent pas, nos réussites n'ont pas d'importance. On n'a qu'à se blottir dans son lit pour faire un bon roupillon. On est à la fois rien et tout, dans ses rêves.

Que faisait Rose en interrogeant ces clowns, sinon tenter de redécouvrir une certaine innocence qu'elle avait déjà éprouvée ? Si elle pouvait se l'entendre expliquer à nouveau, elle la retrouverait peut-être ? Une hallucination n'est plus une hallucination si quelqu'un d'autre la voit aussi. Elle devient alors une apparition.

– Veux-tu coucher avec moi, mon cœur ? Sinon, pour l'amour de Dieu, laisse-moi dormir.

Chaque fois que Rose frappait à une porte, on lui rappelait qu'elle était une fille. Tout ce qu'elle entreprenait, une fille n'était pas censée le faire. On ne lui permettait pas d'avoir de la dignité.

Elle rentrait chez elle et rêvait qu'elle se glissait sous les draps avec Pierrot, pour faire des choses qu'ils n'avaient jamais eu la chance de faire ensemble.

Il faisait un temps affreux ce jour-là, humide et froid. Pierrot ne savait plus où chercher. Il alla voir un détective privé. L'homme, qui venait lui-même de rentrer, portait encore son chapeau de pluie à carreaux.

L'eau dégoulinait du bord sur les papiers et les photos qui jonchaient son bureau. Les gouttes faisaient fleurir l'encre en petits iris noirs. Il sentait la cigarette.

Le détective dit qu'il pouvait l'aider, mais qu'il ne travaillait pas pour rien. Il inscrivit son tarif sur un bout de papier, qu'il tendit à Pierrot. Celui-ci fut estomaqué en voyant la somme. Il était incapable d'économiser l'argent nécessaire pour retrouver Rose. Pourquoi un indigent de son espèce la cherchait-il ? Qu'aurait-il à lui offrir s'ils se revoyaient ? Le sort en avait décidé autrement.

Pierrot se recoucha sur le matelas dans sa chambre. Il avait dépensé le peu d'argent qui lui restait pour se procurer le seul luxe qu'il pouvait se permettre. Il roula un peu de tabac et décida qu'il ne la retrouverait jamais. Quand il alluma la fine cigarette, elle émit un grésillement semblable au son d'un manuscrit qu'un écrivain jette au feu.

44

LA LUNE EN *DO* MINEUR

Chaque fois qu'elle marchait dans la rue, Rose entendait dans sa tête la mélodie au piano de Pierrot. Elle se demandait si l'air n'allait pas lui trotter dans la cervelle jusqu'à ce qu'elle le retrouve. Elle se mit à fréquenter tous les cirques. Elle était devenue experte en matière de clowns. Elle les attendait en coulisses, calepin à la main, notant leurs noms et les indices qu'elle parvenait à rassembler. Un soir, elle alla souper dans un bistro avec Mimi, qui ne cessait de parler d'un pianiste qu'elle avait entendu jouer au Savoy.

– C'est tordant. On aime y aller, certaines filles et moi. Ils passent de vieux films muets du temps où on était petites. Mais ce qu'il y a de mieux, c'est le pianiste. Il joue des airs merveilleux. Ils ont l'air tout simples, mais ils te mettent de bonne humeur pendant des jours. Et puis il est tellement beau. Il y a des filles qui essaient de le séduire, mais il a la tête dans les nuages.

– Ah, oui, tu m'as déjà parlé de lui.

Après souper, elles se firent la bise et se séparèrent pour retourner chacune chez soi. Mais Rose ne voulait pas se retrouver toute seule dans sa chambre. Il s'était mis à neiger, et les flocons flottaient en tourbillons, comme des osselets lancés en l'air par une petite fille. Elle choisit plutôt de pousser vers l'ouest, vers la rue Sainte-Catherine, en direction du Savoy. Peut-être y avait-il une mince chance pour que le joueur de piano soit Pierrot. Quand elle arriva au cinéma, seules la moitié des ampoules de la marquise étaient allumées, et elles clignotaient.

Rose regarda le programme. On projetait un vieux film muet : un marin tombe amoureux d'une fêtarde mariée à une brute. Il finit par la mettre dans une malle et l'emmener en haute mer, vers la liberté. Rose se dit que ça avait l'air bien, et elle acheta un billet pour la dernière représentation. Le cinéma était dépourvu de décorations, à l'exception de petites étoiles dorées peintes sur l'avant-scène. À sa grande surprise, la salle était pleine.

Quand les lumières s'éteignirent, un visage de fille apparut à l'écran. Elle soufflait des baisers. Sa figure était si blanche et si ronde qu'il était impossible de ne pas songer à la lune en la voyant. Son mari ne répondait pas à ses baisers, mais agitait un doigt menaçant devant elle. Tandis qu'elle se dirigeait vers l'épicerie, son sac de courses à la main, un marin sympathique chevauchant un vélo se mit à tracer des huit autour d'elle. Le marin la déposa sur le guidon de son vélo, et ils roulèrent dans la rue en contournant les voitures. Comme c'est merveilleux, songea Rose en tapant dans ses mains, ravie.

Le pianiste était aussi bon que l'avait dit Mimi. Elle constata que la majorité des spectateurs étaient venus pour l'entendre lui, et non pour voir le film.

On aurait dit que les gens en noir et blanc sur l'écran dansaient véritablement sur sa musique, et que s'il avait joué un autre air ils auraient agi tout à fait autrement. S'il n'avait pas joué assez vite, ils n'auraient pu échapper à leurs ravisseurs. Ses mains s'élevaient dans les airs à la fin, et elle les voyait au-dessus des têtes de la première rangée. Il y avait très longtemps qu'elle n'avait pas entendu quelqu'un jouer du piano d'une manière qui lui plaisait.

Vers la fin du film, lorsque l'héroïne et le marin tombaient enfin amoureux, le pianiste attaqua une mélodie lente et légère. Rose connaissait cet air. Elle le reconnaissait. Comment aurait-il pu en être autrement ? Elle aurait voulu se lever et se mettre à danser.

C'était la mélodie que jouait Pierrot quand, enfants, ils se produisaient chez les riches. Les vieux dansaient sur cet air. Leurs poitrines tremblotaient, leurs bijoux cliquetaient, ils joignaient les mains pour applaudir en silence – comme deux tranches de pain collées ensemble.

Se pouvait-il qu'elle se trouvât dans le même bâtiment que Pierrot ? Occupaient-ils de nouveau le même temps et le même espace ? Elle se leva, remonta la travée en courant. Elle traversa le vestibule à la hâte et poussa de l'épaule les grandes portes vitrées au rebord doré, sentit une bouffée d'air glacé du dehors. Elle avait la possibilité de s'enfuir. Qu'est-ce qui pouvait l'attendre, sinon une déception ? Elle l'avait repoussé, des années plus tôt. Il lui avait fait comprendre clairement qu'il ne voulait plus avoir affaire à elle. Il ne lui avait jamais écrit. Mais il était là, jouant du piano dans un petit cinéma de la rue Sainte-Catherine. Ne devait-elle pas au moins découvrir s'il avait encore un peu d'affection pour elle ? Rose était terrifiée. Elle avait passé tellement de temps à le chercher. Et s'il se fichait complètement d'elle ? Bien sûr, il n'avait pas eu une seule pensée pour elle depuis des années, contrairement à elle.

Quand Pierrot sortit du cinéma, une femme se tenait sous la marquise, vêtue d'un manteau noir tout simple. C'était la plus belle femme qu'il eût jamais vue, et il la reconnut aussitôt. Il voulait courir jusqu'à elle et l'entourer de ses bras. Il essaya d'allumer une cigarette, mais ses mains tremblaient. Il finit par réussir. Prit une bouffée. Il était transi, tout à coup. Tremblait violemment. Et s'il faisait encore une fois tout foirer ? Elle le repousserait peut-être. Bien sûr qu'elle le repousserait. Pourquoi avait-il cherché à la retrouver ? Elle était trop bien pour lui. Il ferma les yeux et se mit à prier. Il avait peur de s'approcher. Pierrot attendit qu'elle le remarque.

Rose regarda son propre reflet dans la vitrine du cinéma en se demandant de quoi elle aurait l'air aux yeux de Pierrot. Elle était en train de se dire qu'elle reviendrait plutôt un autre soir, quand elle serait mieux préparée. Quand elle saurait quoi dire. Mais elle était incapable de faire un geste.

Pierrot songea : Elle attend un amoureux, ça se voit tout de suite. Elle s'inquiète qu'il ne la trouve pas jolie. Quel imbécile ne la trouverait pas jolie ? Elle ne le vit pas qui la fixait du regard. Et même si son amoureux déboulait pour le trucider, il s'en fichait. Il voulait la saluer de nouveau.

– Rose !

Et elle se retourna.

– Pierrot ! Comment as-tu su que c'était moi ?

– Nulle femme au monde n'est si belle. Je te reconnaîtrais n'importe où.

Elle sourit, enfouit son visage dans ses mains. Elle ne s'était pas attendue à une telle déclaration spontanée. Il avait toujours exprimé son amour si facilement.

– Merci, dit-elle.

– Qu'est-ce que tu fais ici ?

– Je t'attendais.

– Tu m'attendais !

– Je suis entrée pendant le film. J'ai reconnu cette mélodie.

– C'est ta mélodie. Je l'ai beaucoup changée au fil des années.

– C'est vrai ? Elle sonne exactement pareil.

– Je… je cherche à te voir depuis quelque temps.

– Vraiment ? Moi aussi, je pensais à toi.

– Oui ?

Ils restèrent là, sous la neige qui tombait et trempait leurs chaussures. Ni l'un ni l'autre ne sentait le froid. Ni l'un ni l'autre ne voulait bouger, de peur que l'autre disparaisse. Ils ne s'étaient pas vus depuis six ans.

– Je suis désolé. Est-ce que je peux te prendre dans mes bras ?

Ils s'enlacèrent et restèrent ainsi, terrifiés à l'idée de relâcher leur étreinte, chacun sanglotant sur l'épaule de l'autre. Pendant tant d'années, ils n'avaient pas eu d'épaule sur laquelle pleurer. Ils s'interrompirent un moment et s'éloignèrent pour s'émerveiller encore du visage de l'autre. Puis, de nouveau, ils s'étreignirent et fondirent en larmes. Ils finirent par se lâcher et éclatèrent de rire, sans savoir pourquoi. Il n'y avait rien de drôle ; tout était simplement très, très agréable.

Ils se rendirent dans la Petite-Bourgogne, où se trouvait le club de jazz le plus populaire de la ville, géré par un Noir qui avait autrefois été employé de train puis contrebandier. Pierrot adorait cet endroit.

Il n'y était pas allé depuis quelque temps parce que la musique le mettait dans un tel état – presque comme s'il était défoncé – qu'il en avait les nerfs à vif et avait besoin de se shooter. Écouter le joueur de trombone lui procurait la même décharge que celle qu'il ressentait tout de suite après s'être piqué. Une fois, une chanteuse en tournée avait chanté, les yeux clos, que son amoureux l'avait quittée, et Pierrot s'était senti si mélancolique que c'en était trop, il lui avait fallu se shooter. Les choses belles le remplissaient de tristesse. Mais maintenant que Rose était revenue, elles le rendraient heureux – la tristesse ne pouvait pas exister. La tristesse n'était rien d'autre qu'une variation du bonheur.

Ils s'assirent à une table dans un coin et commandèrent un pichet de bière. Ils s'en mirent partout en se servant gaiement. Tous les deux étaient fin soûls quand ils s'entraînèrent mutuellement sur la piste de danse.

C'était tout à fait merveilleux. Une nuit parfaite, splendide. Quand Rose demanda qu'on joue *Lovebird Nestle*, les membres de l'orchestre étaient eux-mêmes ou bien soûls ou bien drogués. Quelques musiciens tombèrent dans les pommes. Le batteur avait défait son nœud papillon et s'était allongé près de la batterie. Le flûtiste, qui était insomniaque, jouait un air qui ressemblait à une faible brise filtrant par une fenêtre fêlée. Le piccolo faisait penser à un enfant qui se pince le nez et chante comme un personnage de dessins animés.

Rose et Pierrot s'accrochaient l'un à l'autre en faisant des petits pas et en se couvrant le visage de baisers. Ils ne pouvaient supporter de rester séparés ne serait-ce qu'une seconde de plus. Ils dansaient sur la piste, et elle glissait sous les bras de Pierrot. Front contre front, ils s'éloignèrent d'un pas de shimmy. Ils se cramponnaient l'un à l'autre. Les rares clients qui buvaient dans la salle ce soir-là mirent leurs coudes sur les tables, posèrent le menton dans la paume de leurs mains et les regardèrent. Cela ressemblait beaucoup aux numéros qu'ils exécutaient enfants. Sauf qu'ils n'étaient pas obligés de retourner dans un orphelinat et de dormir dans des lits séparés.

Ils étaient adultes. Ils pouvaient faire l'amour.

À la fermeture du club de jazz, ils marchèrent ensemble dans la rue.

– Quand je suis retourné à l'orphelinat pour te chercher, commença Pierrot, puis il s'interrompit, avant de continuer : J'ai vu sœur Éloïse.

– La salope. Qu'est-ce qu'elle avait à dire ?

– Qu'elle t'avait mise au courant, pour elle et moi.

– Je ne sais pas de quoi tu parles.

– On couchait ensemble dans les salles de bains.

Les taches sur les joues de Rose virèrent au rouge vif.

– Ça a commencé quand ?

– Quand j'avais onze ans, je pense. Oui, quand j'avais onze ans.

– Oh, ce n'est pas ta faute, mon chou. Elle était folle. Tu sais ça, non ?

– Ça ne te donne pas une mauvaise opinion de moi ?

– Si je pensais que ça t'aiderait à te sentir mieux, j'irais lui mettre une balle dans la tête.

– Non, je ne crois pas être en colère contre elle. Ça appartient au passé. Je m'inquiète seulement que ça m'ait fait quelque chose. Que ça m'ait rendu, d'une certaine façon, impossible à aimer.

– Ne sois pas ridicule. Un jour, je la tuerai pour toi.

– Ha ! Quoi ? Merci, mais tu n'as pas besoin de faire ça.

Et puis Pierrot fondit en larmes.

– Écoute, puisque tu m'as confié ton secret, laisse-moi te confier le mien. J'étais la maîtresse d'un type, comme tu sais, mais quand je l'ai quitté, pour gagner de l'argent, j'ai dû enfiler des talons hauts et des porte-jarretelles et coucher avec des hommes déguisés en zèbres. Et ces petits films sont projetés dans des petites salles partout dans le monde. En ce moment même, des hommes se masturbent en les regardant.

– Oh, je t'ai vue dans un de ces films ! Tu étais magnifique !

Rose ouvrit la porte de l'hôtel Valentin, et Pierrot attrapa le battant derrière elle avant qu'il ne se referme. Il la suivit dans l'escalier. Elle avait l'impression qu'il était son ombre, cousu à elle. Les marches faisaient des choses merveilleuses. Semblables aux marches dans les rêves, elles étaient comme des accordéons. Il fallait étrangement beaucoup de temps pour en gravir certaines. Rose pouvait voler au-dessus de certaines autres, la gravité ne semblait plus exister.

C'était le désir qui altérait les lois de la physique, posait le doigt sur le disque pour le ralentir afin qu'on entende chaque parole prononcée et qu'on s'en souvienne.

Quand ils entrèrent dans la chambre, Pierrot poussa Rose contre le papier peint bleu. L'une des jambes de Rose s'enroula autour de son dos. Dès qu'il se pressa contre elle, elle sentit son sexe. Elle baissa les yeux, incrédule, déboutonna son pantalon et tendit les doigts pour le toucher.

Le veston de Pierrot tomba par terre. Elle n'avait jamais été aussi excitée de voir quelqu'un se déshabiller. Tandis qu'elle se dévêtait, elle était ravie par son propre corps, comme si elle le voyait pour la première fois et qu'elle était très satisfaite de ce qu'elle découvrait. Elle ôta son bas, enchantée que sa jambe soit si mince. Puis elle agita les orteils au bout de son pied, enchantée d'eux aussi.

En voyant les seins de Rose, Pierrot les saisit à deux mains et y enfouit son visage. Il détacha ses bretelles et, avant même que son pantalon soit tombé par terre, il était en elle. La boucle de sa ceinture frappa le sol comme une ancre.

Ils se déplacèrent vers son lit. Pierrot la tint par les épaules tandis qu'il s'enfonçait en elle de plus en plus puissamment, de plus en plus profondément. Elle poussa un cri si fort qu'il craignit que les voisins ne l'entendent – non qu'il s'imaginât qu'ils étaient du genre à s'en formaliser : ils auraient sans doute bien aimé entendre Rose faire l'amour. Mais il voulait la garder pour lui tout seul. Ça l'excitait tellement que, si d'autres l'avaient entendue, ç'aurait été comme s'ils la voyaient nue.

Il se retira et éjacula sur elle. Quand il eut fini, il lui sembla que son corps tout entier était merveilleusement dévasté, parce qu'elle lui avait soutiré jusqu'à sa dernière goutte de vie. Une fois qu'ils eurent repris leur souffle, ils se regardèrent et éclatèrent de rire sans pouvoir s'arrêter.

Il ne se sentait pas comme un criminel parce qu'il avait fait l'amour à quelqu'un. Comme c'était formidable ! Il n'arrivait pas tout à fait à croire que Rose était près de lui. Comme c'était formidable ! Et elle était nue. Comme c'était formidable ! Il aurait voulu jeter ses vêtements par la fenêtre pour qu'elle reste toujours nue près de lui, pour qu'elle ne puisse jamais aller nulle part.

– Quelle est ta couleur préférée ? demanda Pierrot.

– Bleu foncé. Presque noir.

– Et ton âge préféré ?

– Onze ans.

– As-tu un oiseau favori ?

– Le merle.

– Tu as l'air du genre de fille qui aime les merles. Tu sais apprécier la beauté dévastatrice de cet oiseau.

– Merci.

– Quel est ton livre préféré ?

– J'ai vu un spectacle de marionnettes du *Tartuffe* de Molière, et ça m'a fait tellement rire.

– Comment peux-tu être si cultivée ?

– Je lisais des livres aux enfants, quand j'étais leur gouvernante. Ils étaient capables de comprendre n'importe quoi. Et même s'ils ne comprenaient pas, ils restaient couchés, tranquilles, pendant les passages adultes.

– Tu les as probablement bousillés pour la vie ! Je me fiche de ce qu'on dit, tous ces romans bizarres qui parlent de problèmes compliqués ne servent qu'à rendre les enfants mélancoliques.

– Ils sont riches. Ils finiront mélancoliques de toute façon.

– C'est vrai. Quand on a les moyens d'être mélancolique, pourquoi s'en priver ? opina Pierrot. Autant en profiter. Alors, quel mets préfères-tu par-dessus tout ?

– Le homard.

– Le homard ! J'en ai assez de ces réponses prétentieuses. Je ne sais pas quel genre d'hommes tu fréquentais avant moi. Je ne peux pas t'offrir ces mets fabuleux.

– Ces derniers temps, je préfère les tartines à la confiture.

– Moi aussi. J'adore manger des tartines à la confiture le matin. Tu étais tellement douée avec les enfants plus jeunes, à l'orphelinat. Tu ferais une mère extraordinaire.

Rose s'empourpra. Pierrot adorait quand ses joues viraient au rouge de la sorte. Ça le rendait fou de désir.

– On devrait avoir un bébé, dit-il.

– Non, ne dis pas ça. On ne peut pas. Tu le sais. Nous n'avons pas un sou.

– Je ferai fortune pour que nous puissions avoir un bébé à nous, insista Pierrot.

– Comment feras-tu ?

– Je ne sais pas. Mais le bébé sentira le sucre glace.

– Et il aura de grands, grands yeux bleus, ajouta Rose.

– Et des cheveux foncés.

– Non, clairs, comme les tiens.

– Et nous lui lirons des romans compliqués pour qu'il soit désorienté à longueur de journée ! s'écria Pierrot.

– Et tu lui joueras des airs tristes au piano pour qu'il pleure sans raison. Et on lui dira : « Bébé, oh, notre cher petit bébé, qu'est-ce qui ne va pas ? »

– Et le bébé n'aura pas la moindre idée de ce qui le fait pleurer.

– Arrangeons-nous pour qu'il ait peur de tout et qu'il nous réclame toujours plus de câlins, dit Rose en se relevant. Quand il nous dira qu'il y a un monstre dans son placard, plutôt que de le traiter de gros bêta, nous condamnerons la porte avec des planches et des clous.

Parfois, quand Pierrot s'inquiétait de se sentir bien, il se prenait à penser à sœur Éloïse avec consternation. Il la voyait partout, juste en périphérie de son champ de vision. Un jour, il vit une nonne monter dans le tram alors qu'il rentrait après le travail, et l'anxiété se répandit dans ses veines comme des guêpes sortant en bourdonnant d'un nid qu'on a dérangé. Il se jeta dehors par l'arrière du tram et roula sur le sol. Tous les passagers sortirent la tête par la fenêtre pour le voir. La religieuse l'observa aussi. À bien y regarder, il était évident qu'elle avait au moins soixante-dix ans. Le tracé de toutes ses anciennes expressions se voyait sur son visage telles de vieilles esquisses.

Tout à coup, il eut envie de se shooter. Quand il se piquait, l'héroïne déferlait dans son corps, allumant les interrupteurs dans tous ses membres, comme quelqu'un qui veut montrer à un enfant qu'il n'y a pas de fantôme dans la maison. Et alors, il pensa à Rose. Elle ne resterait jamais avec lui si elle le voyait défoncé. L'envie passa.

Après qu'ils eurent fait l'amour ce soir-là, Pierrot parla à Rose de sa dépendance. D'instinct, elle baissa les yeux vers ses bras. Ils étaient couverts de cicatrices semblables à de petites taches. Elle comprit que c'étaient des traces de piqûres.

– Je ne te mentirai pas. Les années avant de te retrouver, j'étais complètement accro à l'héroïne. J'avais l'impression de n'avoir personne dans ma vie. J'étais un homme sans famille, et donc j'étais, de plusieurs manières, un homme sans identité. Je me fichais de mourir. La dépendance me donnait un but, même si ça semble pitoyable. C'est tellement pitoyable. Mais en me réveillant le matin, je savais ce que je voulais. Sinon, le sentiment de perte que j'éprouvais au réveil était dangereux. Et puis je me suis mis en tête de te retrouver. Et j'ai voulu me libérer de ma dépendance. Je ne pouvais pas supporter que tu me voies comme ça.

– Et je ne t'ai pas vu comme ça.

– Et tu ne me verras jamais comme ça.

Une valise dans une main et un tableau dans l'autre, Pierrot s'en venait vivre chez Rose. Quand il entra, la neige poudreuse flottait autour de lui, semblable à la poussière s'élevant de deux brosses à ardoise qu'un enfant frappe l'une contre l'autre. Rose laissait la chambre en désordre, comme une fille qui a l'habitude d'avoir une bonne. Il y avait des iris sculptés sur le dossier en bois de la chaise, mais le coussin était complètement abîmé. La tasse à thé avait été brisée et recollée. La couverture jaune gisait par terre, tout emmêlée, comme des œufs brouillés.

Elle aimait sa façon de la déshabiller. Mais elle aimait aussi sa façon de l'habiller. Il l'aidait à se boutonner. Ou bien il ramassait son chapeau et s'en coiffait. On aurait dit qu'il avait oublié qu'ils étaient deux êtres distincts l'un de l'autre. Elle aimait sa façon de l'asseoir sur le guidon de son vélo pour la promener. Elle aimait sa façon de sauter devant elle lorsqu'ils discutaient en marchant et de marcher à reculons pour pouvoir la regarder en face tout en parlant. Elle aimait sa façon de rire aux éclats à toutes les blagues à la radio.

Il aimait sa façon de rire aux éclats à toutes les blagues à la radio. Il aimait qu'elle trace du bout du doigt des mots dans les airs. Il aimait qu'elle tende la main pour voir s'il pleuvait, alors qu'il était évident que oui. Il aimait sa manière d'aider les vieilles personnes de l'hôtel. Il aimait que tous les enfants du voisinage semblent connaître le nom de Rose.

Elle aimait que tous les enfants du voisinage semblent connaître le nom de Pierrot. Elle aimait qu'il sache faire cuire un œuf sur le plat, une cigarette entre les lèvres. Elle aimait sa façon de l'appeler depuis le trottoir. Elle aimait sa manière de lui passer un bras autour des épaules. Elle aimait sa façon de parler des peintures quand ils allaient au musée. Elle aimait les choses qu'il remarquait sur le monde.

Il aimait les choses qu'elle remarquait sur le monde. Il aimait l'allure qu'elle avait, en sous-vêtements, assise en tailleur sur le lit, alors qu'elle décrivait ce qui lui était arrivé de terrible. Il aimait quand elle lisait des passages qu'elle avait soulignés dans des romans. Il aimait qu'elle se mêle des disputes des gens dans la rue. Il aimait qu'elle commence toujours la journée en lisant le journal. Il aimait la façon dont il se sentait avec elle.

Elle aimait la façon dont elle se sentait avec lui.

Une année passa, au cours de laquelle Rose et Pierrot vécurent dans un état de félicité indigente. Les temps étaient durs, et la paye de Pierrot souvent insuffisante. Rose trouvait et perdait des boulots sporadiquement. Elle travailla quelque temps dans un atelier de confection, puis comme serveuse dans une buvette, avant de devenir femme de chambre au très chic Ritz-Carlton. Partout, on finissait par devoir la remercier. Pourtant, en ménageant chaque sou, Pierrot et elle arrivaient à payer le loyer et à manger à la fin de la journée, sous une faible ampoule dans leur chambre d'hôtel. Malgré la Dépression, ils formaient une entité heureuse. On aurait dit que le monde, qui s'était jadis montré si cruel à leur égard, avait enfin cessé de s'intéresser à eux.

Rose griffonnait dans son journal un après-midi.

– Est-ce que je peux voir ton journal ?

– Oui ! Il n'est pas intime du tout. En fait, j'espère un jour le partager avec le monde entier.

Pierrot prit le volume et feuilleta les pages épaisses.

Le journal était plein d'esquisses au stylo noir.

Quelles merveilles y avait-il là ?

Il y avait le croquis d'une fille coiffée d'un bicorne, le dessin d'un clown à cheval sur une bicyclette dont les roues semblaient grosses comme une maison, une illustration de traces de pas accompagnées de flèches – instructions pour une valse débridée, à n'en pas douter. Il y avait le dessin d'un chapeau haut de forme muni d'un levier permettant au-dessus de s'ouvrir et de se refermer comme la trappe d'une cheminée pour laisser échapper de la fumée. Il y avait un smoking avec un œillet à la boutonnière et des trous aux coudes. Les esquisses sur le papier se mirent en mouvement dans sa tête, un dessin animé à la Disney. C'était le cirque rêvé de Rose.

Il arrivait parfois à Pierrot de découvrir Rose en train de faire quelque chose d'extraordinairement bizarre. Mais ce n'était pas parce que sa chérie avait perdu la tête, c'était parce qu'elle travaillait à différents détails du spectacle, dont elle n'abandonnait jamais tout à fait l'idée.

Une fois, elle se tenait en équilibre au bord du toit. Un passant aurait pu croire qu'elle s'apprêtait à sauter – le suicide n'était pas si rare chez les femmes pendant la Dépression : le fait d'avoir son mari à la maison à longueur de journée était source d'un grand désespoir. Mais Rose salua gaiement Pierrot.

Le lendemain, Pierrot monta dans la chambre et y trouva Rose, assise avec une cuillère en bois autour de laquelle était enroulé un chiffon. Le chiffon était en flammes. Devant elle, une petite tasse à thé pleine de kérosène.

– Tu te rappelles quand nous donnions des spectacles dans les maisons fortunées ? demanda Rose. Ils étaient conquis. Quand on débarquait dans leur salon, ils ne savaient pas ce qui leur était tombé dessus. Ils étaient sous le charme. On aurait pu leur demander de nous donner les clefs de leur maison et ils l'auraient fait.

Elle prit une gorgée de thé et souffla un énorme nuage de feu qui remplit la moitié de la cuisine. Après, elle eut un hoquet, et une petite flamme jaillit. Ils étaient tous deux un peu secoués et effrayés.

– Je n'arrive pas à croire que je suis encore là, dit Rose en se regardant de haut en bas.

– N'essaie plus jamais ça.

Rose haussa les épaules. Elle n'était pas sûre de savoir comment le plan se réaliserait. Mais parfois, il suffit de travailler à une chose pour que le dénouement apparaisse.

Un après-midi, Pierrot était en train de pisser dans une ruelle quand on s'approcha par-derrière pour lui taper sur l'épaule.

– Tu me dois de l'argent, dit l'inconnu.

Pierrot boutonna sa braguette et se retourna. Il y avait là un homme avec une casquette enfoncée sur un œil à qui il manquait une dent de devant.

– Ai-je l'honneur de vous connaître ?

– La rouquine avec qui tu sortais m'a fait les poches. Et maintenant, tu vas me payer ce qu'elle m'a pris.

– Poppy ? Comment va-t-elle ? Je pense souvent à elle.

– Elle a pris tout mon argent. Je me suis réveillé et il ne me restait plus rien.

– Eh bien, j'hésite à dire cela, mais Poppy était un être généreux, alors si elle vous a volé, il y avait peut-être une raison.

– Tu vas me payer ce qu'elle me doit. Donne-moi cent dollars.

– Je n'ai pas un sou.

– Elle a dit que je devrais venir te voir. Elle a dit que tu ferais ce qu'il faut.

– Si j'avais de l'argent, je le lui donnerais. Ou à vous, pour elle. Mais j'ai une nouvelle petite amie. Est-ce qu'elle n'est plus avec ce nouveau type ? Il avait l'air plutôt futé, un gars agressif, un vrai fonceur.

– Il l'a jetée dehors. Elle m'a volé. Maintenant, tu vas me payer.

– Je ne suis plus voleur. Je ne peux plus : ils ont mes empreintes.

– Achète une paire de gants et comporte-toi en homme.

– Je n'ai jamais su ce que ça voulait dire.

L'inconnu sortit un couteau. Pierrot ferma les yeux, acceptant son sort, son destin, qu'importe. Il ne savait pas comment se défendre. Tout ce qu'il savait, c'était comment se sacrifier. Mais il n'arriva rien. Il y eut un grand bruit, et Pierrot ouvrit les yeux.

L'homme semblait stupéfait. Sa mâchoire s'ouvrit comme s'il s'apprêtait à dire quelque chose. Il tomba à genoux. D'abord, Pierrot ne comprit pas ce qui s'était passé. On aurait dit que l'homme avait été terrassé par Dieu. C'était un miracle. Mais derrière l'homme se tenait Rose, une chaise brisée dans les mains. Ils regardèrent tous deux le corps qui s'effondrait. Rose s'accroupit vivement – son manteau replié sous ses fesses – et prit le pouls de l'homme étendu.

– Oh, ça ira. Mais on ferait mieux de déguerpir. Il ne sera pas de bonne humeur en se réveillant.

Ils se dirigèrent vers la rue. La ruelle était pleine de meubles qui avaient été jetés après l'expulsion de leurs propriétaires. Il y avait un matelas couvert de violettes bleues – de la couleur des lèvres bleues des cadavres. Un berceau retourné faisait penser à la carcasse d'un buffle mort.

– Je ne laisserai plus jamais personne nous faire de mal. Je vais me défendre.

– Tu es si courageuse !

– Je ne suis pas courageuse. Je n'en peux plus, c'est tout. Il faut briser des chaises et des bouteilles sur la tête des gens pour être pris au sérieux.

Le chapeau de Rose fut emporté par le vent. Pierrot ne l'avait jamais vue si belle, mais il la trouvait aussi passablement folle. Il se demanda pourquoi elle le fréquentait. Il n'était pas féroce. Il n'était pas assez bien pour elle. Rose allait s'en rendre compte d'une minute à l'autre et le quitter. Pierrot s'en faisait pour Poppy. L'avait-il abandonnée ? Fallait-il l'aider si elle avait des ennuis ? Il ne voulait pas croire qu'il était le genre d'homme qui traitait mal les femmes. Mais était-il possible de coucher avec une femme sans être méchant envers elle ? Le sexe n'était-il pas toujours un acte de cruauté ? Il ne pouvait pas revenir avec Poppy. Il voulait être avec Rose. C'était la seule chose qu'il avait jamais voulue. Finirait-il par blesser Rose aussi ? Son rapport à elle était-il aussi vil et méchant ? Il voulait lui être fidèle. Il ne pouvait être fidèle à aucune femme sauf elle.

Elle marchait dans la rue, râlant qu'elle voulait gifler tout le monde. Pierrot s'était arrêté tout net, et elle marchait seule. Elle s'avança vers lui, les deux mains levées et écartées, comme un Égyptien qui se demande quelle direction prendre. Elle demanda :

– Mais qu'est-ce que tu fabriques ?

– Veux-tu m'épouser, Rose ?

Le jour du mariage, ils prirent un bain ensemble grâce à de petites casseroles d'eau chaude qu'ils devaient chauffer à l'aide de charbon durement gagné. Ils demandèrent à Mimi de leur servir de témoin à l'hôtel de ville. Ils avaient vingt-deux ans.

Rose avait épinglé un petit voile blanc à son chapeau noir. Elle portait une robe bleu marine à pois discrets et un col blanc, et tenait un bouquet de fleurs en tissu que Mimi avait choisi chez le costumier du studio de cinéma. Pierrot portait son célèbre costume.

À cause de la dentelle du voile de Rose, ils avaient l'impression de se regarder à travers une vitre couverte de givre.

– Je ne te mérite pas. Si quelqu'un veut venir ici et arrêter la cérémonie, il le devrait. Je ferai n'importe quoi pour toi. Je n'ai jamais fait passer avant moi qui que ce soit. Et j'ai toujours voulu le faire. Je veux consacrer ma vie à te rendre heureuse. Maintenant que j'ai passé cette dernière année avec toi, je serais incapable de survivre si tu me quittais.

– Tu es mon Napoléon. Tu m'as planté un pieu dans le cœur. Tu es mon Alexandre le Grand.

Pierrot haussa les épaules, parce qu'il ne ressemblait en rien à ces types.

– Je me fiche que tu sois en train de prendre la pire décision de ta vie, dit Pierrot. Parce que je veux tellement que tu m'appartiennes.

Ce fut très bref. Cela plut à Rose. Entrés célibataires, ils étaient un couple marié en ressortant. Comme une transformation qui se produit dans la boîte d'un magicien.

Mimi leur avait donné un dollar en guise de cadeau de mariage, et ils devaient décider ce qu'ils en feraient. Ils choisirent de se faire prendre en photo. Quand ils virent combien l'autre était beau et propret sur le cliché, ils furent ravis d'avoir décidé de se faire photographier ce jour-là. C'était une image en noir et blanc. Pour une raison qu'il aurait été incapable d'expliquer, le photographe décida de faire une retouche à la photo. À l'aide d'un fin pinceau, il ajouta un peu de rose sur les deux joues de Rose.

– Mesdames et messieurs, je porte un toast à une fille que je connais depuis toujours. On nous a laissés, bébés, dans le même orphelinat. On nous a couchés dans des berceaux voisins. Et dès que j'ai tourné la tête et que je l'ai aperçue, de l'autre côté des barreaux, je me suis dit : Je vais demander ce bébé en mariage.

À un moment pendant la soirée, Pierrot alla s'asseoir près du pianiste. Ils attaquèrent à quatre mains un air qui donnait l'impression que cent pianistes jouaient tous à la fois. Quand les filles au bar commencèrent à céder à la fatigue, leurs têtes se courbèrent en avant, comme si elles étaient en train de lire un roman dans un train. Pierrot avait attaché derrière son vélo des boîtes de soupe vides qui faisaient un merveilleux bruit de ferraille, telle une fêtarde soûle qui déboule dans l'escalier avec des bouteilles à la main. Le fond de l'air était frisquet. Plus tard ce soir-là, ils s'assirent sur le toit, emmitouflés ensemble dans une couverture, et levèrent les yeux vers les constellations. Rose savait les reconnaître, pour avoir regardé dans le télescope chez les McMahon. Mais elle décida de les renommer pour Pierrot.

– Voilà la Licorne. Tu vois sa longue corne magique ?

– Oh oui !

– Et voici le Poney à la patte cassée.

– Ne regarde pas cette constellation. Ça va nous rendre trop tristes.

– Regarde la Fille qui fait la roue !

– C'est ma préférée.

– J'aime bien la Fille qui vomit aux toilettes après l'orgie.

– Il faut qu'elle se calme un peu.

– Le Garçon qui souffle ses bougies d'anniversaire.

– Oh ! Quel âge a-t-il ?

– Onze ans, dirent-ils ensemble.

– Tout ce que je veux, Pierrot, c'est que tu sois heureux. Je ne peux pas me rendre moi-même heureuse. Personne ne peut vraiment faire son propre bonheur. Mais on peut rendre les autres heureux.

– Ne dis pas ça. Ne t'en fais pas pour moi. Si jamais je fais obstacle à ton bonheur, je jure que je me jetterai du haut d'un toit. Tout ce que je veux, c'est que tu sois heureuse. Je suis brisé, et tu es parfaite. Tu passes en premier.

– Non.

– Si, j'insiste. S'il te plaît. Ça me rendrait tellement heureux si on pouvait s'entendre là-dessus.

– D'accord. Je t'aime, Pierrot. Tu es la seule chose, la seule personne que j'aie jamais aimée.

– Qu'ai-je fait pour mériter un être aussi merveilleux que toi ? Si je savais que j'allais mourir demain, je m'en ficherais, parce que c'est un sentiment parfait. Ça ne peut pas être mieux que ça, dans l'univers entier.

Les sous-vêtements blancs de Rose jonchaient le plancher – comme des coquilles d'œuf sur le sol. Ils se sentaient idiots parce qu'ils avaient tous deux fondu en larmes.

45

NOCTURNE EN ROSE ET OR

Le samedi soir, après la fermeture, il y eut un incendie rue Sainte-Catherine. Le cinéma Savoy s'envola en fumée, à la manière d'une page de livre. La boîte à fusibles avait explosé, comme si l'édifice avait eu une crise cardiaque. Le moment était peut-être simplement venu pour lui de rendre l'âme. Les pompiers furent dépêchés sur les lieux, mais personne ne put rien faire. Pierrot se retrouva donc au chômage, comme la plupart des pianistes et la majorité des habitants de la ville. Par-dessus le marché, Rose était elle aussi sans emploi.

La propriétaire entra dans leur chambre un dimanche. Elle leur ordonna de lui verser le loyer, s'emparant du pantalon de Pierrot pour le secouer, à l'envers, afin de voir s'il en tomberait de l'argent. Ils ne sortirent même pas du lit pour tenter de l'en empêcher. Ils étaient trop affamés, trop fatigués.

Partout, des locataires étaient mis à la rue. Pierrot et Rose s'arrêtèrent sur le trottoir pour laisser passer des déménageurs. On était en train de charger les meubles d'un appartement à bord d'une charrette tirée par un cheval blanc. Les cuisses de l'animal étaient constellées de taches noires ressemblant à des traces de pas laissées par des enfants dans la neige.

Les déménageurs transportaient un canapé rouge poussiéreux. Parmi les possessions se trouvait un piano vert qui, lorsqu'il fut heurté par le canapé, produisit un son curieux, doux et charmant. Pierrot, qui n'avait pas touché à un piano depuis des semaines, n'allait pas passer devant celui-ci sans en jouer. Il avait résisté à l'héroïne, mais il était incapable de résister à ce piano. Il sauta à l'arrière du camion et escalada les meubles avant qu'on ait pu l'en empêcher. Il s'assit à une table de cuisine et se mit à jouer du piano vert. Le son en était tellement léger et doux…

L'un des déménageurs sortit à la hâte pour ordonner à Pierrot de cesser, mais en l'entendant jouer, il s'arrêta tout net. Il avait changé d'avis en un instant et aurait voulu que Pierrot n'arrête jamais de jouer, qu'il joue pour le reste de leur vie.

Rose avait envie d'oublier ses problèmes. Elle se mit à danser sur la mélodie du piano et, au rythme de son souffle, des nuages de buée s'élevaient de ses lèvres. Des enfants lui jetèrent un coup d'œil. Le son du piano était si aguicheur que Rose battait des cils et sautait gaiement d'un pied sur l'autre. Et puis elle fit semblant d'être emportée violemment par une bourrasque. Elle se tint au poteau d'un réverbère et se hissa jusqu'à se retrouver à l'horizontale, comme si elle tentait de résister à la force d'un ouragan. Il y avait une semaine qu'elle répétait ce numéro. Des enfants traversèrent la rue en courant pour regarder. C'était proprement stupéfiant.

Quand Pierrot cessa de jouer et que Rose fit la révérence, le petit groupe se mit à applaudir. Un enfant jeta une poignée de bouchons de bouteilles sur la veste que Pierrot avait étendue par terre. Un homme y lança une cigarette roulée.

Rose et Pierrot étaient debout devant la vitrine de la boucherie où étaient exposées des guirlandes de saucisses et une tête de cochon suspendue à un crochet tel un masque. La viande donnait à Rose une faim de loup.

– J'ai fait le tour de la ville. Personne ne joue comme nous. On est aussi bons que n'importe lequel des numéros en provenance de villes européennes. Je sais qu'on peut devenir des vedettes. Ces gens meurent de faim, et pourtant ils nous auraient donné leurs sous s'ils en avaient eu.

– On a gagné une cigarette, dit Pierrot en l'allumant.

– Il faut qu'on trouve un moyen d'inciter les riches à payer cher pour venir nous voir, dit Rose. Ils n'aiment rien à moins d'avoir payé une somme énorme pour se le procurer. Ils veulent ce que les autres ne peuvent pas s'offrir. Ça leur rappelle qu'ils sont riches. Il nous faut leur argent. Ils veulent voir l'expérience et la douleur étalées au grand jour – on en a des tonnes.

Rose tendit la main pour prendre la cigarette que lui offrait Pierrot. Elle souffla une ribambelle de ronds de fumée qui ressemblaient à une rangée de ballerines tournoyantes en tutu.

– Il faut qu'on se produise dans un grand théâtre, continua-t-elle. Il faut qu'on se présente comme une rareté. L'attente fait partie d'un numéro. Il faut que tout le monde soit excité. Dire aux gens qu'ils vont aimer ça, c'est la moitié du travail de n'importe quel spectacle.

– J'adore quand tu parles de conquérir le monde. Comment vas-tu faire tout ça ?

– Je ne sais pas. Je le vois maintenant, aussi clairement que je te vois. On aura une armée de danseuses de claquettes. Si seulement on avait de l'argent à investir. Quelles sont nos options ? Dévaliser une banque ? Faire chanter un millionnaire ? Trouver un mécène ?

Ils éclatèrent de rire.

Pierrot savait, comme tous les jeunes gens dans toutes les chambres de tous les appartements de tous les immeubles du pâté de maisons, que ce serait idiot d'engrosser sa femme. Ils ne pourraient jamais s'acheter ce que les couples mariés de naguère s'achetaient – que ce soit une maison ou de la nourriture pour le bébé.

Il prenait toujours soin de se retirer avant de jouir. C'était si bon. Chaque fois, il était certain qu'il allait tout rater et qu'il n'arriverait jamais à se retirer à temps. Il sortait sa verge comme on retire une casserole d'un feu brûlant, ce qui avait pour effet de mettre en lumière à quel point le sexe était ridicule. Si on ne couchait pas ensemble pour essayer de faire un bébé, alors c'était véritablement une entreprise risible et absurde, non ?

Rose n'avait logiquement aucun désir d'avoir un enfant, mais elle en voulait un tout de même. Chaque fois qu'ils faisaient l'amour, elle ne voulait rien tant que de tomber enceinte. Toutes les fibres de son corps le souhaitaient. Mais elle ne le disait jamais.

Pierrot redoutait même d'envisager cette possibilité. Et parce qu'il redoutait de penser à avoir un bébé, il se trouvait à penser à avoir un bébé. Et c'est avec la pensée d'un bébé flottant dans son esprit qu'il jouit en Rose ce soir-là. Sa vie en eût-elle dépendu qu'il n'aurait pu dire s'il l'avait fait exprès. Et il se demandait si elle croirait qu'il avait fait exprès et si elle serait furieuse contre lui. À sa stupéfaction, elle se pencha sur lui et lui planta des dizaines de baisers sur le visage.

Leur bébé se mit lentement à exister, comme une minuscule note de bas de page donnant des coups de pied au bas d'un grand texte de physique. Une noix de cajou au fond d'un bol en verre.

Un lundi matin, Pierrot alla attendre dans la file des chômeurs. C'était une manière acceptable de passer la journée. Il n'y avait pas d'emplois, la vie avait donc évolué pour se transformer en ces tristes rituels. Si vous ne les accomplissiez pas, vous n'étiez pas tout à fait un homme. Cela révélait à quel point la dignité, c'est de la frime.

Cette fois, Rose fut enceinte plus longtemps que les autres fois. Elle eut plus de temps pour y penser, s'interroger, y réfléchir. Pendant un moment, elle n'avait pas osé se représenter la chose à l'intérieur d'elle comme un véritable bébé qui pourrait un jour quitter son corps et habiter le monde. Mais il se mit à grandir dans ses pensées. Cela échappait à son contrôle. Le petit garçon dans son esprit avait une vie à lui. Elle cessa de lutter et rejoignit l'enfant dans son imagination.

Elle les voyait ensemble, à bord d'un voilier sur le fleuve Saint-Laurent. Il était vêtu d'un petit costume et d'un calot de marin. En se penchant par-dessus le bastingage, ils découvraient que l'eau grouillait de bélugas semblables à des morceaux de marbre qui n'auraient pas encore été sculptés pour ressembler à des anges.

Elle s'imaginait avec lui, tous deux coiffés d'un casque de safari, dans une savane d'Afrique, des jumelles autour du cou, guettant les animaux sauvages. Elle les imaginait à la tour Eiffel, un béret sur la tête, en train de croquer dans une baguette. Elle les imaginait à Londres, des pigeons sur la tête, en train de siroter du thé.

En rentrant un jour, Rose remarqua une fillette tenant un miroir sous le nez de sa poupée afin de voir si elle était vivante. Elle sourit.

Pierrot aussi se mit à imaginer le bébé. Il imaginait une minuscule petite fille aux cheveux noirs qui lui poserait constamment des questions sur la nature et l'univers. Ça lui plaisait bien. La petite Rose lui demandait si l'on pouvait voyager dans l'espace et serrer la main d'extraterrestres. La petite Rose lui demandait si l'on pouvait voyager dans le temps pour aller voir les dinosaures. La petite Rose lui demandait si elle pouvait avoir un zèbre. Elle lui demandait si elle pouvait trouver un génie dans une lampe, un tapis volant à Chinatown.

À toutes ces questions, il répondait que oui.

En rentrant à la maison, il passait tous les jours devant la statue d'un guerrier iroquois. Ce jour-là, la statue avait un corbeau sur l'épaule, et l'oiseau tenait dans son bec un morceau de charbon. Il espéra que c'était un heureux présage.

46

UN CŒUR DE LAPIN QUI BAT

Maintenant qu'elle portait un enfant, Rose ne pouvait pas vraiment être artiste de cirque. Pour être artiste, il fallait être téméraire. On risquait sa vie, sa sécurité et le bien-être de son corps pour que le public rie ou se sente sublime. C'est là que résidait une grande part de la beauté de la chose. Le sacrifice était beau. Mais elle ne se sentait plus comme cela. Maintenant, c'était le bébé qui importait. Elle se fichait de pouvoir faire la roue ou d'autres cabrioles. Elle était même horrifiée à cette idée.

Rose avait si mal au cœur le matin qu'elle peinait à sortir du lit. Elle était tout le temps épuisée. Elle avait l'impression qu'elle allait mourir si elle n'arrivait pas à faire une sieste d'urgence. Et elle avait si mal au bas du dos qu'on aurait dit que quelqu'un l'avait poignardée par-derrière.

Elle avait de la difficulté à chercher du travail. Elle voulut faire la queue devant la manufacture, mais s'évanouit dans la rue.

Un après-midi, on frappa à la porte. Quand Rose ouvrit, elle découvrit une fillette de guère plus de treize ans qui tenait un lapin mort par l'oreille, comme s'il s'agissait d'une preuve accablante.

La fillette informa Rose que le lapin était à vendre. Elle portait un manteau en poil de lapin qu'elle avait sans doute cousu toute seule avec les fourrures des bêtes qu'elle avait mangées. Rose lui demanda un lapin vivant. La fillette dit qu'elle devrait la suivre jusqu'à son appartement.

Elles n'eurent qu'à tourner le coin de la rue pour gagner l'étroite maison où vivait la Fille aux lapins, au troisième. Dans une chambre, tout au fond de l'appartement, se trouvait le grand clapier. La moulure au haut des murs avait un motif de pavots, et le papier peint était d'un très joli bleu. La fillette avait fabriqué le clapier à partir d'une vieille armoire dont elle avait remplacé la vitre des portes par du grillage. Un lapin vivait sur chaque tablette comme si la cage était un immeuble d'habitation. En vérité, c'était assez ingénieux.

Rose se demanda ce qu'il adviendrait de cette enfant extraordinaire après la Grande Dépression. Elle espérait qu'elle ne deviendrait pas simple femme au foyer.

– Voulez-vous que je lui torde le cou ? Ça fait des saletés quand on leur tranche la tête. Je les assomme avec un maillet, c'est rapide. J'ai pleuré les cinquante premières fois, mais je ne pleure plus maintenant.

Rose avait apporté une valise. Elle mit le lapin vivant à l'intérieur. Elle marcha dans la rue avec la valise où gigotait le lapin vivant. Peut-être voulait-elle sauver la vie d'une créature vivante. L'animal se débattait là-dedans comme si c'était le cœur de quelqu'un qu'elle avait volé.

– Mais qu'as-tu fait là, Rose, ma chérie ? demanda Pierrot à son retour.

Rose était assise près du lapin sur le canapé.

– Je me suis dit qu'on pourrait l'utiliser dans notre numéro. Mais j'ai besoin de viande. J'ai tout le temps des vertiges. Bientôt, dès que j'ouvrirai la bouche, toutes les dents m'en tomberont.

– On ne peut pas faire ça. La prochaine fois, tu vas m'apporter des paons du zoo pour qu'on les mette à cuire et qu'on les mange ?

– Très drôle.

Rose avait du chagrin pour le lapin. Mais il fallait qu'elle se nourrisse. Et le bébé lui aussi exigeait d'être nourri. Elle avait un appétit vorace. Dans son cœur, elle se sentait comme une louve, prête à absolument tout pour assouvir sa faim. Il n'y avait rien à faire pour la créature mignonne et attentive, désireuse de plaire, posée à côté d'elle sur le canapé. C'était une proie.

Ce soir-là, Rose et Pierrot mangèrent le lapin. L'électricité avait été coupée, aussi soupèrent-ils à la chandelle comme s'ils étaient dans la nature, à la lumière d'un feu de camp, à dévorer leur gibier. Il n'y avait rien que les ténèbres autour d'eux. Ils retourneraient à la civilisation le lendemain. Et ils seraient porteurs d'une nouvelle sagesse et d'une nouvelle science à partager.

Deux jours plus tard, Rose resta seule à la maison, souffrant d'un mal de ventre. Elle s'étendit sur le lit et poussa un gémissement en mettant au monde un minuscule bébé sur le matelas. Elle le déposa dans la petite valise qui avait contenu le lapin. Elle était terrifiée par la vue de ce corps. C'était une chose qu'il ne fallait pas regarder. C'était contre nature. Le bébé mort n'était pas son bébé, mais le contraire de son bébé. Ce n'est qu'une fois qu'elle s'en fut débarrassée qu'elle put commencer à le pleurer.

Quand elle sortit de l'hôtel Valentin, le soleil se couchait. Le ciel étalait des teintes de bleu de plus en plus foncées, comme s'il appliquait de nouvelles couches d'ombre à paupières, jusqu'à ce qu'il soit enfin suffisamment mystérieux pour son rendez-vous.

Rose marcha jusqu'au bord de l'eau. Elle ouvrit la valise, y entassa des cailloux, la referma et la jeta dans le fleuve. Elle avait trop honte pour dire à quiconque qu'elle jetait ses bébés. Mais elle ne pouvait se résoudre à demander ce qu'elle aurait dû en faire. Elle se sentait atrocement mal et pitoyable, comme si sous tous ses vêtements elle était nue, ce qui, au fond, était le cas.

Au crépuscule, Pierrot trouva Rose assise sur un banc devant le fleuve. Elle avait des pensées morbides. Ses ancêtres étaient arrivés dans ce grand pays, en avaient tué les habitants et s'y étaient installés avec leurs manières perfides. Avait-on le droit de s'attendre à quoi que ce soit de la part de Dieu quand on était blanc et nord-américain ?

– Qu'est-ce que ça veut dire, tout ça ? demanda Rose. Tu crois que nos mères ont eu des vies formidables après nous avoir abandonnés ? J'espère que ça en valait la peine.

– Ne commence pas à te poser ce genre de questions, Rose, chérie. Ce sont des idées noires.

– Je te parie qu'elles ont répété leurs erreurs. Je te parie qu'elles sont retombées enceintes une semaine après nous avoir laissés. C'était leur destin de continuer à soulever leurs jupons dans des ruelles. Elles étaient vouées à tomber enceintes toute leur vie. Et à ne savoir que faire de tous ces bébés.

– Qu'est-ce qui se passe ? demanda Pierrot.

– J'ai perdu le bébé. Je l'ai jeté dans le fleuve.

Pierrot ne s'était pas attendu à ce que ça fasse si mal. Rose, elle, avait déjà vécu ça. Pierrot courut jusqu'au fleuve pour aller chercher le bébé. Rose enfouit son visage dans ses mains pour ne pas le voir. Des lucioles dansaient autour d'elle comme des tisons quand quelqu'un lance une bûche dans le poêle.

Rose se réveilla au milieu de la nuit et vit Pierrot enfiler son manteau et se diriger vers la porte.

– Où vas-tu ?

– Je suis somnambule.

La drogue l'appelait tel le chant d'une sirène. Il avait une folle envie de se précipiter dans le couloir et de plonger dans le vide. Elle bondit hors du lit et courut après lui.

– Je ne peux pas, Rose.

– Tu vas tout gâcher si tu te défonces. On a travaillé tellement fort pour se retrouver, tous les deux.

Il posa la main sur la poignée, qui était en forme de rose.

– Si tu vas te shooter, ne reviens pas. Je refuse de passer ma vie à essayer de t'empêcher de te droguer.

Partout dans la ville, des femmes suppliaient leurs compagnons de ne pas sortir se soûler ou se défoncer. Rose s'était habituée à les voir. C'était l'un des spectacles les plus communs pendant la Dépression.

Elles suppliaient leurs maris comme si les hommes étaient des dieux en colère. Rose avait toujours eu pitié d'elles. Mais elle savait que, dans toute bonne relation, il faut toujours être prêt à partir en guerre.

Elle sauta devant la porte, étendit les bras des deux côtés comme si elle était crucifiée, une sorte de barrière naturelle, un verrou de sûreté. Il lui prit les bras et l'écarta. Elle l'attrapa par-derrière et lui sauta sur le dos comme une possédée.

Il se pencha et elle bascula par-dessus lui et tomba au sol. Pendant qu'il l'enjambait pour atteindre la porte, elle lui saisit la cheville et le fit trébucher. Il se frappa la tête sur le plan de travail en tombant. Toute la vaisselle qui était en train d'y sécher tomba par terre. Pierrot se débattit pour se libérer de son emprise, mais elle s'accrochait à sa jambe de tout son corps. Il tenta de lui faire lâcher prise en la secouant.

Ils se mirent à se gifler violemment. Leurs mains étaient semblables à deux oiseaux luttant dans le ciel. Il l'attrapa par la taille et la poussa de côté. Elle glissa en diagonale dans la pièce et heurta une chaise. Choqué par sa propre force, il courut s'assurer qu'elle n'était pas blessée. Tandis qu'il s'agenouillait près d'elle, elle lui donna un coup de genou à l'aine. Il s'agrippa l'entrejambe et s'effondra sur le flanc comme s'il avait été abattu.

Ils restèrent là, allongés, sanglotant, enlacés. Ils avaient combattu la dépendance ensemble. Sur le sol, les assiettes brisées ressemblaient à la surface d'un étang gelé dans lequel serait tombé un enfant.

47

UNE CLOCHE D'ÉGLISE SONNE

Un matin, la propriétaire cogna si fort à la porte qu'ils filèrent tous deux se cacher sous la table. Elle les avertit que s'ils n'avaient pas l'argent du loyer à la fin de la journée, elle les mettrait à la rue.

Rose se mit à faire les cent pas dans la petite chambre d'hôtel, comme un lion de cirque malheureux dans sa cage, méprisant le fait d'être prisonnier et redoutant d'être libéré pour exécuter des numéros humiliants.

Elle était si décharnée et blême qu'elle se demandait si elle arriverait même à décrocher un rôle dans un film pornographique. Elle se déshabilla et se regarda dans le miroir. Sa toison pubienne noire contre sa peau blanche ressemblait à une tache d'encre sur un bout de papier. À vingt-trois ans,

Rose avait l'air d'une épouse harassée. Elle ramassa tous ses sous-vêtements et les rassembla dans un paquet.

– J'ai trouvé quelques trucs à vendre, dit-elle à Pierrot.

Il lui dit qu'il préférait mourir de faim plutôt que de ne pas pouvoir la contempler dans ses jolis sous-vêtements en soie rose. Il savait qu'elle avait eu un amant qui lui achetait tout ce qu'elle voulait. Il ne pouvait pas dormir toute la journée et s'attendre à garder une fille comme elle. Dans toute la ville, les chômeurs se disaient qu'ils n'avaient plus de place dans le monde. Ils se sentaient inutiles. Pierrot devait accomplir des choses extraordinaires. Elle finirait par se lasser de son univers minuscule. Il devait la garder. Il devait gagner de l'argent.

Il fut stupéfait de constater qu'il n'avait pas pensé à la pomme pendant tout ce temps, surtout quand il prenait de l'héroïne et cherchait désespérément à se défoncer. Si vous avez du mal à croire que Pierrot n'y avait pas pensé, croyez-moi quand je vous dis que personne n'était aussi étonné que lui.

Pierrot prit sa bicyclette, roula jusqu'à Westmount et poussa son vélo jusqu'au sommet de la montagne, où s'élevaient les vastes demeures. Il fit un détour pour éviter l'immense maison où il avait vécu avec Mr Irving et qui était devenue le tombeau du vieil homme. Il ne pouvait supporter la tristesse qu'il éprouvait en songeant à son cher ami disparu. L'arbre était là. Il pria Dieu de le rendre invisible, puis il grimpa, sautant d'une branche à l'autre jusqu'à ce qu'il ait atteint la cachette. Il palpa toutes sortes d'objets mous et, dessous, une forme sphérique.

Il ne l'avait pas regardée depuis longtemps, et Rose ne l'avait jamais vue. Elle scintillait, spectaculaire, sur leur table de cuisine. Comme Pierrot vivait dans l'opulence quand il l'avait dérobée, elle ne lui avait pas semblé aussi extraordinaire qu'elle le paraissait maintenant. Elle était si différente de tout ce qui peuplait leur petit monde plongé dans la Dépression qu'elle semblait irréelle, éthérée. Elle était absolument hors contexte.

– Comment as-tu pu garder ça jusqu'à maintenant ? Il y a si longtemps qu'on est sur la paille, et pendant tout ce temps tu avais cette drôle de pomme sans prix.

– Quand je l'ai volée, je vivais entouré de splendeurs. Elle n'était rien pour moi, alors je l'ai oubliée !

– Combien crois-tu qu'on peut en obtenir ? demanda Rose.

– Sûrement assez pour tenir jusqu'à dimanche.

– J'y vais avec toi, alors, dit Rose. J'ai peur que tu te fasses rouler.

– Mr McMahon me donne toujours de bons prix, tant que je promets de ne vendre à personne d'autre qu'à lui. Mais ce serait bien que tu sois là.

Rose fut abasourdie en entendant Pierrot prononcer ce nom. Elle sentit un engourdissement, comme si elle se tenait trop près de cloches d'église carillonnant.

Elle n'avait jamais cru que Pierrot et McMahon puissent exister à l'intérieur de la même réalité. Elle avait réussi à l'éviter pendant si longtemps qu'elle croyait en avoir fini avec lui. Bien sûr qu'il allait refaire surface. Pierrot allait le voir à l'instant même. C'était dangereux, mais elle devait courir ce risque. Elle n'irait pas – elle savait parfaitement qu'il lui ferait sauter la cervelle.

Pierrot attacha la valise à l'avant de son vélo à l'aide de ceintures. Rose avait changé d'idée et ne voulait plus l'accompagner.

– Tu es sûre ?

– Ce n'est pas un gangster violent ?

– Euh, oui. Mais je croyais que tu te fichais bien des meurtriers et du reste.

– Ne lui dis pas que tu es marié, c'est tout.

– Et pourquoi pas ?

– Il pourrait s'en servir contre toi.

– Hum. Je ne sais pas ce que ça veut dire, mais comme tu es plus intelligente que moi, je vais m'en remettre à ton jugement.

McMahon fut étonné de voir Pierrot. Il supposait que l'imbécile devait être mort depuis longtemps. Il y avait dans l'odeur que dégageait Pierrot quelque chose qui l'intrigua. Il eut l'étrange impulsion de le serrer dans ses bras et d'inspirer.

La pomme scintillante, sertie de joyaux, n'avait pas de prix. Le marchand d'art dit qu'il était loin de leur donner ce qu'elle valait, mais qu'ils devaient comprendre qu'il serait obligé de la revendre sur le marché noir, peut-être à un acheteur ayant des relations en Europe. McMahon donna à Pierrot vingt mille dollars pour la pomme. Il garda la même somme pour lui et regarda Pierrot s'en aller, hébété.

Pierrot entra dans la chambre à l'hôtel Valentin avec une valise pleine de billets, en état de choc. Il laissa tomber la valise sur le lit, où elle oscilla comme un bateau sur une mer démontée. Rose s'approcha tandis qu'il détachait les boucles et ouvrait le couvercle.

– Qu'est-ce qu'on va faire avec ça, pour l'amour de Dieu ? demanda Pierrot.

– Démarrons une entreprise.

– La Grande Fantasmagorie des flocons de neige !

Voilà ce que la colombe rapporta d'abord dans son bec. Ce n'était pas un petit rameau avec une jolie feuille. C'était un billet de banque.

48

AUTOPORTRAIT EN TRAIN

Rose se réveilla, un matin, alors que Pierrot était encore profondément endormi. Il ne se réveillerait pas avant plusieurs heures. Fébrile, elle était impatiente de sortir dans le monde. Elle avait passé les deux semaines précédentes à visiter différents théâtres. Partout, on avait refusé de la recevoir parce qu'on craignait les représailles de McMahon. Il avait décrété qu'elle ne pourrait travailler dans aucun club, et sa condamnation était sans appel. Les propriétaires se seraient retrouvés en faillite ou se seraient fait casser les jambes s'ils avaient accepté de mettre à l'affiche le spectacle de Rose.

Elle voulait quelque chose à lire, n'importe quoi. Elle se dirigea vers un café, prit un journal dans un distributeur non loin et s'installa à une table. Elle commanda une tasse de café et déplia le journal. À la une, on parlait de trafiquants d'héroïne montréalais arrêtés alors qu'ils faisaient route vers New York. Un groupe de gangsters parti en bateau avait été intercepté par des douaniers à la frontière. La moitié avaient été abattus, et la cargaison entière saisie. Les douaniers étaient à la recherche de trafiquants en provenance de Montréal. Ils déclaraient qu'il serait dorénavant presque impossible de faire transiter quoi que ce soit. Ces routes seraient étroitement surveillées. Tous les agents des douanes et les policiers seraient à l'affût.

Rose éclata de rire. C'était l'organisation de McMahon. Comment s'y prendrait-il pour faire parvenir sa drogue à New York ? Il lui faudrait revoir toute sa logistique, ce qui irriterait un tas de gangsters dans un tas d'endroits, puisqu'il ne pourrait éviter de froisser des susceptibilités et d'empiéter sur des territoires établis.

Rose s'inquiéta un moment pour ses enfants exubérants, qui avaient maintenant quatorze et quinze ans. Elle se demanda s'ils auraient moins de cadeaux. Mais, comme toujours, elle était aussi un peu impressionnée par McMahon. Le fait que des criminels du cru fassent parler d'eux à New York avait quelque chose de curieusement amusant.

Et puis, elle eut une idée. McMahon n'était quand même pas le chef de New York, pas vrai ? Il y avait là un public immense, à quelques heures de la frontière. Elle imprimerait sa marque à New York. C'était là-bas qu'elle monterait son grand spectacle. Pourquoi pas ? C'était là-bas que les plus grands numéros du monde avaient débuté. Il y avait des rêves impossibles à Montréal qu'on pouvait réaliser à New York. Elle réfléchit tandis que les possibilités grandissaient exponentiellement dans sa tête. Elle visait haut. New York ! Elle éprouvait presque un vertige devant la nouvelle envergure de son ambition.

L'encre du journal lui était restée sur les doigts, comme si on venait de prendre ses empreintes digitales.

Il fallait qu'elle ait l'air d'une productrice professionnelle. Le premier investissement auquel elle procéda avec l'argent de Pierrot fut de s'acheter des vêtements. Elle alla chez une couturière et se fit confectionner un ensemble dans un long rouleau de velours noir.

La lumière s'y réfléchissait, et le velours semblait d'une étrange teinte de bleu, comme parfois le pelage d'un chat noir. La robe tombait jusqu'à terre, assortie d'un veston noir. Et d'un chapeau, qu'elle portait incliné de côté.

Après deux jours à passer des coups de fil dans le hall de l'hôtel Valentin, elle parvint à décrocher une entrevue avec le directeur d'un théâtre new-yorkais. Le cadran du téléphone était comme le barillet d'une carabine. Elle dit à l'homme qu'elle serait à New York le mercredi, comme à son habitude, et accepta de passer par son théâtre pour lui présenter une idée exquise qui le laisserait pantois.

Elle songea d'abord à emmener Pierrot. Il avait du bagout et saurait certainement impressionner les New-Yorkais. Mais il était également imprévisible et risquait de sembler complètement cinglé. Elle savait comment négocier avec des hommes puissants.

Le lendemain matin, elle se rendit à la gare et s'acheta un billet pour New York. Aussi simple que ça ! Elle montra le billet au contrôleur, qui la mena à son compartiment. Elle s'assit près de la fenêtre. Il y avait deux hommes à ses côtés et trois en face. Sur le porte-bagages au-dessus de sa tête, elle déposa sa petite valise, laquelle contenait une paire de sous-vêtements propres, un sandwich au concombre et le plan original, griffonné au crayon quand elle était enfant.

Le train quitta la gare de Montréal. Le bruit faisait penser à quelqu'un qui dactylographie et qui, de plus en plus inspiré, frappe les touches de plus en plus vite pour ne pas laisser ses idées s'échapper. Le train traversa un pont, s'éloignant du lieu où Rose avait passé tous les jours de sa vie. Les falaises de roches sédimentaires longeant la voie ferrée ressemblaient à des bandes de papier peint déchirées. Fière d'elle, elle se sourit dans la petite glace des toilettes du train. Même si tout allait de travers à New York, elle s'apprêtait à réaliser l'extraordinaire exploit de poser les yeux sur cette ville.

À sa descente du train à Grand Central Terminal, en voyant le plafond en voûte au-dessus de sa tête, elle eut l'impression d'être dans une montgolfière.

Il était impossible de saisir la ville de New York en photo. Chaque bâtiment était merveilleux. Des escaliers en fer forgé couraient le long des murs. Il y avait des sculptures de toutes sortes dans la pierre, en forme de feuilles, de vignes et de vagues, et plus de gargouilles perchées sur le toit d'un seul édifice que dans l'ensemble de son quartier à Montréal. Elle jetait des coups d'œil dans des vestibules d'immeubles où elle apercevait des carreaux dorés et des portiers coiffés de petits chapeaux. Il y avait des rangées d'hommes en costume. Il y avait des vitrines de grands magasins pleines de gants pour des femmes de tous les tempéraments. Il y avait tant de clochers d'église, qui s'élevaient tout droit vers les cieux, mettant la foudre au défi de les frapper.

Une fois sur Broadway, distraite par les marquises, elle cessa de lever les yeux au ciel. Il y avait des enseignes au néon et des affiches de danseuses, des ampoules qui formaient des mots. Et c'était bruyant. Rien ne l'avait préparée à un tel vacarme. On aurait dit des enfants – comme si tous les enfants du monde étaient sortis sur leurs balcons pour tambouriner en même temps sur des casseroles. Ou comme si tous les bébés du monde avaient sorti leurs hochets pour les secouer. On avait tout le temps l'impression qu'il y avait une parade au prochain coin de rue. Le raffut de New York était si joyeux.

Il y avait tant d'activité que le sol tremblait, et l'on pouvait sentir une pulsation. Rose se rendit compte que c'étaient tous les cœurs qui battaient. Tout le monde était tellement excité que les cœurs se mettaient à battre plus fort et plus vite que nulle part ailleurs. Son propre cœur se jetait presque contre ses côtes. C'était une sensation agréable. Le sang qui courait à toute vitesse dans votre corps devait vous rendre plus brave.

Comme elle était hors de son environnement, Rose avait les idées claires. Ce monde était fabuleux. Elle en était émerveillée. Les êtres humains étaient toujours capables de plus de mal qu'on ne le croyait. Et ils étaient aussi capables de plus d'émerveillement qu'on ne pouvait même le concevoir. Des gens avaient créé cette ville. Et quelle était la différence entre eux et elle ? Ils avaient des mains et des yeux. Ils avaient de l'imagination. Ils se couchaient le soir, et de drôles d'aventures se déroulaient dans leur tête. Tout était possible.

Mais les effets de la Dépression se faisaient partout sentir. New York était au cœur de la Grande Dépression. Une si grande part de l'économie montréalaise dépendait des exportations vers les États-Unis que celle-ci était comme le miroir de l'économie américaine. Si les Américains étaient malheureux et misérables, Montréal l'était aussi. Rose passa devant la file d'une soupe populaire. Elle n'avait jamais rien vu de tel. La queue faisait le tour du pâté de maisons. Elle n'en voyait ni le début ni la fin.

Il y avait là des hommes dont les yeux fuyants émergeaient du col des manteaux dans lesquels ils se pelotonnaient. Leurs yeux hostiles étaient méchants de honte, parce que n'importe qui pouvait les regarder de haut. S'efforçant de ne pas croiser leur regard, Rose se dépêcha de passer devant eux. On enseignait aux hommes à être tellement orgueilleux, à sortir dans le monde et à devenir quelque chose. Comme on enseignait aux femmes qu'elles étaient sans valeur, elles ne faisaient pas de la pauvreté et des épreuves une affaire personnelle.

Rose passa devant une fille de treize ans aux joues sales, vêtue d'une robe bleu pâle, appuyée contre un mur, un pied sous ses fesses, le genou relevé, en train de fumer une cigarette. Elle avait sur les genoux des croûtes qui ressemblaient à des fraises. Son chapeau beige avait l'air d'un gâteau qui n'a pas levé. Elle soufflait des ronds de fumée, indifférente.

Rose avait rendez-vous au théâtre New Amsterdam. Imposant de l'extérieur, il était à couper le souffle une fois que l'on passait le seuil. Elle examina l'intérieur. Le plafond en coupole était couvert de marques en forme d'étoiles, à l'intérieur desquelles se trouvaient des peintures miniatures. L'avant-scène était cernée de petites arches qui faisaient penser au bord d'un biscuit pour le thé. Au bas du rideau en velours vert pendaient d'énormes glands dorés qui ressemblaient à des crinières qu'on aurait volées à des lions de la savane africaine.

C'était le genre de théâtre qui vous donnait un prétexte pour porter vos vêtements les plus précieux et tous vos plus beaux bijoux. On pouvait même se coiffer d'un diadème dans un lieu pareil. En fait, il aurait été impossible d'être trop chic pour un tel établissement. Le soir venu, le vestiaire serait rempli de manteaux de toutes sortes de fourrures, comme des ours faisant la queue à la soupe populaire.

Elle longea un étroit couloir blanc, monta une volée de marches en bois pour gagner le bureau du directeur. C'était un homme gras, énorme, coincé dans une chaise en bois derrière son bureau. Il ne prit pas la peine d'enfiler son veston, se contentant de se pencher en avant et de tendre à Rose sa main potelée. Il portait une chemise blanche avec un gilet en soie violet très serré. On aurait dit que son gros ventre était un œuf de Pâques sur lequel avaient été peints ses vêtements. Rose trouvait qu'il avait une allure charmante. C'était rassurant de voir un homme gras en ces temps de Dépression. Il se cala dans sa chaise derrière son bureau, et écouta le boniment de la jolie jeune fille.

– Allons, ma belle, faites vite.

– J'ai l'intention d'amener dans votre ville les meilleurs clowns tristes que le monde ait jamais vus.

– Et vous vous appelez comment, déjà ?

– La Grande Fantasmagorie des flocons de neige.

– D'habitude, je ne mets à l'affiche que des numéros mondialement connus, ma chérie. Et je n'ai jamais entendu parler de ça.

– Ces artistes n'ont pas la vanité de parcourir le globe pour étaler leurs talents dans le but de récolter les honneurs. Qu'ils se produisent au Carnegie Hall ou devant quatre enfants dans un parc, ils ne voient pas la différence. La gloire ne les intéresse pas. Ils n'ont que faire de l'immortalité. Ils ont pour devoir de créer la beauté. Et il est de mon devoir de permettre au monde entier de la voir. Ils comprennent que chaque geste est une œuvre d'art. Une fille qui casse la coquille d'un œuf sur le bord d'un bol, voilà qui est exquis pour eux. Aux yeux d'un clown, il n'y a pas de différence entre une chanteuse sur la scène de l'Opéra de Paris et une femme qui chante dans son bain.

– Votre manière de présenter les choses me plaît, alors je vais vous donner une chance. Mais seulement parce que j'ai eu une annulation de la part de danseurs de ballet russes. Ça, c'est un pays qui ne vous déçoit jamais quand il envoie des artistes en tournée. Ils devaient prendre l'affiche dans six semaines. Ça marche ? C'est la seule place que je peux vous donner.

– Six semaines, c'est parfait. C'est amplement suffisant.

– Mais ce n'est pas une bande de clowns canadiens qui va attirer les foules. Vous avez aussi des chanteuses et des danseuses, je suppose ?

– Les meilleures.

Il nota sept étoiles à son agenda : les jours où la Grande Fantasmagorie des flocons de neige occuperait la scène du théâtre New Amsterdam, dans la ville de New York.

Rose dormit ce soir-là dans un établissement miteux qui s'appelait l'hôtel Truelove, dans une petite chambre guère plus grande que le lit. Elle était heureuse. C'était la première fois qu'elle se sentait aussi comblée. C'était ridicule, dans la mesure où elle n'avait réalisé que la première partie de son entreprise. Elle n'avait pas encore entamé quoi que ce soit d'ardu. Elle n'avait pas besogné nuit et jour pour assembler le spectacle de clowns le plus baroque et le plus original jamais vu. Elle n'avait pas encore trouvé ceux qui feraient la gloire de Montréal en matière de vaudeville. Mais elle avait fait le premier pas. Sur la marquise de l'autre côté de la rue, les ampoules rouges ressemblaient à des bouts de cigares brasillant dans le noir.

En marchant dans la rue jusqu'à la gare, le lendemain matin, elle remarqua que tout le monde lui souriait. La raison en était simple : elle souriait à tout le monde. Les gens se contentaient de lui rendre son sourire. Elle prit un sandwich aux œufs dans le chariot à déjeuner à bord du train. Sur la table se trouvait un vase effilé qui ressemblait à un glaçon, hors duquel pointait une fleur.

49

L'HOMME COMPLET

Aussitôt rentrée chez elle, Rose commença à planifier sa Fantasmagorie.

Elle commanda :

40 tubes de fard blanc
20 bobines de ruban noir
40 bâtons de rouge à lèvres du rouge le plus vif
25 calottes
18 mètres de soie blanche à pois rouges
40 collerettes élisabéthaines de toutes les tailles
20 bicornes noirs
14 paires de chaussures noires extra, extra, extra, extra grandes
1 paire de chaussures noires extra, extra, extra grandes (à la semelle décollée)
25 tubes de fard gras noir
7 nez en cire rouge
10 boutons orange vif
1 boîte de pois détachables en étoffes de différentes couleurs

3 caniches blancs
3 sachets de teinture à cheveux rose pour caniches
17 lapins blancs
3 oies
27 colombes
40 paires de gants blancs
35 nuages en carton
5 bobines de laine
1 violon miniature
1 piano miniature
1 trompette miniature
30 kilos de papier journal déchiré pour faire du papier mâché
De la colle à papier mâché
Du grillage à poulailler

Elle loua un hangar vide dans le vieux port de Montréal pour que sa compagnie y répète et s'y exerce. Elle partit ensuite à la recherche de clowns, plaçant à cette fin une annonce dans le journal. Elle retourna dans tous les théâtres qu'elle avait fréquentés, rassemblant ses clowns favoris pour les convaincre de se joindre à son spectacle.

Des clowns de toute la ville vinrent grossir la troupe de Rose. Elle voulait un clown dont le numéro serait aussi riche qu'un roman de Tolstoï. Elle voulait un clown aussi raffiné qu'un personnage de Tchekhov. Ils comprenaient que les clowns ne seraient pas à l'arrière-plan : ils n'allaient pas courir en périphérie des numéros spectaculaires, tels les dompteurs de lions, les dresseurs d'éléphants et les Monsieur Loyal. Non ! Ils étaient des artistes. Ils étaient les artistes les plus intrépides de n'importe quel cirque. Ils fouillaient les sombres confins du cœur, dont ils cueillaient les fleurs secrètes pour les offrir aux spectateurs.

Des clowns de tout acabit affluèrent vers le hangar qui donnait sur le fleuve, lequel menait à la mer. Ils auditionnèrent. C'était un étrange spectacle que de voir tous ces clowns rassemblés, en train de prendre leur dîner. Les gens ne savaient pas très bien s'ils regardaient un prodige ou un spectacle contre nature.

Rose et Pierrot passèrent des moments merveilleux à chercher les clowns qui avaient impressionné Rose et à les attirer dans leur compagnie toute neuve. Pierrot alla payer la caution du clown qu'elle avait vu au théâtre Océan et lui obtint un avocat. Cette tâche accomplie, il marchait dans la rue, complètement absorbé dans ses pensées, en fredonnant les dernières mesures de sa composition musicale, quand une grosse voiture noire s'arrêta à sa hauteur. La portière s'ouvrit et deux bras en jaillirent pour l'attraper aussi aisément que s'il avait été un enfant.

Pierrot se retrouva assis sur la banquette arrière entre deux hommes à la mine patibulaire. Il songea que ce devaient être des sbires de McMahon, mais on ne pouvait parler ni à l'un ni à l'autre : leur expression indiquait qu'ils répondraient à toute question par une raclée. Pierrot se dit que ce devait être un mécanisme de défense pour qui ne sait pas faire la conversation.

Il présumait que McMahon lui imposerait une sorte de taxe pour mettre sur pied toute forme d'entreprise théâtrale en ville. Il se détendit et conclut que ce serait une formalité. McMahon voulait un tête-à-tête, voilà tout.

Malgré l'absurdité de sa profession, Pierrot se plaisait à croire qu'il était un employé tout ce qu'il y a de plus ordinaire.

La voiture rebondit comme si quelqu'un sautait au bout d'un matelas.

Les hommes le menèrent jusqu'au bureau de McMahon où il était, évidemment, déjà allé plusieurs fois.

– Il se trouve que ta pomme a été beaucoup plus difficile à revendre qu'on aurait pu l'imaginer. Pas un revendeur ne voulait y toucher. Alors, qu'est-ce que tu penses de ça ? Incroyable mais vrai, elle appartenait à une princesse russe. Elle a été volée chez l'ambassadeur de Russie. Elle allait être exposée quelque temps au musée, ici même à Montréal. Mais elle s'est fait chiper il y a cinq ans de cela, et a disparu de la circulation. Il n'y a jamais eu de demande de rançon. Elle n'a jamais refait surface sur le marché noir. Le gouvernement russe avait exercé des pressions sur la police pour récupérer la pomme. Et devine quoi ?

– Oui, je comprends.

– Vraiment ? Tu as le pire sens des affaires que j'aie jamais vu. Alors, laisse-moi aller droit au but. Tu me dois vingt mille dollars.

– Hum. Ça va être compliqué. Vous voyez, je n'avais aucune idée des malheureuses circonstances entourant la princesse russe, l'une des infortunées Romanov dont parlent les journaux, sans aucun doute. Et je n'ai plus l'argent.

– Qu'est-ce que tu as foutu avec ? Qu'as-tu acheté ? Une maison ? Une voiture ? Je n'y crois pas. Ce n'est pas ton genre. Tu es trop paresseux pour dépenser si vite une somme pareille.

– Je l'ai investi dans une revue théâtrale. L'argent a surtout été versé à des clowns. Certains avaient des engagements préalables, alors il leur fallait un incitatif financier.

– Tu as investi l'argent dans des clowns ? Tu as inventé ça tout seul ? Ou quelqu'un d'autre t'y a encouragé ?

– Ma femme. Elle a un formidable sens de l'organisation. Ça va rapporter beaucoup d'argent. Considérons la somme comme un investissement initial. Nous vous verserons les profits !

– Qui est ta femme ? Qui irait épouser un raté pareil ?

– Vous ne la connaissez pas. Bien que ce soit possible. Elle a fait des merveilles dans plusieurs clubs de la ville. Elle s'appelle Rose.

– Rose ?

– Oui. C'est comme ça qu'elle aime se faire appeler.

– Mais en vrai, elle s'appelle... Marie.

– Bien deviné !

McMahon eut un étrange pressentiment – ce n'était pas possible. Il avait toujours supposé que Pierrot venait d'une famille de la haute. Il était sûr de l'avoir vu à Westmount à plusieurs reprises quand il se rendait au travail en voiture. Il croyait que Pierrot était peut-être un des enfants d'Irving, déshérité par sa famille à cause de sa dépendance à la drogue. Il avait aussi supposé qu'il était dépourvu de toute forme d'intelligence. Pierrot lui avait dit un jour avoir fréquenté la Selwyn House, comme son propre fils. Mais en un éclair, il lui vint à l'esprit que Pierrot était le petit garçon de l'orphelinat, le petit garçon avec une longue écharpe autour du cou, le seul qui avait été suffisamment important aux yeux de Rose pour qu'elle fasse mention de lui.

Il se rappela Rose lui disant qu'on ne pouvait s'imaginer un être plus adorable et plus absurde que Pierrot. Il se rappela qu'elle lui avait dit combien le garçon était beau et distingué. Combien il était raffiné, même s'il était orphelin.

– Où as-tu grandi, au fait ?

– J'ai été le pupille d'Al Irving pendant plusieurs années. Mais j'ai passé mon enfance dans un orphelinat.

– Où as-tu rencontré ta femme ?

– Je l'ai toujours connue. Nous avons été élevés dans le même orphelinat.

McMahon dut s'asseoir. Il lui fallait soudain poser un regard neuf sur tout ce qu'il savait de Rose. L'effort psychique que cela lui demandait l'épuisait. Il n'avait pas pris au sérieux l'affection de Rose pour le garçon blond. Mais, à l'évidence, elle avait pensé à lui tout le temps qu'ils avaient été ensemble. Il était son premier amour. McMahon n'avait jamais été que son deuxième choix.

Il voulut assassiner Pierrot sur-le-champ.

50

LA TOUR DE BABEL

Assis dans sa voiture sur le port, McMahon regardait Pierrot qu'on pendait, tête à l'envers, au mât d'un navire à quai. Une fois cette tâche accomplie, il sortit de la voiture et se dirigea vers le hangar. McMahon ne pouvait être préparé à la vue du groupe d'hommes qu'il croiserait en se dirigeant vers le bout du hangar, où Pierrot lui avait dit qu'il trouverait Rose.

Il rencontra un clown avec sa calotte et son pantalon bouffant à la ceinture défaite, en train de fumer un bout de cigare et de jongler avec des assiettes.

Il y avait un clown avec son caniche, un chien blanc entre deux âges. On pouvait voir qu'il avait travaillé dur et longtemps pour gagner sa vie. Le clown avait trempé un petit chiffon dans de l'eau tiède pour enlever les saletés autour des yeux de son chien – comme s'il nettoyait son maquillage de clown.

Un autre était costumé en ramoneur noir. Il avait enduit son visage de suie et tenait une balayette au-dessus de sa tête. Des larmes creusaient des rigoles sur ses joues noires.

Il y avait un clown qui étalait du relaxant musculaire sur ses bras et ses jambes tout en fumant une cigarette. Partout, on fumait à la chaîne. Les pièces étaient remplies de petits nuages de fumée, comme s'il allait soudainement se mettre à pleuvoir.

Un autre encore tenait en équilibre dix chapeaux empilés sur sa tête. Il avait enlevé son veston et portait un faux ventre sous son costume pour paraître corpulent et bien nourri. Il était en réalité très maigre – il avait du mal à se payer à manger.

Un autre clown, vêtu d'un costume noir acheté au rabais auprès d'un entrepreneur de pompes funèbres, soufflait dans une trompette miniature. Un autre jouait du violon, en essayant de reprendre la mélodie du trompettiste. Un troisième semblait léviter à trois centimètres au-dessus du sol.

Un clown qui avait les cheveux tirés en pointes sur le sommet et les côtés du crâne se mit à psalmodier d'indéchiffrables paroles d'une voix basse et magnifique.

Leur charabia était incompréhensible. Il n'y avait pas de langage clown universel. Chacun parlait sa propre langue et avait son propre dialecte. L'un semblait avoir un bout de ruban électrique sur les lèvres. On aurait dit qu'un autre avait quelque chose de chaud dans la bouche. Le timbre de leurs voix allait du microsillon qui joue à l'envers au klaxon de bicyclette. McMahon était irrité et frustré. Si seulement ils pouvaient parler anglais ! Il essaya de les ignorer en passant devant eux.

Le grand bureau était couvert de piles de papiers. Elle était là, devant lui, assise sur une chaise derrière le meuble. Elle était superbe, vêtue d'une robe en velours noir, un foulard en soie blanche noué autour du cou. On aurait dit que leur rupture ne l'avait aucunement affectée.

– Comment as-tu fini par me retrouver ? demanda-t-elle.

Elle était tellement calme. C'était étrange à quel point elle semblait différente. Elle était plus vieille.

Elle était devenue beaucoup plus belle. Il était horrifié qu'elle soit assise devant lui à se comporter comme si elle était son égale.

– Ton *mari* m'a dit où te trouver.

– Où est-il ? demanda Rose, trahissant enfin quelque inquiétude.

– Avec quel crétin ridicule tu t'es acoquinée !

La colère de McMahon le surprit lui-même.

– Je n'y croyais pas quand il m'a dit qu'il avait une femme du nom de Rose, et puis j'ai compris. Je veux dire, dans quel univers un voyou junkie et un homme comme moi partagent-ils une amante ? C'est foutrement ridicule. C'est une tragédie qui me fait rire. Comment appellerais-tu une chose pareille ?

– Une comédie.

– Non, ma chère. Ce n'est pas une comédie. Si tu penses que tu vas vivre heureuse et avoir beaucoup d'enfants avec ce raté, tu as perdu la tête.

– Où est-il ?

– Tu as dû bien rigoler quand il m'a vendu cette pomme. Ton mari a une dette envers moi. Une foutue dette.

Elle avait peur de bouger les mains ou de saisir quoi que ce soit, craignant que ses doigts ne tremblent. Son cœur battait trop vite. Il avait le contrôle, maintenant. Il tenait Pierrot. Elle ne pouvait pas se permettre de dire ce qu'elle voulait. Elle aurait aussi bien pu avoir un bas nylon noué autour du cou, en train d'étouffer, les mains attachées derrière la chaise.

– Pierrot n'était pas au courant de notre relation. Il n'a jamais voulu te duper.

– Qu'est-ce que je ne t'ai pas donné ? Tu as ruiné ma vie. Tu as ruiné la vie de ma femme. Vous n'étiez pas censées être amies ? Ne joue pas à la victime. Je le jure devant Dieu, je vais te tuer si tu fais ça. Je ne pouvais pas faire trois pas dans le couloir de ma maison sans te croiser à moitié nue, te comportant comme une chienne en chaleur.

Rose se contenta de le regarder.

– J'ai honte pour toi. J'ai honte pour moi. C'est dégueulasse.

Ils se dévisagèrent. Pleins de haine, mais avec une conscience viscérale qu'ils avaient été nus et charnels ensemble.

– Dis-moi seulement. Allons. Est-ce qu'il lèche ta jolie petite chatte ? Est-ce que tu fais tous les mêmes bruits ? Tu te rappelles comme tu me suppliais de te donner du plaisir ? Tu étais tellement étroite, la première fois. Rappelle-toi comment je t'ai ouverte. Tu étais ravagée, après moi. J'ai ravagé ton con, et c'est comme ça que ça te plaira toujours. Je sais que tu penses parfois à moi. Quand il est sur toi.

Non, pourtant. Elle songeait parfois à l'homme à tête d'âne juste avant de jouir. Elle ne donnerait pas à McMahon la satisfaction de la voir changer d'expression.

– J'ai besoin de savoir ce que tu as fait de lui, ou je ne resterai pas assise ici une seconde de plus.

– Du calme. Il est sain et sauf, il est accroché la tête en bas, dans le port. Il est heureux là-bas. Mais il n'est pas en sécurité. Tu vas faire quelque chose pour moi et je ne tuerai pas ton mari. J'ai besoin de faire passer de la drogue à la frontière, un magnifique chargement de dope.

Elle marqua une pause, considéra l'offre tout en sachant qu'elle ne pouvait la refuser.

– Il me faut plus d'argent, bien sûr.

Il jeta une valise sur le bureau.

– Prends-la. Ce n'est rien pour moi. J'ai plus d'argent que tu ne pourras jamais en imaginer, Rose. Alors voilà du fric, puisque c'est ce que tu aimes. Tu n'en auras jamais assez.

Il se leva, boutonna sa veste et se pencha vers elle au-dessus du bureau. La plume d'autruche blanche à l'arrière du chapeau de Rose donnait l'impression que ses pensées étaient en feu.

– Avoue, tu me détestes plus que tu ne l'aimes.

Dès qu'il eut disparu, elle fut libérée de son pouvoir. Elle ouvrit la bouche et laissa échapper un bruyant gémissement. Elle renversa son bureau dans un fracas retentissant. La valise tomba au sol avec un bruit sourd, la serrure s'ouvrit et des liasses de billets s'en échappèrent.

La vue de l'argent lui causa un choc. Elle cessa brièvement de s'inquiéter pour Pierrot. Elle s'agenouilla et entreprit de ranger les billets. L'argent l'éblouit, changea son humeur. Elle adorait le sentiment que lui procurait cette possession. Elle mit les billets dans le coffre-fort. Pendant un moment, elle ne songea même plus d'où lui venait cette fortune. Elle s'en fichait absolument. Elle n'éprouvait que de l'excitation. Elle adorait la proximité de l'argent et les possibilités qu'il représentait pour elle.

Elle ne croyait pas ce qu'on disait à l'église, que les biens matériels étaient sans valeur. L'argent lui donnait de la confiance. Grâce à lui, elle se sentait puissante. Oh, bien sûr, elle ne l'avait pas obtenu de la manière la plus orthodoxe qui soit. Mais il n'en est jamais autrement. Et il faut être prêt à rencontrer l'argent sur son terrain.

– Pierrot !

Les navires blancs amarrés dans le port ressemblaient à des gâteaux de mariage dans la vitrine d'un pâtissier. Pierrot était suspendu, tête en bas, attaché par les chevilles à un crochet sur le pont d'un bateau à vapeur. Les clowns accoururent, munis d'une longue échelle dont ils se servaient pour un numéro traditionnel de maison en feu. Rose leva les mains. Pierrot tendit les siennes.

– Est-ce que ça va ? demanda-t-elle.

– Je ne sais pas trop. On s'habitue à tout.

– Je vais trouver un moyen de te descendre de là.

– J'espère bien. De quoi parliez-vous pendant tout ce temps ? Vous bavardiez de la pluie et du beau temps ? Vous échangiez des recettes ?

Pierrot rigolait quand ils le décrochèrent. Contrairement à McMahon, son orgueil n'était pas facilement froissé. Il n'avait pas de fierté, et, étonnamment, cela faisait de lui un être noble.

– Y a-t-il quelque chose que je devrais savoir sur ta relation avec McMahon ?

– Oh, Dieu du ciel, je t'ai déjà parlé de l'homme marié.

– Oui ! Il m'a dit que vous formiez un sacré duo.

– Je craignais que tu ne veuilles pas lui vendre la pomme si tu étais au courant.

– Et tu avais bien raison.

– Je suis désolée !

– J'ai toujours eu l'impression, même quand on était petits, que tu aimais bien les durs.

– Ne sois pas ridicule. Je déteste les brutes.

Pierrot sourit tendrement à Rose. Il soupçonnait qu'elle avait un faible pour les hommes sans scrupule et ambitieux, et même s'il ne doutait aucunement de son affection pour lui, il lui semblait parfois que, bien qu'il fût l'homme de sa vie, il n'était pas nécessairement son genre.

– Qu'est-ce qu'on va faire de tout cet argent ? demanda Pierrot quand elle lui montra la valise.

– Qu'est-ce que l'argent achète à coup sûr ?

– Je ne sais pas.

– Des filles, évidemment.

– Ha ! J'avais presque oublié ces danseuses que tu avais promises !

51

LA RÉVOLUTION DE L'OUVRIÈRE

Grâce à l'investissement de McMahon, Rose pouvait maintenant se payer sa troupe de danseuses.

– Il faut que je fasse un sérieux recrutement aujourd'hui, dit-elle un jour à Pierrot. J'ai aussi promis des danseuses de standing.

– Tu es folle. Où vas-tu dénicher à Montréal des filles aussi bonnes que celles de New York ?

– Non non non non non. Il faut que je trouve des filles *meilleures* que celles de New York !

– Et où vas-tu les trouver ?

Devant la manufacture de textile près du port, des filles faisaient la queue pour voir le propriétaire. Des petits nuages blancs sortaient de leur bouche quand elles parlaient. On avait publié dans le journal une annonce pour un poste, cette semaine-là. Elles avaient calé leur chapeau presque sur leur nez. Elles portaient de longues écharpes en tricot qui leur faisaient des tours et des tours autour du cou. Leurs collants noirs avaient été maintes fois ravaudés et raccommodés. Elles approchaient de la porte sur la pointe des pieds, comme si le trottoir était une mince couche de glace et qu'elles risquaient de passer à travers et de sombrer dans l'eau. Elles avaient si peu de prise sur leur propre existence qu'elles auraient pu disparaître de cette terre sans laisser la moindre trace. Elles tapaient du pied pour rester en vie. Partout où Rose regardait, il y avait d'étranges files de danseuses.

Rose ne voulait presque rien changer chez elles. Elle voulait les aligner sur la scène dans leurs chapeaux et leurs bottes détrempés, avec un peu de rouge à lèvres qu'elles avaient emprunté à leurs mères, toussant, frigorifiées, des roses s'épanouissant sur leurs joues, leurs lettres de recommandation à la main. L'art pourrait-il jamais capturer cela ?

Elles suivirent toutes Rose de bon cœur. Elles aimaient le nom de la Grande Fantasmagorie des flocons de neige.

Elles furent tout de suite persuadées de faire partie de quelque chose d'unique. Et puis, Rose leur avait promis de la soupe.

Elles étaient cependant un peu méfiantes. Elles devinaient que les hommes dans leur vie s'opposeraient à ce qu'elles se joignent à Rose. Parce qu'elle était indépendante, pas vrai ? Mais peu importe ce qu'elles entreprenaient, elles se feraient probablement tabasser par leurs pères en rentrant. Alors qu'est-ce que ça changeait, en fin de compte ?

Quand elles se mirent en rang dans le hangar après avoir ôté leurs manteaux et leurs collants de laine, Rose vit que leurs membres maigres et nus étaient couverts de bleus. Leurs pères les battaient parce qu'elles se tenaient au coin de la rue en riant. Leurs pères les battaient parce qu'elles étaient jolies. Leurs pères les battaient parce qu'elles mettaient du rouge à lèvres. Leurs pères les battaient parce qu'elles ne rentraient pas assez vite de l'école, parce qu'elles oubliaient de sortir leurs petits frères du bain, parce qu'elles avaient un air narquois en posant la confiture sur la table, parce qu'elles laissaient des traces de baisers sur le miroir de la salle de bains.

Une fille maigre en chandail noir, qui semblait avoir le nez bouché depuis sa naissance, était capable de chanter très vite, comme si elle hyperventilait, comme si elle essayait de raconter une histoire après avoir couru. Tout le monde applaudit.

Certaines savaient danser, elles tapaient du pied à gauche et à droite. Elles avaient l'air de courir sur un rondin, conscientes que si elles cessaient un sort horrible les guettait.

Mais Rose préférait presque les filles qui ne savaient rien faire. Les femmes étaient encore des créatures étranges et insondables. Les hommes ne les comprenaient pas. Et les femmes ne se comprenaient pas non plus. On était toujours en représentation. Où qu'on aille, on avait l'impression d'être sous un projecteur. On était sur scène quand on était dans le tram. On était jugée, jugée et encore jugée. Chaque minute de votre performance était censée être fabuleuse, formidable et sexy.

On était souvent à une nuance éthique près d'être une prostituée.

Rose dut leur acheter des vêtements neufs. Elles avaient toutes l'air si ordinaires. Aucune ne pouvait se payer des bas dignes de ce nom. Elles n'avaient pas l'air d'une troupe de danseuses excitées et choyées. On prit donc leurs mesures pour leur confectionner des robes neuves et scintillantes. Une fille constellée de grains de beauté se tenait debout en sous-vêtements. On aurait dit qu'elle venait d'émerger d'une forêt enchantée, couverte de tiques.

Quand le tailleur eut fini, une ribambelle de ruban à mesurer s'amoncelait par terre, comme si une momie venait de faire un strip-tease.

Lorsqu'elles arrivèrent, les robes étaient couleur de pluie. Les filles avaient des rubans autour de la taille, comme des cadeaux à déballer. Il y avait aussi des petites perles transparentes sur les robes, qui leur donnaient l'air de fleurs couvertes de rosée.

Les filles se penchaient toutes ensemble dans leur robe grise pour manger leur bol de soupe, serrées tel un nuage orageux. Et elles faisaient en aspirant un bruit qui ressemblait à la pluie qui coule dans des gouttières. Tout le monde dans la troupe avait un peu envie de baiser, parce que tout le monde avait été bien nourri. Les filles parlaient de gars des environs, des célibataires de dix-neuf ans. On ne couche pas sans avoir d'abord eu à dîner.

Alors qu'elle ne disposait plus que de quatre semaines pour monter le spectacle, Rose devait tout de même veiller à mille détails. Elle examinait les costumes épinglés sur le torse des mannequins. Elle vérifiait la commande des vingt bicornes, en essayant un elle-même. Elle décrivait le décor aux menuisiers. Elle levait les bras au-dessus de sa tête, fermant et ouvrant les doigts, pour montrer qu'elle voulait des étoiles scintillantes accrochées au ciel. Comme une partie du spectacle devait se dérouler au cœur d'un énorme blizzard, la troupe entière découpait furieusement des flocons de neige dans des journaux où il était question de scandales, de crimes mafieux et de troubles en Europe.

Ils avaient aussi confectionné ensemble une énorme lune en papier mâché. De temps en temps, elle se détachait et roulait à travers le hangar. Dans la troupe, on disait pour plaisanter que la lune était possédée. On racontait qu'elle se languissait du ciel et n'appréciait pas d'avoir été tirée jusqu'à terre. On avait peur qu'elle ne roule dans le boulevard, où les femmes, les enfants et les chiens se seraient écartés de son chemin jusqu'à ce qu'elle saute gaiement dans le fleuve. Et alors, qu'arriverait-il ? Elle resterait sous l'eau toutes les nuits, à luire. La lune dans le ciel serait son reflet, et non l'inverse.

Des hommes de main de McMahon vinrent, tard un soir, remplir la lune d'héroïne. La drogue était dans de petits flacons, eux-mêmes glissés à l'intérieur d'un grand coffre. Rose aida les gangsters à cacher le coffre dans un cratère qu'elle avait pris soin de garder ouvert, après quoi elle scella la fissure avec du plâtre.

La pression de devoir finir le spectacle à temps commençait à affecter Rose. Elle piquait des crises devant les artistes. Tout le monde savait que ces accès de mauvaise humeur étaient passagers, mais ils n'en étaient pas moins alarmants. Si Rose savait écouter une chorale d'enfants pendant dix secondes et montrer du doigt le futur chanteur d'opéra, elle n'était pas particulièrement douée pour gérer et encourager les artistes. Elle menaça un clown de l'enterrer vivant avec son chien s'il s'avisait de se présenter de nouveau en retard à une répétition.

Plus tard ce jour-là, Rose passa devant deux filles à demi vêtues assises en tailleur face à face. Stupéfaite de les découvrir à ne rien faire, elle s'arrêta une seconde pour épier leur conversation.

– C'est violent, New York. Je suis un peu inquiète à l'idée de marcher toute seule dans les rues. Est-ce qu'on peut s'assurer de ne jamais se perdre de vue quand on sera là-bas ?

– *Voyons** *!* Comment est-ce que ça pourrait être pire qu'ici ?

– Jimmy Bonaventura fait la loi dans les rues, là-bas. C'est un psychopathe. Si tu le regardes de travers, tu peux te faire tirer une balle derrière la tête.

– *Oui, mais**... je ne dirais pas non s'il m'invitait à manger un filet mignon. Tu as vu des photos de lui ?

– Oui, j'ai vu la photo qu'on a prise quand il a été arrêté.

– Il est si beau. Il a une réputation de don Juan, tu sais.

– Et que se passerait-il si tu lui tapais sur les nerfs ?

Elle pointa son doigt, comme si c'était un pistolet, vers l'autre fille. De l'index, elle appuya sur la détente :

– Pan !

L'autre fille s'effondra.

– Arrêtez un peu, voulez-vous ? dit Rose. Au boulot ! Vous avez perdu la tête ? Jouer au policier et au voleur dans un moment pareil ? Je vous paie ! Oubliez Jimmy Bonaventura, je vais vous tuer moi-même !

Après cette explosion, elle alla trouver Pierrot, qui était assis au milieu d'un cercle de hauts de forme écrasés.

– Je viens de finir ces chapeaux, annonça-t-il.

– Comment tu as fait pour qu'ils aient cet air-là ?

– Pour être franc, j'ai sauté dessus. Ce n'était pas beau à voir, mais il fallait bien que quelqu'un le fasse.

– Pierrot, tu vas devoir t'occuper de tous les artistes, sans quoi ils vont me rendre folle.

– Et si je les guide mal ?

– Tout ce que je sais des numéros, tu le sais aussi. Je te fais confiance.

– Oh, merci. Et que fais-tu aujourd'hui ?

– Gangsters. Trafiquants de drogue. Bandits.

– Ceux qui sont de tout repos !

Elle sourit, plutôt d'accord, et se dépêcha de s'en aller, laissant Pierrot diriger les répétitions. Pendant un instant, celui-ci fut terrifié. Il avait du mal à croire qu'il tenait les commandes. On aurait dit un rêve bizarre, du genre où l'on se rend compte qu'on est tout nu dans un endroit public. Mais Pierrot répondit à une cinquantaine de questions au cours de cet après-midi-là.

– Lequel de ces bruits est le plus proche du chant du coq : cocorico ou coucouricou ?

– Le deuxième.

– Penses-tu que, quand je fais un bruit de pet, je devrais avoir un air de contentement sur le visage, ou bien que je devrais complètement l'ignorer ?

– Sois étonné.

– Et si je récitais un poème célèbre au moment où je m'apprête à me faire sauter la cervelle ?

– Bonne idée.

– Crois-tu que je devrais regarder les cieux – le plafond – quand je chante, ou bien le public ?

– Le public.

– Nez en éponge ou nez peint ?

– Peint.

– Quelle couleur d'œillet avec ce costume ?

– Blanc.

– Qu'est-ce que tu penses de ça ?

– Non.

– Ça te plaît ?

– Magnifique.

– Je peux avoir ton opinion là-dessus ?

– Oh non, ça ne va pas du tout.

– Pierrot, regarde ça une seconde.

– Hum…

Plus tard, l'un des clowns les moins talentueux, Fabio, passa devant Rose tandis qu'elle faisait des calculs. Bien qu'âgé de cinquante-sept ans, obèse et doté de joues grises et tombantes, il exécutait un numéro où il faisait semblant d'être un bambin.

– Oh, j'ai toujours adoré les chiffres, dit Fabio. Ils se comportent si joliment, tu ne trouves pas ?

Rose lui fit essuyer le fard de son visage et l'engagea illico comme comptable.

Ce soir-là, elle se déshabilla en vitesse et se mit au lit. Elle avait rarement une heure à elle en fin de journée, mais ce soir-là elle en avait besoin. Elle alluma la lampe de chevet. L'abat-jour était jaune, constellé de fleurs roses, et l'ampoule avait l'intensité des premières journées du mois de mai. Elle sortit un livre d'un sac en papier et se mit à le lire avec passion. C'était un roman de gare dont un personnage était inspiré de Jimmy Bonaventura et de ses exploits. Curieuse, Rose en avait acheté un exemplaire au drugstore. C'était horriblement mal écrit, mais captivant.

Jimmy Bonaventura ignorait l'identité de son père. Sa mère était une bonne qui avait été séduite. Une fois enceinte, elle avait cru que le bébé lui permettrait de vivre une vie dorée, mais elle s'était plutôt trouvée réduite à la prostitution. Jimmy avait grandi dans un petit bordel. Il dormait avec sa mère dans le lit de celle-ci une fois les clients rentrés chez eux. Il se cachait parfois sous le lit pendant qu'elle faisait l'amour. Il était si accoutumé à la voir assise sur les genoux de différents hommes que cela lui semblait tout naturel.

Quand sa mère s'était jetée par la fenêtre du bordel, on avait envoyé Jimmy au foyer pour garçons, où il avait fait la connaissance de son bras droit, Caspar. Tous les autres gamins étaient dégoûtés par Caspar à cause de son front trop grand et proéminent. Pas une coupe de cheveux ne pouvait dissimuler ce front. On supposait qu'il était déficient intellectuellement, ce que Jimmy trouvait ridicule, car il avait tout de suite vu que Caspar était un génie. Il savait compter les cartes. Il était capable de mémoriser l'annuaire du téléphone. Il calculait les chances de remporter des paris pour Jimmy.

À quinze ans, Caspar et Jimmy avaient transformé une petite boutique de glacier en salle de paris, où ils avaient installé leur premier quartier général. Ils avaient effacé tous les parfums de crème glacée tracés à la craie sur l'ardoise au-dessus de la caisse enregistreuse pour les remplacer par des noms de chevaux de course – lesquels auraient aussi pu être des parfums de crème glacée et des sundaes inusités : Rocky Road, Chunky Monkey, Slippery Banana, Marshmallow Darling, Cotton-Candy Heart.

Ils avaient fait la connaissance d'une fille qui prenait les paris sur les tournois de corde à sauter, fort populaires, car les garçons aimaient regarder la jupe des filles se soulever dans les airs. Elle avait proposé de faire des passes dans l'arrière-boutique. La mafia était venue les voir peu de temps après. Il semblait à Jimmy que s'il arrivait à défendre sa boutique, il serait capable de conquérir la ville entière. Il tua vingt-six hommes avant que la mafia ne batte en retraite, et les choses en restèrent là.

Un jeune journaliste à l'imagination débordante leur avait donné le nom de « mafia de la crème glacée ». L'auteur du livre laissait entendre que ce nom était erroné dans la mesure où il évoquait quelque chose d'enfantin et de doux, alors qu'il désignait un groupe de truands extrêmement violents. Rose referma le livre, le posa sur la table de chevet et se sentit habitée par des pensées heureuses.

Elle aimait bien l'idée de traiter avec un tel personnage. Il lui vint à l'esprit que les mécanismes souterrains lui plaisaient. Abstraction faite de l'obligation de traiter avec McMahon, elle était heureuse de plonger l'orteil dans ces eaux sombres.

Ses réflexions furent interrompues quand elle vit Pierrot debout au pied du lit, qui la contemplait.

– Quoi ? demanda-t-elle.

– Tu as lu ce livre du premier au dernier mot en deux heures. Tu étais captivée. Absolument captivée.

– Tu sais que j'aime les livres.

– Je pense plutôt que ça a à voir avec le sujet.

– On le rencontre dans une semaine.

– Je crois que c'est incroyablement risqué de faire affaire avec Jimmy Bonaventura. C'est un psychopathe, un meurtrier, un dealer de drogue et un maquereau qui a un penchant pour la torture, et il est de notoriété publique qu'il a les fusibles chatouilleux.

– Et il est beau.

Elle éclata de rire. Pierrot grimpa dans le lit, avançant lentement vers elle à quatre pattes. Rose couinait de rire, et Pierrot bondit sur elle. La combinaison du danger et de l'argent lui donnait le vertige.

Jimmy Bonaventura était assis dans sa cuisine en train de lire le journal quand il découvrit une annonce du spectacle qui arriverait de Montréal plusieurs semaines plus tard. Sur une photo, on voyait un clown debout sous un parapluie au milieu d'une tempête de neige. Jimmy la découpa et l'afficha sur son réfrigérateur. Mais en y repensant, il la chiffonna et la lança dans la poubelle. Il n'avait pas apprécié quand McMahon lui avait fait part de son plan.

Quelques jours plus tard, il entendit annoncer le spectacle à la radio. Le poste était dans la cuisine, et Jimmy se trouvait dans la baignoire, la porte de la salle de bains ouverte. Il avait hâte que le spectacle arrive. Il ne voulait pas que la drogue vienne à manquer dans la rue. Il fallait l'acheminer aux junkies avant qu'ils ne trouvent d'autres moyens, ou d'autres dépendances, ou qu'un autre dealer ne prenne le contrôle de la ville.

– Dépêchez-vous de faire arriver votre foutu train ! cria-t-il comme un enfant impatient.

Il leva ensuite un pied pour se savonner entre les orteils. Sa jolie tête se pencha sur le rebord de la baignoire, pour l'équilibre.

Dans la chambre d'hôtel, Rose et Pierrot étaient attablés face à face. Une souris sur le plan de travail examinait les différentes miettes, comme une femme choisit un fruit au marché, mais ils n'étaient pas d'humeur à s'en occuper. Rose sortit une feuille et un bout de crayon qu'elle gardait dans sa poche. Et en un simple diagramme ni plus ni moins compliqué qu'une toile d'araignée, ils déterminèrent l'ordre des numéros de la Grande Fantasmagorie des flocons de neige.

– Qu'est-ce qui est prévu pour le dernier numéro ? demanda Pierrot. Pourquoi tu n'as pas écrit de nom en bas ?

– C'est toujours la case la plus importante, non ?

– En effet. Je me demandais ce que tu avais l'intention d'y inscrire.

Ils échangèrent un sourire.

52

DÉTAIL D'UN PAPIER PEINT

Toute sa vie, McMahon avait été consumé par l'orgueil. Il était constamment sur la défensive. Même enfant, il se comportait en sorte que personne ne puisse se moquer de lui. Calé dans le siège en cuir de sa voiture, il n'arrivait pas à croire ce qu'il était en train de faire. Il se haïssait de la suivre ainsi. Mais dès que Rose apparut, il s'oublia complètement et la dévora des yeux. Rose et Pierrot marchaient dans la rue main dans la main.

Pierrot était une personne tout à fait différente quand il était avec Rose. Il était bien réveillé, et vivant. Il gesticulait dans tous les sens en parlant, et il la faisait rire aux éclats. Elle le regardait avec une admiration manifeste. Ils se glissèrent joyeusement dans l'entrée de l'hôtel Valentin et disparurent de sa vue.

McMahon avait parfois l'impression que l'alcool et la drogue révélaient la personnalité des gens. Rose n'avait jamais vu Pierrot drogué. Il était alors un tout autre homme. Là était sa vraie nature. La drogue effaçait le vernis à la surface des gens. Ils laissaient tomber leurs manières. Alors on pouvait voir ce qui restait d'eux, et ce n'était pas grand-chose.

Il ne pouvait croire qu'elle aimait coucher avec Pierrot autant qu'elle avait aimé coucher avec lui. En fait, il n'arrivait pas à se convaincre qu'ils couchaient vraiment ensemble. Il ne voulait pas descendre de voiture, mais c'est ce qu'il fit malgré lui. Il entra dans le vestibule de l'hôtel Valentin et loua une chambre à la concierge décrépite, à qui il glissa un billet de deux dollars afin qu'elle lui donne la clef de la chambre voisine de celle qu'occupait Rose.

En entrant, il eut l'impression d'être un géant. La pièce était remarquablement petite. Il aurait pu être enfermé dans la maison de poupée de sa fille. Le papier peint était vert, avec des petits oiseaux bruns. Le cadre du lit, sculpté dans un bois rouge sombre, était orné de minuscules roses à l'arrière. Le matelas était mince, le couvre-lit constellé de fleurs brunes et roses. Il ne pouvait pas s'imaginer baiser sur ce lit. Le sommier se serait effondré sous lui.

Comme il ne voulait pas s'asseoir sur un lit où tant de gens avaient couché ensemble, il prit plutôt place dans le fauteuil, dont le dossier imitait la forme d'un coquillage. Les pieds du meuble étaient si minces qu'ils ressemblaient aux pattes d'un très grand oiseau. Il se demandait comment le siège pouvait supporter son poids. Des choses qu'il avait jugées faibles se révélaient fortes : elles n'avaient aucun mal à se supporter elles-mêmes et à en supporter d'autres. Il se trouvait dans un univers parallèle, où le maigre était gras, où le faible était fort, et où le petit était grand.

Il y avait un verre sur le bord du lavabo. McMahon le prit et colla le rebord au mur, puis il posa l'oreille sur le fond, guettant attentivement les mouvements de l'autre côté de la cloison. Il se demanda de quelle couleur était le papier peint dans la chambre de Rose. Il était vert et rose, mais McMahon ne pouvait le savoir.

Tout à coup, il y eut des voix dans le verre, nageant comme deux élégants poissons rouges.

Ce qu'il entendit était la pièce de théâtre en un acte la plus ancienne de tous les temps, montée dans des villes partout sur la planète, revisitée par différents metteurs en scène, interprétée par différents acteurs, mais toujours à guichets fermés.

Horrifié, McMahon laissa tomber le verre. Les mots se dispersèrent sur le sol comme des araignées. Il jeta son manteau sur ses épaules, ouvrit la porte et remonta le corridor étroit, tapissé de moquette, de l'hôtel Valentin. Il ne recommença à respirer qu'une fois la rue traversée.

Il aurait sa revanche. Il mettrait un terme à cette histoire d'amour. Il ne voulait pas simplement tuer Pierrot. C'eût été trop facile. Pierrot deviendrait alors certainement le grand amour de la vie de Rose. S'il se fiait à son expérience, les hommes morts étaient ceux que les femmes avaient en plus haute estime. Il voulait plutôt les séparer. Il voulait que Rose soit dégoûtée par l'amour comme lui-même était dégoûté par l'amour. Il voulait qu'elle repense à tout ce que Pierrot avait dit et juge que ce n'était que mensonge.

53

ÉTUDE DE JEUNE FILLE EN CALOT DE MARIN

McMahon envoya une fille du nom de Lily séduire Pierrot. Il aurait bien couché lui-même avec elle si la rage qu'il éprouvait à l'endroit de Rose ne l'avait pas rendu impuissant.

Lily était tout le contraire de Rose. Elle avait le teint pâle et les cheveux blonds, qu'elle portait relevés en un gros chignon qui semblait toujours en pagaille et sur le point de s'effondrer. Mais il ne s'effondrait jamais. Ses yeux avaient la couleur verte de ces billes que n'importe quel gamin aurait tout fait pour gagner. Mais elle plissait les yeux. Affligée de problèmes de vue quand elle était enfant, elle n'avait jamais porté de lunettes. Maintenant, avec ses yeux perpétuellement plissés, elle ressemblait à un chat persan se prélassant au soleil.

Elle avait les jambes si longues que, sur elle, toutes les robes paraissaient indécentes. Elle semblait toujours nue. Des hommes d'affaires payaient des sommes absurdes pour coucher avec elle. Ils ne la baisaient que parce qu'elle coûtait cher. Ils pouvaient être certains que pas un pauvre n'était en mesure de se l'offrir. Ils ne tremperaient leur vit que là où seuls les meilleurs vits s'étaient aventurés.

Pierrot rentrait chez lui après être allé à la quincaillerie, la poche pleine de vis destinées à un mécanisme de poulies devant hisser un clown de cent kilos dans les airs. Lily prit le bras de Pierrot quand il passa devant elle.

– S'il vous plaît, montez à l'étage avec moi. J'ai besoin d'aide. Vite, c'est une urgence.

Elle fronça un peu le visage, comme un lapin qui pressent un danger, pour s'efforcer d'exprimer la détresse.

Pierrot la suivit. Il était nerveux. Il était généralement très nerveux quand une femme lui demandait de l'aide. Le plus souvent, il était incapable de satisfaire à ses exigences. Il espéra qu'elle ne lui demanderait pas de soulever un objet lourd ou de chasser quelque horrible brute avec laquelle elle s'était acoquinée. Pierrot n'était pas doué en ces matières.

À sa grande surprise, elle s'assit au bord du lit dans sa chambre et écarta les jambes. Près d'elle, sur le matelas, se trouvait un plateau où étaient posés des tasses à thé et un vase de fleurs mauves un peu fanées. Dans le coin du plateau, il y avait une cuillère et une seringue sur un bout de journal où se lisaient les manchettes de la semaine précédente.

– Voudriez-vous me shooter dans la cuisse ? Je ne veux pas qu'on voie de marques sur mes bras.

Il fut stupéfait. Il était dans une chambre avec l'héroïne incarnée. On aurait dit que la dope avait pris la forme d'une fille. Il trouvait l'héroïne beaucoup plus séduisante que cette belle femme. Il ne s'attendait pas à s'y retrouver ainsi confronté. Imaginez-vous répondre à la porte pour trouver votre ancienne amoureuse qui vous dit qu'elle a changé d'avis et qu'elle veut revenir avec vous. Comment résister ? Quel mal y avait-il à passer un moment encore dans la chambre pour aider cette fille ? Il aimait le rituel entourant la préparation de la drogue. Il se sentait important, comme un homme exerçant une véritable profession – un médecin, par exemple. Il prit un bas appartenant à la fille qui pendait sur la colonne de lit et le noua autour de sa cuisse. Dès qu'il lui eut fait la piqûre, Pierrot ressentit la décharge comme par procuration. Ils étaient curieusement sens dessus dessous. Le lit était au plafond. Le tapis aussi était au plafond. La table, avec ses tasses à thé et sa lampe, ne s'écrasait pas par terre. Cette fille était futée ! Quelle façon de décorer un foyer ! Elle le regarda, les yeux clos, et éclata de rire.

Et puis, abruptement, Pierrot revint à la raison et la pièce se redressa. Il fallait qu'il sorte tout de suite, sans quoi il succomberait et vivrait au plafond, flottant au-dessus de la vie tel un fantôme, pour le reste de son existence.

Quand il ouvrit la porte à la volée, un homme était là, appareil photo à la main. C'était le détective au chapeau à carreaux, celui qui était trop cher pour ses moyens. Pierrot lui fit un geste de la tête, mais le détective fit semblant de ne pas le remarquer et continua son chemin.

Il tomba sur une autre femme bizarre quelques semaines plus tard alors qu'il s'était arrêté devant la vitrine d'une boulangerie. Les Montréalais se massaient devant les vitrines des boulangeries comme si les petits gâteaux qui y étaient disposés constituaient une sorte d'opéra-comique. On les contemplait comme on aurait regardé une comédie musicale hollywoodienne, mais c'était encore plus merveilleux, car tout était à portée de main. Aucune starlette hollywoodienne n'aurait fait le poids devant un petit gâteau à la vanille saupoudré de bonbons rouges en forme d'étoiles.

Dans la vitrine, il vit le reflet d'une femme s'approcher de lui par-derrière. On aurait dit un corps submergé remontant à la surface de l'eau. Elle portait un pardessus d'homme en laine noire et un calot de marin. Elle s'approcha de Pierrot et lui murmura à l'oreille :

– *Tu me reconnais** ?

– Comment vous appelez-vous ?

– J'aime changer de nom toutes les semaines. Je me suis déjà appelée Marguerite, mais je ne faisais que m'attirer des ennuis. J'étais une si mauvaise fille quand je m'appelais Marguerite que j'ai décidé de m'appeler plutôt Natalie.

Pierrot considéra la fille, bouche bée, ne sachant que dire.

– On peut s'appeler Lucille et Ludovic. On peut faire ce qui nous chante. Et puis changer de nom pour en prendre un nouveau.

– Je m'appelle Pierrot. Ça me convient plutôt.

– *T'aimes fumer** ?

– Plus que tout au monde.

Elle écarta les pans de son manteau pour révéler son corps entièrement nu. Il ne s'attendait pas à cela. La doublure étirée la faisait paraître tellement mince, un éclair dans un grand ciel noir. Laissant son manteau se refermer, elle plongea la main dans sa poche pour y prendre une longue pipe au fourneau en verre.

Elle alluma sa pipe. Pierrot regarda autour de lui. C'était étrange d'allumer une telle pipe en public. La fumée s'élevait en volutes, non pas à la manière d'un dragon, comme le voulait le joli nom qu'on donnait à la dope dans la rue, mais plutôt comme un minuscule triton.

Du coin de l'œil, Pierrot surprit la lumière d'un flash. Un homme de l'autre côté de la rue était en train de les photographier. Il reconnut le chapeau de pluie à carreaux. C'était le détective qu'il avait voulu engager pour retrouver Rose. Il était là de nouveau, en train de le filer ! Il apparaissait dès que ces jolies filles essayaient de coucher avec lui. C'était un piège ! Brillant ! Il comprit, bien sûr, que McMahon avait engagé le détective. C'était la seule personne de sa connaissance qui avait suffisamment d'argent pour se payer ce genre de luxe absurde.

– Pour qui travaillez-vous ? demanda Pierrot afin de s'en assurer.

– Qu'est-ce qui te fait croire que je travaille pour quelqu'un ? Je ne sais pas de quoi tu parles. Je suis sidérée. *Est-ce que c'est le bon mot* ?*

– Je peux vous poser une question ?

– *Oui, mais**… juste une.

– Serait-ce, disons, un mafieux très puissant aux cheveux noirs qui dirige le Roxy dans le centre-ville ?

– Oui. Mais je n'en dirai pas plus.

En rentrant, Pierrot repensa à ce qui venait de se produire et décida de ne pas en souffler mot à Rose. Elle perdait facilement patience, ces derniers temps, en raison de la pression occasionnée par la production du spectacle. Depuis la visite de McMahon, elle semblait prête à égorger n'importe qui au moindre prétexte.

En montant les marches, Pierrot entendit Rose crier :

– Je vais te tordre le cou, salaud ! Je vais te montrer ce qu'il en coûte de résister à une femme !

Il ouvrit la porte pour la découvrir dans la cuisine, aux prises avec un bocal de confiture. Non, il n'ajouterait pas à son irritation.

McMahon engagea ensuite une fille du nom de Colombe pour séduire Pierrot. Elle travaillait dans les bordels et elle ressemblait à Rose. Elle avait la même stature et les mêmes cheveux courts et sombres. Mais ce qui la distinguait, c'était l'expression de son visage. Elle avait toujours l'air dégoûtée. Elle boudait et se plaignait de tout. Son principal sujet de conversation était sa haine des autres femmes. Elle croyait qu'elle faisait mieux l'amour que toutes les autres putains.

McMahon ordonna à la tenancière de gifler Colombe afin qu'elle ait l'air d'une victime pour inciter Rose à l'accueillir. Colombe se présenta à la porte du théâtre vêtue d'une vieille robe bleue dépenaillée, une valise à la main.

Quand Pierrot alla à la salle de bains, il y trouva Colombe, en bas rayés noir et blanc et en talons hauts noirs. Elle portait une pièce de lingerie noire qui lui révélait l'entrejambe. Il pouvait voir sa touffe de poils et le dessous de ses fesses.

– Prenez-moi comme une bête, monsieur. Souillez-moi. Montrez-moi à quel point j'aime ça.

Pierrot soupira et sortit de la salle de bains. Il commençait à avoir l'habitude de ces femmes sorties de nulle part qui lui faisaient des propositions. Il savait qu'elles étaient envoyées par McMahon. Elles ne voulaient pas qu'il les emmène manger un hamburger ou voir un film, ni rencontrer ses amis. Elles voulaient aller droit au lit. Plus jeune, il avait souvent fantasmé des scénarios semblables, dans lesquels il habitait une ville remplie de nymphomanes qui se baladaient dans la rue vêtues de manteaux sans rien dessous et lui offraient de l'argent ou des poulets entiers s'il acceptait de coucher avec elles et de mettre fin à leurs souffrances. Mais il voyait maintenant combien ce fantasme était déprimant.

En s'éloignant, Pierrot se retourna et rappela Colombe :

– Hé ! Tu ne saurais pas chanter, par hasard ?

Il cherchait désespérément des chanteuses. Il s'avéra que Colombe possédait une jolie voix, et Pierrot lui offrit un solo.

– Que voulez-vous ? dit Colombe à McMahon. Ces deux-là sont amoureux. Il est amoureux de Rose. Il trouve qu'elle est parfaite. Et c'est vrai, d'une certaine manière. Je pars à New York avec eux. Je n'ai plus rien à faire ici.

54

À L'ARRIVÉE DU TRAIN

McMahon vint voir Rose avant son départ pour New York. Il inspecta la lune en papier mâché dans le coin du hangar.

– Eh bien, tu es allée décrocher la lune. Tu ne pensais pas qu'on voudrait la voir, nous aussi ? dit-il en souriant, apparemment désireux de faire la paix.

Elle ne rit pas, se contenta de le regarder. L'expression amicale quitta brusquement le visage de McMahon.

– Jimmy va venir le soir de la dernière représentation, continua McMahon. Ils transporteront la lune en camion jusqu'au bord du fleuve, où ils pourront l'ouvrir. Accompagne-le pour superviser. Je n'ai jamais aimé ce type. Il est toujours tellement arrogant. Dès que tu passes la porte, il se met à se moquer de toi. Il n'aime pas les Québécois. Il pense qu'on est inférieurs à lui.

Rose haussa les épaules. On lui avait donné tant de raisons de se mépriser qu'elle ne pouvait en considérer une de plus. Être québécoise, c'était le cadet de ses soucis.

– Quand aurai-je l'argent ? demanda-t-elle.

– Ils ne te donneront pas d'argent. Je fais un échange. Jimmy Bonaventura possède un tas d'immeubles qu'il a achetés pour blanchir de l'argent dans le Red Light. Il n'a jamais voulu vendre. Mais au bon prix, tout s'achète. Quand tu reviendras, même ton hôtel m'appartiendra. C'est le plus gros coup immobilier que j'aie jamais fait. Dommage, tout cela aurait pu être à toi. Tous ces cabarets. Mais tu préfères t'amouracher de junkies.

McMahon observa attentivement le visage de Rose afin de voir si elle allait tressaillir ou trahir un remords à l'idée de l'avoir quitté. Il ne vit rien.

– Même s'ils ne comprennent pas le spectacle que tu es en train de monter, ne t'en fais pas. C'est le premier que tu crées. Tu es jeune. Tu es une amatrice.

Il crut voir ses joues s'assombrir et décida de continuer à se montrer condescendant.

– Es-tu excitée de rencontrer quelqu'un comme Jimmy Bonaventura ? Quelle aventure ce sera pour une fille de rien dans ton genre. Tu pourras tout me raconter à ton retour.

– Je ne crois pas. Je crois que j'aimerais mieux ne jamais te revoir.

– C'est parce que je t'ai brisé le cœur.

– Je ne t'ai jamais aimé. J'étais avec toi parce que je n'avais pas d'autre choix. Je me suis jetée à ton cou parce que j'étais terrifiée par la pauvreté.

Elle sonda les yeux de McMahon, étudiant soigneusement sa réaction. Les gens livraient maints secrets quand ils étaient en proie à la colère. On pouvait lire leurs émotions lorsqu'ils étaient enragés. Elle savait que McMahon avait pris des dispositions pour la faire tuer. Il se retourna sans piper mot et s'en fut.

Dans le hangar voisin, on fabriquait des baignoires. Ce jour-là, elles étaient transportées à l'arrière d'un camion, comme un troupeau de bélugas.

Les clowns firent rouler la lune en papier mâché dans la rue depuis le hangar jusqu'au chemin de fer, qui n'était pas très loin, quelques dizaines de mètres. Ils riaient. Ils étaient stupéfaits de la puissance de l'attraction gravitationnelle de la lune. Elle était plus lourde que d'habitude et, compte tenu de sa propension à l'évasion, ils craignaient qu'elle ne tente de s'enfuir pour de bon. À elle seule, la lune occupait la moitié d'un fourgon à bagages. Les rebords avaient été éraflés quand elle s'était coincée entre les deux grandes portes.

Rose regarda les malles empilées dans le fourgon. Ils avaient tout ce qu'il fallait pour construire un univers tout neuf. Une malle contenait des petites planètes et des étoiles filantes, une autre recelait des nuages, des éclairs et des flocons de neige. Dans une troisième, il y avait un faux océan et un bateau pirate. Plusieurs autres contenaient des costumes d'aristocrates, de généraux et de mendiants. L'une était pleine de cerceaux à enflammer et de petits smokings pour chiens. Chacune était aussi remplie de merveilles que la boîte de Pandore.

Rose fut la dernière à monter dans le train. Elle portait une veste en velours rouge et un pantalon assorti. Une fois qu'elle eut fait glisser la porte derrière elle, tous les membres de la troupe rentrèrent la tête par la fenêtre, car l'action se passait maintenant à l'intérieur. Quand le train s'ébranla, tout le monde poussa un grand youpi. Tous étaient impressionnés par la réalité de l'aventure. C'était le train que Rose et Pierrot avaient pris enfants, même si à l'époque c'était un train imaginaire, se dirigeant vers un lieu imaginaire. À présent, il pesait des milliers de tonnes et pouvait tout écraser sur son passage.

Ils atteignirent la frontière en moins d'une heure. La plus longue partie du voyage se déroulerait de l'autre côté. Franchir la douane constituait néanmoins un défi de taille.

Les douaniers inspectèrent chacun des fourgons. Ils ressemblaient aux wagons de bagages des troupes et des cirques américains qui traversaient la frontière en provenance du Sud. Les douaniers éclatèrent de rire en découvrant la lune égratignée et cabossée d'avoir roulé en bas du trottoir. Mais cela ne la faisait que davantage ressembler à la lune véritable : rien de plus qu'un miroir à main bosselé dans le ciel. L'un des officiers serra la patte d'un chihuahua. Les douaniers souriaient. Dans leur esprit, les malles contenaient les composantes d'un spectacle merveilleux. Ils souhaitèrent bonne chance à la troupe.

Quand Rose leur montra ses papiers et qu'on fit ensuite signe au train de traverser la frontière, elle sut que le monde lui appartenait.

Elle longea le corridor bringuebalant du train. Le paysage défilait derrière les fenêtres carrées. Il y avait tant d'espace, ouvert et vide. Les arbres se dressaient, dépouillés de leurs feuilles, nus, leurs branches suppliant le ciel, chaotiques et fous de désir.

Ils traversèrent une série de vieilles montagnes acariâtres, si vieilles qu'elles ne semblaient plus dangereuses. De temps en temps, un gros morceau de roc roulait au milieu d'une route ou écrasait un chevreuil, mais pour l'essentiel, elles avaient trouvé leur place dans le monde. La pluie avait érodé leurs pics, une dispute à la fois.

Rose comprenait pourquoi les clochards s'embarquaient sur les trains. Ils vous donnaient l'impression que vous aviez échappé au temps. Que vous l'aviez devancé. Comme si vous étiez le lièvre et que le temps était la tortue. Et maintenant, vous pouviez simplement flâner jusqu'à ce que l'avenir vous rattrape. Rose se laissa tomber dans l'un des sièges au milieu d'un groupe de filles et décida de profiter du voyage en leur compagnie.

Elles avaient emballé des sandwichs pour le trajet d'une journée vers le sud, afin que personne n'ait faim. Le calme gagna tout le monde une fois qu'on eut le ventre plein, ce qui permit à tous de se prélasser un moment comme dans un bain chaud.

Les filles avaient des pensées qu'on ne leur avait jamais permis d'avoir. Rose prenait plaisir à écouter leurs conversations. Chacune était semblable à une expérience visant à trouver un remède à la condition humaine.

– Je voudrais avoir un nom de scène. Quelque chose qui ait un peu de panache.

– Une fois que tu commences avec le panache, tu ne peux plus t'en passer.

– J'ai lu *Frankenstein*. Saviez-vous que c'est une femme qui l'a écrit ? Elle s'est enfuie avec un poète du nom de Percy Shelley. Ils faisaient une orgie au château et elle a inventé cette histoire pour amuser leurs amis.

– Où as-tu appris tout ça ?

– À la bibliothèque. Si tu lis autre chose que *Winnie l'ourson*, la plupart des livres sont vraiment salaces.

– Je haïssais tellement l'école. J'ai été tellement heureuse de la quitter.

– J'étais incapable de lire au tableau noir. Je n'avais pas de bons yeux. Quand mon grand-père est mort, j'ai pris ses lunettes. Toutes les autres filles se sont moquées de moi, mais j'étais capable de lire au tableau.

– Il va y avoir une autre guerre, et toutes sortes de boulots vont se libérer. Tu peux faire ce que tu veux.

– *Penses-tu qu'ils ont les mêmes tablettes de chocolat, aux États-Unis* ?*

– Ma mère voulait prendre un boulot pour gagner plus d'argent, mais mon père a dit qu'il mourrait de honte si elle faisait ça. J'aime avoir de l'argent dans mes poches.

– Il n'y a rien d'aussi chouette que d'avoir de l'argent dans ses poches. *Rien du tout**.

– Ça ne m'a jamais dérangée de reverser tout mon salaire à mes parents, parce qu'ils paient le loyer, ils achètent à manger et il faut qu'ils s'occupent de mes frères. Mais je suis tout le temps obligée de les supplier pour avoir de quoi aller au cinéma le samedi.

– J'adore le cinéma.

– Tu as vu *King Kong* ? C'est le premier film que j'aie jamais vu, et je n'arrêtais pas de crier. Je n'en dormais pas la nuit. Je n'arrêtais pas de regarder par la fenêtre. J'étais sûre qu'une grosse main de gorille allait entrer par la fenêtre et m'arracher de mon lit.

– Je te comprends. Après avoir vu *Frankenstein*, j'étais sûre que le monstre était juste derrière moi quand je faisais du vélo dans la rue. Je me dépêchais de rentrer.

– Joannie a lu ce livre-là.

Rose adorait les brillantes reparties des filles qui, à la manière du train lui-même, traversaient tous les domaines – les sujets les plus superficiels comme les plus profonds.

Dans le wagon-restaurant, Rose s'assit en face d'un clown ventriloque qui avait un rat dans un bocal. Il ouvrit le couvercle et le rat se mit à chanter d'une voix aiguë et mélodieuse. Il travaillait avec le clown depuis qu'il était raton. Il aimait s'endormir, bercé, dans la poche du clown.

Le rat était nerveux. Il venait de Montréal et avait entendu parler des rats de New York, qui étaient capables d'intimider des chiens. En les voyant approcher, les chats changeaient de trottoir.

Le clown lui dit de ne pas s'en faire. Ils ne rencontreraient pas de rats new-yorkais. C'était un théâtre très réputé, et il n'y aurait pas de rat dans l'auditoire.

Mais le rat savait qu'il suffisait qu'un rat new-yorkais le traite de minable pour qu'il ne s'en remette jamais. On lui dirait qu'un rat qui se respecte ne voyage pas avec un clown. Assis derrière la vitre, se tordant les pattes, il s'inquiétait d'être jugé. Il ne s'était jamais senti aussi petit de toute sa vie.

Rose s'arrêta dans un compartiment pour parler à Fabio, qui se tenait devant un immense livre de comptes ouvert. Ils regardèrent le livre ensemble comme des enfants cherchant une ville étrangère dans un atlas. Fabio s'était révélé étonnamment doué avec les chiffres, et Rose était la première à avoir trouvé une utilité à ce talent. Elle le consultait de plus en plus sur les chiffres et les affaires. À part Pierrot, Fabio était la seule autre personne dans la compagnie à être au courant de la présence de la drogue. Il ne servait à rien d'en parler aux autres. Ils croyaient faire partie de l'aventure en raison de leurs habiletés artistiques. Ils semblaient tellement innocents, jamais ils ne seraient soupçonnés. Ils profitaient du voyage, voilà tout, se massant devant les fenêtres pour contempler les

Adirondacks. Même les clowns tristes rigolaient. Les clowns tristes ne s'inquiétaient pas de leur arthrite, de leur ex-épouse ou de leurs échecs. Tous, ils avaient le sourire aux lèvres.

Rose entra dans le petit compartiment où était assis Pierrot, qu'ils avaient réservé pour eux. Les sièges avaient été recouverts d'un tissu brun, vert et doré. Une scène pastorale était peinte sur les parois. Rabattue contre le mur, une petite couchette pliante. Rose ferma la porte derrière elle. Elle entreprit de déboutonner la veste de Pierrot, qui oscillait d'avant en arrière. Pierrot déplia la couchette, et les oreillers, étonnés, firent un petit bond.

55

LA GROSSE POMME

Le temps était inhabituellement froid à New York ce matin-là. L'air avait une qualité différente de celui de Montréal, mais c'était subtil. Il était plus vif. Il sentait la même chose qu'une personne qui s'apprête à vous embrasser. Il avait un léger parfum de Coca-Cola.

Ils pouvaient tout à coup mieux voir. Plusieurs personnes qui avaient besoin de lunettes constatèrent que leur vue s'était rétablie spécialement pour ce moment.

Dès que le premier membre de la Grande Fantasmagorie des flocons de neige descendit du train, de minuscules flocons commencèrent à tomber du ciel. Ils étaient si petits qu'au début personne ne put les voir.

Aussitôt le soleil couché, il se mit à neiger à gros flocons. On aurait dit des fillettes en robes de communiantes faisant la roue. Les endeuillés se découvraient finalement chanceux : ils pouvaient voir une preuve éphémère des flocons sur le noir de leurs vêtements avant qu'ils ne fondent et disparaissent.

Jimmy était assis dans son bureau de l'hôtel Romeo en compagnie de Caspar. Il y avait près de la fenêtre un bocal où deux élégants poissons rouges nageaient en rond, comme des glands au bout des seins d'une danseuse burlesque. Les bandits ne sortaient pas à cause de la tempête de neige. Tous deux savaient que Rose et sa troupe étaient arrivées en ville. La radio était allumée ; une chanteuse qui semblait avoir une pince à linge sur le nez se plaignait de ne pas recevoir ce qu'elle voulait pour Noël.

– Est-ce que je t'ai déjà dit combien je déteste Montréal ? demanda Jimmy. Et tous les trous du cul que je rencontre et qui viennent de là ?

– Oui, plusieurs fois, dit Caspar.

– Est-ce que la dope vaut la peine ? On ne peut pas l'acheter à quelqu'un d'autre ?

– Elle a été testée. Elle est formidable, apparemment. Ça ne ressemble à rien de ce que ces crétins ont déjà pris.

– Redis-moi, bordel, pourquoi il faut attendre que le spectacle soit fini pour récolter la dope ?

– Parce qu'elle est dans la lune.

– Parce qu'elle est dans une saloperie de lune ! C'est la chose la plus ridicule que j'aie entendue de toute ma vie. Pourquoi est-ce qu'on a dit oui à ces conneries ? Qu'est-ce qu'on fait ce soir ?

– On joue aux cartes.

– Laisse tomber. Viens. Il faut que je voie ça. Allez. Tu aimes le théâtre ?

– Je ne sais pas. Il faut qu'on fasse sauter la cervelle de la fille. C'est inconvenant.

– Allez. On ne va pas commencer à s'en faire pour les convenances à ce stade de notre vie.

– Ça débute dans moins d'une heure.

– Alors on n'a pas une minute à perdre.

– Et si les billets sont tous vendus ?

– Ha, ha, ha !

Jimmy attrapa son manteau, ouvrit la porte de son bureau et se pencha dans le couloir.

– Les filles, venez !

Il descendit l'escalier, les bras passés autour de la taille de deux filles. Quand les autres gangsters virent Jimmy se diriger vers la porte d'entrée, ils voulurent immédiatement se joindre à lui. Ils prirent leurs manteaux et leurs chapeaux, saisirent la main de leurs petites amies, laissèrent là leur repas et lui emboîtèrent le pas. Il ne servait à rien de traîner à l'hôtel un vendredi soir si Jimmy n'y était pas.

Les filles trouvèrent les trottoirs glacés et glissants, surtout qu'elles s'y hâtaient sur leurs jolis talons hauts. Quand ils arrivèrent au théâtre, il n'y avait pas foule. Un panneau annonçait que les billets de dernière minute seraient vendus à moitié prix.

Cinq minutes avant le lever du rideau, ils s'offrirent d'excellentes places pour une bouchée de pain. Jimmy n'était pas content parce qu'il avait espéré s'asseoir au fond. Il se demanda si la représentation du lendemain serait annulée et s'il devrait tuer la fille au matin.

Quand tous les spectateurs furent installés et que le rideau se leva à petits coups délicats, la neige se mit à tomber dru dehors. Elle recouvrit la ville entière, remplit les paumes de toutes les statues d'anges, recouvrit les toits d'une immense couette de duvet. Le public à l'intérieur du théâtre oublia que le monde extérieur existait. Parce que, en réalité, il n'existait pas du tout.

56

LA GRANDE FANTASMAGORIE DES FLOCONS DE NEIGE

ACTE UN

Les danseuses s'avancèrent. Elles étaient habillées en fillettes, en courtes robes blanches, avec des rubans dans les cheveux. À la confection uniforme de leurs robes et à leurs mines affligées, le public pouvait deviner qu'elles étaient orphelines. Serpillière à la main, elles balayaient à l'unisson, à l'exception d'une fille, qui portait une perruque noire. Celle-ci se tenait parfaitement immobile au milieu de la scène, tandis que les autres effectuaient de grands mouvements autour d'elle avec leurs balais.

Acte deux

Un clown habillé en aristocrate, costume à carreaux et chapeau haut de forme, apparut sur son vélo. Le sommet de son chapeau pendait de côté, comme une boîte de conserve ouverte. On aurait dit que sa tête était une marmite, que ses idées avaient surchauffé et qu'elles avaient fait sauter le couvercle afin de lâcher de la vapeur, pour ainsi dire. Il avait le menton si haut levé qu'il ne pouvait pas voir où il allait. Il buvait dans une fine tasse à thé en porcelaine tout en pédalant. Il pencha la bicyclette jusqu'au sol de sorte qu'il se tenait quasiment sur les mains – puis, quand son nez eut presque touché le sol, il cueillit une fleur imaginaire et la huma.

Acte trois

Un groupe de clowns sortit. En shorts, t-shirts rayés et bonnets en tricot, ils bondissaient de-ci de-là et frappaient leurs jambes ensemble. Ils se comportaient comme des enfants. C'était parfaitement absurde et ridicule de voir des adultes agir de façon aussi libre, naturelle. Le public se tenait les côtes à force de rire. Les femmes sortirent des mouchoirs et épongèrent les larmes d'hilarité de leurs yeux avant qu'elles ne ruinent leur maquillage.

Acte quatre

Un clown était assis dans sa baignoire, tout seul sur scène. Il éclata en sanglots. Il appuya un chiffon sous ses yeux et l'eau se mit à gicler. Il sanglota tant et si bien que la baignoire commença à se remplir. Il sécha ses pleurs. Remarquant la présence du public, il parut interloqué et gêné. Manifestement, il voulait sortir de la baignoire, mais en regardant autour de lui, il ne put trouver nulle part de vêtements ni de serviette. Il décida finalement de sortir tout de même, pour se sauver. Il était nu, mais portait un énorme pénis postiche en érection noué autour de la taille. Le public se mit à rire de manière hystérique devant son membre tandis qu'il quittait précipitamment la scène.

Acte cinq

Débuta ensuite le numéro qui nécessitait les bicornes. Les clowns apparurent sur des petits chevaux qui encerclaient leur corps. Brandissant des épées, ils se battirent. Et puis, tout à coup, une cloche tinta doucement. Ils posèrent leurs chevaux par terre et se regroupèrent pour pique-niquer. L'orchestre passa d'une musique forte et tonitruante à une mélodie douce et tintinnabulante. L'humeur changea brusquement – comme nos tentatives pour atteindre à la grandeur sont changeantes et superficielles.

Acte six

Un groupe de clowns ivrognes apparut, titubant, les yeux mi-clos. On aurait dit que la drogue les avait dépouillés de toute substance physique. Ils se déplaçaient comme si la gravité avait cessé d'exercer son emprise sur eux.

Ils flottaient presque, telles des plumes et des touffes d'asclépiade dans la brise. Trois d'entre eux grimpèrent l'échelle menant au fil tendu. Ils arpentaient la corde raide sur la pointe des pieds, même s'ils pesaient des dizaines de kilos. Ils traversaient avec la même assurance que s'ils avaient marché sur une ligne tracée à la craie sur le trottoir.

Le dernier clown pivota brusquement à quatre-vingt-dix degrés et fit un pas dans le vide. Tout le monde eut le souffle coupé, croyant qu'il allait plonger vers la mort. Mais il était attaché par des fils, grâce auxquels il paraissait marcher sur l'air comme Jésus marchait sur l'eau. Juste au-dessus de la tête des spectateurs.

Et le public tout entier, dans sa bienveillance, lui pardonna de gaspiller ses après-midi à se soûler et de gâcher sa vie.

Acte sept

Dans l'acte suivant, une fille se préparait pour un rendez-vous important, mais elle souffrait de flatulences et pétait chaque fois qu'elle s'asseyait. Elle mordit dans un gâteau et se barbouilla de glaçage partout autour de la bouche. Elle alluma un cigare et souffla une série de ronds de fumée, qui flottèrent au-dessus de sa tête. Le public fit : « Ooooh. » On n'avait jamais vu une dame faire ce genre de choses.

Elle feuilletait un grand magazine afin d'y étudier les derniers styles à la mode. Elle avait tellement de mal à s'habiller, derrière la cloison. À un moment, elle la fit basculer par accident, révélant qu'elle avait enfilé sa robe à l'envers.

Un groupe de filles accourut sur scène pour déplacer les meubles de telle sorte que la dame ne se trouvait plus dans sa chambre mais attablée dans un restaurant. Un clown était assis en face d'elle. Il portait un smoking et un énorme nœud papillon rouge. Il avait des guêtres à même ses pieds nus, et un énorme ventre postiche.

Elle était décidément la dame la moins distinguée qui soit, mais cela la rendait merveilleuse, adorable, honnête et digne de confiance. Elle grimpa sur la table, renversant tout ce qui se trouvait sur son chemin, et alla s'asseoir sur les genoux de l'homme avec qui elle dînait.

Elle avait du mal à passer les bras autour de son énorme ventre. Mais quand elle finit par réussir, elle lui donna un gros baiser maladroit. Ils culbutèrent sous la table. Lorsqu'ils en émergèrent en rampant, tous deux avaient de grandes grimaces rouges sur le visage, comme des clowns. C'était assez charmant. Tout le monde dans le public était du côté de la dame.

Acte huit

Quand tous deux furent sortis côté cour, les danseuses apparurent en patins à roulettes. Elles étaient habillées comme l'as de pique. Elles avaient essayé de se pomponner, auraient voulu être jolies pour le public, mais pour ce faire, elles avaient utilisé des guenilles. Leurs charmants petits minois pleins de vivacité souriaient sous les chapeaux champignons ornés de fleurs plantées de guingois, et sous les mouchoirs noirs noués sur leurs fronts.

Elles commencèrent à enlever des épaisseurs de haillons, déboutonnèrent leurs manteaux usés jusqu'à la corde et les fourrèrent dans des poubelles posées au milieu de la scène. Elles patinaient avec d'immenses sourires sur le visage. Elles étaient plus libres chaque fois qu'elles enlevaient une épaisseur. Certaines des filles étaient devenues extraordinairement talentueuses et libres avec huit petites roues sous elles.

Une fille patinait à reculons, les mains en l'air, avec assurance. Une autre avait du mal à se tenir debout et ne cessait de tomber. Tout le monde riait de la difficulté qu'elle éprouvait, mais non pas d'elle.

Les filles ôtèrent leurs gants aux doigts troués, leurs écharpes rongées par les mites, leurs pulls rapiécés, leurs robes aux couleurs passées. Elles enlevèrent leurs patins à roulettes et leurs bas et restèrent debout dans leurs petits costumes de danseuses couleur pêche, qui les couvraient tels des sous-vêtements, puis elles bondirent à l'avant de la scène, pieds nus, jusqu'à se placer sous les projecteurs. Elles trouvèrent chacune une paire de talons hauts argentés, qu'elles enfilèrent.

Elles étaient toutes tellement nues, et toutes tellement parfaites. Elles sortirent de scène, n'y laissant qu'une fille, laquelle portait une perruque rousse ridicule. Le public supposa qu'elle incarnait Annie la petite orpheline, mais Pierrot et Rose savaient que c'était Poppy. Elle continuait à lever les jambes en l'air, sans remarquer que toutes les autres filles étaient parties et que la musique avait cessé. Elle était trop occupée à s'abandonner pour s'en soucier. Elle ouvrit les yeux, vit dans quelle situation elle se trouvait et s'arrêta tout net. Puis elle regarda le public et éclata de rire.

Dernier acte

Un clown costumé en étoile filante traversait la scène dans sa voiturette de gangster pour enfant. Avisant un lasso sur le sol, il descendit, le ramassa. Il lançait le lasso dans les airs, en direction du plafond, sans arrêt. Le lasso ne cessait de retomber. Et puis, enfin, il resta en l'air. Il s'était fixé dans les chevrons à quelque chose que l'on ne voyait pas. Le clown tira dessus de toutes ses forces, mais, malgré l'énergie qu'il déployait, ce qu'il avait attrapé ne bougeait pas.

Il entreprit de grimper à la corde et se retrouva, tête en bas, emmêlé dedans. Un autre clown arriva avec son chien. Ce clown prit la corde, et les deux hommes se mirent à tirer ensemble. Le chien saisit la corde dans sa gueule et commença à tirer lui aussi. Et puis les autres clowns apparurent. Tous se mirent à tirer sur la corde. Trois des danseuses y grimpèrent pour tirer plus fort. Enfin, avec tout ce monde qui tirait, elle bougea lentement.

Et puis, au-dessus des rideaux, la plus énorme et adorable des lunes en papier mâché se mit lentement à descendre tandis que les clowns accomplissaient ce qu'ils avaient promis dans les publicités du spectacle : décrocher la lune pour le public.

Le plus grand don théâtral de Rose était la qualité de sa présence sur scène, évidente lorsqu'elle s'avança en pantoufles brillantes. Coiffée d'un chapeau triangulaire sur lequel était collé un petit pompon, elle portait une veste en soie à gros pois. Sa jupe était retroussée vers l'extérieur, ornée de pompons blancs à l'ourlet, comme des petites boules de neige attachées au menton d'un chien. Des fils de fer la reliaient à un gros ours automate qui la suivait.

On roula soudain sur scène un piano et un banc, sur lequel était assis Pierrot. Celui-ci portait un costume de clown blanc bouffant. Il avait une collerette blanche à ruchés, de gros pompons noirs en guise de boutons et un pantalon qui tombait en accordéon à ses pieds comme des chandelles en train de fondre. Sa figure était intégralement couverte de fard blanc, à l'exception d'une petite larme noire sur sa joue.

Le visage de Rose aussi était fardé de blanc, à l'exception d'un point rouge sur chaque joue – semblables à ceux qu'elle avait quand on l'avait trouvée dans la neige, enfant.

Pierrot commença à jouer l'air qu'il avait toujours joué. Rose se mit à exécuter sa drôle de danse. Quand elle dansait avec grâce, l'ours l'imitait. Chaque fois qu'elle se penchait en avant, on aurait dit que l'ours allait l'avaler. Mais Pierrot se mit à jouer une octave plus haut, et l'ours changea d'avis et se mit à danser élégamment derrière elle.

Pierrot travaillait cette partition depuis des années. C'était son *magnus opus*. Il y travaillait depuis qu'il était petit – peut-être jouait-il le même air depuis le premier jour où il avait posé ses doigts sur le clavier. Et ce soir-là, sur scène, il l'acheva.

Pour la dernière mesure, Pierrot s'interrompit un moment et appuya délicatement sur les touches, comme s'il essayait de réveiller quelqu'un d'un sommeil profond. Des flocons de neige en papier descendirent un à un du plafond. C'était charmant.

Quand la scène fut recouverte de flocons de papier et que Pierrot cessa de jouer, Rose et l'ours firent la révérence. Les lourds, lourds rideaux déboulèrent comme de la lave au flanc d'un volcan. Et le spectacle était terminé.

Le public était silencieux. On entendit des « chut ». On n'était pas sûr de ce qui venait de se produire. On n'osait pas respirer. On n'osait pas applaudir, parce que des applaudissements auraient signifié que le spectacle était fini et on ne voulait pas qu'il prenne fin. Et puis cela vint. Un son merveilleux. Ils applaudissaient joyeusement.

Le public était composé de cent gamins de neuf ans vêtus de fourrures, colliers de perles au cou.

57

LE POINT DE FUITE DE JIMMY

Jimmy ne savait trop que penser des clowns. Il était légèrement dégoûté par les hommes qui avaient choisi ce métier. À ses yeux, les seules professions suffisamment masculines étaient celles de meurtrier et de politicien. Il craignait à ce point de trahir la moindre émotion ou le moindre signe de faiblesse qu'il était alarmé par ces hommes paradant devant un public en sanglotant, en pétant et en laissant tomber des objets.

Les danseuses, cependant, lui plaisaient bien. Elles avaient quelque chose de tellement bizarre. Certaines n'étaient même pas jolies. Quelques-unes étaient dépourvues de poitrine. Ce n'était pas le genre de filles qu'il aurait engagées à l'hôtel Romeo. Il aima pourtant le spectacle, qui lui rappelait son passé, quand il était enfant, au bordel.

Il scruta le visage des différentes danseuses, pour voir laquelle il était censé tuer. Mais aucune ne ressemblait à quelqu'un dont la tête aurait pu être mise à si fort prix.

Tournant les yeux vers Caspar, il leva les mains comme pour signifier qu'il ignorait qui était leur cible.

– Tu vas la reconnaître en la voyant, dit celui-ci.

Comme tous ceux qui avaient beaucoup côtoyé la mort, ils accordaient foi à une multitude de présages. On en venait à voir la superstition comme une sorte de bon sens. Ils étaient tous deux persuadés qu'on pouvait reconnaître sur-le-champ une personne dont la tête était mise à prix. Ces personnes avaient une étrange aura, comme les saints dans les peintures médiévales.

Jimmy se cala dans son siège et le dernier acte débuta. Là, devant ses yeux, on commença à descendre une lune sur des câbles. C'en était trop. Il se retourna vers Caspar, lequel était bouche bée, stupéfait par l'énormité et la réalité de cette lune. McMahon avait perdu la tête. Cette fois, Montréal était allé trop loin, songea Jimmy. Ça devait être la faute au froid. Tous ceux qui étaient allés dans cette ville disaient qu'on ne pouvait exprimer en mots le froid qui y régnait et la difficulté qu'on avait à y marcher dans la neige. Les gens levaient les pieds pour lui montrer leurs chaussures et leurs bottes abîmées. Ils semblaient tous un peu zinzin à leur retour de Montréal. On aurait dit qu'ils avaient attrapé un petit grain de folie – comme la grippe –, qui disparaissait après trois ou quatre jours. Il ne pouvait qu'imaginer les ravages qu'un hiver entier était susceptible de causer.

Et puis, quelqu'un s'avança vers la scène sur la pointe des pieds. Il y eut quelques petits gémissements dans le public, des « oh » et des « ah ». On aurait dit que les gens faisaient l'amour. Quand la femme apparut sur les planches, tout le monde dans la salle raidit l'échine et écarquilla les yeux. Jimmy ressentit un élan de désespoir en la regardant. C'était elle. Elle était là.

Elle était différente des autres filles. Elle bougeait merveilleusement. Elle se posait si légèrement sur la pointe des pieds. Elle se posait aussi silencieusement qu'un flocon de neige sur une mitaine. Son visage était si intriguant. Il aurait voulu la regarder toujours.

Bien sûr, c'était elle qu'il était censé tuer. Indiscutablement, c'était le genre de fille à rendre un type tellement cinglé que la seule option était de lui mettre une balle dans la tête. Il n'avait pas encore croisé son regard, et déjà elle l'avait rendu fou.

Jimmy se réveilla le lendemain matin avec la gueule de bois : mélancolique, languide, effrayé à l'idée de mourir. Mais c'était le spectacle, et non pas l'alcool, qui était la cause de son état. Il fut distrait toute la journée. Ce soir-là, il resta à regarder les costumes dans sa garde-robe en tentant de décider lequel porter. Il enfila le costume noir qu'il réservait pour les grandes occasions. Même si on lui avait dit cent fois qu'il était beau, il se prit, debout devant le miroir de la salle de bains, à se poser la question.

Il sortit en vitesse du bâtiment, pour ne pas être obligé de dire à Caspar qu'il allait revoir le spectacle. Il avait toujours méprisé les gars qui succombaient aux charmes des danseuses de music-hall. Ces filles-là n'étaient dans le business que pour se trouver un mari. Mais Rose n'était pas une danseuse. Il n'aurait su dire ce qu'elle était.

Le public était plus fourni qu'au soir de la première. Il prit la loge à droite de la scène et s'y assit sans compagnie. Il se sentait seul. Il se sentait complètement perdu. Mais à ce moment-là, elle monta sur scène. Elle rappelait à Jimmy quelque chose qui était enfoui profondément dans son enfance.

Jimmy alla la voir tous les soirs. À chaque nouvelle représentation, les sièges occupés étaient de plus en plus nombreux.

58

L'HÔTEL HONEYMOON

Pierrot et Rose vivaient à l'hôtel Honeymoon, dans la 44e Rue, à quelques pâtés de maisons du théâtre. Les fenêtres de leur chambre étaient cintrées, comme celles d'une église. Les carreaux étaient d'une jolie teinte bleu pâle, un bleu rappelant l'espèce de cape que portait la Vierge Marie. En contemplant les différentes ampoules sur les enseignes des théâtres de l'autre côté de la rue, Rose avait l'impression que tout était possible. Le monde lui semblait immense. Elle fut soudain frappée par la beauté du monde, et par la chance qu'elle avait eue de naître, d'autant que ses parents n'avaient pas voulu d'elle.

Pierrot était étendu sur le lit, bras écartés. Rose avait posé ses pieds nus de chaque côté des hanches de Pierrot. Elle s'abaissa lentement. On aurait dit qu'elle mettait cinq ans à descendre. C'était si agréable. Il posa les mains sur les genoux de Rose, posa les lèvres sur son con et l'embrassa. Rose savait monter de très jolis petits spectacles privés.

Le numéro des clowns fut un triomphe. Au souper, tout le monde se pressa autour d'une table pour écouter Pierrot lire les journaux à voix haute.

– « Les clowns semblaient suggérer que nous ne sommes rien de plus que nos défauts et que, si on éliminait nos failles, il ne resterait rien de nous. »

Ils éclatèrent de rire et levèrent leurs grands bocks de bière pour les entrechoquer. De fort joyeuse humeur, ils burent jusqu'à avoir le front rouge et luisant de sueur, comme s'ils venaient de faire l'amour. Leurs phrases se tamponnaient comme des voitures de clowns, parce qu'ils n'avaient rien de très important à dire.

Une heure avant le début du spectacle, il y avait toujours une file de gens devant la porte qui attendaient d'entrer, bloquant le trottoir. Et quand c'était fini, ils se précipitaient vers la sortie comme des bulles d'eau pétillante montant vers le col d'une bouteille, pour aller en parler à leurs amis. En quoi l'histoire absurde et triste de Pierrot et Rose pouvait-elle bien les concerner ? Comment s'était-elle transformée en divertissement ? Pierrot savait qu'il n'aurait pas dû être étonné. Quand Rose et lui, enfants, se produisaient devant les riches, ils charmaient toujours leur public. Mais c'était impressionnant à voir à grande échelle. C'était ce sentiment doux et heureux qu'il éprouvait quand il était avec Rose. Ils avaient réussi à transmettre ce sentiment d'innocence et de jeu face à l'oppression et à la catastrophe, et cet élixir s'apparentait à de la drogue. Ils allaient jouer à guichets fermés de nouvelles dates, et on prolongea pendant un mois. À la consternation de Jimmy.

Pierrot était de bonne humeur tandis qu'il marchait dans la rue en songeant qu'il adorait New York. Les édifices étaient si hauts et si étroits qu'on aurait dit des échelles grimpant vers le ciel. Tout était nouveau pour lui, et il remarquait les détails qui auraient échappé à quelqu'un qui y aurait grandi. C'était comme s'il avait rendez-vous avec la ville pour la première fois. Chaque immeuble l'intriguait. À Montréal, il avait l'impression de passer du temps avec une épouse qui l'aurait sans cesse critiqué. Qui aurait ressassé des erreurs commises des années plus tôt. Et qui, à la table du petit-déjeuner, aurait quasiment paru élaborer un raisonnement pour lui démontrer qu'il était, en réalité, un être détestable.

Il avait l'impression d'avoir échappé à son passé, resté à Montréal. Son passé faisait le tour des boîtes que Pierrot avait fréquentées pour l'y retrouver. Il frappait à la porte de ses anciens amis pour leur demander s'ils l'avaient vu, s'il avait dit où il s'en allait. Il ne le trouverait pas.

Un producteur important avait proposé à Rose des dates de tournée. Une fois les représentations new-yorkaises terminées, la troupe prendrait la route. Il ne serait plus jamais obligé de remettre les pieds à Montréal et s'étonnait que cette perspective lui soit si agréable.

Le temps était venu pour eux de profiter de la vie. Ils n'allaient plus avoir de soucis pendant longtemps. Mais Rose était tout le temps inquiète. Elle savait que McMahon allait la faire assassiner. Elle s'attendait à tout moment à ce qu'on lui colle un fusil derrière la tête. Où qu'elle aille. Le simple fait qu'on ait prolongé le spectacle ne signifiait pas que les gangsters allaient respecter cet arrangement. Elle gardait un pistolet sous la coiffeuse de sa loge.

Après le spectacle, un soir, elle fit venir Colombe dans sa loge. Il lui fallait envoyer un message à l'hôtel Romeo, où habitaient Jimmy Bonaventura et ses hommes. La fille était folle à lier, mais elle avait déjà travaillé pour McMahon, et les gangsters ne lui faisaient pas peur.

– Je veux que tu ailles voir Jimmy Bonaventura. Dis-lui qu'on a ajouté des dates et que j'ai besoin de lui parler. Je vais te donner son adresse. Ce n'est pas loin.

– Je sais où le trouver, dit Colombe d'un ton neutre, après quoi elle tourna les talons et s'en fut.

Quelques minutes plus tard, on cogna à la porte de sa loge. Rose ouvrit à toute volée, s'attendant à découvrir Colombe. Mais c'était Bonaventura. Ils se dévisagèrent, incapables de dire un mot.

– Comment…

– J'étais assis dans une loge. Une fille un peu timbrée a dit que tu voulais me voir en coulisses.

Rose portait son manteau noir en guise de peignoir. Jimmy entrapercevait ses jambes. Il supposa que, mis à part le manteau, elle était nue. Elle le fit entrer. Dans la loge se trouvait une photo de Pierrot, découpée dans un journal, qu'elle avait scotchée au mur. Sur la table, des vases pleins de roses. Comme il n'y avait plus nulle part où les mettre, un autre vase était posé par terre. Les fleurs semblaient mystérieusement sans éclat, comparées à elle.

– Vous voulez la lune, dit Rose. Mais je ne peux pas vous la donner demain, parce qu'on a prolongé le spectacle. À la demande générale. On a vendu un mois de plus.

– Je sais, j'ai eu le message de McMahon.

– Il y a peut-être des informations qui se perdent. Ce serait peut-être plus efficace si nous communiquions directement à l'avenir.

– Oui.

– Oui ?

– Oui. Je pense que c'est une bonne idée.

– Je peux passer à votre bureau demain pour examiner la situation avec vous ?

– Ouais, on va discuter comme il faut… quand tu seras habillée.

Il fit un pas en arrière et elle referma la porte. Rose était si troublée qu'elle appuya le front contre le battant, y posant le bout du nez. De l'autre côté, cédant au désir de se rapprocher de Rose, Jimmy avança vers la porte et y appuya le visage. Seule l'épaisseur du bois les empêcha de s'embrasser.

59

LE HÉROS D'UN AUTRE ROMAN

Le lendemain matin, Rose se brossa frénétiquement les cheveux et s'assit au bout du lit pour nettoyer la pointe de ses bottines à lacets. Elle portait un voile blanc, comme si une toile d'araignée s'était formée sous son chapeau. Elle devait rencontrer Jimmy ce même après-midi.

Pierrot était vêtu de son costume à carreaux, qui revenait tout juste du pressing.

– Il faut qu'on ait l'air de professionnels, dit Rose tandis que Pierrot disposait leur petit-déjeuner sur la table.

– Mais pourquoi ?

– Tu sais bien pourquoi. On n'est pas à Montréal.

Les mafieux new-yorkais étaient des assassins. Ils se baladaient avec des mitraillettes et allaient jusqu'à s'entre-tuer. C'est pourquoi ils étaient tous si célèbres. Elle avait lu des articles à leur sujet dans la presse depuis son arrivée. Ils s'assassinaient les uns les autres régulièrement. Ils étaient sans pitié. On ne pouvait pas être un vrai mafieux à moins d'avoir tué quelqu'un.

À Montréal, les mafieux se glissaient derrière vous avec une miche de pain rassis et vous en assénaient un coup sur la tête. Ils kidnappaient votre chien si vous ne faisiez pas attention. Ils harcelaient les femmes. C'étaient des poltrons, pas de vrais truands. Ce rendez-vous avec Jimmy était un numéro au même titre que le numéro de clowns qu'ils avaient donné la veille.

– Ne sois pas si érudit aujourd'hui, supplia Rose. Ne dis pas un mot. Peux-tu faire ça ? Ne dis rien de tes idées sur la vie et l'univers. Ne dis rien sur notre bonheur au cours des derniers jours.

– Je comprends. Il faut qu'on ait l'air de durs de durs. Va te faire foutre, croissant. Oh, je pensais que tu étais un sourire, mais tout ce temps tu n'étais qu'une grimace !

Et sans plus de cérémonie, Pierrot lança son croissant à travers la pièce. Rose se couvrit la bouche et éclata de rire. Elle savait que Pierrot était capable de jouer n'importe quel rôle sauf celui de dur. Mais elle n'était pas tout à fait sûre que Jimmy n'allait pas l'abattre dès qu'elle aurait mis le pied dans son bureau, avant même d'écouter sa proposition. Et si elle devait mourir, elle voulait partir comme elle était arrivée dans cette affaire – en tenant la main de Pierrot.

Elle donna un petit coup de cuillère sur la coquille de son œuf. Un léger séisme troubla la surface.

Dans le hall d'entrée, ils passèrent devant l'une des danseuses, blottie dans une causeuse contre un homme chauve à la mise extravagante, à qui elle enseignait le français. À en juger par la figure empourprée de celui-ci, il trouvait cela adorable. Elle montrait d'un geste faussement timide chacune des parties de son corps en récitant leurs noms français.

– *Voici mes petits doigts. Et voici mes genoux. Et, ah, ça, c'est mon oreille ! Qu'est-ce que j'ai sous ma chemise ! Je ne connais pas le bon mot*!*

Rose et Pierrot rirent.

Ils aperçurent l'enseigne au néon dès qu'ils eurent tourné au coin de la rue où se situait le quartier général de Jimmy Bonaventura et de ses hommes :

C'était un immeuble en pierre grise qui ressemblait fort aux autres du pâté de maisons. Tous les bâtiments étaient si vieux et si majestueux comparés aux maisons délabrées et aux maigres églises montréalaises.

Un homme gardait la porte. Il toisa le couple tandis que celui-ci montait les marches de l'hôtel. Rose et Pierrot ne s'attendaient pas à découvrir un intérieur aussi splendide. Ils avaient l'habitude des bordels montréalais, qui n'étaient que des maisonnettes converties en maisons de passe. Cet établissement était un véritable hôtel, et il était magnifique. Dans le vaste hall d'entrée, un type jouait sur un piano à queue. Des escaliers de bois s'élevaient de chaque côté du hall poli et brillant. Tout était tellement propre. Des messieurs élégants étaient assis à des tables de jeu. Sur une fresque folâtraient des chérubins. Le lustre, énorme, était constitué de centaines de petits morceaux de faux diamants pendants et tintinnabulants.

Pierrot et Rose s'enfoncèrent légèrement dans la moquette couverte de fleurs roses et bleues. Ils restèrent là, à regarder leurs pieds, en se demandant si le sol continuerait de les avaler. Ce ne fut pas le cas.

Les putains étaient toutes superbes. Rose avait évidemment entendu dire que Jimmy avait les plus belles prostituées en ville. Mais elle n'avait pas la moindre idée de ce que cela signifiait. Elle n'avait aucune idée de la façon dont on pouvait juger qu'une femme était plus belle qu'une autre. Elle constata qu'elles avaient toutes la poitrine plantureuse. Leurs culs charnus étaient charmants. Quand elles s'asseyaient, on aurait dit des parachutes géants en pleine descente. Elle constata qu'elles étaient non seulement plus belles, mais plus soignées. Elles sentaient si bon qu'en passant près d'elles elle avait envie d'inspirer profondément. Une fille dont les jambes musclées étaient gainées de bas blancs semblait avoir des membres de licorne.

Un homme apparut, une balafre sur chaque joue : une cicatrice à l'endroit où la balle était entrée et une autre où elle était ressortie. Il mena Rose et Pierrot à l'étage, puis au bout du couloir, jusqu'à Jimmy.

McMahon et Jimmy étaient tous deux à la tête d'entreprises criminelles. Professionnellement, les deux hommes étaient d'égale puissance. Mais ils se présentaient très différemment au monde. McMahon avait un petit simulacre de bureau dans le centre-ville de Montréal, afin de ne pas attirer l'attention sur lui-même et ses activités illicites. Extrêmement prudent, il isolait sa vie domestique de sa vie criminelle. Il aspirait un jour à abandonner le monde interlope pour devenir un citoyen honorable.

Jimmy, lui, ne menait pas une double vie. Il raffolait de l'ostentatoire. Il adorait étaler sa richesse mal acquise à la face du monde. Même devant la police. Même si ça devait finir par le faire arrêter. Même si ça devait entraîner sa chute. Il lui semblait que la vie ne méritait pas d'être vécue si des gens ne vous regardaient pas la vivre et n'en étaient pas impressionnés. Sa vie était une production de Broadway très élaborée.

Jimmy avait fait fortune à l'époque où l'alcool était illégal. Un crime qui n'était pas vraiment un crime – qui n'était un crime que de façon temporaire. Maintenant que la prohibition avait pris fin, il continuait à se livrer à toutes sortes d'activités criminelles qui ne cessaient de faire croître sa fortune.

Mais il n'avait pas de jolie épouse qu'il trompait et dont il sapait l'estime de soi. Il n'avait jamais eu de véritable petite amie. Il couchait avec de nombreuses prostituées. Il lui arrivait parfois de coucher avec la même fille pendant une semaine, mais jamais beaucoup plus longtemps, et jamais il ne lui faisait croire qu'il avait l'intention de rester auprès d'elle. Tout bien considéré, certains laissaient entendre que, abstraction faite des meurtres, Jimmy avait plus de sens moral que McMahon. Il ne faisait pas semblant d'être autre chose que ce qu'il était et ce à quoi il était destiné.

Il rehaussait le crime. Grâce à lui, le monde interlope s'inscrivait dans la vie de tous les jours. Il s'assurait que les criminels menaient la ville. Il voulait que tout le monde les admire et rêve de devenir comme eux.

Jimmy possédait une chevelure brun foncé et fournie constamment en bataille. Son nez était trop gros. Déjà tout bébé, les gens s'inquiétaient de ce que son nez finirait par être trop gros. Il avait d'épais sourcils arqués qui lui donnaient un air sceptique, et de merveilleux yeux bleus. Quand il souriait, toutes ses grandes dents parfaites s'alignaient, ses yeux s'écarquillaient et leur bleu chassait l'ombre de son visage.

Sa figure reflétait ses humeurs imprévisibles. Il était impossible d'envisager de l'abattre ou de le supplanter. Il imbibait ses mots d'alcool et y mettait le feu. Ses paroles étaient incendiaires. S'il connaissait tant de succès, c'est qu'il prenait d'énormes risques, avait des desseins impénétrables, et des intuitions presque surnaturelles.

Et Rose était là, assise sur une chaise de l'autre côté de son bureau, accompagnée de son associé. McMahon avait dit à Jimmy qu'une fois qu'elle aurait livré l'héroïne et que le spectacle aurait pris fin, il pouvait lui mettre une balle entre les deux yeux. Il devait aussi tuer l'amour de sa vie, Pierrot, qui allait certainement se présenter avec elle.

McMahon l'avait prévenu de ne pas se laisser tromper, que la fille était beaucoup, beaucoup plus violente que l'homme. Il avait dit que même si Pierrot était habillé en gangster, il était incapable de violence. Il bougeait au ralenti. S'il essayait d'asséner un coup, son poing serait sans doute aussi mou qu'un oreiller.

Pierrot prit une fleur dans un vase sur la table, la secoua pour chasser l'eau de la tige et la glissa derrière son oreille. Un chat noir sauta par la fenêtre, atterrit sur le bureau puis bondit sur les genoux de Pierrot.

– Allez noyer ce truc dans la baignoire, dit un gangster. Pour l'amour de Dieu.

Pierrot l'ignora et caressa la tête du chat. L'animal était tout noir, à l'exception de la moitié inférieure de sa tête, qui était blanche, comme s'il était couvert de crème à raser.

– Bonjour, très cher. Eh bien, nous sommes ici, sans doute, pour discuter plaisir de la moins plaisante des manières. Tu serais bien avisé de faire quelque chose de vilain dans cette vie pour ne pas te réincarner en homme. Marcher sur deux jambes, ce n'est pas si extraordinaire. On a tort d'en faire tout un plat.

Les gangsters regardèrent Pierrot, certains qu'il aurait été abattu, s'il avait été new-yorkais. Pourquoi cette jolie cocotte avait-elle choisi ce bouffon efféminé ? se demandaient-ils tous. Mais Jimmy avait compris pourquoi sur-le-champ. Il lui permettait d'être libre.

Rose et Jimmy restèrent là, à se regarder dans les yeux. Et puis il saisit pourquoi McMahon la haïssait. Et tout à coup, il saisit ce qui lui avait échappé jusque-là. Il sut que McMahon était un certain genre d'homme. Le genre d'homme qui avait haï la mère de Jimmy, le genre d'homme qui avait méprisé la mère de Jimmy. Le genre d'homme dont les viles opinions avaient poussé la mère de Jimmy à sauter par la fenêtre.

La mère de Jimmy était formidable à plusieurs égards. Elle était capable de calmer ses pleurs. Elle traçait un petit chat noir sur un bout de papier, le tenait à la hauteur de son visage en poussant un miaulement, et on aurait dit que le dessin prenait vie. Elle enfilait les chaussettes de son fils sur ses mains et celles-ci lui racontaient combien elles aimaient partir en balade.

« Putain un jour, putain toujours », avait-elle dit à Jimmy la veille de son suicide.

Jimmy stupéfia tous ceux qui se trouvaient dans la pièce en demandant :

– Quand le clown marche à côté de la corde raide, qu'est-ce que c'est censé signifier ? Qu'il a beau être un clochard, il a aussi de grandes idées élevées ?

– Exactement, répondit Rose. Il croit qu'il est limité par l'ordre social, mais il n'est pas limité.

– Comment se fait-il que vous ayez tant de clowns dans votre spectacle ?

Rose se tourna vers Pierrot, lui offrant l'occasion de répondre. Assis là, il semblait plutôt gêné et troublé par les hommes qui l'entouraient, comme s'il était encore du côté du chat. Il avait du mal à poser les yeux sur Jimmy Bonaventura. Il n'arrivait pas à s'enlever de la tête l'image de tout ce qu'avait commis ce baron de la mafia. Il savait que de nombreuses personnes voyaient en Bonaventura un personnage romantique. Il n'y avait qu'à regarder tout ce qu'il possédait. Il était parti de rien, et maintenant il contrôlait la plus grande ville du monde. C'était ça, le rêve américain ? À quel prix ? Pour devenir riche, fallait-il absolument ne se préoccuper de personne d'autre que de soi ?

– *Je vais t'attendre dehors**, dit-il à Rose en français, parce qu'il voulait lui parler à elle et à personne d'autre dans la pièce.

– Pourquoi nous avons tant de clowns ? Vous ne vous êtes pas méfiés dans les années 1920, continua Rose, laissant Pierrot sortir. Vous pensiez que les choses ne redeviendraient jamais aussi horribles, et vous n'avez donc pas investi dans les clowns tristes. À Montréal, nous comprenons que dans la vie tout est saisonnier. L'hiver revient toujours, et puis l'été revient toujours. Il faut se préparer à l'éventualité de toute émotion. Nous avons toujours eu des clowns.

– Et ils vivent de ça ?

– Vous avez vu les critiques ? La troupe marche bien. Nous pourrons passer et repasser la frontière plusieurs fois au cours de la prochaine année. C'est la couverture parfaite. La police a McMahon à l'œil. Pas seulement pour ça. Ils cherchent tout le temps à l'arrêter. Ils ne me soupçonneront jamais. Ils n'iraient jamais imaginer qu'une femme puisse diriger une opération. Je suis une femme, alors je suis invisible. Je ne serai jamais suspecte.

– Es-tu en train de dire que tu ne seras jamais arrêtée ?

– Non, tout le monde finit par se faire attraper. Et c'est seulement en l'acceptant qu'on peut prendre une décision audacieuse, quelle qu'elle soit. Vous êtes d'accord ?

– Oui. Mais je n'y avais jamais pensé en ces termes. Tu exprimes les choses avec beaucoup d'intelligence.

– Quand il sera mort, ils cesseront de s'intéresser à tout ça. Les choses n'existent qu'à l'intérieur d'un cadre temporel donné. Tous les clowns savent ça.

Jimmy resta une seconde à observer la fille. Il lui fallait un moment pour absorber ce qu'elle venait de lui proposer. Puis il dit :

– Y a-t-il d'autres personnes qui parlent comme toi à Montréal ? À Montréal, es-tu considérée comme unique ?

– Pour une femme, oui.

Elle se pencha légèrement au-dessus de son bureau, où elle prit une feuille de papier sur un bloc-notes et un crayon. Elle se sentait pleine de confiance. Il y avait quelque chose de magique dans le fait d'avoir une feuille de papier et un crayon à la main. C'était par eux qu'arrivaient toutes les choses nouvelles dans le monde. Sur le papier, elle se mit à tracer un diagramme du centre-ville de Montréal, de son organisation criminelle et de ses actifs. Elle entreprit de dessiner les différents clubs ; tous les petits théâtres ; toutes les étroites ruelles ; toutes les *boulangeries**, avec leurs minuscules pâtisseries en vitrine ; et l'hôpital, avec les nouveau-nés dans leurs berceaux. Elle inscrivit le tout dans une petite grille, comme vue d'en haut. La ville entière ressemblait à une boîte à couture, où tout était rangé dans des compartiments *ad hoc*.

On aurait dit qu'elle détaillait toute sa ville et toute son enfance pour Jimmy. Quand elle dessina les hôtels, il pouvait la voir debout, en bas, au-dessus d'un petit lavabo bleu, en train de se brosser les dents. Quand elle dessina le café, il l'y vit en train de manger du pudding au chocolat et de lire un roman d'Honoré de Balzac. Quand elle dessina l'église, il entendit les différentes confessions qu'elle avait soufflées à l'oreille des curés au fil des ans. Elle n'avait pas du tout peur de ce Montréal qu'elle pouvait replier et glisser dans sa poche.

Et puis, en quelques traits de crayon accompagnés de flèches et de lignes, elle expliqua comment il pouvait aisément prendre le contrôle du commerce de l'héroïne qui arrivait à New York depuis Montréal. La pointe du crayon avançait sur la feuille comme une balle au ralenti. Elle dessina des X le long des quais où on débarquait l'héroïne.

– Ça va aller, tu sais lesquels de ses gars sont prêts à le trahir ?

Rose hocha la tête. Elle avait observé leur expression au Roxy pendant des années, et savait sans l'ombre d'un doute lesquels méprisaient McMahon. Elle savait aussi qu'ils étaient tous contrariés par la dernière saisie importante. Elle traça un cercle autour des hôtels qu'elle voulait : ceux que Jimmy avait achetés pour McMahon en échange de l'héroïne.

L'idée de n'importe quel coup de force ou coup d'État plaisait à Jimmy. Et celui-ci lui plaisait tout particulièrement. Jamais encore une femme n'avait élaboré de plan pour lui. Il avait toujours travaillé avec des hommes. Ceux-ci avaient des desseins qui parfois fonctionnaient et parfois échouaient lamentablement. Les stratégies qu'il choisissait étaient celles qui piquaient sa curiosité. Et celles qui piquaient sa curiosité étaient celles qui possédaient une étincelle de nouveauté. Ces plans-là étaient toujours les plus efficaces. On ne savait jamais quoi faire face à la puissance électrique de la nouveauté.

Rose était de bonne humeur quand elle alla rejoindre Pierrot, qui fumait une cigarette dans la rue devant l'hôtel Romeo.

– Alors ? demanda-t-il. Tu as réglé ton affaire ?

– Oui !

Rose avait le pas léger et le sourire aux lèvres, mais Pierrot était inquiet en entrant dans l'hôtel. Au début de l'aventure, Rose et lui avaient collaboré à tous les aspects du spectacle. Et puis, comme les choses devenaient plus pressantes, ils s'étaient réparti les tâches, mais ils semblaient maintenant avoir complètement séparé leurs boulots, au point qu'ils ne travaillaient plus du tout ensemble. Elle voulait se concentrer entièrement sur le commerce de la drogue.

Il voyait que les critiques n'avaient pas la même importance pour elle que pour les autres artistes. Très vite animée d'ambitions qui dépassaient le spectacle, elle voulait négocier avec des gangsters, pas avec des gérants de tournées.

Le fait que Rose ait fréquenté d'autres hommes n'avait jamais éveillé de jalousie chez Pierrot. Il croyait que ce qu'ils partageaient était tellement mieux que ce qu'elle avait connu avec les autres qu'il ne daignait même pas comparer ces différentes unions. Mais dans cette pièce-là, elle avait dressé des plans d'avenir avec un autre homme. Il avait su même avant de le rencontrer que Jimmy Bonaventura constituait une menace.

Sur le rebord de la fenêtre était perché un merle ressemblant à un gros homme à qui son associé aurait tiré une balle dans la poitrine.

60

CONEY ISLAND BABY

Jimmy devait emmener Rose faire la connaissance du reste de ses associés. Un samedi après-midi, ils se rendirent en voiture jusqu'à un restaurant construit sous la voie ferrée à Brighton Beach. Le train surélevé rugissait au-dessus de leurs têtes, et tout à coup ils étaient les personnages d'un film muet, prononçant des paroles en silence. Le sol sous leurs pieds tremblait, mais personne ne semblait y faire attention. Ils ne s'inquiétaient pas que tout s'écroule autour d'eux.

Le restaurant était petit, modeste. On n'aurait pu imaginer que c'était le genre d'endroit où se réunirait un contingent de gangsters. Le bâtiment était en briques rouges, et des rideaux rouge et blanc pendaient aux fenêtres. Le nom *Luigi* était tracé sur la vitre en peinture dorée scintillante, et sur le trottoir se trouvait une ardoise où étaient écrits en lettres cursives les noms de toutes sortes de pâtes.

Un homme apparut et prit leurs manteaux. Ce faisant, il vérifia subrepticement qu'ils ne portaient pas d'armes. Rose découvrit qu'elle aimait assez le contact des mains de l'inconnu sur son corps. Elle se sentait dangereuse.

À l'intérieur, les murs étaient recouverts de carreaux de faïence. Il y avait de grandes tables rondes en bois.

Le serveur lança la nappe rouge en l'air tel un matador défiant gracieusement un taureau. Jimmy et Rose s'assirent tout seuls à une grande table.

Les autres chefs entrèrent peu après. L'un des hommes était énorme. Il mangeait merveilleusement. Il faisait tourner à la perfection les spaghettis autour de sa fourchette, plissait les lèvres comme s'il s'apprêtait à donner un baiser, puis les tapotait à l'aide de sa serviette de table. Il y avait un homme trapu au visage rond, dont les traits semblaient agglutinés dans une très petite zone. Un autre ne cessait de faire des blagues qui n'étaient pas drôles. Un autre encore avait le front dégarni, ce qui lui donnait l'air intelligent, comme une espèce d'érudit, mais dès qu'il ouvrait la bouche, il avait un fort accent du Bronx et utilisait le mot *fuck* au moins deux fois par phrase.

Un homme vêtu d'un complet à fines rayures arriva et s'excusa de son retard en expliquant qu'il revenait tout juste d'un enterrement. À la façon dont il le dit, Rose se demanda s'il arrivait d'un salon mortuaire où il avait fait ses adieux à une tante bien-aimée, ou s'il s'était plutôt arrêté au bord de l'autoroute pour enterrer quelqu'un dans une fosse.

Ils étaient tous assez effrayants et intimidants. Mais Rose aimait bien ce genre de compagnie. Elle savait qu'elle ne pouvait trahir, ne serait-ce qu'une seconde, le moindre manque d'assurance ou la moindre hésitation, ni se laisser menacer par les hommes assis autour de la table. Autrement dit, elle ne pouvait montrer qu'elle était une fille. Ils bavardaient tous ensemble, et Rose se mêla à la conversation comme s'il était parfaitement normal qu'elle soit là. Les gangsters ne comprenaient pas vraiment les Canadiens – ils semblaient tout faire à l'envers. Peut-être que les femmes faisaient la pluie et le beau temps là-bas. Les gangsters n'allaient certainement pas refuser le plan de Rose. Ils tombèrent d'accord sur le fait que McMahon devait disparaître, et le plus tôt possible, car il ne cessait de harceler Jimmy pour qu'il descende Rose.

Les nouilles dans son assiette ressemblaient à une pelote de laine qu'un chat aurait déroulée. Incapable d'avaler une bouchée tellement elle était nerveuse, Rose souriait.

Quand tout le monde fut parti, Jimmy et Rose marchèrent jusqu'à la promenade. L'océan était juste là, devant elle. Elle ne l'avait encore jamais vu. Il était tellement vaste comparé au fleuve et aux rivières qu'elle connaissait. Le sable ressemblait à de la cassonade. Les mouettes montaient et redescendaient comme si elles étaient au bout d'une ficelle de yoyo. Les vagues faisaient le même bruit que lorsqu'on croque dans une pomme. Quand elles éclataient, cent mille danseuses soulevaient leur robe en même temps. Et puis l'eau se retirait à nouveau, comme la traîne d'une mariée rejetée s'enfuyant dans le lointain.

Jimmy était incapable de détacher les yeux de Rose. Ses cheveux semblèrent se mettre à friser instantanément. Ses joues, qui se coloraient quand elle restait dans le froid trop longtemps, avaient viré au rose. Pendant qu'il la regardait, ses yeux à lui devinrent d'un bleu plus profond. C'est ce que faisait l'océan aux yeux bleus : il les allumait comme des ampoules.

Ils étaient tous les deux vêtus avec plus de recherche que les autres promeneurs sur la plage. Leurs habits élégants avaient l'air absurdes. Le sable ne cessait de s'infiltrer dans les chaussures de Rose. Et le vent n'arrêtait pas de lui arracher son chapeau.

Une femme passa, vêtue d'un long manteau en laine vert, un bandeau à rayures noué autour de la tête, avec une grosse boucle à l'arrière. On aurait dit qu'elle s'en allait combattre un dragon, songea Rose. Elle ressemblait à une guerrière. Ses quatre enfants la suivaient, chacun plus éloigné des autres que le précédent. Elle se retourna et les appela par leurs surnoms ridicules : Criquet, Grenouille, Boubou et Oiseau. Ils éclatèrent tous de rire et sautèrent à cloche-pied, mais ne se dépêchèrent pas pour autant. Quand nous sommes libres et détendus, c'est à ce moment-là que nous nous sentons nous-mêmes. C'est comme ça que se sentent les enfants qui ont une mère, songea Rose : libres et détendus.

Jimmy et Rose s'assirent au comptoir d'un stand de hot-dogs sur la promenade et commandèrent des pintes de bière. Après avoir pris une gorgée de la sienne, Rose avait une moustache blanche au-dessus de la lèvre. Elle se sentait délestée d'une tonne. Elle se demanda comment cela était possible, et puis elle se rendit compte qu'elle était, très temporairement, soulagée de ses soucis et de ses efforts professionnels. La bière les rendait heureux, comme des enfants à une fête d'anniversaire. La bière faisait jaillir les mots de leur bouche comme des bulles d'eau pétillante.

Jimmy ne cessait de regarder Rose dans l'espoir de surprendre un signe d'encouragement. Elle n'était pas venue ici avec lui pour parler d'amour. Il le savait. Il avait simplement tenté de se convaincre qu'il en était autrement. Jimmy tendit la mallette à Rose. Ce n'était pas le genre de mallette que possédaient habituellement les hommes. C'était un attaché-case fin et délicat, dont la poignée avait la forme d'un cygne se mordant la queue. De chaque côté, deux fermoirs formaient les ailes dorées du cygne.

C'était une mallette que seule une fille pouvait transporter sans gêne dans la rue. Jimmy l'avait achetée exprès pour l'offrir à Rose, pour lui indiquer subtilement qu'il souhaitait que leur relation dépasse le cadre professionnel.

Rose ouvrit la mallette et examina les titres de propriété des hôtels. Elle lut les noms sur les documents. Elle imagina ce qu'elle allait faire de chacun. Ils seraient sensationnels.

Elle ferma les yeux et imagina l'hôtel Valentin. Des lustres jaillissaient du plafond. Les sols se couvraient de superbes moquettes. Des magnolias, des tulipes et des violettes apparaissaient sur les murs. Des statues de filles nues grimpaient sur les socles vides du vestibule. Elle rouvrit les yeux.

Jimmy avait toujours été incapable d'associer sexe et amour. Le sexe était une chose qui s'achetait, comme une glace à l'italienne. Il remarqua que Rose mettait son pouce dans sa bouche pour sucer une goutte de bière. Il remarqua la façon dont elle chassait du bout du pied un pigeon qui s'approchait du stand. Il remarqua qu'elle souriait à un bébé joufflu passant devant eux en poussette. Il fut étonné de constater combien il était ému par le sourire qu'elle adressait au bébé. Elle plissait le nez en buvant. Elle croisait ses chevilles sous son tabouret.

Il n'avait qu'à regarder les femmes et incliner la tête à un certain angle pour les faire rougir, et elles en concevaient de mauvaises pensées. Après cela, c'était un jeu d'enfant que de les entraîner dans son lit. Plusieurs autres gangsters avaient tenté de découvrir le degré exact de cet angle, mais n'y étaient jamais parvenus.

Il inclina la tête vers Rose pour voir ce qui allait se passer. Le soleil se refléta sur son alliance et le frappa dans l'œil, et il dut se détourner et cesser de la regarder.

Une fillette aux cheveux noirs était debout au bord de l'eau. L'océan s'obstinait à lancer une vague tel un filet à ses pieds pour essayer de l'attirer, mais échouait chaque fois. Elle portait un manteau blanc et une écharpe à pois rouges. Elle saluait quelqu'un. Rose avait l'impression que c'était à elle que l'enfant faisait signe, tout en sachant que ce ne pouvait être le cas.

Le chauffeur de la limousine de Jimmy lisait un journal où l'on décrivait la Nuit de cristal. Il avait consacré tout le temps qu'ils avaient passé à la plage à lire comment, en Allemagne, quelques jours plus tôt, les synagogues et les magasins juifs avaient été vandalisés, et des dizaines de milliers de Juifs rassemblés. Jimmy contrôlait les chantiers navals ; la guerre allait le rendre encore plus riche. La guerre allait franchement rendre beaucoup de gens très riches. Mais personne ne le savait à ce moment-là, à l'exception peut-être du chauffeur de la limousine.

Jimmy chercha une excuse pour aller retrouver Rose en coulisses le lendemain soir. Il se présenta avec une bouteille de vin que lui avait offerte un politicien et lui expliqua qu'il fallait tirer au clair certains détails de leur plan. Ils burent le vin ensemble. Elle dit qu'elle était incapable de se concentrer sur les chiffres maintenant qu'elle était pompette. Ses pensées étaient semblables à des bouchons de liège qui n'arrivaient pas à rester sous la surface de l'eau. Il dit qu'il était incapable de se rappeler le nom de la rue où il habitait. Elle sourit et ses dents étaient mauves. Il était parfaitement conscient d'être en train de faire rire la femme d'un autre.

Caspar dévisagea Jimmy quand celui-ci entra à l'hôtel Romeo.

– Qu'est-ce que tu fous ? demanda Caspar.

– Je n'en ai pas la moindre idée.

Il alla s'isoler dans sa chambre. Il était incapable d'arrêter de penser aux choses qu'il voulait lui faire. Il voulait l'emmener chez le glacier où l'on proposait vingt parfums de glace à la fraise. Il voulait l'emmener voir la tombe de sa mère. Il voulait faire un tour de montagnes russes avec elle. Il voulait aller manger une part de tarte avec elle après l'avoir emmenée au cinéma. Il les imaginait écoutant un microsillon dans une cabine de magasin de disques.

Il l'imaginait en chemise de nuit en face de lui à la table de la cuisine, en train de boire un café. Cette image dans son esprit lui donnait presque le vertige. Il l'imaginait se penchant au-dessus de la table pour prendre son bout de toast et le manger. Il entendait presque le bruit que cela faisait.

Il ferma les yeux, déboutonna sa chemise. Il imaginait que c'étaient les doigts de Rose qui défaisaient les boutons, la main de Rose qui se glissait dans son pantalon. Et il chuchota : « Je n'ai pas le temps pour ça maintenant, mon cœur. Il faut que j'aille travailler. Arrête ! »

61

LA GUERRE DES ENFANTS

Pierrot se réveilla en sursaut, dévasté de chagrin pour leur petit bébé, quelque part dans une valise au milieu du fleuve Saint-Laurent. Peut-être avait-il flotté jusqu'à la mer. Les choses auraient-elles été différentes si leur enfant avait survécu ? Il était incapable de l'imaginer maintenant. Ils seraient à Montréal, en train de se produire pour un public d'une seule personne, assise dans une chaise haute. Les bébés rendent l'ordinaire miraculeux.

Rose était étendue à son côté. Elle était si pâle et sereine quand elle dormait, comme si elle était prise dans de la glace.

Quand il commençait à penser au bébé, c'était le signe que son humeur allait se dégrader. C'était comme avoir mal à la gorge et savoir que cela annonçait une grippe. Il ne voulait pas mariner dans ces pensées toute la journée.

Dès qu'il était déprimé, il avait envie de se shooter. Il était surpris par cette envie. Il supposait chaque fois qu'elle avait disparu, que l'emprise qu'elle avait sur lui s'était affaiblie. Et quand elle revenait, il était étonné de la ressentir si fort.

Imaginez, si vous le voulez bien, un loup empaillé. Mort depuis des années, éviscéré, son cuir rempli de copeaux de bois et recousu. On lui a mis des yeux en verre, on lui a fait prendre une position et on l'a exposé au musée. Imaginez alors que, en dépit de tout cela, le loup continue de se balader comme si de rien n'était, l'écume aux babines, affamé, ses articulations souples, faisant les cent pas au pied de votre lit, d'une réalité aussi absolue que pourrait l'être n'importe quelle réalité. Imaginez le choc que vous éprouveriez.

Pierrot sauta du lit, comme si le désir était niché dans les draps, comme s'il pouvait s'en éloigner. Il enfila ses vêtements et sortit silencieusement faire un tour.

Quand il traversa le hall d'entrée, le concierge le héla et lui dit qu'il avait reçu une lettre. Pierrot alla au comptoir et prit l'enveloppe des mains de l'homme. Elle ne lui était pas destinée à proprement parler. Les mots sur l'enveloppe étaient tracés d'une écriture soignée, avec des fioritures qui donnaient à chaque caractère l'air de vrilles de fleurs. Sur l'enveloppe était écrit : *Aux membres de l'excellent cirque comprenant de nombreux clowns, à être lu par une personne responsable.*

Pierrot déchira l'enveloppe, en sortit la lettre et en parcourut le contenu :

> *Vous serait-il possible de trouver le temps d'envoyer quelques-uns de vos clowns faire une visite à l'hôpital du centre-ville pour les enfants malades et démunis ? Nous n'avons pas les moyens de vous payer vos services. Mais si vous aviez le bon cœur de le faire, les enfants y verraient sans nul doute une grande bénédiction.*

Il fut surpris et touché par la lettre. Il aimait la manière franche dont elle était rédigée. Il aimait aussi le fait qu'on s'attende à quelque chose de bien de sa part. Et puis, honnêtement, il était d'humeur à voir des enfants.

En chemin vers l'hôpital, Pierrot s'arrêta au théâtre et entra dans la pièce réservée aux accessoires pour y prendre un costume de clown. Il se mit un nez rond et rouge sur le visage, sortit un chapeau haut de forme dont le sommet écrasé était orné d'un œillet en étoffe rouge. Il prit enfin une vieille valise cabossée et se regarda dans le miroir. Il fut presque alarmé par la vitesse à laquelle il s'était métamorphosé en clown.

À son arrivée, Pierrot fut escorté dans la salle commune au deuxième étage de l'hôpital. Une infirmière leva au-dessus de sa tête une cloche qu'elle fit tinter, et les enfants se rassemblèrent aussitôt. Une fillette accrochée à un pied de perfusion auquel était suspendu sa poche de soluté marchait comme si elle faisait faire une promenade à son autruche domestique. Une autre était couverte de points de suture là où un chien lui avait lacéré la peau. On aurait dit une poupée raccommodée avec du fil noir. Un gamin avait sur le bras un plâtre recouvert de dessins à l'encre – à n'en pas douter, il serait un jour un marin bardé de tatouages. Un jeune garçon dont les jambes étaient enserrées dans des orthèses semblait néanmoins avoir le pas heureux. Il y avait un gamin avec un bandage autour de la tête, et un autre qui avait eu la peau brûlée. Des enfants arrivaient dans la pièce poussés dans des fauteuils roulants.

Ils ressemblaient à de petits vétérans revenant du front, blessés par les dangers de la jeunesse lors de la Grande Guerre des Enfants. Peut-être Pierrot lui-même n'avait-il jamais échappé à ses blessures d'enfance. La seule différence, c'était que ces enfants portaient leurs blessures au-dehors.

Sur une petite estrade se trouvait un piano. Pierrot s'y assit et se mit à jouer. C'était un piano bon marché, à la sonorité métallique. Sa tonalité avait quelque chose d'enfantin, comme quand on frappe sur un xylophone avec une baguette de métal. Il rappelait à Pierrot le piano sur lequel il avait appris à jouer à l'orphelinat.

L'instrument était un peu têtu. Il ne voulait pas jouer. Il voulait simplement qu'on le laisse tranquille dans le coin de la salle. Pierrot lui donnait l'impression qu'il était capable d'accomplir de grandes choses. C'était comme convaincre une fille timide de danser. Et puis Pierrot et le piano s'accordèrent, et une délicieuse cascade de notes en jaillit.

Les enfants n'en revenaient pas de leur chance. Ils se mirent à se trémousser dans leurs sièges, ce qui leur donnait l'air de petites casseroles sautant sur le feu. Quelques-uns se levèrent et dansèrent sur place.

Il y avait si longtemps qu'il n'avait pas joué pour des enfants. Il avait oublié combien ils étaient merveilleux à divertir. Qui était capable d'oublier ses problèmes comme les enfants ?

On ne pouvait pas vraiment atteindre au bonheur quand on était adulte. C'était une chose qui appartenait à l'enfance. C'était peine perdue que d'essayer de l'éprouver une fois qu'on avait grandi. Quand on était vieux, tout ce qu'on pouvait faire, c'était rendre les autres heureux, et cela vous procurait un sentiment d'accomplissement intense. Pierrot avait toujours pris plaisir à divertir les autres, ce qui était son boulot depuis qu'il était petit. C'était ainsi que Rose et lui avaient commencé à faire leurs numéros.

Il avait l'impression de se rappeler sa raison de vivre. Depuis sa rencontre avec Jimmy Bonaventura, il se sentait un peu vide.

Une fois son morceau fini, Pierrot se leva et fit une profonde révérence. Les enfants applaudirent. En se redressant, il tendit la paume, comme s'il avait reçu une goutte de pluie et qu'il cherchait à confirmer son impression.

– Tu as senti ça ? demanda-t-il à un garçon portant un cache-œil assis au premier rang.

– On est à l'intérieur, répondit le gamin. Il ne peut pas pleuvoir ici.

Pierrot alla au fond de la scène et récupéra sa valise, qu'il posa sur le sol avant de défaire les boucles et de soulever le couvercle. Il plongea les deux mains dans la valise, y enfouit la tête et le cou. Une fillette portant un masque à oxygène aspirait de grandes goulées d'air, anticipant ce que Pierrot allait découvrir. Il s'écarta de la valise en brandissant, à la vue de tous, un parapluie. C'était un parapluie que Rose, dans son infinie sagesse, avait fait fabriquer. Elle en avait conçu et noté le mécanisme dans son calepin au début de leur relation, quand ils étaient sans le sou et vivaient à l'hôtel Valentin. Ils ne l'avaient finalement pas utilisé pour le spectacle, non pas que le parapluie présentât des failles – il était magnifique –, mais parce qu'il coûtait trop cher à confectionner, avait dit Rose. Picrrot se demandait si ce n'était pas plutôt parce qu'il la rendait trop nostalgique et triste. Comme lui.

Pierrot ouvrit le parapluie, qui se retourna aussitôt, comme soufflé par le vent. Il tourna rapidement de côté, comme si une bourrasque s'était emparée du parapluie. Celui-ci le fit virevolter sur ses orteils presque comme s'il dansait un ballet. Il ne cessait de le faire tournoyer à la manière d'une toupie. Il luttait magnifiquement contre le vent. Et puis le vent s'apaisa, Pierrot se calma, et le parapluie reprit sa forme première. Pierrot tendit la main pour voir s'il pleuvait encore. Puis il referma le parapluie.

Une petite fille applaudit en frappant l'une contre l'autre les prothèses qui lui servaient de mains.

L'infirmière dit à Pierrot qu'il devait partir, car l'heure de la sieste était venue pour les enfants les plus jeunes. Les petits le supplièrent de ne pas arrêter. De ne pas les quitter. Ils se mirent à lui emboîter le pas dans la salle. En partant, il remarqua que le couloir derrière lui était plein d'enfants. On aurait dit qu'ils allaient le prendre d'assaut.

– Ne pars pas ! Ne pars pas ! criaient-ils.

Ils allaient le tuer à force d'amour. Une infirmière ouvrit une porte menant à la sortie de secours, Pierrot s'y faufila et atterrit en trébuchant dans la rue.

Pierrot se souvenait de tous les enfants à l'orphelinat. Ceux qu'il avait laissés derrière lui. Il était si amoureux de Rose qu'il avait rarement pensé aux autres enfants avec lesquels il avait grandi. Il avait si peu songé à eux au cours de ces années qu'il se les représentait encore petits, dans les limbes, incapables de grandir. Ils seraient bordés dans les mêmes lits, en pyjamas du début du siècle, jusqu'à la fin des temps. Ils attendaient encore qu'il accomplisse ses tours d'adresse pour eux. Ça lui brisait le cœur.

Rose et lui avaient utilisé leurs dons pour se sauver eux-mêmes et personne d'autre.

En chemin vers l'hôtel Honeymoon, Pierrot se sentit à nouveau envahi par le doute. Absorbé par la frénésie des préparatifs des derniers mois, il n'avait pas eu le temps de réfléchir à ce qu'ils étaient réellement en train de créer. Ce n'était pas un spectacle de clowns, ce n'était pas une fantasmagorie de flocons de neige, c'était une opération criminelle de bout en bout. Et le plus complice de tous, c'était lui. S'il n'avait pas volé la pomme, rien de tout cela n'aurait été possible.

Les seules personnes à avoir quelque compréhension de la morale étaient les moins de huit ans, qui n'avaient pas encore créé toutes sortes de faux-fuyants dans leur conception de la chose. Les enfants naissent avec des yeux aussi grands que ceux des adultes. Les enfants les gardent grands ouverts. Et les enfants savent, sans l'ombre d'un doute, qu'il existe une différence entre le bien et le mal.

Pierrot avait été voleur. Il avait été méchant et irresponsable envers Poppy, dont il s'était débarrassé. Il était maintenant trafiquant de drogue à grande échelle. Il voulait être bon. Il prit une résolution tout en marchant. Ils resteraient aux États-Unis en tant qu'artistes, sans lien avec le monde criminel. C'était leur plan original. Il se dépêcha de rentrer à l'hôtel pour faire part de sa résolution à Rose.

Il y avait si longtemps qu'il n'avait pas pris une décision importante sans elle.

62

NAPOLÉON, *MON AMOUR**

En rentrant à l'hôtel Honeymoon, Pierrot ne trouva pas Rose dans leur chambre. Il la chercha dans la salle à manger, mais elle n'était assise à aucune des tables. Il chercha dans le hall d'entrée, où traînaient toujours des membres de la Fantasmagorie. Il y aperçut Fabio qui, assis sur une causeuse dorée, contemplait son lacet dénoué, manifestement déterminé à le rattacher à un moment ou un autre dans l'après-midi.

– Sais-tu où est Rose ? lui demanda Pierrot.

– Oui. Elle est partie jouer de l'autre côté de la ruelle.

Pierrot savait de quel endroit voulait parler Fabio. Il fit le tour de l'hôtel jusqu'à l'arrière. De l'autre côté de la ruelle se trouvait une porte menant à un ancien centre communautaire transformé en salon de jeu. L'entrée en était gardée par un homme qui laissa passer Pierrot sans lui poser de questions. Dès que les portes s'ouvrirent, il entendit des voix d'hommes tapageurs qui parlaient les uns par-dessus les autres. Ils étaient rassemblés en cercle, agglutinés autour d'un anneau fait de lattes de bois peintes en rouge et en bleu. Et là, coincée entre eux, se trouvait Rose, facile à distinguer dans la foule, car elle était la seule femme. Elle avait commencé à parier depuis qu'ils étaient arrivés à New York. Elle travaillait si dur qu'elle aimait se jeter dans le hasard de l'univers. Elle portait un chapeau à voilette et un manteau noir neuf. Elle avait le rose aux joues. Il la trouva plus belle que toute autre femme. Il avait passé sa vie à regarder ce visage, qui avait traversé tant de stades de beauté.

Pierrot se fraya un chemin jusqu'au bord de l'arène, devant l'endroit où se tenait Rose. Il y avait là deux chiens, chacun d'un côté de l'enclos. L'un était un boxer, qui semblait extraire son museau fripé d'un col roulé. L'autre était, à la stupéfaction de Pierrot, un caniche. Celui-ci avait une masse de poils frisés sur la figure, comme une fille qui vient de se réveiller.

Il fit un geste de la main à Rose. Elle s'illumina de joie en l'apercevant.

– Pierrot !

Elle disparut dans la jungle des hommes et réapparut à côté de lui. Il allait l'embrasser, mais elle se retourna pour tendre une liasse de billets au bookmaker.

– Quelle sorte de combat est-ce donc ?

– J'ai tout misé sur le caniche. Les chances sont contre lui. Tu n'as pas idée de la part de la cagnotte que je vais remporter s'il gagne. C'est une question de foi, je pense.

– Comment il s'appelle ?

– Traître Nuage d'Orage.

– Tu viens de l'inventer.

– Non, c'est vrai.

Ils éclatèrent de rire tous les deux. Le caniche se dressa sur son train arrière et se mit à battre l'air de ses pattes comme s'il cherchait la bagarre. Il avait l'air ridicule.

– Le pauvre n'a pas la moindre idée de ce qui va se passer ! protesta Pierrot.

– Ne te laisse pas tromper ! répliqua Rose. Il sait très bien ce qui va se passer. N'est-ce pas merveilleux ? Je vais lui donner son propre numéro, à ce petit bichon. Il devrait faire de la scène. Je n'ai jamais rien vu de pareil !

Le caniche se mit à courir en rond en aboyant, presque comme s'il riait.

– Oh, Rose. Regarde cet idiot. Ton caniche n'a aucune chance.

– Mon chéri, tu peux y arriver !

– Même s'il survit, il sera complètement dingue après cette expérience.

– Pierrot ! Pourquoi on ne prierait pas ? On ne prie plus jamais. Et on a passé tellement de temps à vivre avec des religieuses. Demandons un miracle ! On va le mettre dans nos valises et le ramener avec nous à Montréal la semaine prochaine !

Pierrot cessa de rire. Il pâlit en entendant le mot *Montréal.*

– Quoi ? demanda Rose.

– Eh bien, c'est que… tu vois, je suis allé à l'hôpital pour enfants. Tu aurais dû venir aussi, Rose. Ce n'était pas triste, c'était tellement plein d'espoir et de vie. Ça m'a rappelé l'orphelinat, d'une drôle de façon. On pourrait se produire gratis dans quelques hôpitaux quand on est en tournée. J'y ai pensé, et je ne crois pas qu'on devrait rentrer à Montréal. Il n'y a rien qui nous attend là-bas à part une vie de débauche, de violence et d'injustice.

– On ne peut pas repartir en tournée, dit Rose. On rentre à Montréal à la fin des représentations.

– Je n'essaie pas d'être cruel. J'ai simplement besoin de savoir ce qui se passe dans ta tête. Pourquoi voudrais-tu retourner dans un endroit où on nous a traités horriblement toute notre vie ?

– J'ai le mal du pays.

– C'est le froid qui te manque ? Tu oublies comment c'est là-bas, quand on a l'impression que nos vêtements sont faits en papier. Ça te manque de te réveiller et de voir ton haleine former des petits nuages au-dessus de ta tête ?

Elle s'entoura les épaules de ses bras et serra fort. Elle sentait le froid qu'il décrivait. Elle écarta Pierrot du ring afin de pouvoir lui parler.

– Ça te manque, les cochons de marins qui te harcèlent quand tu fais tes affaires ? continua Pierrot. Les blattes et les souris ? Il y en a ici aussi. Les regards de travers que te lancent les curés quand tu marches dans la rue ?

Une sonnette tinta tout à coup, et on lâcha les chiens. Les hommes se mirent à crier et à hurler tous en même temps, encourageant les bêtes à s'entre-déchirer. Rose et Pierrot les remarquaient à peine. Ils devaient finir leur conversation.

– Les choses vont changer, dit Rose. Je vais restaurer les immeubles dont j'ai les titres de propriété. Tu te rappelles l'hôtel Ingénue ? Il tombe en ruine tellement il est décrépit. Mais chaque fois que je passe devant, je me dis qu'il pourrait être métamorphosé en quelque chose de fabuleux. La salle de bal vide près de Saint-Dominique pourrait être transformée en cabaret. Les sols en damier là-dedans, sous les détritus, sont tellement beaux. Et puis j'engagerais un orchestre, un fantastique orchestre original, un nouveau son. Tu pourrais jouer avec eux ! Je me disais qu'on pourrait donner ton nom au club, et tu pourrais y tenir le haut de l'affiche quand tu veux. Il y aura beaucoup d'argent à faire en ville au cours de la prochaine décennie. On n'aura jamais plus ce genre d'occasion.

– Tu arriverais à rendre n'importe quoi alléchant, Rose. Mais on a une occasion de partir en tournée. Ça aussi, ça pourrait marcher.

– Ça ne marchera pas, pas si tu examines les détails du contrat, ce que j'ai fait avec Fabio. On vivrait une existence proche de la famine. On garderait un pourcentage des recettes tellement insignifiant qu'on ne pourrait jamais mettre un sou de côté. On vivrait dans des hôtels miteux. C'est un piège si on signe. On sera exploités par les producteurs. On ne sera pas maîtres de notre propre spectacle.

– Mais la tournée, c'est une occasion que nous avons gagnée de manière légitime. On l'a obtenue grâce à notre talent, et non pas par des combines et des manigances. Je ne crois pas que nous devrions tremper dans la corruption.

– Pierrot ! Ne sois pas ridicule. Ne sois pas naïf !

– Arrête de me parler comme si j'étais un crétin, Rose. Je ne peux pas le supporter. On n'était pas censés prendre les décisions ensemble ?

– Je suis en train de te consulter.

– Mais McMahon ne te laissera jamais diriger ces clubs. Il va se défendre. Je ne sais même pas comment tu peux considérer cette option. Allons, dis-moi, qu'as-tu l'intention de faire de McMahon ?

Rose ne répondit rien. Pierrot la regarda. Le voile en dentelle noire couvrant ses yeux lui donnait l'impression de lui parler à travers la grille d'un confessionnal. La réponse à cette question n'était pas le genre de chose qu'on peut dire tout haut.

C'était une chose qu'on insinuait. Une chose qui finissait par être comprise.

Pierrot fut gagné par un vertige. C'est un étrange sentiment que de se rendre compte qu'on n'a pas vu ce qu'on avait sous les yeux depuis le début. Il se sentait presque drogué : la découverte déclencha une vague d'adrénaline dans son corps. Elle allait faire exécuter McMahon.

Rose, terrifiée, observa Pierrot tandis que l'idée faisait son chemin dans son esprit. Elle ignorait comment il allait réagir et craignait qu'il ne la quitte. Elle savait qu'elle avait risqué son mariage pour cette entreprise.

– Bien sûr, dit Pierrot. Ton plan ne peut pas fonctionner autrement. C'est tellement évident. Mais je ne l'avais pas compris parce que je ne pouvais pas imaginer qu'une chose pareille était possible. C'est monstrueux. Diabolique !

Les chiens se mirent à aboyer violemment. Rose était irritée par les accusations de Pierrot. Elle haussa la voix pour couvrir les jappements et les grognements furieux.

– J'étais orpheline, Pierrot. Mon corps ne m'a jamais appartenu. Tu as dû ressentir la même chose. Si quelqu'un voulait me battre, il le pouvait. Si quelqu'un voulait m'enfermer dans le placard, il le pouvait. Même pas besoin d'une raison. L'enfance est une injustice tellement perverse, je ne sais pas comment quiconque peut y survivre sans perdre la tête. Mais j'ai une chance de prendre ma revanche. J'ai une chance de faire la loi dans la rue et de devenir une femme très riche. Personne, plus jamais, ne me manquera de respect.

Les yeux de Rose s'étaient écarquillés et assombris pendant cette tirade. Pierrot regarda les hommes qui les entouraient. Ils criaient et agitaient leur chapeau au-dessus de leur tête. Elle avait raison. Un être ne pouvait peut-être supporter plus d'une certaine quantité d'agressions. Il s'était senti beaucoup plus à l'aise à l'hôpital, parmi tous ces enfants brisés.

– Je ne peux pas rentrer avec toi, Rose.

– Je ne peux pas rentrer sans toi, Pierrot.

À ce moment, un sentiment de défaite s'empara de lui, si atroce qu'il pensa qu'il allait fondre en larmes. Il était seul et démuni. Parce qu'il savait que ce qu'avait dit Rose n'était pas vrai. Qu'elle en fût consciente ou non, elle avait commencé à imaginer son avenir, et il n'en faisait pas partie. Elle l'avait déjà laissé derrière.

Et s'il parvenait à la convaincre de rester, ce ne serait que par culpabilité, par fidélité à un vieux serment de leur jeunesse. Il lui bloquait la route. Elle était destinée à de grandes choses ; pas lui. Peut-être n'était-il qu'un idiot incapable de grandir et de comprendre le monde.

Pierrot se redressa et prit les joues froides de Rose entre ses mains.

– Ma cynique chérie. Tu as toujours été la seule et l'unique pour moi. Tu es la seule que j'aie jamais aimée. Tu me brises le cœur depuis que j'ai quinze ans, dit Pierrot. Je regrette simplement de ne pas avoir su.

– Pas su quoi ?

– Que tu détestes McMahon plus que tu ne m'aimes.

À ce moment, les gémissements et geignements d'un chien qu'on aurait dit mortellement blessé s'élevèrent de l'arène. Pierrot commença à battre en retraite, s'éloignant de Rose. Des hommes qui se tenaient derrière elle se ruaient maintenant vers le ring pour voir les chiens. La bataille approchait de son terme : son apothéose, son paroxysme, son dénouement. Les hommes se glissèrent entre Rose et Pierrot. Elle tendit les mains entre eux pour attirer l'attention de Pierrot. Un mur humain les séparait.

– Où vas-tu ? Pierrot ! Pierrot ! Reviens !

Quand Rose réussit enfin à se frayer un chemin à travers la foule, Pierrot avait disparu.

Les bruits du ring se turent brusquement. Il y eut un craquement terrible, comme une nuque qui se brise, suivi d'un horrible silence. Les chiens cessèrent de japper. La foule se calma aussi, comme si les spectateurs avaient honte de la violence de leur propre nature. Ils avaient du mal à croire que, quelques minutes plus tôt, ils avaient désespérément souhaité quelque chose de définitif et de tragique : la mort d'un chien. En fait, ils étaient maintenant frappés par la brièveté et la douceur de la vie, qui ne prennent leur sens que grâce à la mort.

Rose se retourna vers le ring. Elle était terrifiée à l'idée de s'en approcher, incapable de se résoudre à poser les yeux sur ce que, elle le savait, tous les autres regardaient : le gracile caniche gris, ses beaux membres immobiles, son cou rompu, sa tête renversée, ses grands rêves ne l'ayant mené nulle part. Elle s'avança pour le voir de ses propres yeux.

63

LA DAME DE L'ÉTANG

Pierrot se sauva à toutes jambes, loin de l'hôtel et de Rose. Quand il fut à bout de souffle, il ralentit l'allure et erra sans but pendant une heure pour se retrouver dans la 42e Rue, pleine de bordels et de maisons de passe. Il y avait partout des filles appuyées à des poteaux, qui nouaient leurs lacets de façon stratégiquement provocante, ouvraient et refermaient leur manteau. Une fille écarta les pans de son manteau de fourrure brune bon marché tandis qu'il passait devant elle, révélant des seins pâles, comme deux verres à cognac remplis de lait. Une autre portait du rouge à lèvres qui avait été presque entièrement effacé par des baisers, et de l'ombre à paupières qui avait bavé, ce qui lui donnait l'air d'une aquarelle. En apercevant Pierrot, elle lui souffla un baiser vaporeux.

Il s'était surpris lui-même en laissant ses pas le mener là. Il avait l'impression de ne vouloir être avec personne d'autre que Rose, mais il était là quand même. Il avait soif de compliments, même s'il savait qu'ils n'étaient pas sincères. Ce n'étaient que des échantillons de ce que vendaient ces femmes, des hors-d'œuvre avant le repas.

« Salut, mon beau. Quel visage ! »

« Regarde-toi un peu. Personne d'aussi beau que toi ne devrait être seul. »

« Tu veux me traiter de tous les noms ? Monte à l'étage et traite-moi de tous les noms. »

« J'ai envie de ta queue. J'en meurs d'envie. »

« J'ai mis du vernis rose sur mes ongles d'orteils ce matin. Tu veux venir à mon appartement jeter un coup d'œil ? »

C'était probablement une erreur que de marcher dans cette rue vêtu de ce très beau costume. C'était comme tendre une rose à un essaim d'abeilles affamées.

Poppy, Poppy, Poppy, songea-t-il en prenant pleinement conscience de ce qu'elle avait fait pour gagner sa vie alors qu'ils étaient ensemble.

« Oh, d'accord. Qu'est-ce que ça peut faire ? T'es juste un loser maigrelet et sans le sou. Tu n'as pas les moyens de payer ce que je coûte. Trouve-toi du boulot. Tu reviendras quand tu seras assez riche pour me faire l'amour. »

Pierrot s'aventura dans un parc. Près d'un étang se trouvait un rocher, sur lequel il grimpa, s'asseyant sur le rebord arrondi pour scruter l'eau. Il eut soudain envie d'entrer dans l'eau sans enlever ses chaussures. C'était une impulsion qu'il n'avait pas eue depuis l'enfance. Un cygne s'approcha de lui depuis le milieu de l'étang. En atteignant une pile de cailloux, il sortit de l'eau, semblable à une mariée qui soulève sa robe en descendant de voiture. Pierrot se demanda une seconde si l'oiseau allait s'approcher de lui et lui déclarer son amour.

– Comment ça va ?

Il fut un instant stupéfait, certain que le cygne lui avait parlé. Puis il tourna la tête et vit une femme, près de lui, vêtue d'une robe blanche sous un manteau bleu marine. Une rangée de boutons sur sa manche faisait penser à un tentacule de pieuvre. Elle avait le teint brun pâle et des cheveux noirs courts qu'elle semblait avoir brossés jusqu'à ce qu'ils ne frisent plus du tout. Ses sourcils avaient été expertement tracés au crayon noir. Elle s'assit près de lui. Son visage avait quelque chose de tellement détendu ; elle donnait l'illusion qu'on venait juste de lui faire l'amour. Le cygne tourna les talons et repartit à l'eau.

– Ça va, j'imagine, répondit Pierrot.

– Alors, qu'est-ce qui t'amène au bord de l'étang ? demanda-t-elle.

– Je ne sais pas. Je me suis égaré plus que tu ne pourrais le croire. Je viens de Montréal.

– J'ai entendu parler de Montréal. Il paraît que toutes les filles là-bas ont des maladies et des trucs dans le genre. Il paraît qu'il fait froid. Plus froid qu'ici l'hiver, même – et j'ai déjà du mal à supporter cette saison ici. Mon papa est déjà allé là-bas. Il m'a touuuut raconté.

Elle le regardait droit dans les yeux. Elle avait une merveilleuse façon de regarder les gens, songea Pierrot. Parfaitement sans crainte.

– Qu'est-ce qu'il faisait, ton père ?

– Mon papa jouait de la trompette. Il n'arrêtait pas de nous abandonner. Mais il revenait. Et c'était fabuleux. Juste au moment où on pensait qu'on ne le reverrait jamais, la porte s'ouvrait d'un coup et il apparaissait dans toute sa gloire. Il rapportait des cadeaux d'endroits lointains. Même qu'une fois il m'a rapporté une brosse à cheveux du Kansas. J'étais folle de cette brosse. Je l'emportais partout avec moi. Je chantais dedans pendant des heures.

– C'est formidable.

– C'est vrai ! On se fichait bien de vivre dans un appartement minuscule avec des insectes qui grouillaient sous le papier peint, ou d'avoir tout le temps faim, ou que ma mère nous fasse récurer des planchers. C'est tout ce qu'on a dans la vie : une enfance. Et on a une maman et, si on est vraiment chanceux, on a un papa. Et cette période-là est remplie d'amour, même quand on a les pires parents du monde. Et puis, une fois adulte, on a recours à des moyens artificiels pour retrouver ce sentiment. Il faut faire les trucs les plus sales et les plus sordides pour le retrouver. Ce sentiment est toujours dans les endroits les plus étranges.

Qui était cette philosophe ? se demandait Pierrot.

– Tu as faim ? Tu veux venir chez moi ? Je vais faire un ragoût.

– Vraiment ?

– Oui, c'est une recette que ma grand-mère m'a apprise.

– D'accord. À vrai dire, j'ai faim.

– Au fait, moi, c'est Coco. Tu peux me faire confiance.

Ils s'arrêtèrent dans une épicerie afin que Coco puisse se procurer les ingrédients nécessaires à son ragoût. Elle en ressortit avec un sac en papier contenant quelques oignons et un navet.

– C'est tout ce qu'il te faut ? demanda Pierrot.

Personne ne lui avait jamais préparé le ragoût maison d'une grand-mère, mais Pierrot savait tout de même qu'il devait comporter plus d'ingrédients que ce que Coco avait fourré à la hâte dans son sac.

– Je ne sais pas. Le propriétaire me tape sur les nerfs. Il est amoureux de moi. Tout le monde est amoureux de moi dans le coin. Mais tu peux me faire confiance. Pas vrai ?

– Pas vrai ? répondit Pierrot, hésitant.

Il se méfiait des personnes qui se disaient dignes de confiance. Les gens vraiment dignes de confiance croyaient que cet attribut allait de soi et que c'était une façon d'être naturelle et normale. Pourquoi se sentait-elle coupable ?

– Aimerais-tu venir au cinéma avec moi ?

– Pas tout de suite. Allons chez moi et commençons ce ragoût. C'est ça qui compte.

Oui, songea Pierrot. Elle possède toutes les caractéristiques d'une charmante espionne envoyée par McMahon. Mais quelle importance si elle avait été envoyée pour gâcher sa vie ? Tant pis, songea-t-il. Il voulait que sa vie soit gâchée.

Ils s'arrêtèrent à la réception dans le vestibule. Une vieille femme aux cheveux bleus, vêtue d'un pardessus d'homme, tendit à Coco une clef avec un ruban rose.

Il fallait gravir beaucoup de marches pour gagner la chambre de Coco dans l'étroit hôtel Desire. Cela étonna Pierrot. L'édifice ne lui avait pas semblé si haut de l'extérieur. Chaque fois qu'ils atteignaient un palier, il était certain qu'ils devaient être arrivés au dernier étage, mais il y en avait toujours un de plus.

Un artiste doit habiter l'un de ces appartements, se dit-il, parce que les murs de la cage d'escalier étaient couverts de peintures à l'huile plutôt frappantes, qui représentaient toutes différents couchers de soleil. L'une d'entre elles ne montrait qu'un groupe de cumulus. Dans les autres, le ciel était zébré de traits roses, jaunes et orange.

– Il y a beaucoup d'escaliers dans cet immeuble, commenta Pierrot.

– Si tu es vieux, tu arrêtes de sortir, c'est tout. Tu restes au dernier étage pour l'éternité.

Ils atteignirent enfin le dernier étage. Coco ouvrit la porte de sa chambre, et Pierrot entra à sa suite. Il n'y avait rien sur les murs, et au centre de la pièce se trouvait un grand lit dont le matelas était creusé au milieu. Coco posa le sac en papier sur le plan de travail de la kitchenette, puis roula sur le lit en guise de raccourci pour gagner la fenêtre. Elle ouvrit les stores.

Le détective était assis dans un appartement de l'immeuble de l'autre côté de la ruelle. Il tira près de la fenêtre un fauteuil jaune aux motifs de roses roses. Il sortit son appareil photo d'une trousse de médecin dont l'un des fermoirs était brisé et qui avait appartenu à son père. Il déposa un livre, un exemplaire de *David Copperfield*, sur le radiateur, y posa l'appareil photo et écarta les rideaux verts.

Pierrot était debout au pied du lit. Coco s'approcha. Ils étaient pratiquement nez à nez. Elle se retourna et inclina légèrement le front pour indiquer qu'elle voulait qu'il l'aide à enlever ses vêtements. Tandis que Pierrot détachait l'arrière de la robe de Coco, la fermeture éclair se coinça dans son chemisier de dentelle, ce qui prit un moment à défaire, au cours duquel Coco ne cessa de lui crier de faire attention parce qu'il allait déchirer sa meilleure robe.

– Mais fais un peu attention, champion ! criait-elle.

Cependant, dans la photo que prit le détective privé, elle semblait gémir d'extase.

Coco se mit à quatre pattes sur le matelas et poussa immédiatement un cri. Le matelas était de si mauvaise qualité et si mince que, sous son poids, un ressort avait pointé contre sa rotule. Elle avait des vergetures sur les seins et les cuisses, parce qu'elle était passée de fillette à femme trop rapidement. Elle portait une simple culotte blanche, mais le tissu avait glissé dans la fente de son cul et ses fesses saillaient de chaque côté, énormes, rondes et merveilleuses. Quand il planta son visage au milieu, il fut envahi par un désir impossible à contenir. Sur tous les grands écrans, dans tous les petits cinémas, des gangsters sortaient des pistolets de leurs étuis. Ils brandissaient leurs armes, tendant le bras dans l'obscurité. Ils traversaient des champs, leurs fusils droit devant eux, braqués sur leurs victimes. Chacun devait accepter que son destin approchât. Il était plus malin que vous. Il était sans pitié. Pierrot se leva. Il défit sa ceinture. Il baissa son pantalon.

Elle tourna la tête.

– Oui ! Vas-y ! Vas-y ! s'écria-t-elle.

Il s'enfonça profondément en Coco. Il eut l'impression qu'un mortier explosait en lui. Et quand il roula sur le côté, c'était comme s'il s'effondrait dans une fosse commune. Après, lorsqu'il s'assit au bord du lit, tirant sur une cigarette, il n'était plus un homme marié. Coco éteignit la lumière près du lit et ferma les stores. Elle était certaine que le détective avait suffisamment profité du spectacle et qu'elle serait payée correctement. Elle alluma une chandelle près du lit.

– On devrait se shooter, dit-elle.

– Pas de problème, bébé, répondit Pierrot.

– On pourrait après le ragoût. Mais on devrait probablement le faire avant. Non ? Parce qu'un ragoût, ça prend du temps. Et on passe beaucoup de temps à attendre que des trucs se mettent à bouillir.

Elle s'assit au bord du lit près de Pierrot, ouvrit le tiroir de la table de chevet aux pieds délicats. À l'intérieur se trouvait une petite cuillère de bébé en étain. Sur le manche, on voyait une image ronde de poupon aux yeux clos, la bouche grande ouverte pour crier. Elle ne prit même pas la peine de s'habiller pour préparer l'héroïne.

Il y avait une théière sur un bureau. Elle l'attrapa et versa de l'eau dans la cuillère, y ajouta une petite quantité d'héroïne, remua avec le bout de l'aiguille et fit chauffer le mélange au-dessus d'une chandelle. Elle sortit un cordon de sa poche et le noua autour du bras de Pierrot. Elle injecta l'héroïne, et il attendit que reviennent les anciennes sensations.

Tandis que Coco et lui étaient allongés côte à côte sur le lit, les oignons sortirent du sac et roulèrent sur le plan de travail. Ils tombèrent au sol comme des astéroïdes touchant terre.

64

LE CŒUR EST UN SOLO DE TROMPETTE

Rose ne pouvait se résoudre à quitter sa chambre. Colombe, l'une des danseuses, proposa de remplacer la vedette au pied levé. Même si elle ne possédait pas le charisme de Rose, ils se dirent que cela pouvait faire l'affaire. Ils tentèrent d'engager un autre pianiste. Une file de musiciens se forma au matin devant le théâtre New Amsterdam. Pierrot n'avait jamais noté sa musique. Les filles fredonnèrent et sifflèrent leur interprétation de la mélodie de Pierrot, mais il lui manquait toujours quelque chose quand quelqu'un d'autre la jouait. Lorsque les détenteurs de billets apprirent que les vedettes du spectacle ne feraient pas partie de la distribution ce soir-là, ils exigèrent un remboursement. Les autres représentations de la Fantasmagorie furent annulées, et l'on donna ces dates à une troupe de ballerines de douze ans qui venaient d'émigrer de Pologne et se faisaient appeler les Souris volantes.

Fabio fit livrer la lune à Jimmy et ses hommes. On l'attacha à l'arrière d'un camion de livraison tandis que, sur le trottoir, tous les enfants du voisinage regardaient en riant. La lune fut conduite à un point de rendez-vous convenu, sur une route de campagne à une heure de la ville. C'était un endroit où on se rendait habituellement pour buter les gens. Un cerf s'aventura sur la route, à lentes et longues enjambées, comme s'il voulait surprendre un ami.

Une fois que la lune fut déchargée du camion, le chauffeur remonta dans le véhicule et s'éloigna sur la route cahoteuse. Les gangsters firent le tour de la lune pour décider du meilleur moyen de l'ouvrir.

– Est-ce qu'il y a un truc ? demanda Jimmy à Caspar.

– Je ne crois pas qu'ils aient planifié jusque-là.

– Alors tirons sur ce foutu machin, suggéra un gangster.

Un autre sortit une hache et entreprit de frapper la lune. Elle se fissura, comme un œuf énorme. Ils attendirent, histoire de voir ce qui arriverait. On aurait dit que tout était possible. Un dinosaure aurait pu apparaître et déployer ses griffes. De la poussière et du plâtre se répandaient partout tandis que la coquille se craquelait, et puis enfin : une malle d'héroïne fraîchement importée de l'Orient jusqu'à Montréal, pour distribution immédiate dans les rues de New York. Les gangsters éclatèrent de rire devant l'absurdité de tout cela.

Ils portèrent la coquille de lune jusqu'au lac voisin et l'y jetèrent. Elle tressauta dans l'eau avant de couler. On aurait dit le reflet de la lune véritable.

Jimmy rentra à l'hôtel, malheureux comme les pierres. Rose n'était pas venue avec la lune. Il ne l'avait pas vue depuis plusieurs jours. Le soir, des gangsters se réunissaient le plus souvent dans la chambre de Jimmy. Il y avait une grande salle de bal au rez-de-chaussée, mais les gens aimaient toujours être là où se trouvait Jimmy et préféraient s'entasser dans sa petite chambre. Six ou sept gangsters s'asseyaient au bord du lit. Un autre dans le fauteuil et un autre encore sur l'accoudoir. Un gangster s'appuyait contre le bureau, un second se regardait dans le miroir de la salle de bains. Mais ce soir-là, Jimmy voulait être seul. L'œillet blanc à sa boutonnière ressemblait à un poème chiffonné.

À l'hôtel Honeymoon, Fabio était assis dans sa chambre, torse nu, voûté, comme de la pâte à pain qui n'a pas encore été pétrie. Le spectacle avait pris fin, et la lune avait été livrée. McMahon allait attendre l'exécution de Rose. S'il n'apprenait pas rapidement qu'elle était morte, il enverrait ses hommes pour déclarer la guerre. Ou bien Jimmy allait peut-être changer d'idée et la tuer lui-même.

Depuis plusieurs jours, Fabio essayait donc de convaincre Rose de plier bagage et de reprendre le train pour Montréal.

Mais Rose ne semblait pas avoir l'intention de partir. Chaque fois qu'il entrait dans sa chambre, il y découvrait ses vêtements éparpillés partout, sur des canapés et des fauteuils. Un petit gâteau à demi grignoté se trouvait sur la table de son boudoir, car elle ne s'était même pas donné la peine de laisser l'une des femmes de chambre entrer pour faire le ménage.

Elle ne semblait pas non plus avoir pris son bain. Elle restait assise dans une combinaison sale, les cheveux gras et hirsutes, terrassée par la culpabilité. Elle allait abandonner le projet entier simplement pour pouvoir passer le reste de sa vie assise dans une chambre d'hôtel à se sentir coupable d'avoir chassé Pierrot.

Ce matin-là, consciencieusement, Fabio avait été voir si Rose allait bien. En ouvrant la porte, il l'avait trouvée assise au bord du lit, dos à lui, en train de regarder vers la fenêtre.

– Des nouvelles de Pierrot ? avait-il demandé.

Rose n'avait pas eu besoin de se retourner pour savoir que c'était Fabio qui avait passé la tête dans sa chambre. Elle connaissait sa voix éraillée par le cigare.

– Il ne sait peut-être pas que nous partons, avait répondu Rose faiblement. Il n'a peut-être pas entendu que le spectacle avait été annulé. Je suis sûre qu'il est allé au zoo.

– As-tu perdu la tête ? Personne ne passe cinq jours au zoo. J'ai envoyé des gens à sa recherche. Il n'est pas là-bas.

– Alors ?

– Eh bien, qu'est-ce qui lui est arrivé à ton avis ? Tu t'imagines peut-être qu'il a été dévoré tout cru par un ours polaire ?

– Va-t'en ! avait hurlé Rose.

Elle s'était levée, s'était retournée vivement, avait empoigné un cendrier qu'elle lui avait lancé à la tête. Il avait refermé la porte juste à temps.

Fabio enfila une chemise en entendant frapper. Il espérait que c'était Rose qui venait s'excuser de son comportement. Mais en ouvrant la porte, il découvrit une femme de ménage à l'air timide dotée de lèvres roses extraordinairement pulpeuses, vêtue d'un uniforme noir.

– J'ai une enveloppe que je suis censée livrer à la chambre de Rose.

– Eh bien, vous n'êtes pas à la chambre de Rose, n'est-ce pas ?

– C'est que, monsieur, la dernière fois que je suis allée à la chambre de Rose, elle m'a lancé un petit gâteau au visage, voyez-vous.

Fabio tendit la main. La femme de ménage lui remit l'enveloppe en papier kraft et s'en fut, manifestement soulagée d'en être débarrassée.

La mystérieuse enveloppe rendait Fabio nerveux. Il ne savait pas qui l'avait envoyée. Il se sentait mal à l'aise en parcourant le corridor, traînant les pieds jusqu'à la chambre de Rose. Il se tenait voûté, le souffle court, devant l'ascenseur.

Fabio frappa à la porte de Rose et l'ouvrit. Il s'y glissa tel un chat et découvrit Rose étendue sur le lit en train de lire un livre de poche. Elle leva les yeux.

– Tu es revenu, dit Rose. Qu'est-ce que tu peux bien vouloir encore ?

– J'ai ceci pour toi. Tu veux que je l'ouvre ?

– Non, fais-moi voir ce que c'est.

Utilisant un billet de cinq dollars en guise de marque-page, Rose mit doucement le livre de côté. Elle se leva du lit et prit la lettre dont le rabat était fixé à l'aide d'une ficelle. Elle n'eut qu'à tirer pour ouvrir l'enveloppe. Elle s'approcha de la fenêtre tout en en sortant le contenu, une liasse de grandes photographies sur papier glacé. Elle les feuilleta comme une démente avant de les fourrer à nouveau dans l'enveloppe, qu'elle tint contre sa poitrine. Elle alla dans la salle de bains et claqua la porte derrière elle, pour en ressortir quelques secondes plus tard, l'air d'une forcenée.

– Il a couché avec une autre femme. Il m'a trompée. Il veut rompre avec moi pour que je ne sois plus capable de travailler. Il veut que j'aille le retrouver pour que je le supplie de rentrer. Ça n'arrivera pas. Parce que je me fiche de lui. Je me fous complètement de Pierrot. Je voudrais que ce petit trou du cul soit mort. Pour de vrai !

Elle alla à sa coiffeuse, prit son poudrier et le lança contre le mur. Il explosa sous le choc et la poudre vola dans tous les sens, répandant une brume blanche dans la chambre. Rose disparut un moment, puis elle émergea du nuage, le doigt pointé sur Fabio.

– Tu sais, c'est parce qu'il est sur scène que ce genre de fille est attirée par lui. C'est ce qui arrive quand on est un artiste. Des trucs merdiques, stupides. Ce n'est pas la vraie vie. Ce n'est pas pour moi, tout ça. J'ai été forcée de danser devant les riches quand j'étais petite. Mais laisse-moi te dire que je ne le ferai plus.

– Eh bien, tu as déjà exprimé ton désir de ne plus être artiste de scène.

– Tu ne couches pas ainsi avec la première venue, pas vrai ?

Rose le regarda, attendant désespérément qu'il lui fournisse une réponse qui stopperait les émotions qui déferlaient en elle.

– Ça fait deux ans que je n'ai pas bandé.

Elle s'interrompit un moment, ne sachant comment répondre à cette déclaration. Puis elle tendit violemment les bras vers lui, comme si elle essayait de se débarrasser de ses mains.

– Très bien, on quitte New York sans Pierrot.

– Bien sûr. Je suis prêt à partir. Nous sommes tous prêts à partir. Si nous étions partis tout de suite après avoir livré la lune, on aurait évité toute cette histoire.

Rose empoigna ses cheveux à deux mains et cria :

– Aaaah !

Elle jeta l'enveloppe à Fabio et s'effondra sur le lit.

Fabio se pencha pour prendre l'enveloppe tombée par terre et ne put s'empêcher de l'ouvrir pour regarder les photos passionnées qu'elle contenait. Il poussa un soupir si fort que c'en était presque un cri.

Pierrot semblait tellement perdu sur les photos. Fabio savait que Pierrot n'avait pas le cœur assez solide pour supporter la suite du plan. Il savait que c'était sa manière de les libérer tous. Il avait toujours su que Pierrot était altruiste. Il avait tellement de patience avec tout le monde. Les larmes montèrent aux yeux de Fabio à cause du sacrifice de Pierrot. Parce que Fabio avait recommencé à croire à l'amour.

La femme de chambre de l'hôtel Honeymoon était debout devant le bureau de Jimmy. L'état dans lequel elle se trouvait – hors d'haleine, boutonnée à la diable – indiquait qu'elle s'était pressée. Jimmy écoutait la femme de chambre lui raconter que Pierrot avait trahi Rose. Elle avait ouvert l'enveloppe et vu les photos de ses yeux. Pierrot avait aussi disparu, sans rien emporter. À en croire la fille, Rose était en pleine crise d'hystérie.

Jimmy eut soudain l'impulsion de faire tuer la femme de chambre. Ce qui le dérangeait n'était pas qu'elle sache ce qu'elle savait. C'était qu'elle sache à quel point il voulait entendre ce qu'elle avait à dire. Elle s'était précipitée pour le lui révéler avant que qui que ce soit d'autre en ait l'occasion, parce que c'était excitant pour elle de faire partie de ce grand moment de sa vie.

Mais Jimmy était insondable quand il le voulait bien, c'est-à-dire la majorité du temps. Il regarda la femme de chambre sans expression, pour ne pas lui laisser voir combien la nouvelle le troublait. Il plongea la main dans son tiroir et en sortit un billet de dix dollars, qu'il lui tendit.

– Bien. Continue de m'apporter des nouvelles intéressantes.

Elle sortit en fourrant l'argent dans sa poche, l'air légèrement déçue. Quand elle fut partie, Jimmy jeta un coup d'œil à Caspar, assis dans un fauteuil près de la porte.

– Crois-tu que ça va changer quelque chose ?

– Non. C'est elle, le cerveau derrière l'opération.

– Je veux dire… peu importe.

Que devait-il faire maintenant ? Se présenter à sa chambre d'hôtel, une rose blanche à la main, et l'inviter à dîner ? Il ne savait pas combien de temps il fallait pour se remettre d'un cœur brisé, lui-même n'ayant jamais eu le cœur brisé. Il avait peur, pour la première fois de sa vie, d'être rejeté par une fille.

65

LE *TITANIC* LÈVE L'ANCRE À MIDI

Rose n'avait pas quitté sa chambre d'hôtel depuis qu'elle avait appris ce qu'avait fait Pierrot. Elle avait du mal à dormir la nuit, s'assoupissait en fin d'après-midi. Elle rêvait que, en bottes noires et en sous-vêtements, elle se tenait devant un public. Un inconnu montait sur la scène et la forçait à se mettre à quatre pattes. Il défaisait son pantalon et le public se mettait à applaudir. Elle se réveilla et alla à la salle de bains. Il n'était que neuf heures.

Incapable de rester seule dans sa chambre, elle jeta son manteau sur ses épaules, sortit et se rendit dans le petit bar près du hall. Tous les autres y étaient déjà, trinquant à la fin d'une entreprise réussie et à la conclusion abrupte de leur spectacle. Le barman disposa une rangée de shooters et versa le brandy jusqu'au bord du premier. Elle le lampa. L'alcool brûlait. Il alluma son cœur comme la mèche d'une bougie. Elle avait simplement besoin que la bougie brûle toute la nuit.

Elle enleva son manteau d'un geste brusque. Elle n'avait pas pris la peine de s'habiller et ne portait qu'une combinaison en satin noir. Elle but plus longtemps que tous les autres. Pendant quelques secondes, l'alcool la ragaillardit. Elle eut l'impression que tout était comme il se devait dans le monde – que tout allait bien. Elle se leva, brandit son verre. Il oscilla d'avant en arrière. De petites gouttes d'alcool l'aspergèrent, telles des gouttelettes d'eau bénite.

– À Pierrot ! Mon mari !

– Hourra ! cria-t-on de toutes parts.

Quelqu'un enclencha le juke-box. Rose gagna le milieu de la piste de danse. Un gangster, la prenant en pitié ou fou de désir, ou bien simplement stupide, avança sur la piste pour passer les bras autour d'elle et se mettre à danser aussi. Elle s'accrocha à lui. Ils bougeaient merveilleusement bien ensemble. Tous les hommes dansaient tellement bien quand ils dansaient avec Rose.

Et puis l'expression de Rose changea. Son visage se crispa comme si elle allait vomir. Elle repoussa l'homme si fort qu'il tomba par terre, puis elle se mit à danser toute seule, les bras autour de personne. C'était si troublant que plusieurs des hommes s'en allèrent. Ils retournèrent dans leur chambre, s'assirent au bout de leur lit et regardèrent le mur, se demandant à quoi tout cela rimait. Elle espérait que l'ours imaginaire allait la consoler, mais ce soir-là elle avait l'impression d'entourer le vide de ses bras.

Rose se plia en deux comme si on lui avait donné un coup de pied dans le ventre et poussa un cri. C'en était trop. Elle glissa un instant, comme si le talon de sa chaussure s'était brisé. Il y avait sept ou huit hommes autour d'elle pour la rattraper.

Les bras en l'air, elle regarda l'alliance bon marché qui brillait à son doigt. Elle la portait toujours. On aurait dit un petit flocon de neige qui se serait posé sur sa mitaine – c'était si beau. Il était toujours sur le point de fondre. Si on s'avisait de le toucher, ou de souffler dessus, ou de parler trop près, il se transformerait en goutte d'eau et ferait semblant de n'avoir jamais été la plus belle chose sur Terre. Elle avait aimé Pierrot.

Elle se hissa sur un tabouret telle une poupée de chiffon et redressa le dos. Elle eut le désir de marcher jusqu'à l'hôtel Romeo. Elle se prenait à penser à Jimmy. Ses cheveux étaient d'un brun profond, profond comme le chocolat, de la couleur du nappage sur les sundaes. Elle savait que Jimmy s'imaginait à genoux, en train de lui embrasser la chatte, en ce moment même.

Elle voulait se sentir désirée. Elle voulait se sentir sexy. Elle voulait briser l'envoûtement où la maintenait Pierrot. Même si c'était irrationnel, elle voulait avoir l'impression que ça n'avait aucune importance et que n'importe quel homme pouvait le remplacer. Elle retourna à sa chambre et, avec un soin méticuleux, s'habilla pour la première fois de la semaine, puis elle se rendit à l'hôtel Romeo.

Elle passa les larges portes, traversa le hall d'un pas vif et monta l'escalier. L'homme aux cicatrices sur les joues la laissa passer. Elle ouvrit la porte de la chambre de Jimmy. Quand elle entra, il était en train de fumer une cigarette, appuyé au cadre de la fenêtre. Elle ferma derrière elle, et Jimmy jeta sa cigarette par la fenêtre.

Elle enleva son chapeau de fourrure blanc. Elle enleva ses gants et son écharpe, qu'elle roula en boule dans son chapeau. Elle posa celui-ci sur la petite table de chevet près de la porte. Elle déboutonna son manteau noir et le laissa glisser de ses épaules. Elle passa sa robe par-dessus sa tête. Elle resta debout, là, dans ses sous-vêtements de dentelle fine. On aurait dit du givre sur son corps.

Pendant un instant, il ne sut que dire. Parce qu'il doutait de ses yeux, il fallut une seconde à sa raison pour comprendre la situation.

Quand il s'approcha d'elle vivement, violemment, elle tendit ses bras maigres avec désespoir et ils s'étreignirent si fort que leurs cœurs battaient l'un contre l'autre. Il la renversa sur le lit et elle eut l'impression qu'elle pesait autant qu'un sac de plumes. Comme si elle ne pesait pas plus que sa combinaison de satin, pas plus qu'un unique flocon de neige descendant de la grande, grande noirceur.

Ensuite, ils se blottirent dans les bras l'un de l'autre. Elle se sentait si peu elle-même qu'elle avait à peine l'impression d'être une personne. Elle se sentait comme un mince chat blanc qui étire ses membres gracieux.

Un des hommes de Jimmy monta plus tard voir ce qui le retenait. Il entra et fut étonné de le découvrir dans sa chambre avec une fille. Et sous toute cette nudité : Rose en personne.

Il n'avait jamais vu ni l'un ni l'autre avec un air si paisible. C'était la première fois que l'un et l'autre dormaient si profondément. Comme on dort avant d'être né.

Pourquoi avait-elle fait cela ? Elle n'en était pas sûre. Pour que son corps cesse de pleurer Pierrot, peut-être. Pour se rappeler que ce n'était que du sexe, mais que, femme, elle pouvait s'abandonner si facilement à l'amour.

Le sexe avait été agréable. Il n'y a rien de meilleur que de coucher avec un homme qui se languit de désir pour vous. Il vous ouvre tel un cadeau et découvre des choses merveilleuses à l'intérieur. Quelque chose de merveilleux à l'intérieur qui, pour être admiré, demande qu'on fasse un pas en arrière.

Le sexe sans conséquence, ça voulait dire qu'on pouvait faire l'amour, se rhabiller, se lever, sortir dans la rue et le laisser derrière soi sur le lit. Comme une chemise de nuit abandonnée. Ça avait quelque chose de libérateur, ce sentiment d'exercer un contrôle sur le sexe. De coucher et de ne pas être l'esclave de ses pulsions. Ou alors de coucher et de ne pas en éprouver de honte. Ou bien de coucher parce qu'on se trouvait pris entre deux feux.

En rentrant à l'hôtel Honeymoon le lendemain matin, Rose passa devant un hôtel en face duquel était garé un fourgon de police. Des agents descendaient l'escalier en file indienne, chacun escortant une fille menottée. On les embarqua comme une meute de chiens errants ramassée par un employé de la fourrière. La dernière à entrer portait une robe en coton à fleurs orange et des talons hauts bleu foncé dont le feutre était râpé aux orteils. Rose aperçut, sous sa robe, la bosse de son ventre rond. Elle devait être enceinte de quatre mois.

Rose songea au temps qu'elle avait passé avec McMahon. Qu'était-elle, alors, sinon une prostituée ? Elle se pavanait coiffée de son bonnet en fourrure blanc dans toutes sortes d'endroits chics, commandait des repas fabuleux au restaurant, comme s'ils appartenaient à une classe privilégiée. Alors que les seules femmes dans la société qui possédaient réellement un pouvoir de négociation étaient les petites vierges évaporées avec des guenilles fixées à leur culotte à l'aide d'épingles de sûreté, qui se gorgeaient d'un sang couleur de pétales de rose flétris. Dès qu'elles se donnaient, elles n'avaient plus aucun pouvoir.

Rose n'aurait su dire ce qui lui était arrivé au juste. Mais elle était tombée en disgrâce. C'était extrêmement étonnant. Parce qu'elle n'avait pas eu conscience d'être dans un état de grâce. Elle avait du moins conscience d'être une orpheline née avec rien à perdre. Quand vous tombez en disgrâce, le temps passe plus vite. Le temps se met à avoir un sens. Il avance de façon linéaire. Il se met à s'écouler dans le sablier. Il ne vous appartient plus.

Ses pommettes lui parurent plus hautes quand elle se regarda dans le miroir de la salle de bains. Elle avait les dents jaunâtres, de la couleur d'une rose blanche qui se fane. Elle se flétrissait. Pour la première fois, elle comprit que son visage allait vieillir. Qu'il était en train de vieillir. Maintenant que Pierrot était parti, elle n'était plus jeune.

Elle se pencha vers son reflet dans le miroir. Ses lèvres touchaient presque les lèvres du reflet. Ce dernier fut séduit malgré lui – malgré le fait que, si elle devait entamer cette relation, elle serait dominée et se verrait tout le temps dire quoi faire. Le reflet ferma les yeux et plissa les lèvres dans l'attente du baiser.

Rose chuchota :

– Putain.

Le reflet ouvrit les yeux d'un coup et fit un bond en arrière.

En rentrant, elle avait remarqué une corde à sauter abandonnée sur le trottoir, semblable au tracé à la craie autour d'un cadavre.

66

PRÉMICES D'UNE RÉVOLUTION

Fabio savait ce qui s'était passé la veille. Tout le monde savait. L'annonce d'une telle union se répandait rapidement dans le monde interlope. Fabio supposait que Rose allait retarder son départ. D'une certaine façon, elle avait gagné du temps.

Il descendit dans le hall pour parler aux clowns qui y traînaient et les informer qu'ils n'iraient peut-être nulle part ce jour-là. Ils avaient quitté leurs chambres et bouclé leurs valises. Leurs malles s'empilaient, alignées dans le hall. Assis sur l'une des valises, un clown fumait une cigarette.

Tandis que Fabio lui expliquait la situation, il plissa les yeux et pointa le doigt derrière Fabio, qui tourna la tête.

Rose était là. Elle descendait l'escalier vêtue d'une robe noire et d'un manteau, parfaitement calme.

Elle avait fait quelque chose de sa rage et de sa colère. Elle savait que les montrer était un signe de faiblesse. Elle savait qu'elle n'avait plus besoin de les exhiber. Elle n'avait pas à se livrer à ces démonstrations ridicules et outrancières. Il était déjà évident qu'elle était enragée. Sa fureur trempait son corps entier. On sentait qu'elle était dangereuse. On le savait de façon intuitive. Même ceux qui venaient d'entrer dans l'hôtel détournaient les yeux et s'écartaient de son chemin, à la manière des créatures de la jungle qui deviennent silencieuses quand passe un jaguar.

Les gens ne s'adresseraient plus à elle familièrement. Elle avait fermé la porte sur sa vie privée, qu'elle avait autrefois étalée sur scène pour qu'elle y soit exploitée par tous. Désormais, elle ferait exprimer sa rage par d'autres.

Un groom la suivait. Il portait tous ses bagages supplémentaires, car elle avait acheté de nombreux vêtements durant son séjour à New York.

Les gangsters montèrent dans le train avec les danseuses. Ils s'ébouriffèrent les cheveux, chiffonnèrent leur cravate et s'appliquèrent une goutte d'alcool derrière les oreilles afin de se faire passer pour des clowns en tournée.

Rose supervisa chacun des membres de son entourage tandis qu'ils grimpaient dans le train. Elle vit une voiture noire se ranger, la portière arrière s'ouvrir, et Jimmy Bonaventura qui observait le train d'un bout à l'autre avec le mélange d'incrédulité et d'amusement que lui inspirait tout ce qui se rapportait à la Grande Fantasmagorie des flocons de neige. Il s'approcha de Rose et se tint sur les marches devant son compartiment.

– Voici Tiny, dit Jimmy. Il va t'accompagner.

Rose dévisagea Tiny. Il avait l'air d'un gangster, pas d'un bohémien comme le reste des hommes qui voyageaient avec elle. Elle attrapa la poche sur le devant de son veston et l'arracha d'un geste vif. Puis elle le décoiffa.

– Voilà, dit-elle.

Elle lui tendit un volume de poèmes de Baudelaire afin qu'il en prenne connaissance dans le train. Il lui fallait s'exercer à l'introspection s'il avait l'intention de se faire passer pour un clown tourmenté.

Tiny ouvrit le livre au hasard et lut :

« Un artiste n'est un artiste que grâce à son sens exquis du beau – sens qui lui procure des jouissances enivrantes, mais qui en même temps implique, enferme un sens également exquis de toute difformité et de toute disproportion. »

Son élocution était maladroite, les mots qui sortaient de sa bouche étaient guindés et rocailleux, comme ceux d'un dur à cuire.

– Très joli, dit Jimmy.

Quand Tiny fut monté dans le train, Jimmy et Rose éclatèrent de rire. Et à cet instant, Jimmy fut heureux que Rose quitte la ville. Les sentiments qu'il éprouvait pour elle l'effrayaient. Si elle restait plus longtemps à New York, il finirait par vouloir la voir tous les jours. Il finirait par être sous son emprise. Jimmy voyait ce que Rose avait fait avec Tiny. Elle avait fait de lui un clown.

Ils se regardèrent et clignèrent des yeux. Pendant une seconde, chacun imagina l'autre complètement nu. Puis ils clignèrent de nouveau des yeux et tous deux étaient complètement habillés. Et c'était fini.

Un caniche gris avec un bandage sur la tête, là où il avait perdu une oreille, s'approcha du train.

– Salut, Traître Nuage d'Orage, dit Rose.

Quand elle avait réussi à rassembler le courage nécessaire pour regarder dans l'arène du combat de chiens, elle avait vu que c'était le boxer qui était étendu par terre. Tristement assis dans le coin, le caniche était on ne peut plus vivant. Il levait à présent vers Rose des yeux pleins d'espoir, comme pour s'assurer qu'elle n'avait pas changé d'idée et qu'il était toujours du voyage.

– Il va falloir te rebaptiser Trix.

Rose fit un signe du menton à l'intention du chien, qui sauta à bord en remuant joyeusement la queue.

67

CARTES POSTALES D'UNE PENDAISON

McMahon avait commencé à boire à cinq heures cet après-midi-là. La dernière dose de whisky flottait dans son ventre comme une anguille. L'air était lourd, et le temps s'était ralenti. Il n'entendait plus ce qu'on lui disait. Pendant un instant, il crut qu'il allait s'évanouir. Il s'attendait à apprendre que Rose avait été abattue, et cela le rendait nerveux. Il décida qu'il ferait mieux de rentrer pour guetter la nouvelle chez lui. Nul n'aurait pu dire comment il allait réagir, et il n'aimait pas que les autres hommes soient témoins de ses émotions.

Il sortit dans la rue et fit signe à son chauffeur. Tandis que la voiture se dirigeait vers Westmount, les lumières du centre-ville se dissolvaient derrière lui.

On aurait dit qu'il quittait la Voie lactée. Il sortit de la voiture et dit au chauffeur qu'il pouvait rentrer pour la soirée. Il resta devant la maison un moment à regarder les flocons de neige tomber, comme des confettis sur le plancher d'une salle de bal.

Il savait que la grande maison serait vide. Ses enfants étaient partis vivre chez les parents de sa femme. Les serviteurs seraient rentrés chez eux. Il n'aimait plus avoir des gens à la maison en permanence.

Le train de Rose s'immobilisa dans le Vieux-Montréal. Le voyage de retour avait été nettement plus long que l'aller. Elle était restée seule dans son compartiment, à regarder par la fenêtre. Elle se sentait perdue et terrifiée à l'idée de laisser Pierrot à New York. Chaque kilomètre paraissait interminable.

Quand la troupe descendit du train, les clowns et les danseuses attachèrent le dernier bouton de leurs manteaux et nouèrent leurs écharpes. Il faisait beaucoup plus froid. On oubliait toujours combien Montréal était glacial jusqu'au moment de l'arrivée. Tout le monde ne cessait de s'exclamer comme la ville semblait minuscule après New York. On aurait dit une rangée de maisons de poupée !

Elle rentra à pied à l'hôtel Valentin, le chien gris caracolant derrière elle. La rue était plus belle que dans son souvenir. Elle remarqua avec affection les détails à l'extérieur de l'hôtel. Il lui appartenait.

Quand McMahon ouvrit la porte de sa demeure, il fut frappé par son étrangeté. Il y faisait si noir et si calme qu'il avait l'impression d'être dans son cercueil. L'obscurité des maisons de Westmount était capiteuse, comme du velours. Il ne faisait jamais aussi sombre dans celles du centre-ville, où les lumières de la rue filtraient toujours et où l'on entendait toujours le bruit des voitures et des passants. À cause des réverbères, on pouvait toujours voir le corps nu de la personne avec qui on couchait. Personne ne pouvait s'approcher de vous à votre insu dans le noir.

Quand Rose entra dans le hall de l'hôtel Valentin, la vieille femme de la réception la salua, mais elle n'avait aucune idée que Rose était maintenant propriétaire des lieux. Elle déposa sa valise près d'elle. La moquette ne s'enfonçait pas sous le pied comme à l'hôtel Romeo. Elle s'était élimée et était devenue aussi dure que le plancher, ses motifs camouflés par la crasse. Rose se laissa pénétrer par l'atmosphère de la pièce.

Tout ce qui s'y trouvait lui appartenait. Elle avait l'impression d'être chez elle d'une nouvelle façon et en concevait de la fierté. Le papier peint lui racontait une vieille histoire pour enfants. Un faune en fer était sculpté sur la grille du foyer.

Elle remarqua que des ressorts pointaient hors du canapé en velours doré. Autrefois, elle était capable d'ignorer les objets brisés, mais désormais, ils constituaient un problème lui appartenant. Cela lui plaisait. Elle se sentait responsable de ces objets. Elle savait exactement à quoi devrait ressembler cet hôtel. Il y avait au plafond de l'entrée une fresque encroûtée et assombrie. Mais si quelqu'un grimpait à une échelle armé d'un seau d'eau savonneuse et d'une éponge, les étoiles et les planètes réapparaîtraient et se remettraient à briller.

McMahon ouvrit le placard du couloir pour suspendre son manteau. Surpris, il fit un bond en arrière. Là, au fond du placard, était tapie Rose, jouant à cache-cache avec les enfants, les mains sur les yeux tandis qu'elle comptait jusqu'à dix. Sauf qu'il s'aperçut, bien sûr, que ce n'était qu'une couverture pliée qui était tombée de l'étagère.

Il alla jusqu'à l'escalier menant aux chambres. De nouveau, Rose était là. Elle portait un tricorne et une veste de smoking, une fine moustache tracée sous le nez. Elle s'en allait au bal masqué avec les enfants, sans doute. Il monta les marches en vitesse, sachant que c'était trop beau pour être vrai, et se rendit compte que c'était un portemanteau.

Il regarda l'escalier menant au troisième étage. Une mince volute de fumée s'échappait du trou de la serrure de la nursery.

En tournant dans la cage d'escalier, Rose s'arrêta subitement. McMahon était là, au sommet des marches, juste passé la courbe. Il était venu la tuer. Il était venu la remettre à sa place. Elle faillit laisser tomber sa valise, mais se rendit compte que ce n'était pas McMahon du tout. C'était le rideau de la fenêtre du couloir qui se gonflait sous l'effet de la brise. Elle monta au deuxième étage. L'ampoule avait brûlé au bout du couloir menant à sa chambre. Une ombre noire flottait près de la porte.

Il lui vint à l'esprit que Jimmy l'avait peut-être trahie. Comment savait-elle que tout ceci lui appartenait ? Peut-être avait-il divulgué son plan à McMahon. Peut-être avait-il autorisé McMahon à la tuer. McMahon était encore en vie. Peut-être Tiny avait-il été dépêché à bord du train pour l'assassiner. Elle n'avait pas vu où il était parti après leur arrivée à Montréal.

Tandis qu'elle approchait de sa chambre, ses yeux s'habituèrent à la pénombre et elle vit qu'il n'y avait rien dans le noir. Debout devant la porte, elle entendit quelque chose tomber par terre.

McMahon ouvrit la porte de la nursery très lentement, délicatement. Il croyait qu'il aurait une vision d'elle à l'intérieur. Il était sûr qu'il la verrait. Elle aurait de nouveau dix-huit ans. Elle n'aurait personne d'autre que lui. Elle serait vierge. Avec une pomme en équilibre sur la tête. L'attendant. Le désirant de nouveau.

– Rose, murmura-t-il.

Le carlin, qui avait l'allure d'un mégot de cigare, arpentait gauchement la maison sur la pointe des pattes.

Rose ouvrit la porte de sa chambre. Elle croyait qu'il serait là, assis sur une chaise, l'attendant.

– Mac ? chuchota-t-elle.

Le caniche regarda prudemment à l'intérieur de la chambre, comme s'il rentrait tard et ne voulait déranger personne.

Un coup de feu retentit.

Aux deux bouts de la ville, McMahon et Rose portèrent les mains à leur cœur. Chacun avait pris des dispositions pour faire tuer l'autre. Qui avait tué qui ? Aucun des deux ne semblait le savoir. Ce genre de geste entraîne la chute à la fois de la victime et de l'agresseur. Ils fermèrent les paupières tous les deux.

Rose ouvrit les paupières. Elle avait la nausée. Elle aurait pu jurer qu'à ce moment précis une balle l'avait pénétrée. Elle baissa les yeux, cherchant la plaie.

Elle ne ressentait rien. Elle voulait sentir l'impact de la balle. Elle avait besoin de sentir le trou qu'elle avait foré dans sa peau. Elle voulait éprouver la gravité et la réalité de ce qu'elle venait de faire. Elle voulait que la balle la tue elle aussi.

Mais elle savait que la balle ne l'avait pas tuée. Elle mettrait longtemps à comprendre comment elle avait pu faire quelque chose d'aussi terrible.

McMahon ouvrit les yeux pour la dernière fois. Gisant sur le sol, la dernière pensée qu'il eut fut : Merci, mon Dieu. Merci, mon Dieu, j'ai eu de l'importance pour cette fille adorable. Et il leva les yeux au ciel et espéra, probablement en vain, qu'il y monterait. Et puis il ne vit plus jamais rien.

Le caniche aboya après le rat, sur l'étagère, qui avait fait tomber le vase. Le rongeur se dépêcha de rentrer dans la lézarde par laquelle il était sorti.

Rose ferma la porte derrière elle. Comment se faisait-il qu'elle ait abandonné tous les hommes de sa vie ? Elle éprouvait la grandeur qu'il y a à être responsable de soi. Elle était indépendante, et ses actions avaient d'énormes conséquences. Ce qu'elle faisait avait de l'importance. Il lui fallait continuer son chemin.

Le motif de fleurs rouges sur la moquette se répandait autour d'elle comme une flaque de sang.

68

BALLADE POUR LA LUNE EN *DO* MINEUR

Quelques mois plus tard, Rose fit livrer une valise rose remplie d'argent à Pierrot, à l'hôtel Forget-Me-Not. Il lui semblait qu'il l'avait mérité, après tout. Rose traitait dorénavant tout dans sa vie comme si c'était une question d'affaires. Pierrot lui avait fourni une aide inestimable pour sa revue théâtrale, il avait donc droit à sa part des recettes.

Pierrot posa la valise sur le lit. Le couvre-lit avait un motif de feuilles d'automne orange et brunes et de petits fruits rouges qui lui rappelèrent un livre pour enfants, *Babes in the Wood*, dans lequel deux enfants étaient abandonnés au milieu d'une forêt. Il ouvrit la valise et regarda l'argent. Il n'avait jamais vu une somme pareille. Il n'avait jamais vraiment vu d'argent, puisque c'était Rose, et avant elle Poppy, et avant elle Irving, qui s'étaient toujours occupés des finances. Il préférait qu'il en soit ainsi. Il s'assit au bord du matelas, l'argent à côté de lui, et s'imagina avec Rose abandonné au milieu de la forêt. Ça semblait être le sort des orphelins dans les contes de fées. Il aurait voulu s'étendre sur la courtepointe pour imaginer la stridulation des criquets et le chant des oiseaux.

Mais l'argent disait : « Dépense-moi, dépense-moi, dépense-moi. » C'est ce que voulait l'argent : être dépensé. Et il voulait vraiment être dépensé en objets de luxe. Il éprouvait son plus grand frisson quand il était parié. Il voulait changer de mains. Il voulait se retrouver à la piste de course. Il voulait être jeté au milieu de la table d'un casino. L'argent est masochiste.

Pierrot se demanda si Rose avait l'intention de le tuer en lui envoyant cet argent. Mais pour cela, il aurait fallu qu'elle ne se fiche pas de lui. Sous l'argent se trouvait leur photo de mariage.

Pierrot se claquemura dans sa minuscule chambre d'hôtel aux murs blanc cassé terne. Il accrocha la photo de mariage à un clou au mur pour avoir quelque chose à regarder quand il serait couché dans son lit. Il n'avait pas l'intention d'essayer de combattre sa dépendance. Il se réveillait le matin et se shootait. De temps en temps, il s'aventurait dehors, à la recherche de contact humain. Les femmes ne s'approchaient pas de lui. Parfois, quand il croisait une femme, il tendait les bras vers elle. Elle reculait et se dépêchait de s'éloigner. Ce n'était pas qu'il voulait les toucher, mais simplement tendre les bras vers quelqu'un. Cette tendresse lui manquait.

Il vécut à l'hôtel pendant presque un an. Quand il eut épuisé l'argent, il ne fut pas du tout étonné. En fait, il fut étonné d'avoir tenu si longtemps et d'être encore en vie.

Il s'assit dans un *diner*, essaya de manger des œufs. Il ne comprenait pas trop comment il s'était retrouvé assis à cette table devant une assiette d'œufs. Il ne savait pas comment on pouvait manger. Il n'avait pas l'ambition de manger quoi que ce soit d'autre.

Il avait perdu du poids. Il avait toujours été mince, mais jamais si maigre. Son costume taillé sur mesure qui, peu importe sa situation financière, lui avait toujours donné l'air d'un dandy, semblait maintenant trop grand et bâillait sur son corps. Il avait perdu son charme magique. Ou, à tout le moins, c'était ce qu'il essayait de se dire pour se donner une raison d'échanger le costume chez le prêteur sur gages de la Huitième Avenue.

La propriétaire, une vieille femme aux cheveux blancs avec des lunettes retenues par une chaîne de fausses perles, lui donna suffisamment d'argent pour se shooter quelques jours. Elle lui donna aussi un habit pour qu'il se change. C'était un costume noir. Très ajusté, il n'avait pas trouvé preneur. Mais il seyait à Pierrot. Même s'il ne put s'empêcher de remarquer, en se regardant dans son miroir ovale, qu'il avait l'air de se préparer pour ses funérailles.

Il se réveilla au matin, trois jours plus tard. Ce costume était-il réellement sa dernière possession ? De quel autre effet pouvait-il dire qu'il lui appartenait, à lui et à personne d'autre ? Qu'avait-il le droit de vendre encore ?

Il traversa la rue pour gagner la bibliothèque. Une fille était endormie dans l'une des cabines téléphoniques, Blanche-Neige attendant le baiser. Il ouvrit la porte de la cabine voisine et s'assit sur le banc en bois. Il demanda à la standardiste le numéro de n'importe quel studio d'enregistrement. L'appareil goba la pièce rapidement, comme un chien qui avale une friandise tout rond. Il entendait le nickel se faire digérer par le téléphone. L'homme à l'autre bout du fil avait entendu parler de la Grande Fantasmagorie des flocons de neige. Il se rappelait la mélodie de la fin du spectacle. Il dit qu'il était effectivement intéressé.

– C'était la meilleure partie du spectacle. Je veux dire, c'est l'aspect du spectacle qui va survivre. Comment se fait-il que vous ne l'ayez jamais enregistrée ?

– Ça m'inquiétait d'enregistrer ma musique. Parce que je pensais qu'en entendant mes mélodies, d'autres personnes les voleraient et s'en attribueraient le mérite. Je m'imaginais qu'elles auraient pu étudier mon jeu et comprendre comment jouer comme moi. Et alors j'aurais cessé d'être unique. Mais ce n'est que la peur qui me donne des raisons ridicules. Je n'ai pas le droit de garder une bonne mélodie pour moi seul. Je dois la laisser aller dans le monde. Elle veut avoir sa propre vie dans le cœur des autres.

Pierrot se tut un moment.

– Et puis, il me faut de quoi me shooter.

– Je vais vous payer d'avance pour que vous n'ayez pas besoin d'attendre des droits d'auteur ou un truc du genre.

L'homme dit qu'il adorerait enregistrer la mélodie sur disque. Il demanda à Pierrot d'apporter une photo de lui.

Pierrot n'avait que le portrait de Rose et lui, cloué au mur. Il se sentait plutôt triste en le détachant, mais, en même temps, il était plein de fierté ce matin-là, pour la première fois depuis des mois. Parce qu'il s'était rappelé deux choses. Qu'il avait jadis été marié à une très belle femme et qu'il avait composé cet air que le monde entier semblait aimer.

Le studio se trouvait dans un immeuble étroit, coincé entre une église et un grand magasin, comme un passager maigre dans un bus à l'heure de pointe. L'homme qui avait parlé à Pierrot au téléphone vint le retrouver dans le hall, et ils prirent l'ascenseur jusqu'au neuvième étage. Dans le studio, un grand micro était suspendu à une tige au-dessus du piano. Les planchers étaient en bois. Pierrot regarda les techniciens de l'autre côté de la vitre. Il y avait tant de leviers et de boutons qu'on aurait dit une ville vue d'en haut.

Il attaqua la mélodie, qu'il n'avait pas jouée depuis un certain temps. À sa grande surprise, l'air était un peu différent de ce qu'il était autrefois. Pendant que Pierrot sombrait dans l'oubli, la mélodie avait continué à travailler sur elle-même. Elle devait se lever le matin, s'habiller et vaquer à ses occupations. Et c'est ainsi que Pierrot écoutait l'air qu'il jouait plutôt que de l'interpréter. Une œuvre d'art, quand elle est valable et complète, existe indépendamment de son créateur. Elle est même indignée – elle refuse d'avoir un auteur.

Tous les enfants sont en réalité orphelins. Au fin fond de soi, l'enfant n'a rien à voir avec ses parents, son milieu, son nom de famille, son genre, le métier de sa famille. C'est une personne toute neuve, née avec le seul héritage que reçoivent tous les individus en ouvrant les yeux en ce monde : le droit inaliénable d'être libre.

La mélodie était une pure merveille.

Quand Pierrot eut fini l'enregistrement, il sut qu'il avait réussi à en capter l'essence. Il avait achevé la mélodie fuyante. Ce simple petit numéro était l'œuvre de sa vie. Il n'avait pas le courage de passer les douze prochaines années de son existence à travailler à quinze minutes de plus. Certains grands musiciens étaient capables de produire d'extraordinaires œuvres de longue haleine, mais il ne possédait pas cette ténacité ou cette intelligence. Contrairement à lui, ces musiciens avaient été élevés pour accomplir de grandes choses. Les artistes pauvres ne pouvaient supporter leur propre génie très longtemps.

Il signa le premier contrat qu'on posa devant lui, sans prendre la peine de négocier. Il savait qu'il lui fallait le faire rapidement, sous le coup de l'impulsion, sans quoi le courage lui manquerait.

Un écureuil agrippé à une noisette comme à un petit bongo se tenait sur une branche à l'extérieur du studio d'enregistrement, jetant des regards inquiets autour de lui.

Quand Pierrot sortit dans la rue éblouissante, il était un être complètement différent. Il marchait, mais savait que son histoire était finie. L'histoire de sa vie était écrite, et il était en train de vivre dans les pages blanches en trop à la fin du livre. Il y avait un début, un milieu et une fin à sa vie.

Au coin de la rue, Pierrot remarqua un étrange petit garçon. L'enfant avait plié un journal pour en faire un bicorne, dont il s'était coiffé. Il leva les yeux vers Pierrot en fronçant les sourcils. Pierrot savait ce que disait le journal. La guerre semblait de plus en plus probable. Le monde n'avait plus besoin du genre de tristesse que possédait Pierrot. Non, le monde était un endroit violent, en proie à une folie que Pierrot n'avait aucun moyen d'exprimer. Il ne voulait plus lire le journal ou écouter la radio. Il ne voulait pas être un adulte. Certains êtres n'y entendent rien.

69

JUNKIE INCONNU, VILLE DE NEW YORK

La partition que Pierrot avait vendue à New York fut enregistrée et connut un énorme succès. On en fit un disque intitulé *La Ballade pour la lune*, et dans toute l'Amérique du Nord des enfants la jouaient. Ils demandaient la chanson pour leur anniversaire et recevaient le disque emballé dans du papier vert, rose ou bleu. En le déballant, ils découvraient la photo de jeunes mariés sur la pochette. Les enfants étaient stupéfaits d'avoir reçu le cadeau qu'ils voulaient. Ils avaient l'habitude de ne recevoir aucun présent. Ils ne savaient pas que les temps durs étaient finis. Mais ils remarquaient que, petit à petit, les choses commençaient à changer dans leur vie. Quand ils enfilaient leurs chaussettes, leurs orteils ne pointaient plus par des trous. Lorsqu'ils allaient se coucher le soir, ils remarquaient que leur ventre ne gargouillait plus. En ouvrant leur panier-repas du midi, ils y découvraient un biscuit. Ils ne pouvaient plus sentir les côtes de leur chat lorsqu'ils le soulevaient. Quand ils se réveillaient le matin, il n'y avait plus de petits nuages blancs qui s'élevaient de leur bouche.

Leurs mères avaient le rose aux joues. Elles se confectionnaient des robes plus élégantes. Elles rentraient à la maison avec des provisions, préparaient des repas dignes de ce nom et chantaient en faisant cuire les tomates. Le café était plus crémeux. Il y avait du dessert plusieurs soirs par semaine. Des petits gâteaux et des parts de tarte dans des petites assiettes apparaissaient comme des contes de fées sur les tables de cuisine.

La Grande Dépression était finie. Les enfants associaient la chanson de Pierrot à la fin des épreuves.

Pour ce qu'ils en savaient, c'était peut-être la chanson elle-même qui avait entraîné ces temps plus cléments. Ils s'étaient mis à l'entendre à la radio, et puis toutes sortes de choses intéressantes avaient commencé à se produire. Plus la chanson de Pierrot était jouée à la radio, mieux les choses allaient.

Pour sa part, Pierrot accordait très peu d'attention au succès de sa chanson. Il n'avait aucun moyen d'en suivre le destin, puisqu'il ne recevait pas de droits d'auteur. Un jour, il n'eut plus que deux dollars à lui. Comme il en devait cinq à son dealer habituel, il ne pouvait aller le voir. Il se rendit donc à l'arrière d'un immeuble dont lui avait parlé un autre junkie. Il sonna à la porte, et un homme sortit dans la ruelle pour le rejoindre.

– Tu as de la chance. Je viens de recevoir de la dope de Montréal. C'est la meilleure que j'aie jamais goûtée. Tu ne voudras plus toucher autre chose, crois-moi.

– Montréal, dit Pierrot tristement, comme si ce n'était plus pour lui qu'un endroit mythique.

Il prit une chambre à l'hôtel Lonely Hearts. Les lattes du plancher avaient été peintes en vert et il y avait des cygnes sur le papier peint. Il se dit que c'était bon signe.

Il se shoota l'héroïne de Montréal. Il eut cette impression qu'on éprouve quand tout est silencieux juste avant qu'il se mette à neiger, et qui rappelle ce moment où, enfant, tapi sous les couvertures, on apprend qu'il n'y aura pas école parce qu'il neige trop fort. Les rues sont vides, mais on peut entendre un rire quelque part dans le lointain. On peut entendre les cloches de l'église sonner avec une clarté pure, douce et parfaite.

Il s'injecta d'un coup le reste de l'héroïne dans le bras. Il regarda les cygnes sur le papier peint, attendant qu'ils se mettent à bouger, mais ils restèrent immobiles. C'était fini. Cette chambre d'hôtel était sa dernière chambre. Comme c'était bizarre. Il ne serait jamais vieux.

Quand on dit que votre vie défile sous vos yeux, ce qu'on veut dire, c'est que vous pouvez choisir n'importe quel moment de votre passé – et presque tout le monde veut retourner au temps de son enfance. Pierrot choisit un souvenir de Rose. Elle était là, un bandeau sur les yeux, tandis qu'ils jouaient à cache-cache. Pierrot ne s'était pas caché. Il marchait d'un pas lourd et respirait bruyamment, s'efforçant de se mettre en travers du chemin de Rose, simplement pour qu'elle tende les bras et le touche. Dans ce souvenir, ses mains étaient de plus en plus proches de lui.

Rose ne l'atteignait pas. Un profond sentiment de solitude l'envahit. Il songea qu'il avait vécu une vie merveilleuse.

Au moment de sa mort, Pierrot était mondialement connu. Quand la femme de chambre qui le découvrit comprit de qui il s'agissait, elle poussa un cri. Les femmes de chambre, dans leur uniforme noir, leur coiffe semblable à une marguerite blanche, se massèrent dans la pièce, debout autour de son cadavre.

70

LE CORTÈGE FUNÈBRE

Rose dévisageait le petit garçon debout devant la porte de sa chambre d'hôtel, la lèvre inférieure renflée. Il était tôt, et elle était en robe de chambre, les oiseaux brodés sur la soie déployant leurs ailes au gré de ses mouvements. Elle n'avait aucune idée de la raison pour laquelle un livreur se tenait avec sa pile de journaux devant sa porte. Rose était connue pour sa générosité à l'endroit des mères célibataires quand celles-ci lui demandaient son aide ; il était peut-être là pour mendier.

– Qu'est-ce que tu veux ?

– Vous êtes la dernière de ma tournée, mais j'ai décidé de venir chez vous en premier.

– Et pourquoi ?

– Il y a une nouvelle qui vous concerne, m'dame.

Rose sortit une pièce de sa poche. Le gamin tendit la main. Rose laissa tomber la pièce dans la paume du garçon. Il regarda la pièce, l'empocha, lui donna le journal et dit :

– Je suis vraiment désolé, m'dame.

Et puis il tourna les talons et détala, avec sa pile de journaux, et sortit de l'immeuble.

Le cri de Rose réveilla tout le voisinage.

Rue Saint-Dominique, une enfant dans un immeuble de la ruelle de l'autre côté de la rue s'assit dans son lit, certaine d'avoir entendu quelqu'un pousser un terrible cri de douleur. Mais quand elle alla voir ses parents et secoua l'orteil de sa mère endormie, ils lui dirent de retourner se coucher.

Le corps de Pierrot fut rapatrié à Montréal pour y être enterré dans le cimetière au sommet de la colline qui trônait au milieu de la ville. Les funérailles eurent lieu dans la minuscule église où Pierrot et Rose allaient chercher de la soupe gratis pendant la Dépression, et où ils s'étaient mariés. Les nuages semblaient lourds ce jour-là, comme une femme enceinte flottant dans une piscine. Aucun membre de la famille de Pierrot n'était présent. Il en avait pourtant sans doute un peu partout en ville. Il avait des cousins, des tantes et des grands-parents. Il n'était pas tombé du ciel. Mais personne n'avait pu retrouver ses proches. L'hôpital de la Miséricorde avait pris toutes les précautions nécessaires vingt-cinq ans plus tôt. Tout ce qu'on savait, c'est qu'il y avait eu jadis une fille du nom d'Ignorance qui n'obéissait pas aux règles, qui était à mille lieues d'être une sainte, et qui avait fait des bêtises avec son cousin.

L'église était donc plutôt remplie des clowns qui étaient les plus proches de Pierrot. Et, bien sûr, Rose prenait place sur le premier banc, un voile devant le visage, incapable de prononcer un mot. Elle avait pleuré pendant trois jours.

Des centaines de roses rouges recouvraient le cercueil de Pierrot quand six clowns larges d'épaules le portèrent pour descendre l'escalier. Suivant le cercueil, Rose descendit les étroites marches de pierre de l'église. Aux yeux de ceux qui observaient dehors, à la porte de l'église, elle sembla avoir vieilli de dix ans.

Par la suite, elle raconterait toujours que ses cheveux s'étaient mis à blanchir ce jour-là – après, les gens avaient du mal à dire son âge, parce que sa peau et ses yeux avaient un éclat malicieux et juvénile, alors que ses cheveux étaient blancs.

Fabio était à son côté, mais on n'aurait jamais pu deviner qu'il avait été clown. Il avait l'air d'un homme d'affaires gras et sérieux. On n'aurait jamais pu se douter qu'il avait été un artiste, car il ne trahissait pas la moindre émotion. C'était le genre de personne qu'on avait même du mal à imaginer enfant. Occasionnellement, dans des situations très stressantes, il lui arrivait d'enlever son chapeau et de s'essuyer le front, après quoi il remettait son couvre-chef. C'est exactement ce qu'il fit ce jour-là, après être sorti de l'église et avoir vu ce qui se passait à l'intérieur.

Les rues étaient bondées de toutes sortes de gens venus présenter leurs hommages. On entendait klaxonner dans le lointain. Les foules emplissaient les rues sur plusieurs pâtés de maisons, bloquant la circulation. Des gens se tenaient debout sur les seuils pour apercevoir le cercueil, d'autres étaient perchés sur les toits. On aurait dit que les gargouilles avaient pris vie.

Il y avait des adultes de tous les milieux. Certains étaient venus des quartiers riches dans leurs manteaux de fourrure, d'autres des quartiers les plus misérables, dans leurs hardes usées jusqu'à la corde. Des gens de toutes les classes sociales avaient été touchés par Pierrot.

Il y avait des tas de petits enfants, à qui leurs parents avaient permis d'enfiler leurs vêtements du dimanche pour assister aux funérailles. Certains tenaient à la main une fleur, qu'ils avaient arrachée à leur jardin ou supplié le fleuriste de leur donner. Ils suivaient les clowns. Beaucoup pleuraient tout haut la mort de leur héros.

Un peu partout dans la foule, il y avait des jeunes gens en uniforme militaire. Le Canada avait déclaré la guerre à l'Allemagne cette semaine-là. Avant de partir outre-mer, ils voulaient présenter leurs hommages à Pierrot. On aurait dit qu'ils donnaient un baiser d'adieu à leur merveilleuse enfance montréalaise, sans le sou, généreuse, imprévisible. Ils l'enterraient avec Pierrot. Nombre d'entre eux, comme lui, ne seraient jamais assez vieux pour comprendre qu'on ne peut que passer d'une épreuve à une autre. Et que le mieux qu'on soit en droit d'espérer de la vie, c'est une fabuleuse dépression.

On chargea le cercueil sur le corbillard. Les clowns grimpèrent dans la limousine garée derrière. Aucun n'était costumé. Ils étaient vêtus de noir. Mais chacun semblait, par un petit détail, trahir son état de clown. L'un avait à la boutonnière un œillet de tissu qui vous faisait gicler de l'eau au visage. Un autre avait un petit chihuahua tremblant dans sa poche intérieure. Un troisième, des chaussures noires qui, bien que récemment cirées, étaient au moins six tailles trop grandes pour lui et rebiquaient aux orteils.

Un bouledogue noir et trapu se dandinant derrière un clown sauta dans la limousine. Mais avant d'y bondir, il se retourna pour regarder la foule. Il avait un rond blanc autour de l'œil droit, comme la boule numéro huit au billard.

Le cortège funèbre avança lentement dans la rue. Les clowns se fichaient bien de bloquer la circulation. Quand les limousines s'ébranlèrent poussivement entre les badauds, rue Sainte-Catherine, une femme assise sur le trottoir sortit un accordéon et joua la mélodie de Pierrot, et tout le monde en fut réjoui. La musique avivait leurs sentiments et les exacerbait, comme les épices rehaussent la saveur de la viande. Et Pierrot, qui était terrifié par les sentiments qu'éveillait chez lui l'accordéon, semblait maintenant s'en accommoder. Et les gens dans la foule étaient peinés et affligés par la mort de Pierrot, mais ils étaient aussi reconnaissants qu'il ait traversé leur vie. Il était originaire de Montréal, et il avait prouvé qu'ils avaient tous de la beauté et de l'art à l'intérieur d'eux, au même titre que n'importe quelle personne sur la planète. Ils étaient heureux de la place exacte qu'ils occupaient dans l'univers.

Tous les enfants de la ville mirent des bougies à leurs fenêtres, ce soir-là. La Voie lactée devint, pour un soir, une petite île du fleuve Saint-Laurent.

71

CHAPITRE DERNIER

C'était la fin de l'après-midi, et Rose marchait dans la rue. Elle portait une longue robe droite bleu marine faite de différentes épaisseurs de dentelles superposées – on aurait dit un immeuble de plusieurs étages. Une énorme broche blanche était attachée sur le côté de sa tête.

Elle revenait d'une audition pour le théâtre Rose, un frère et une sœur qui se partageaient un numéro. Le gamin de dix-huit ans jouait du ukulélé avec une étrange solennité.

La sœur chantait une lettre à un amoureux parti outre-mer. Elle avait une voix grinçante, légèrement fausse, absurdement confiante. Seul un numéro aussi maladroit que celui-là pouvait exprimer les événements tragiques qui s'étaient produits en Europe, aussi Rose les avait-elle engagés sur-le-champ.

Ils s'étaient jetés dans les bras l'un de l'autre en sanglotant quand Rose leur avait offert du travail. Au cours des trois années qui s'étaient écoulées depuis son retour à Montréal, elle avait transformé ses clubs et ses hôtels en entreprises florissantes et lucratives. Sa plus belle réussite était le cabaret du coin, le théâtre Rose, construit sur les vestiges d'une ancienne salle de danse. Le bâtiment lui-même était superbe, mais les numéros qu'elle y présentait étaient extraordinaires, partout considérés comme les meilleurs en ville. Personne ne comprenait jamais tout à fait comment elle s'y prenait pour les dénicher. Il y avait toujours une queue qui faisait le tour du pâté de maisons.

L'atmosphère avait aussi un parfum romantique. C'était l'endroit où aller pour un premier rendez-vous. Il n'était pas rare qu'on y fasse des demandes en mariage.

Rose s'arrêta pour bavarder avec quatre jeunes filles assises sur un banc. Elles n'étaient pas plus jolies que les autres. Ce qu'elles avaient de plus beau était leurs dix-neuf ans. Mais il y a toujours quelque chose d'éternellement adorable dans le fait d'être une fille. Elles avaient coiffé leurs chevelures en vagues au sommet de leurs têtes à l'aide d'épingles. Deux d'entre elles feuilletaient une revue ensemble. Une autre, vêtue d'un trench beige et de chaussettes beiges, mangeait des frites à même un sac en papier en regardant droit devant elle. On n'aurait pu deviner que c'étaient des prostituées, n'eût été le fait que celle du bout, qui portait une légère robe en coton bleu aux manches bouffantes, avait du mal à garder les yeux ouverts et ne cessait de dodeliner de la tête.

La vie nocturne avait explosé dans les années 1940, avec tous ces marins et ces navires accostant à Montréal avant d'appareiller pour l'Europe. La ville devint célèbre pour ses jolies filles qu'on pouvait baiser pour pas cher. Mais Rose refusait de faire un sou sur le dos d'une malheureuse. Elle n'avait jamais exploité de bordels et n'en permettait aucun entre ses murs. Dans ses clubs, il n'y avait jamais de porte arrière menant à un claque de l'autre côté de la ruelle. Elle n'avait jamais permis aux proxénètes de s'en prendre aux jeunes filles dans ses cabarets.

Bien sûr, tout cela se produisait néanmoins, en dépit de Rose, mais elle refusait d'y collaborer. Elle ne pouvait rien faire au sujet de l'héroïne non plus. Les gens en consommaient quand la réalité était profondément différente de leurs rêves. Il y aurait donc toujours des junkies, comme l'adorable fille qui hochait la tête au bout du banc. Et la filière de drogue entre New York et Montréal ne cessait de gagner en importance. Rose payait aux gangsters l'impôt qu'ils réclamaient de tous les commerces du quartier du Red Light, parce qu'elle voulait être psychologiquement libérée d'eux. Ou faire une sorte de pénitence. Dans tous les cas, elle se tenait aussi loin que possible de cette engeance.

Rose tendit sa carte de visite à la fille qui mangeait des frites et lui dit que si elle avait besoin d'aide, qu'elle n'hésite pas à passer à l'hôtel Valentin. Car, même si elle ne pouvait mettre un terme à l'économie de la pauvreté, elle encourageait les femmes qui se trouvaient en fâcheuse posture ou traversaient une passe difficile à venir à son bureau pour y solliciter ses conseils ou sa gouverne. Souvent, elle leur dégotait du travail dans ses clubs ou ses hôtels, ou bien parlait en leur nom à d'autres propriétaires. Elle réglait leurs factures médicales sans poser de questions, et payait leurs frais de scolarité quand elles s'inscrivaient à des cours. Elle était d'avis que toutes les filles devraient être indépendantes et avoir de l'argent dans leur sac à main. Elle n'avait pas peur de tenir tête à un mari ou à un proxénète violent.

Elle était de ces êtres rares qui donnent sans rien espérer en retour. De nombreuses filles louaient des chambres dans son hôtel Sweetheart, exclusivement réservé aux femmes seules. Les éclats de rire qui se déversaient des fenêtres pendant l'été étaient l'un des plus beaux sons du monde. On aurait dit les percussions d'un orchestre d'enfants, au sein duquel un musicien frappait le triangle de la façon la plus charmante à l'aide d'une baguette en métal.

Après avoir parlé aux filles, Rose entra dans le hall de l'hôtel Valentin. Complètement rénové et transformé, c'était maintenant un lieu où convergeaient artistes et bohèmes. Assis aux tables, des poètes essayaient de mettre en mots des choses qui leur échappaient à eux-mêmes. Les murs étaient couverts du sol au plafond de peintures abstraites apportées par des artistes. Au-dessus du foyer était accrochée une grande toile composée de carrés massifs noirs et blancs. Elle rappelait à Rose la cour devant l'orphelinat, et l'océan de neige qui le séparait de la ville.

Tout le monde savait où la trouver. Elle avait un horaire auquel elle se conformait. Son bureau, au deuxième étage de l'hôtel Valentin, était jonché de livres de comptes et de reçus. Elle mettait souvent à l'affiche des numéros venant de l'extérieur de la ville aussi bien que des artistes locaux. On savait qu'elle aimait parler au téléphone.

Elle entrait en contact avec beaucoup de gens pendant la journée, mais personne ne pouvait prétendre être proche d'elle. Ceux qui ont le cœur irrémédiablement brisé se reconnaissent à leur attitude distante, secrète. Rose avait quelque chose d'impénétrable. Il y avait en elle une porte qu'elle avait fermée, et que nul ne pouvait franchir.

Des rumeurs voulaient que Rose ait été celle qui avait fait tuer McMahon. Plutôt que de la rendre antipathique, cela lui donnait une allure profondément romantique, merveilleusement étrange et intouchable, et lui conférait une aura de respect. C'était une femme qui avait fait ce qu'il fallait pour être libre. Les hommes découvraient qu'ils n'avaient aucun mal à traiter avec elle comme avec une égale. Ceux qui l'avaient ridiculisée à l'époque où elle fréquentait McMahon se rendaient compte qu'ils avaient changé d'avis à son sujet.

On parlait aussi de son passé d'artiste. Les clowns de la Grande Fantasmagorie des flocons de neige racontaient le fabuleux spectacle qu'elle avait dirigé et dans lequel elle tenait la vedette, et qui avait conquis les foules américaines. Mais personne à Montréal ne put jamais voir une production mise en scène par Rose. Malgré le succès de son premier spectacle, elle n'en réalisa jamais d'autres. Et elle ne monta plus jamais sur les planches, à quelque titre que ce soit. En fait, elle ne sortait même pas pour danser. Elle ne tenait plus jamais un œuf en équilibre sur son nez. Elle était trop vieille et trop digne pour faire la roue. S'il y avait une marionnette posée sur une chaise, jamais elle ne s'en emparait pour lui prêter vie.

Elle retourna à son bureau. C'était la fin de la journée. Elle passa quelques instants perdue dans ses pensées. C'était son heure préférée, près de la fin du jour, quand elle réfléchissait au contrôle qu'elle exerçait maintenant sur le temps. Dans un cadre derrière elle se trouvait un bout de papier plissé et taché qui portait l'esquisse originale de sa vie entière, tracée par une main d'enfant. Sa possession la plus précieuse. C'était le début de son entreprise.

Elle alluma une cigarette et écouta la conversation de Fabio et Tiny derrière la porte. Tiny n'était jamais retourné à New York. Il avait pris goût à l'hôtel Valentin et aux hivers montréalais. Elle avait besoin de lui quand les marins perdaient les pédales ou qu'un mac se pointait à la recherche d'une fille. Il était devenu de plus en plus bohème et était récemment tombé amoureux d'une danseuse, qui lui donnait du fil à retordre.

– Jeudi dernier, elle m'a dit qu'elle attendait un homme comme moi depuis qu'elle avait cinq ans, racontait Tiny. Elle disait que ça serait une tragédie qu'on ne finisse pas ensemble. Et puis je suis allé la voir mercredi, et elle m'a dit : « Va-t'en, j'étouffe rien qu'à te regarder. »

– Que dirais-tu de fréquenter une fille moins fantasque ? demanda Fabio.

– Jamais.

Les deux hommes furent interrompus par le son d'une voix très douce qui demandait à voir Rose. Elle fut suivie par un petit éternuement tel que pourrait en émettre un enfant.

– Entrez, dit-elle d'un ton brusque.

Elle ne savait pas pourquoi elle avait parlé sur ce ton, si ce n'est qu'elle avait l'impression irrationnelle de reconnaître cet étrange éternuement. Il semblait provenir d'un temps très lointain. Elle avait le sentiment d'entendre la voix d'une personne qu'elle avait connue il y avait très longtemps, quand elle était encore petite fille.

Quand la porte s'entrouvrit, elle fut étonnée de découvrir non pas un enfant, mais sœur Éloïse. Rose n'avait pas vu son visage depuis ses quinze ans. Il était parfois arrivé à Pierrot de s'imaginer qu'il l'apercevait et de sursauter, mais il se trompait à tous les coups. Aux yeux de Rose, sœur Éloïse était apparue comme un horrible personnage qui n'appartenait qu'à l'enfance, comme le Grand Méchant Loup. Quelque chose d'immatériel, un monstre dans un placard, dont on se rend compte, une fois adulte, qu'il n'existe pas. Mais elle était bien là, en chair et en os, exactement semblable au souvenir qu'en gardait Rose. Elle semblait même avoir rajeuni. Quand Rose était petite, une femme de vingt-sept ans paraissait très âgée. Mais maintenant que Rose avait elle-même cet âge, mystérieusement, une femme de trente-huit ans ne semblait plus vieille du tout.

Rose fut choquée que sœur Éloïse ose l'approcher. On eût dit une souris entamant la conversation avec un chat. Ne comprenait-elle pas l'extraordinaire renversement de fortune qu'avait connu Rose ? Elle ne pouvait ignorer à quel point son ancienne rivale était devenue dangereuse et puissante.

– Bonjour, Rose. Te souviens-tu de moi ?

Rose ne répondit pas. Elle n'allait pas laisser sœur Éloïse voir l'immense influence qu'elle avait eue sur leur enfance malheureuse, à Pierrot et à elle.

– On m'a amené un enfant à l'orphelinat, continua sœur Éloïse. Sa mère était une prostituée. Elle avait toutes les maladies que tu peux imaginer. Elle est morte, vois-tu. De quoi, ça n'a pas d'importance. L'enfant nous est arrivé avec la tuberculose, mais il est hors de danger. On a cru que ça avait affecté sa tête. C'est dur à dire parce qu'il possède une disposition singulière, qu'on ne sait pas trop comment interpréter. Mais peut-être qu'il grandira bien. Après tout, on a toujours cru que son père était un parfait crétin, mais il est devenu un gars intelligent et affectueux, pas vrai ?

Rose la dévisagea. Elle était perplexe. Elle comprenait qu'elle avait raté une partie très importante de l'histoire.

– Pardon, mais, pour l'amour du ciel, qui est son père ?

– Joseph. Ou, comme on l'appelait : Pierrot.

Rose la regardait, complètement tétanisée. Elle avait les joues en feu. Elle écrasa sa cigarette dans le cendrier sur le bureau. La fumée qui s'en éleva semblait trop révélatrice.

– Sa mère était cette drôle de fille rousse, assez aimable. Elle a avoué au curé qu'elle avait eu une aventure avec Pierrot des années plus tôt. Elle ne voulait pas le dire à Pierrot parce qu'elle savait qu'il était heureux avec toi. Mais j'ai pensé que tu voudrais savoir que ce petit gars est dans le monde sans une âme pour veiller sur lui. Je ne sais même pas à qui revient la responsabilité de cet enfant, puisque sa mère était juive et son père catholique. Nous ne savions pas d'emblée à quel orphelinat nous l'enverrions, et puis j'ai pensé à toi.

Elle tendit à Rose une petite photo de l'enfant. Rose se leva de sa chaise. Elle ne doutait pas de la véracité de l'histoire, car l'enfant était le portrait craché de Pierrot au même âge. Elle fit le tour du bureau pour s'approcher de la religieuse. La fortune avait voulu que cet enfant soit épargné par sœur Éloïse et ses semblables.

– Je sais que j'ai été plus dure envers toi que j'aurais dû l'être, dit Éloïse. C'était peut-être par envie, car je voyais bien que tu étais promise à un avenir extraordinaire. Tout le monde le voyait.

Rose toucha la main de la femme. Et puis il y eut un autre merveilleux petit éternuement dans le couloir.

– Il est ici avec vous ?

– Oui.

– Laissez-moi le voir. Amenez-le-moi.

Sœur Éloïse se dirigea rapidement vers le couloir. Elle tendit les bras, attrapa une main et fit entrer le petit garçon dans la pièce. Il était là, debout devant Rose, à quelques pas d'elle seulement. Il avait le bout du nez rouge vif – il devait être enrhumé – et des cheveux blonds en bataille. Rose sourit. Elle s'agenouilla devant le petit garçon. Elle leva la tête et regarda sœur Éloïse dans les yeux.

– Vous m'avez rendu un très grand service, dit Rose.

Éloïse baissa les yeux vers Rose, l'air surprise et soulagée. Elle ne put s'empêcher de lâcher un éclat de rire.

– Je serais tellement en paix si je savais que tu me pardonnes, dit sœur Éloïse d'une voix rauque.

– Oui. Plus rien de tout cela n'a d'importance maintenant. Merci. Vous pouvez me le laisser. C'est possible ?

– Oui, bien sûr !

Sœur Éloïse partit sans demander son reste, fière d'avoir pris un tel risque et d'avoir été récompensée. Elle se réveillait toutes les nuits depuis quelques années, terrorisée par Rose, certaine qu'elle était à côté du lit, encore fillette, mais avec une expression de jugement. Elle imaginait Rose adulte se présentant à l'orphelinat pour la dénoncer. Tout le monde accorderait foi à Rose maintenant, elle était si puissante, elle avait de l'emprise. Éloïse ne voulait pas rester une seconde de plus et risquer de voir sa chance tourner. Rose ne sembla même pas remarquer son départ. Elle était médusée par le miraculeux gamin de six ans qui la regardait de ses yeux bleu vif.

– Comment t'appelles-tu, mon cœur ? demanda Rose à l'enfant.

Le garçon la dévisageait avec une franche assurance qu'elle reconnaissait, et lui offrit un merveilleux sourire en guise de présentation.

– Isaac, dit-il. Je vais vivre avec vous ?

– Si tu es d'accord. Rien ne me ferait plus plaisir. Tu es une petite âme généreuse, n'est-ce pas ? Est-ce qu'on devrait faire un peu mieux connaissance, tous les deux ?

– Peut-être qu'on peut aller au zoo ?

– Il y a un ours polaire adorable là-bas, mon cœur. Il a hâte de te rencontrer.

– Il va me dévorer !

– Je ne permettrai jamais qu'on touche à un seul cheveu de ta jolie tête. L'ours polaire est dans une cage, et je te jure qu'il va se comporter en gentleman, sans quoi nous nous en irons boire un *chocolat chaud** sans lui.

– Un *chocolat chaud** !

Rose éclata de rire. Il y avait si longtemps qu'elle ne s'était permis d'éprouver de la joie, car cela lui donnait l'impression d'être infidèle à son défunt mari. Elle avait les larmes aux yeux, comme si ces derniers étaient des glaçons en train de fondre. Elle regarda Isaac. La perspective de faire plaisir à l'enfant lui remplit la tête d'une foule d'idées. Pour ce petit garçon, elle allait créer un nouveau théâtre de marionnettes. Pour ce petit garçon, elle ferait venir des clowns d'Europe par la mer en un rien de temps. Pour ce petit garçon, elle mettrait en scène un formidable spectacle d'animaux, avec des oies chantant des airs de voyage, et un éléphant jouant de la trompette. Tout cela était si clair dans son esprit. Elle engagerait le meilleur jongleur du monde pour qu'il lui enseigne les lois de la science et de l'univers naturel, le plus grand magicien lui apprendrait à lacer ses chaussures, et un chat blanc marchant sur une corde raide serait son meilleur ami. La vie serait un cirque fabuleux, sur les planches comme en dehors de la scène.

Elle alla chercher son manteau et ouvrit la porte pour prévenir Fabio et Tiny qu'elle sortait. Le petit dessin de flocon de neige encadré accroché à un clou sur le battant oscilla d'avant en arrière tandis qu'elle glissait quelques mots à l'oreille de Tiny. Elle prit la main d'Isaac dans la sienne, décidée à ne plus jamais être séparée de lui, ne serait-ce qu'un instant.

Tandis qu'Éloïse tournait au coin pour s'engager dans la rue Sainte-Catherine, un homme lui emboîta le pas. Il sortit un pistolet et lui mit une petite balle à l'arrière de la tête. On fit rapidement disparaître son corps, de manière à éviter qu'Isaac le voie et en soit troublé.

Rose et Isaac vivraient ensemble une enfance merveilleuse.

REMERCIEMENTS

Ce livre ne serait pas ce qu'il est sans la formidable imagination de mes éditrices : Jennifer Lambert, Sarah McGrath et Rose Tomaszewska.

Merci également à mon agente, Claudia Ballard.

Pour son aide et ses retours de lecture, merci aussi à mon associée de confiance, Arizona O'Neill.

Et, pour son soutien financier, merci au Conseil des arts et des lettres du Québec.

RÉALISATION : NORD COMPO À VILLENEUVE-D'ASCQ
IMPRESSION : NORMANDIE ROTO IMPRESSION S.A.S. À LONRAI
DÉPÔT LÉGAL : AOÛT 2018. N° 136345 (1801508)
Imprimé en France